mtb

Der Preis dieses Bandes versteht sich einschließlich der gesetzlichen Mehrwertsteuer.

Umwelthinweis:
Dieses Buch wurde auf chlor- und säurefreiem Papier gedruckt.

Sheila Roberts

Was Frauen wirklich wollen ... für Anfänger

Roman

Aus dem Amerikanischen von
Gabriele Ramm

mtb

MIRA® TASCHENBUCH
Band 25804
1. Auflage: Dezember 2014

MIRA® TASCHENBÜCHER
erscheinen in der Harlequin Enterprises GmbH,
Valentinskamp 24, 20354 Hamburg
Geschäftsführer: Thomas Beckmann

Deutsche Erstveröffentlichung

Titel der nordamerikanischen Originalausgabe:
What She Wants

erschienen bei: MIRA Books, Toronto

Published by arrangement with
Harlequin Enterprises II B.V./S.àr.l

Konzeption / Reihengestaltung: fredebold&partner GmbH, Köln
Umschlaggestaltung: pecher und soiron, Köln
Redaktion: Mareike Müller
Titelabbildung: Thinkstock / Getty Images, München
Autorenfoto: © Harlequin Enterprises S.A., Schweiz; Robert Rabe
Satz: GGP Media GmbH, Pößneck
Druck und Bindearbeiten: CPI – Ebner & Spiegel, Ulm
Printed in Germany
Dieses Buch wurde auf FSC®-zertifiziertem Papier gedruckt.
ISBN 978-3-95649-094-1

www.mira-taschenbuch.de

Für Dustin

Lieber Leser, liebe Leserin,

wie schön, dass Sie mich wieder einmal nach Icicle Falls begleiten wollen. Ich freue mich sehr, dass Sie sich eine kleine Pause von Ihrem hektischen Alltag gönnen, um ein wenig Zeit mit meinen Charakteren zu verbringen. In diesem Buch sind es jedoch ausnahmsweise einmal nicht die Frauen, denen unser Hauptinteresse gilt, denn jetzt sind die Männer an der Reihe.

Jonathan Templar ist meine Hommage an all die ruhigen Männer mit einem großen Herzen, die leider nur allzu oft übersehen werden, sobald ein attraktiverer Mann den Raum betritt und für Aufsehen sorgt. Ich glaube, dass Jonathan den Beweis liefert, dass ein großes Herz sehr viel mehr wert ist als ein großes Muskelpaket. Sein Kumpel Kyle … na ja, der findet es äußerst frustrierend, dass er, was Körpergröße angeht, leicht zu kurz gekommen ist, und ärgert sich darüber, wenn Frauen durch ihn hindurch zu den größeren Männern schauen. Aber vielleicht sollte Kyle einmal das praktizieren, was er selbst immer predigt, und bei seiner Suche nach der Richtigen nicht nur auf das Äußere achten. Und dann ist da noch Adam, ein Freund der beiden, der so ahnungslos ist, wie ein Mann nur sein kann. Wenn Ihr Mann Sie je vernachlässigt hat, dann, da bin ich mir sicher, werden Sie laut applaudieren, wenn Sie sehen, wie Adams Frau dafür sorgt, dass ihr Mann einen schmerzhaften, allerdings wohlverdienten Auffrischungskurs in Sachen „Wie werde ich ein guter Ehemann“ erhält.

All diese Männer befinden sich auf einer Art Bildungsreise. Dabei stellen sie fest, was wir Frauen schon immer wussten – in Liebesromanen steckt viel Weisheit.

Es hat mir unglaublich viel Spaß gemacht, über diese drei Männer und ihre Pokerfreunde Vance und Bernardo zu schreiben. Wenn sie wieder einmal einen Rückschlag hinnehmen mussten, habe ich mit ihnen gelitten, mich jedoch umso mehr gefreut, wenn sie einen Erfolg verbuchen konnten. Diese Jungs haben mir mein Herz gestohlen. Ich hoffe, sie stehlen Ihnen auch Ihres!

Sehr gern höre ich von meinen Lesern, daher freue ich mich über jeden Kontakt, sei es über Facebook (suchen Sie nach Sheila Roberts, author), über Twitter oder über meine Homepage (www.sheilasplace.com), wo Sie alles Neue über Icicle Falls finden, angefangen bei leckeren Rezepten bis hin zu einem lustigen Wettbewerb.

Viel Spaß beim Lesen!
Ihre Sheila Roberts

1. KAPITEL

Wenn das nicht der Traumjob eines jeden Mannes war! So eng mit einer Frau zusammenzuarbeiten, dass sich die Knie (Oberschenkel oder vielleicht sogar noch andere Körperteile) berührten. Doch leider waren Dot Morrisons Knie knorrig, und sie war alt genug, um Jonathan Templars Großmutter zu sein. Hinzu kam, dass sie aussah wie die Figur Maxine, die man in nicht unbedingt schmeichelhafter Weise auf Postkarten verewigt hatte. Daher gab es heute keinerlei Hautkontakt zwischen Jonathan und Dot, weder mit dem Knie noch mit sonst welchen Körperteilen.

„Okay, jetzt ist alles wieder in Ordnung", erklärte Jonathan und rückte vom Computer im Büro des Breakfast-Hauses, Dots Restaurant, ab. „Aber denken Sie dran, was ich Ihnen gesagt habe. Damit Ihr Computer wie geschmiert läuft, müssen Sie ab und zu Ihre Festplatte säubern."

„Oh, oh, jetzt fangen Sie schon wieder an, so versaut mit mir zu reden", witzelte Dot.

Prompt schoss Jonathan die Röte ins Gesicht, zum einen, weil alte Damen solche Sachen nicht sagen sollten (Jonathans Grandma jedenfalls tat es nicht), und zum anderen, weil er noch nie in seinem Leben einer Frau versaute Sachen erzählt hatte. Na ja, abgesehen vielleicht von dem Playmate in der Mitte des Playboys. Wenn er mit echten Frauen reden sollte, neigte seine Zunge dazu, sich wie eine Brezel zu verknoten, vor allem dann, wenn die Frau auch noch attraktiv war. Das, vermutete er, war wohl einer der Gründe, warum er im reifen Alter von dreiunddreißig noch immer Single war. Das und die Tatsache, dass er nicht unbedingt so geschaffen war, wie eine Frau sich ihren Traummann vorstellte. Jedenfalls glaubte er kaum, dass es Frauen gab, die von einem schlaksigen Mann mit Brille und Oberhemd träumten. Doch das waren nicht die einzigen Gründe. Wenn man seit Ewigkeiten für eine bestimmte Frau schwärmte, konnte das das Liebesleben eines Mannes in erheblichem Maße beeinträchtigen.

Weil er sich nie sicher war, wie er auf Dots merkwürdigen Humor reagieren sollte, lächelte er lediglich, schüttelte den Kopf und packte seine Sachen zusammen.

„Ehrlich", meinte sie, „ich bin froh, dass sich das hier als nichts Ernstes entpuppt hat. Aber wenn es doch so gewesen wäre, wüsste ich ja, dass ich auf Sie zählen kann. Sie dürfen Icicle Falls niemals verlassen. Was sollten wir alten Schachteln denn dann tun, wenn wir Probleme mit dem Computer haben?"

„Sie würden schon zurechtkommen", versicherte Jonathan ihr.

„Das bezweifle ich. Computer sind für Leute über sechzig die reinsten Folterinstrumente."

„Keine Sorge", erwiderte er. „Ich habe nicht die Absicht, irgendwo anders hinzuziehen."

„Bis Sie die richtige Frau finden. Dann sind Sie bestimmt mir nichts, dir nichts weg." Der Blick, mit dem sie ihn jetzt bedachte, verkündete Unheil. Wahrscheinlich würde das, was sie ihm gleich sagen wollte, ihn wieder in Verlegenheit bringen. Und tatsächlich. „Wir müssen Ihnen eine Frau hier aus dem Ort suchen."

Das fehlte ihm gerade noch – Dot Morrison, die überall herumposaunte, dass Jonathan Templar, der Computernerd, auf der Suche nach einer einheimischen Frau war. Er wollte keine einheimische Frau. Er wollte …

„Tilda ist noch zu haben."

Tilda Morrison, die Superpolizistin? Allein ein Blick von ihr genügte, um Jonathan in die Knie zu zwingen. „Äh, vielen Dank für das Angebot, aber ich glaube, sie braucht einen härteren Kerl als mich."

„Das ist das Problem. Niemand ist so taff wie Tilda. Verdammt, ich habe das Mädchen falsch erzogen. Wenn das so weitergeht, kriege ich nie Enkelkinder." Dot zuckte mit den Schultern und griff nach einer Zigarette. „Na ja, vielleicht auch ganz gut. So muss ich wenigstens nicht meine ganze Freizeit dafür opfern, Kekse für die kleinen Nager zu backen."

Manchmal war es nicht so einfach herauszufinden, ob Dot scherzte oder nicht, dieses Mal allerdings war Jonathan sich sicher, dass es nicht ernst gemeint war. Jeder wusste, dass Dot sich Enkelkinder wünschte. Das sah man schon an der Art, wie sie mit den Familien umging, die ihr Restaurant besuchten. Es war ein Wunder, dass sie überhaupt noch Geld verdiente, so oft, wie sie ihren jüngsten Gästen eine heiße Schokolade schenkte.

Sie zündete sich eine Zigarette an und zog kräftig daran. Ihr kleines Büro würde binnen Kurzem völlig verqualmt sein. Im Bundesstaat Washington war das Rauchen in öffentlichen Gebäuden verboten, doch Dot behauptete fest, dass ihr Büro kein öffentlicher Raum war. Jonathan befürchtete, dass sie irgendwann mit dem zuständigen Gesundheitsbeauftragten aneinandergeraten würde, wenn sie nicht aufhörte, Zigaretten ins Gebäude zu schmuggeln.

„So, ich mache mich dann mal wieder auf den Weg", sagte er und nahm seine Sachen, tunlichst darauf bedacht, nicht allzu viel von dem Rauch, der in seine Richtig waberte, einzuatmen.

„Rechnung wie immer?"

„Na klar."

„Hauen Sie mich nicht übers Ohr", neckte sie ihn.

„Käme mir doch niemals in den Sinn. Und setzen Sie diesmal die Brille auf, wenn Sie die Rechnung lesen", meinte er grinsend, während er zur Tür ging. Ständig versuchte er, Dot einen Seniorenrabatt einzuräumen, doch sie zahlte immer mehr, als sie sollte, und behauptete dann, sie hätte die Rechnung falsch gelesen. Ja, Dot war schon eine tolle Kundin.

Ach, alle meine Kunden sind toll, dachte er, als er sich auf den Weg zu Sweet Dreams Chocolate machte, wo Elena, die Sekretärin, gerade mal wieder einen Nervenzusammenbruch erlitten hatte, weil sie mit dem neuen Computer, von dem sie behauptete, er wäre von Dämonen besessen, nicht zurechtkam.

Der Duft von Schokolade, der von unten aus den Produktionsküchen drang, begrüßte ihn, sobald er das Büro betrat. Und

Elena sah ihn an, als wäre er der Heilige Georg, der den Drachen für sie erlegen würde. „Gott sei Dank, dass Sie da sind."

Die Leute waren eigentlich immer äußerst glücklich, den Eigentümer und einzigen Mitarbeiter von Geek Gods Computer Service zu sehen. Sobald Jonathan die Bühne betrat, wussten sie, dass ihre Probleme bald gelöst sein würden.

Ihm gefiel dieses Gefühl, gebraucht zu werden. Sicher, er war kein Muskelprotz wie Luke Goodman, der Produktionsmanager bei Sweet Dreams, und auch keiner von den Machern wie Blake Preston, der Leiter der Bank. Manchen Männern war es einfach angeboren, die Hauptrollen zu übernehmen und auf der Bühne des Lebens ständig präsent zu sein. Andere waren von der Natur dazu bestimmt, die Kulissen aufzubauen, die Vorhänge aufzuziehen und im Hintergrund zu arbeiten, damit auf der Bühne alles reibungslos vonstattengehen konnte. Jonathan war einer dieser Kulissenschieber. Was überhaupt nicht schlimm ist, redete er sich ein. Nur mithilfe dieser Kulissenarbeiter konnte die Show überhaupt über die Bühne gehen.

Aber die weiblichen Stars bemerkten die Typen im Hintergrund leider nie. Jonathan seufzte. Manchmal fühlte er sich wie Cyrano de Bergerac. Allerdings ohne die lange Nase.

„Dieses Teil macht mich noch ganz irre", sagte Elena und funkelte das Ärger bereitende Wunder der Technik auf ihrem Schreibtisch böse an.

Die Inhaberin von Sweet Dreams, Samantha Sterling, die erst kürzlich Blake Preston geheiratet hatte, kam gerade aus ihrem Büro. „Noch irrer, als wir dich machen?"

„Noch irrer, als meine Mutter mich macht", erwiderte Elena.

Samantha tätschelte ihre Schulter. „Jonathan wird es schon wieder richten."

„*Equipo del infierno*", grummelte Elena.

„Höllengerät?", mutmaßte Jonathan, der sein Highschool-Spanisch noch nicht ganz vergessen hatte.

Elenas frustrierter Blick genügte als Antwort.

„Keine Sorge“, sagte Samantha zu ihr. „Jonathan hilft dir im Kampf gegen die bösen Mächte der Technologie. Wenn Cecily kommt, richte ihr bitte aus, dass ich gegen halb zwei wieder da bin. Versuchen Sie doch in der Zwischenzeit, meine Lieblingsassistentin davon abzuhalten, sich vor Frust die Haare auszureißen“, fügte sie an Jonathan gewandt hinzu.

„Keine Angst“, erwiderte er und versprach Elena dann: „Das Ding hier läuft in null Komma nichts wieder.“

Aus *null Komma nichts* wurde eine Stunde, aber da Elena damit gerechnet hatte, den ganzen Tag zu verlieren, war sie überglücklich. „Sie sind ein Held“, erklärte sie Jonathan gerade, da erschien Samanthas Schwester Cecily auf der Bildfläche.

„Hat er uns wieder einmal gerettet?“, fragte sie Elena und lächelte Jonathan an.

„Ja, wie immer.“

Jonathan schob seine Brille hoch und versuchte, bescheiden auszusehen. Was gar nicht so einfach war, wenn die Leute einen so in den Himmel lobten.

Aber dann, als er gerade dabei war, seine Sachen einzupacken, sagte Cecily etwas, was ihm den Schreck in die Glieder fahren ließ. „Ach, übrigens, Tina Swift hat erzählt, dass ihr demnächst Klassentreffen habt – fünfzehn Jahre Higschoolabschluss.“

„Äh, ja.“

„Oh, ich finde, die machen immer solchen Spaß. Man trifft alte Freunde wieder und Leute, mit denen man früher liiert war“, fuhr sie fort.

Das war ja noch schlimmer als Dots Zigarettenqualm. Mit Cecily zu plaudern brachte Jonathan irgendwie immer in Verlegenheit. Und mit ihr über das Klassentreffen zu reden würde ihn in ein nervöses Wrack verwandeln, vor allem, wenn sie anfangen sollte, ihn zu fragen, mit welchen Mädchen er denn früher ausgegangen war. Also drückte Jonathan auf die Tube und hatte in Windeseile seine Werkzeuge und seine diversen CDs eingepackt.

„Gehst du zu dem Treffen?“, fragte sie ihn.

„Vielleicht“, log er und hoffte, dass sie es darauf beruhen lassen würde.

Tat sie aber nicht. „Ich bin gerade rechtzeitig vor unserem zehnjährigen Treffen hierher zurückgezogen, und ich bin froh, dass ich hingegangen bin. Es waren eine Menge Leute da, die ich sonst nie wiedergesehen hätte.“

Es gab da tatsächlich jemanden, den Jonathan nur allzu gern wiedersehen wollte, und eigentlich nicht nur sehen ... Jemanden mit langen, blonden Haaren und ... Abrupt schloss er seine Aktentasche und flüchtete zur Tür. „Also, Elena, ich schicke Ihnen die Rechnung wie immer zu.“

„Okay“, rief sie.

Die Tür war noch nicht ganz hinter ihm ins Schloss gefallen, als er Elena zu Cecily sagen hörte: „Der braucht mal ein bisschen Selbstvertrauen.“

Es war oberpeinlich so etwas über sich selbst zu hören, doch leider entsprach es der Wahrheit. Er brauchte allerdings sehr viel mehr als nur Selbstvertrauen. Wie sollte ein Mann allerdings Vertrauen zu sich fassen, wenn es nichts gab, worauf er sein Selbstvertrauen aufbauen konnte?

Inzwischen war es Mittag, also bestellte er sich im Big Brats Bratwurst mit Sauerkraut und machte es sich an einem der Tische im Innenhof des beliebten Würstchenimbisses gemütlich. Es war ein perfekter Tag, um draußen zu essen. Die Sonne wärmte ihm den Rücken, und ein leichter Wind, der von den Bergen herüberwehte, sorgte dafür, dass ihm nicht zu heiß wurde. Der wolkenlose Himmel bildete einen herrlich blauen Hintergrund für die Berge.

Während der Wochenenden war der Innenhof hier so überfüllt, dass man eine Nummer ziehen musste. Heute war es jedoch relativ ruhig, und nur ein paar Tische waren besetzt.

Ed York, dem der Weinladen D’Vine Wines gehörte, und Pat Wilder, die Eigentümerin des Buchladens Mountain Escape Books, kamen über die Straße geschlendert, um ihre Bestellung aufzugeben. An Jonathans Tisch hielten sie kurz an, um Hallo zu sagen, fragten ihn jedoch nicht, ob sie sich zu ihm gesellen durften. Was nicht sonderlich überraschend war, denn Pat und Ed waren dabei, miteinander anzubandeln.

Von seiner Mom wusste Jonathan, dass Ed schon gleich, nachdem er nach Icicle Falls gezogen und seinen Weinladen eröffnet hatte, ein Auge auf Pat geworfen hatte. Doch Pat hatte um ihren Ehemann getrauert und war nicht im Geringsten interessiert gewesen. So, wie es aussah, schien sich das jetzt zu ändern. Eds Erfolg in Sachen Romantik schürte in Jonathan einen kleinen Funken Hoffnung. Vielleicht konnte man, wenn man nur beharrlich genug war, die Frau seiner Träume irgendwann doch erobern.

Vielleicht vergeudete man aber auch sein Leben mit Tagträumen. Jonathan knüllte seine Serviette zusammen. Es war Zeit, wieder an die Arbeit zu gehen.

Sein nächster Kunde war Gerhardt Geissel, der zusammen mit seiner Frau Ingrid Gerhardt's Gasthaus betrieb. Gerhardt war ein kleiner, stämmiger Mann um die fünfzig, mit grauem Haar und einem runden, geröteten Gesicht. Er liebte die deutsche Küche seiner Frau, sein Bier und zelebrierte stolz sein alpenländisches Erbe, indem er Lederhosen trug und jeden Morgen als Erstes seinen Gästen auf dem Alphorn ein Ständchen vortrug.

Er spielte sogar, wenn er keine Gäste hatte. Vor Kurzem, an seinem Geburtstag, hatte er sich jedoch etwas zu sehr mitreißen lassen. Nachdem er das eine oder andere Bierchen zu viel getrunken hatte, war ihm die Idee gekommen, seinen Gästen am Abend auch noch ein Ständchen zu bringen. Dabei war er vom Balkon vor seinem Esszimmer gefallen, hatte sich bei dem Sturz aus drei Metern Höhe aber glücklicherweise nur den Arm und nicht das Genick gebrochen.

„Jonathan, wie geht's?", rief er und hob seinen Gipsarm, als seine Frau Jonathan ins Arbeitszimmer führte. „Ich hoffe, Sie sind hier, um alle meine Probleme zu lösen."

„Das ist so gut wie unmöglich", stellte seine Frau fest.

Gerhardt verzog das Gesicht. „Da können Sie mal sehen, wie sehr sie mich liebt."

Seine Frau schnitt ebenfalls eine Grimasse und ging wieder. Doch schon wenig später kehrte sie mit einem Stück Schwarzwälder Kirschtorte für Jonathan zurück. „Sie sind viel zu dünn", informierte sie ihn. „Sie müssen mehr essen."

„Sie brauchen eine Frau, die für Sie kocht", fügte ihr Mann hinzu.

„Meine jüngere Nichte, Mary, lebt gleich drüben in Wenatchee, und die ist sehr hübsch", meinte Ingrid.

„Und sehr dumm." Gerhardt schüttelte angewidert den Kopf. „Jonathan ist ein kluger Mann. Er braucht eine kluge Frau."

„Mary ist klug", beharrte Ingrid. „Sie trifft nur manchmal die falsche Wahl."

„Äh, vielen Dank", erwiderte Jonathan. „Ich weiß das Angebot zu schätzen." Manchmal fragte er sich, ob eigentlich sämtliche Einwohner von Icicle Falls über fünfzig ihn verkuppeln wollten.

Verflixt, es waren ja nicht nur die Älteren. Sogar seine Schwester hatte es immer wieder versucht, indem sie ihm irgendeine Frau vorstellte, die sie gerade kennengelernt hatte und von der sie dachte, sie wäre genau die Richtige für ihn. Natürlich war es nie die Richtige.

Gerhardts Computerproblem war schnell behoben. Jonathan installierte sein Betriebssystem neu und damit war die Sache erledigt.

„Sie sollten lieber schnell verschwinden, ehe meine Frau mit Marys Telefonnummer anrückt", riet Gerhardt ihm, nachdem er einen Scheck für Jonathan ausgestellt hatte.

Gute Idee. Jonathan verschwand durch den Hinterausgang.

Nachdem er bei Gerhardt fertig war, schaute er noch bei zwei weiteren Kunden vorbei, ehe er nach Hause fuhr.

Es war bereits später Nachmittag, als Jonathan auf die Auffahrt bog, doch die Maisonne schickte ihre wärmenden Strahlen noch auf die Mountain View Road, an deren Ende sein kleines Holzhaus mit den drei Zimmern stand. Eigentlich hatte er nur zwei Zimmer haben wollen, aber seine Familie hatte ihn überredet, einen zusätzlichen Raum einzuplanen. „Du brauchst doch Platz für Frau und Kinder", hatte seine Mutter gesagt. *Die gute alte Mom, immer optimistisch.*

Die Tannen und Kiefern, die das Haus umgaben, bildeten einen rustikalen Hintergrund, während die Stiefmütterchen, Begonien und anderen Blumen, die seine Mutter und seine Schwester in die Blumenkästen an den Fenstern und in die Beete im Vorgarten gepflanzt hatten, dem Ganzen einen heimeligen Touch gaben. Wer hier vorbeikam, ging vermutlich davon aus, dass eine Frau in dem Hause lebte. Doch da täuschte man sich. Das einzige weibliche Wesen in diesem Haus besaß vier Beine.

Aber Jonathan stellte sich oft vor, dass er in diesem Haus zusammen mit Frau und Kindern wohnte – die Frau (selbstverständlich eine hübsche Blondine) kochte Essen, während er und die Kinder sich mit Videospielen vergnügten. Er sah sich als alten Mann, wie er auf der Veranda saß und mit einem Enkel Schach spielte, natürlich mit Figuren, die er selbst geschnitzt hatte. Das Haus würde er, das verstand sich ebenfalls von selbst, an seinen Sohn weitervererben, damit das Grundstück in der Familie blieb.

Sein eigener Großvater hatte das Land als Investition gekauft, als es nicht viel mehr als eine Gebirgswiese gewesen war. Gramps hätte einen saftigen Gewinn einstreichen können, wenn er es verkauft hätte, aber stattdessen hatte er es Jonathan zu einem Spottpreis überlassen, als der fünfundzwanzig geworden war.

Mit siebenundzwanzig hatte er dann angefangen, sein Haus zu bauen. Ein Cousin, der im nahe gelegenen Yakima im Baugewerbe tätig war, hatte ihn dabei tatkräftig unterstützt, genau wie sein Dad auch. Doch leider hatte sein Vater das Ende des Baus nicht mehr miterlebt. Kurz bevor das Dach gedeckt wurde, hatte er einen Herzinfarkt erlitten, und Jonathan hatte nicht nur den Hausbau, sondern auch sein Leben von nun an allein meistern müssen.

So war Jonathan also zum Oberhaupt der Familie geworden und sollte in dieser Rolle seiner Mom, seiner Großmutter und auch seiner Schwester helfen, mit dem Leben fertig zu werden. Seiner verwitweten Großmutter konnte er keine Hilfe mehr sein, denn die hatte versucht, vor dem Verlust davonzulaufen, und war nach Arizona gezogen. Auch seiner Mutter hatte er, abgesehen davon, dass er ihr ein Computerprogramm installiert hatte, mit dem sie ihre Finanzen verwalten konnte, nicht weiter helfen können. Er hatte versucht, Julia Unterstützung zu bieten, aber er war ja selbst kaum in der Lage, sein Leben in den Griff zu bekommen. Hätte er doch nur seinen Dad nicht all die schwere körperliche Arbeit machen lassen.

„Sei nicht albern", sagte seine Mutter immer. „Dein Vater hätte genauso gut auch auf dem Golfplatz sterben können. Er hat das getan, was er gern tun wollte, nämlich dir helfen."

Seinem Sohn helfen, ein Mann zu sein. Das Haus war vermutlich Jonathans einziges Unternehmen, das seinen Vater mit Stolz erfüllt hatte. Es war nicht schwierig, sich auszumalen, was für eine Art von Sohn Dad sich eigentlich gewünscht hatte. Nie hatte er auch nur eins der Footballspiele der Icicle Falls Highschoolmannschaft verpasst, sei es ein Heim- oder ein Auswärtsspiel. Wie oft hatte er wohl auf der Tribüne gesessen und sich gewünscht, dass sein schlaksiger Sohn ebenfalls dort unten auf dem Spielfeld gestanden oder zumindest auf der Bank gesessen hätte, statt in einer Band zu spielen? Jonathan war froh, dass er es nicht genau wusste.

„Ich liebe dich, mein Junge", hatte Dad gesagt, während man ihn in den Krankenwagen geschoben hatte. Es waren die letzten Worte, die Jonathan von ihm gehört hatte, und er war dankbar dafür. Aber häufig wünschte er sich, sein Dad hätte gesagt, er wäre stolz auf ihn.

Als er den gelben Volkswagen mit dem Schriftzug seiner Firma *Geek Gods Computer Services* an der Seite auf die Einfahrt fuhr, verließ seine Hündin Chica ihren Beobachtungsposten auf der Veranda und rannte ihm entgegen, um ihn mit einem Bellen zu begrüßen. Chica kam aus dem Tierheim und war teils Schäferhund, teils Labrador und teils … tja, welcher Hund auch immer einen buschigen Schwanz hatte. Seit fünf Jahren lebte sie bei Jonathan, und sie hielt ihn wirklich für einen Gott (und ihr war es auch egal, dass er ein Computerfreak war).

Er stieg aus dem Wagen, und die Hündin begann auf und ab zu springen, als hätte sie Sprungfedern in ihren Pfoten. Aber es war nett, dass wenigstens ein weibliches Wesen seinetwegen ganz aus dem Häuschen geriet. „Hallo, mein Mädchen", begrüßte er sie. „Wir werden jetzt erst einmal etwas essen und anschließend können wir noch eine Runde toben."

Zunächst einmal tauschte er seine gute Hose jedoch gegen eine alten Baggy-Jeans und sein Oberhemd gegen ein T-Shirt mit einem typischen Computerfreak-Spruch. Dann, nachdem er sich eine Dose Spaghetti und Chica eine Portion leckeres Hundefutter aufgetischt hatte, war es Zeit für eine kurze Runde Stöckchen holen. Es musste ausnahmsweise schnell gehen, denn heute war Freitag, Pokerabend, und Jonathans Kumpel würden um sieben Uhr bei ihm vor der Tür stehen. Poker, noch eine echte Männerbeschäftigung. Dad wäre stolz gewesen.

Der Erste, der eintraf, war sein Freund Kyle Long. Kyle und Jonathan waren schon seit der Highschool befreundet, wo sie beide Mitglied im Schachklub gewesen waren und eine Vorliebe für alte Science-Fiction-Filme und Videospiele geteilt hatten.

Eigentlich passte der Nachname Long nicht wirklich zu Kyle, denn er war nicht lang, sondern eher kurz geraten. Sein Haar hatte einen helleren Ton als Jonathans dunkelbraunes, es war im Grunde genauso unspektakulär wie Kyles Gesicht.

Sein durchschnittliches Aussehen bereitete ihm nur halb so viele Sorgen wie seine geringe Größe. „Frauen gucken kleine Männer doch gar nicht an", beschwerte er sich häufig. Und kleine Männer, die (wie Kyle) nicht so sonderlich selbstbewusst waren und auch nicht so locker mit Komplimenten um sich werfen konnten – na ja, die wurden im Grunde gar nicht beachtet, nicht einmal von Frauen, die ebenfalls eher klein geraten waren. Das war ein schweres Kreuz gewesen, das er in der Highschool hatte tragen müssen, als es Kyle so vorgekommen war, als würde jedes Mädchen, das ihm gefiel, sich lieber für einen riesigen Basketballspieler entscheiden, als mit ihm auszugehen. Heutzutage trug die Konkurrenz eine ganz andere Art von Uniform, nämlich die typische Bürokleidung, aber Kyles Frustrationslevel war der gleiche geblieben.

Seine mürrische Miene heute Abend verriet schon alles, noch ehe er den Mund überhaupt aufgemacht hatte. „Was ist nur mit den Frauen los, kannst du mir das mal sagen?", wollte er wissen, als er ein Sixpack Bier auf Jonathans Arbeitsplatte stellte.

Wenn Jonathan es wüsste, wäre er inzwischen längst mit der Frau seiner Träume verheiratet. Also zuckte er nur mit den Schultern.

„Okay, Darrow sieht aus wie der verdammte Ryan Reynolds, na und?"

Ted Darrow, Kyles Nemesis. „Und er fährt einen Jaguar", warf Jonathan ein. Darrow war außerdem Kyles Chef, was ihn auf der Erfolgsleiter diverse Stufen höher platzierte, immer ein ausschlaggebendes Kriterium, das äußerst sexy wirkte.

„Aber er ist der weltgrößte Idiot", meinte Kyle erbost. „Ich weiß ehrlich nicht, was Jillian an ihm findet."

Jonathan wusste es. Gleich und gleich gesellte sich nun mal gern. Gut aussehende Menschen zogen einander magnetisch an. Er hatte Jillian kennengelernt, als er bei Kyle in der Firma – Safe Hands Insurance – ein neues Computersystem installiert hatte. Als Rezeptionskraft hatte es zu ihrem Job gehört, ihn zu begrüßen, und ihm war sofort klar gewesen, wieso sein Freund so hin und weg war. Sie war echt heiß, mit langen Beinen, die einem Supermodel alle Ehre gemacht hätten. Frauen wie sie standen auf die Ted Darrows dieser Welt.

Oder auf die Rand Burwells.

Den letzten Gedanken verdrängte Jonathan schnellstens wieder. „Hey, das kannst du aufgeben. Die wirst du nie kriegen."

Es war hart, seinem besten Kumpel so etwas sagen zu müssen, aber er konnte doch nicht zulassen, dass sich ein Freund wegen einer Frau, die weit außerhalb seiner Liga spielte, zum Narren machte. Dasselbe würde Kyle auch für ihn tun – wenn er wüsste, dass Jonathan seit vergangenem Weihnachten einen Rückfall erlitten hatte, und wieder für seine eigene Traumfrau schwärmte. Offenbar gab es für einen Mann viele Wege, sich zum Narren zu machen.

Entmutigt seufzte Kyle. „Ja." Er holte sich einen Flaschenöffner aus der Küchenschublade und machte sich ein Bier auf. „Es ist nur, ach, verdammt. Wenn sie mich mal länger als zwei Sekunden anschauen würde, dann würde sie bestimmt feststellen, dass ich zweimal so viel wert bin wie dieser Darrow."

„Ja, ja", meinte Jonathan nur und riss eine Tüte Chips auf, bevor er sie neben das Bier legte.

Der Nächste, der aufkreuzte, war Bernardo Ruiz. Er brachte eine Schüssel Salsa mit, die seine Frau selbst gemacht hatte. Bernardo war glücklich verheiratet und besaß eine kleine Obstplantage vor der Stadt, auf die er ziemlich stolz war. Bernardo war nicht viel größer als Kyle, aber er marschierte durchs Leben, als wäre er einen Meter achtzig.

„Wer ist gestorben?", fragte er, während er von einem Freund zum anderen schaute.

„Niemand", fuhr Kyle ihn an.

Bernardo musterte ihn misstrauisch. „Himmelst du immer noch diese Tussi bei der Arbeit an?"

„Sie ist keine Tussi", erwiderte Kyle grimmig.

Bernardo schüttelte angewidert den Kopf. „Kleiner Mann, du bist ein Idiot, wenn du einer Frau hinterherläufst, die nichts von dir wissen will. Solche Frauen lassen dich innerlich noch kleiner erscheinen."

Jegliche Anspielung auf seine kleine Statur, sei es nun innerlich oder äußerlich, kam bei Kyle nie gut an, von daher war es vermutlich ganz gut, dass in diesem Moment Adam Edwards mit noch mehr Bier und Chips eintraf. Als Außendienstmitarbeiter für einen pharmazeutischen Betrieb verdiente er mehr als Jonathan und Kyle zusammen, und er hatte auch die Spielzeuge, um das zu beweisen – ein großes Haus am Fluss, eine alte Corvette, ein Schneemobil und ein Strandhaus an der Küste von Washington. Außerdem hatte er eine gut aussehende Frau, was Jonathans These, dass gleich und gleich sich gern zueinander gesellte, nur wieder bestätigte, denn Adam war groß, hatte breite Schulter und sah aus, als würde er eher nach Hollywood als nach Icicle Falls gehören. Manche Männer hatten einfach alles.

„Vance kommt später", informierte Adam die anderen. „Er meinte, er müsste noch was fertig machen, und wir sollten ohne ihn anfangen."

Vance Fish, das neueste Mitglied ihrer Gruppe, war Anfang fünfzig, was ihn zum Senior der Pokerrunde machte. Er hatte sich ein großes Haus an der River Road gebaut, ungefähr eine Meile von Adams Grundstück entfernt. Beim Angeln hatten die beiden sich näher kennengelernt, und Adam hatte ihn eingeladen, sich ihrer Pokerrunde anzuschließen.

Obwohl Vance behauptete, er wäre mehr oder weniger in Rente, schien er immer zu arbeiten. Ihm gehörte Emerald City Books, ein Buchladen in Seattle. Erst kürzlich hatte er die Schokolade von Sweet Dreams in sein Angebot aufgenommen, was ihn bei der Sterling-Familie, der die Schokoladenfabrik gehörte, äußerst populär machte.

Er kleidete sich, als hätte er keinen Cent auf der Naht, meist in Jogginghosen oder Jeans und einem schlabbrigen schwarzen T-Shirt, das unvorteilhaft über seinem ziemlich dicken Bauch hing, aber sein schniekes Haus war Beweis genug, dass es Vance gut ging.

„Das heißt, den sehen wir frühestens in einer Stunde oder so", prognostizierte Kyle.

„Was muss er denn noch erledigen?", wollte Bernardo wissen. „Baut er da in seinem vornehmen Haus irgendwas? Ich hab' in seiner Garage noch nie irgendwelches Werkzeug oder eine Werkbank gesehen."

„Muss wohl irgendwas mit dem Buchladen sein", erwiderte Adam. „Ich weiß aber nicht, was."

„Na, umso besser für mich", meinte Kyle fröhlich. „Bis er auftaucht, habe ich euch schon das Geld aus der Tasche gezogen." Er rieb sich die Hände. „Ich spüre es, heute habe ich eine Glückssträhne."

Er bewies es, indem er ihnen das Geld abknöpfte.

„Bernardo, du solltest einfach deine Taschen ausleeren, sobald du hier ankommst", lästerte Adam. „Ich hab' noch nie jemanden gesehen, der so viel Pech beim Kartenspielen hat."

„Tja, kennst du nicht das Sprichwort? Pech im Spiel, Glück in der Liebe", antwortete Bernardo.

Seine Bemerkung wischte das Siegesgrinsen von Kyles Gesicht. „Frauen", murmelte er düster.

„Ich warne dich, wenn du jetzt wieder damit anfängst, dann …", ermahnte Adam ihn.

„Was?", protestierte Kyle.

Adam deutete mit seiner Bierflasche auf Kyle. „Wenn ich auch nur noch ein Wort über Jillian höre, dann ziehe ich dir hiermit eins über."

„Oh, nein", sagte ein tiefe Stimme. „Ich hatte gehofft, ihr Clowns hättet das Thema Frauen inzwischen abgearbeitet."

Jonathan drehte sich um und sah Vance ins Zimmer schlendern, modisch wie immer in seinem schwarzen Lieblings-T-Shirt, Baggy-Jeans und Sandalen. Dem Anlass entsprechend hatte er sich nicht rasiert. Abgesehen von den extra Pfunden (okay, und dem kahlen Fleck mitten auf seinem Kopf), sah er gar nicht mal so schlecht aus. Sein sandfarbenes Haar war mit grauen Strähnen durchzogen, doch er hatte buschige Augenbrauen und ein kräftiges Kinn, etwas, was Frauen zu mögen schienen, selbst bei dicken Männern. An Vance waren sie verschwendet; er war nicht interessiert. „Hab' ich alles schon erlebt, mir reicht's", sagte er häufig.

„Wir sind mit dem Thema Frauen durch", versicherte Adam ihm.

Vance gab ihm einen Schlag auf den Rücken. „Freut mich zu hören, denn das Letzte, was ich nach einem harten Arbeitstag will, ist euch Losern zuzuhören, wie ihr über die Frauen lamentiert."

„Ich hab' nicht lamentiert", entgegnete Kyle und sah beleidigt aus.

Vance setzte sich an den Tisch. „Es geht schon wieder um die Schöne bei dir im Büro, oder? Machst du dir ihretwegen mal wieder ins Hemd?" Kyle blickte ihn böse an, doch Vance wischte seinen Ärger mit einer Bewegung seiner fülligen Hand beiseite. „Weißt du, Frauen können Verzweiflung eine Meile gegen den Wind riechen. Das törnt sie ab."

„Und ich nehme mal an, was das angeht, bist du ein Experte?", zog Adam ihn auf.

„Es gibt auf der ganzen Welt keinen Mann, der ein Experte ist, wenn es um Frauen geht. Und wenn du jemanden triffst, der das behauptet, dann ist er ein Lügner. So, und jetzt lasst uns Poker spielen." Vance musterte den Stapel Spielchips, der vor Kyle lag. „Ich glaube, es wird Zeit, dass ich dir davon mal ein bisschen was abnehme, mein Freund."

„Ich glaube nicht", erwiderte Kyle, bevor sie richtig loslegten.

Nach anderthalb Stunden verkündete Vance, dass er mal aufs Klo müsste.

„Und ich brauche ein paar Chips und Salsa", meinte Adam, woraufhin sie beschlossen, eine kleine Pause einzulegen.

„Hattest du auch die Ankündigung in der Post?", wollte Kyle von Jonathan wissen.

Oh, nein, nicht das schon wieder.

„Welche Ankündigung?", fragte Adam.

„Highschool-Klassentreffen", antwortete Kyle. „Fünfzehnjähriges."

Natürlich hatte Jonathan die niedliche kleine Postkarte erhalten, auf der ein Bild des Icicle-Falls-Highschool-Maskottchen abgebildet war, ein Grizzlybär, der um die Ecke lugte. Und natürlich war sein erster Gedanke gewesen, vielleicht kommt Lissa ja auch. Sofort war seine Laune in schwindelerregende Höhen geklettert. Bis ihm ein weiterer Gedanke durch den Kopf geschossen war. *Ich bin und bleibe trotzdem der „Unsichtbare Mann"*. Daraufhin war seine Laune wieder in den Keller gesunken.

„Ja, hab' ich", sagte er. „Ich geh' nicht hin."

Aber Rand würde vermutlich auftauchen. Rand und Lissa, wieder glücklich vereint.

Jetzt war seine Laune nicht nur im Keller, sondern in einem Abgrund, in dem sich Alligatoren tummelten. Und der Pokerabend entwickelte sich auch zu einer Pleite.

Genau wie sein Liebesleben.

2. KAPITEL

Der Pokerabend hatte kein gutes Ende für Kyle genommen. Vance, der alte Fuchs, hatte ihm die Taschen leer geräubert. Und damit war das Wochenende im Grunde schon gelaufen.

Den Samstag verbrachte er damit, Sachen zu besorgen und zu erledigen. Abends setzte er sich an den Computer und spielte eine Runde *War on Planet X* mit ein paar anderen Online-Spielern, fühlte sich hinterher aber noch deprimierter. So langsam wurde er zu alt für diesen Quatsch. Er wollte mehr aus seinem Leben machen. Irgendwie kam es ihm so vor, als würden sich alle außer ihm zu Paaren zusammenfinden.

Diese Tatsache wurde ihm noch bewusster, als er am Sonntag zu seiner Familie zum Essen ging und erfuhr, dass seine kleine Schwester sich verlobt hatte. Okay, er hatte es seit Monaten kommen sehen und freute sich auch für sie. Aber jetzt war es offiziell – er war der letzte der drei Geschwister, der noch ungebunden war. Und Kerrie war vier Jahre jünger als er, was die Sache nicht gerade besser machte. Genauso wenig wie Bemerkungen wie: „Wir müssen eine Frau für Kyle finden." Seine kleine Schwester brauchte keine Frau für ihn zu suchen.

Er hatte schließlich schon eine gefunden. Das Einzige, was er jetzt noch tun musste, war, sie davon zu überzeugen, dass er der richtige Mann für sie war.

Na ja, das Wochenende war überstanden, und ein neuer Tag stand bevor. *Gott sei Dank – es ist Montag!* Er marschierte durch die Glastüren der Safe Hands Insurance Company und trat in die Lobby mit den modernen Bildern, der strategisch platzierten Metallskulptur mit den zwei riesigen ausgestreckten Händen, die Versicherungspaternalismus symbolisierten, und den Pflanzen, die aussahen, als wären sie aus dem afrikanischen Dschungel geflüchtet. Kyle richtete seinen Blick geradeaus, denn dort, direkt vor ihm, stand der Empfangstresen.

Dahinter saß eine Vision. Jillian. Sie hatte lange, rotblonde Haare, die sie sich über die Schulter warf, wenn sie redete, volle, glänzende Lippen, die er zu gern geküsst hätte, eine perfekt geformte Nase und himmelblaue Augen. *Blinde* himmelblaue Augen. Eines nicht allzu fernen Tages würde sie ihn wahrnehmen, ihn richtig sehen. Vielleicht sogar an diesem Morgen.

Er jedenfalls nahm alles an ihr wahr. Heute trug sie eine weiße Bluse mit einem V-Ausschnitt, der auf ihre Brüste zeigte – als ob ein Mann noch Hilfe bräuchte, die zu finden –, und sie trug eine Kette aus Glasperlen, um die Lücke zwischen Hals und Himmel zu überbrücken. Das Haar hatte sie hinter die Ohren gestrichen, um die schwingenden Ohrringe, die zur Kette passten, besser zur Geltung zu bringen. Sie hatte die lustige kleine Angewohnheit, mit dem Stift auf den Schreibtisch zu klopfen, während sie telefonierte, was sie im Moment gerade tat. Das Gespräch dauerte nur einen Augenblick, bevor sie einen Knopf drückte und den Anruf weiterleitete. Vermutlich an einen der Chefs. Sie war echt eine verdammt effiziente Frau.

Jetzt lächelte sie ihn an, als er in seiner grauen Hose und dem weißen Oberhemd auf sie zuging. Das Haar hatte er modisch zurückgekämmt, was dem neuesten Schrei entsprach (jedenfalls hatte das der Friseur behauptet, der ihn am Samstag im Sweeney Todd Barbershop das erste Mal bedient hatte – das einzige Highlight dieses Wochenendes). Kyle schob die Brust raus und setzte ein strahlendes Lächeln auf. Es war ein nettes Lächeln, das gaben sogar seine Schwestern zu.

Oh, wow, bei seinem Anblick leuchteten Jillians Augen auf. Es musste an der Frisur liegen. Er atmete tief ein, und ging mit stolz geschwellter Brust weiter auf sie zu.

Dieses Lächeln. Es war ein tolles Lächeln, und sie lächelte häufig. Wenn eine Frau oft lächelte, bedeutete es, dass sie glücklich und unbekümmert war. Das war genau die Art von Frau, die Kyle wollte.

Er war fast am Empfangstisch angekommen, als er bemerkte, dass sie keinen Augenkontakt aufgebaut hatten. Jillian blickte an ihm vorbei.

Da hörte er auch schon eine tiefe, sonore Stimme hinter sich. „Jillian, du siehst an diesem herrlichen Morgen wieder einmal bezaubernd aus."

Ted Darrow, der Schleimer. Kyles Vorgesetzter. Kyle merkte, dass sein eigenes Lächeln schwand, während er auch innerlich zusammensackte. Murmelnd begrüßte er Jillian und schlich an ihrem Arbeitsplatz vorbei.

„Hallo", sagte sie geistesabwesend, als er vorbeiging. Für Ted hatte sie ein sexy „Hallo, Ted" parat.

„Hallo, Ted", äffte Kyle sie auf dem Weg zu seinem Schreibtisch leise nach. Jillian sollte ihren Atem nicht an diesen Idioten verschwenden. Männer wie Ted flirteten mit Frauen, sie benutzten Frauen, aber sie wussten die Frauen gar nicht zu schätzen. Frustriert stöhnend ließ Kyle sich auf seinen Schreibtischstuhl fallen.

„Wie ich sehe, geht dein Tag schon gleich gut los", ertönte eine sanfte Stimme aus der Nische nebenan.

Anders als *gewisse Leute*, besaß Mindy Wright immer den Anstand, seine Existenz wahrzunehmen. Allerdings fühlte er sich dadurch auch nicht besser, denn Mindy war nun einmal keine Jillian.

„Morgen, Mindy." Seine Begrüßung hatte etwas widerwillig geklungen, daher fügte er hinzu: „Wie war dein Wochenende?"

„Na ja, man könnte sagen ... interessant."

Mindy war im Internet auf der Suche nach dem perfekten Partner. Bisher hatte sie einen Lkw-Fahrer aufgegabelt, der zehn Jahre älter war als sie und ungefähr vierzig Pfund schwerer als auf dem Foto auf der Dating-Seite, außerdem einen Mann, der behauptet hatte, er wäre Kirchgänger, aber wohl in zwei – okay, eher wohl fünf – Jahren nicht ein einziges Mal einen Fuß in eine Kirche gesetzt hatte, einen Psychiater, von dem Mindy berichtete, mit einem verrückteren Mann wäre sie noch nie essen gewesen, und jemanden, der wie der Richtige gewirkt hatte, bis sie erfahren hatte, dass er keinen Job hatte. „Und er hatte auch nicht vor, sich in absehbarer Zeit einen zu suchen“, hatte Mindy zugegeben. „Er schreibt ein Buch.“

„Oh, na, das ist doch toll“, hatte Kyle gesagt, in dem Bemühen, dem neuesten Loser wenigstens etwas Positives abzugewinnen.

„Über Pilze.“

„Na, das wird bestimmt ein Bestseller.“

Das hatte sie zum Lachen gebracht. Kyle schaffte es häufig, Mindy zum Lachen zu bringen. Wenn er doch nur den Nerv aufbringen könnte, Jillian zum Essen einzuladen. Er war überzeugt davon, dass er auch sie zum Lachen bringen würde. Aber bisher waren alle seine Versuche, ihre Aufmerksamkeit zu erregen, gescheitert.

Shakespeare hatte schon recht. Der Weg zur wahren Liebe verlief niemals gerade. Kyle hatte das Gefühl, er rannte immer nur in Sackgassen.

Zumindest bei Mindy tat sich was. „Also, mit wem bist du denn jetzt am Wochenende ausgegangen?“, fragte er.

„Mit niemandem, mit dem ich wieder ausgehen will, das kann ich dir sagen. Ich glaube, ich stelle die Suche ein.“

„Hey, du kannst doch nicht einfach aufgeben. Dein perfekter Mann könnte gleich hinter der nächsten Ecke lauern.“

„Hinter der nächsten Internetecke?“ Sie linste grinsend um die Abtrennung ihrer Arbeitsplätze herum.

Es war ein nettes Gesicht, umrahmt von dunklen Haaren und mit einer Brille auf der Nase, einer kleinen Stupsnase, die ihn an Drew Barrymore erinnerte, und einem kleinen Kinn, das irgendwie einmal im Monat von einem Pickel geziert wurde. (Wie kam das eigentlich?) Was ihre Figur anging, na ja, keine zehn Punkte wie bei Jillian. Trotzdem, sie war ganz hübsch. Irgendjemand würde sie schon wollen.

„Ja“, erwiderte er. „Hinter der nächsten Internetecke. Oder vielleicht im Red Barn.“ Wenn man ein kaltes Bier und heiße Musik wollte, dann war das genau der richtige Ort dafür.

Sie schüttelte den Kopf. „Da war ich schon lange nicht mehr." Mit diesen Worten verschwand sie wieder hinter der Wand.

„Wieso nicht?", fragte Kyle und fuhr seinen Computer hoch.

„Zu viel Konkurrenz."

„Ich weiß, was du meinst." Es war schon seltsam, dass die Trennwände eines Arbeitsplatzes fast so wirkten, als wäre man bei der Beichte. Man war auf einmal bereit, Dinge zu sagen, die man von Angesicht zu Angesicht nicht laut aussprechen würde. Nicht dass er in letzter Zeit zur Beichte gewesen wäre.

Vielleicht sollte er doch mal wieder in die Kirche gehen. Und vielleicht sollte er häufiger zu Gott beten. Gott sah ihn, selbst wenn Jillian es nicht tat. Vielleicht konnte Gott ja ein Wunder bewirken und Jillian die Augen öffnen. So wie die Dinge hier bei Safe Hands liefen, wäre dazu wirklich ein Wunder nötig.

Es war neun Uhr und Zeit für Jonathans morgendliches Ritual. Er schnappte sich seine Müslischüssel mit der klein geschnittenen Banane und stellte den Fernseher an, bevor er einen Sender in Oregon einschaltete. „Das haben wir ja gerade noch mal geschafft", sagte er zu Chica, die es sich auf der Couch neben ihm gemütlich gemacht hatte. „Wir hätten nicht so lange Gassi gehen sollen."

Chicas einzige Reaktion war ein ausgiebiges Gähnen.

„Weißt du was? Deine ablehnende Haltung ist nicht nett."

Sie bellte kurz auf.

„Und du bist eifersüchtig", fügte er hinzu, was sie winseln ließ. Er legte einen Arm um sie und kraulte sie hinter den Ohren. „Aber ich behalte dich trotzdem."

Die Werbung für eine Laser-Hautbehandlung endete, und Chica war vergessen, als Bilder der Stadt Portland, begleitet von flotter Musik, auf dem Bildschirm erschienen, und eine Stimme laut ausrief: „Guten Morgen, Oregon!"

Dann war sie da – gepflegt, blond und schön – auf einer Couch in einem nachgebauten Wohnzimmer sitzend, neben sich einen grauhaarigen Typen, der eine graue Hose und ein teures Hemd trug.

Scott Lawrence. Bei seinem Anblick runzelte Jonathan die Stirn. Diese Medientypen waren einfach zu aalglatt. *Und wer ist jetzt eifersüchtig?*

Er natürlich. So was von blöd. Um auf andere Männer eifersüchtig sein zu können, musste man erst einmal mit der Frau zusammen sein. Jonathan war nicht mit Lissa Castle zusammen und war es auch nie gewesen.

„Na, Lissa, ich wette, du hattest ein supertolles Wochenende", meinte Scott zu ihr.

„Ja, das stimmt." Sie hatte solch eine sanfte Stimme und klang immer fröhlich und nett. Lissa war schon immer nett gewesen.

„Hattest du eine heiße Verabredung?", neckte Scott sie. „Was frage ich überhaupt. Natürlich hattest du ein heißes Date."

Sie stritt es nicht ab, bestätigte seine Vermutung aber auch nicht, sondern saß einfach da in ihrem Ledersessel und lächelte wie die Mona Lisa in einer rosafarbenen Bluse.

Was bedeutete, dass sie eine heiße Verabredung gehabt hat, folgerte Jonathan daraus und fühlte sich gleich noch schlechter.

Ihr Co-Moderator drehte sich zur Kamera herum. „Da wir gerade von Verabredungen sprechen, einige von Ihnen dort draußen an den Bildschirmen tummeln sich vielleicht auch auf den Dating-Seiten im Internet und finden es bisweilen vermutlich frustrierend."

„Es kann ziemlich stressig werden, wenn es so weit ist, sich mit jemandem persönlich zu treffen", ergänzte Lissa. „Und deshalb werden Sie sich bestimmt über unseren ersten Gast heute Morgen freuen, der uns ein paar Tipps verraten wird, wie man den Übergang vom Netz zur persönlichen Begegnung erfolgreich meistert."

Manchmal nützt auch eine persönliche Begegnung nichts, um eine Frau für sich zu gewinnen, dachte Jonathan niedergeschlagen. Jedenfalls nicht, wenn die Frau aus einer Liga weit oberhalb der eigenen kam.

Er war in Lissa verliebt, seit er herausgefunden hatte, dass es Mädchen gab. Genau genommen war Lissa das erste Mädchen gewesen, das er als solches bemerkt hatte, als sie im Alter von neun Jahren ins Nachbarhaus gezogen war. Sie waren Freunde geworden, was mit neun Jahren toll gewesen war. Aber je älter sie wurden, und je hübscher Lissa wurde, desto weniger genügte Jonathan eine Freundschaft, und er begann, auf mehr zu hoffen.

Doch da war er nicht der Einzige. Auf der Highschool entwickelte auch sein Freund Rand auf einmal ein reges Interesse an Lissa, vor allem, als sie Cheerleaderin wurde. Und sie hatte das Interesse erwidert.

Was nicht sonderlich verwunderlich war, denn Rand war einer von den coolen Typen. Als Kinder hatten alle immer darum gebuhlt, Rand für sich zu gewinnen, wenn es darum ging, die Mannschaften für die Softball-Spiele aufzustellen. Auf der Highschool war er Kapitän der Footballmannschaft. Die Jungs wollten alle seine Kumpel sein, und die Mädchen sahen ihn an, als wäre er der Freifahrtschein für eine Reise ins Disneyland.

Was Jonathan anging, der war Kapitän des … Schachteams, für den so gut wie kein Mädchen einen Blick übrig hatte. Wobei er eigentlich ja sowieso kein anderes Mädchen als Lissa haben wollte.

Doch egal, was er auch unternahm, er schaffte es nicht, ihr Interesse zu wecken. Sie sah in ihm immer nur einen guten Freund aus Kindheitstagen.

Dabei wollte er so viel mehr sein. Im ersten Jahr an der Highschool war er, in der Hoffnung, dass sie ihn endlich einmal in einem anderen Licht sehen würde, morgens früh am Valentinstag in die Schule geschlichen und hatte hundert rote Papierherzen an ihren Spind geklebt.

Völlig selbstverständlich ging sie davon aus, dass Rand dieses Werk vollbracht hatte. Der wiederum heimste genauso selbstverständlich die Lorbeeren dafür ein und ging mit Lissa zum Abschlussball. Daraufhin verpasste Jonathan ihm einen rechten Haken und besiegelte damit das Ende ihrer Freundschaft.

Aber es war nicht das Ende von Rand und Lissas Freundschaft gewesen. Auch im darauf folgenden Jahr bildeten die beiden ein Paar.

Was Jonathan anging, der bildete mit niemandem ein Paar. Er versuchte es immer wieder und ging mit unterschiedlichen Mädchen aus, weil er so verzweifelt war. Doch jedes Mal, wenn er die Augen schloss und eins dieser Mädchen küsste, sah er vor seinem inneren Auge nur Lissa.

Nachdem sie ihren Abschluss gemacht und die Klasse sich in alle Winde verstreut hatte, sah Jonathan Lissa manchmal an Feiertagen, wenn sie in der Stadt war und ihre Eltern besuchte und er zufällig nebenan bei seinen Eltern vorbeischaute. Hin und wieder unterhielten sie sich. Ihm fielen dann solche brillanten Dinge ein wie: „Wie läuft's denn so?", und sie stellte ihm Fragen, die häufig so klangen: „Na, gibt es schon jemand Besonderen in deinem Leben?" Leider brachte er nie den Mut auf zu antworten: „In meinem Leben gibt es jemand Besonderen, seit ich neun war."

Als sein Dad starb, schickte Lissa ihm eine Karte, in der sie ihm schrieb, wie leid es ihr täte. Meistens jedoch winkte sie ihm nur zu, wenn sie die Auffahrt hinuntereilte, um sich mit ihren Freundinnen zu treffen. Und wenn sie mal wieder die Aufmerksamkeit eines Mannes aus Icicle Falls erregt hatte und an dessen Arm davonspazierte, versuchte Jonathan, das geflissentlich zu ignorieren.

Vor ein paar Jahren war sie im Sommer vorbeigekommen, um ihre Mutter zum Geburtstag zu überraschen. Er war auch gerade bei seinen Eltern gewesen und hatte auf einer Leiter gestanden und das Haus gestrichen, als sie ihn mit einem fröhlichen „Hallo" von nebenan begrüßt hatte.

Beim Klang ihrer Stimme hätte er fast das Gleichgewicht verloren.

„Jonathan Templar, der Spezialist fürs Anstreichen. Und dabei dachte ich, du wärst nur ein Computergenie", hatte sie ihn von der anderen Seite der Hecke aus geneckt, die die beiden Grundstücke voneinander trennte.

Von der Leiter aus hatte er einen perfekten Blick auf sie gehabt, und es war ein wahrhaft toller Anblick gewesen. Mit ihrem pinkfarbenen Top und den weißen Shorts sah sie aus, als wäre sie dem Titelblatt der Sommerausgabe einer Frauenzeitschrift entsprungen.

„Das auch“, antwortete er und fragte dann: „Bist du länger in der Stadt?“

„Nein, nur übers Wochenende.“

Er wusste, was das bedeutete. Dieser Augenblick war der einzige, der ihm mit Lissa vergönnt war.

„Heute Abend feiern wir Moms große Geburtstagsparty. Morgen Vormittag gibt es noch einen Brunch, und dann muss ich auch schon wieder zurück nach Portland. Ich schätze, ich habe nicht mal Zeit, um dir irgendwelche Kekse zu backen. Wir traurig ist das denn?“ Ehe er antworten konnte, klingelte ihr Handy. „Ich weiß, ich bin auf dem Weg“, sagte sie und beendete das Telefonat. „Wie immer bin ich spät dran“, meinte sie zu Jonathan. „Ich muss los. War schön, dich mal wiederzusehen, Jonathan. Du siehst gut aus.“ Dann eilte sie davon, und das lange, blonde Haar schwang bei jedem Schritt mit.

Das war nicht das einzig Schwingende gewesen. Ihr Hüftschwung wirkte irgendwie hypnotisch und beinahe wie eine Droge auf ihn. Dummerweise mit ziemlich unangenehmen Konsequenzen.

Jonathan beugte sich vor, um sie so lange wie möglich im Auge zu behalten, und verlor dabei das Gleichgewicht. Mit einem erschrockenen Aufschrei versuchte er noch, sich an der Leiter festzuhalten, erreichte dabei aber nur, dass sich der Farbeimer, als er fiel, über ihn ergoss und ihn von Kopf bis Fuß in blaue Farbe tunkte. Eine Ein-Mann-Blue-Man-Group.

Beim Sturz hatte er sich die Hüfte verletzt, doch sein Ego hatte noch weit mehr gelitten, als nämlich Lissa zurückgerannt kam. „Jonathan, alles okay bei dir?“

Er war alles andere als okay gewesen. Das Ganze war entsetzlich peinlich, und sein Gesicht war unter der blauen Farbe bestimmt knallrot angelaufen. Trotzdem antwortete er mannhaft: „Ja, ja, alles in Ordnung. Es ist nichts passiert. Mir geht es gut."

In dem Moment kam seine Mom herausgelaufen und machte großes Aufhebens um ihn, was der ganzen Demütigung die Krone aufsetzte. Später hatte er versucht, seine Klamotten zu waschen, mit der Folge, dass seine Unterwäsche hinterher babyblau gewesen war, und es Tage gedauert hatte, bis er die letzten Reste Farbe von seiner Haut entfernt hatte. Unter seinen Fingernägeln hielten sich die Reste noch scheinbar ewig und erinnerten ihn daran, was für ein Idiot er war. Na ja, und die blaue Unterwäsche war ebenfalls eine ständige Ermahnung gewesen.

Lissa hatte dann doch noch Zeit gefunden, um Kekse zu backen. Sie brachte sie vorbei, ehe sie sich wieder auf den Weg zurück nach Portland machte.

Jonathan versuchte, ganz cool zu reagieren, indem er sich mit der Hand am Türrahmen abstützen wollte. Leider verfehlte er sein Ziel und hätte fast das Gleichgewicht verloren. Wieder einmal.

Sie tat so, als hätte sie nichts bemerkt. „Ich wollte nur noch einmal schnell vorbeischauen, um zu sehen, dass du dir auch nichts gebrochen hast."

„Nein, nein, ich bin okay." Seine Unterhosen waren eine andere Geschichte, doch das behielt er wohlweislich für sich.

„Wie schön", sagte sie und reichte ihm den Pappteller mit den Keksen. „Aber wenn du dir etwas gebrochen hättest, hätte ich dir was auf deinen Gips geschrieben."

Hättest du die Stelle geküsst, damit es schneller heilt? Das war eine ungewöhnlich clevere Bemerkung. Zu schade, dass ihm die erst einfiel, nachdem Lissa schon lange weg gewesen war. Doch selbst wenn er früher daran gedacht hätte, den Mut, das laut auszusprechen, hätte er bestimmt niemals aufgebracht. Stattdessen hatte er nur gemeint: „Dann hätte ich meinen Gips ja aufheben müssen, denn deine Unterschrift ist bestimmt irgendwann viel wert."

Das hatte ihr ein Lächeln entlockt, was wiederum seinen Tag gerettet hatte.

„Bis bald", hatte sie gerufen, als sie in ihr Auto gestiegen war.

„Ja, bis bald", hatte er erwidert.

Und seitdem hatte er sie jeden Tag gesehen … im Fernsehen. Auch auf ihrer Facebook-Seite schaute er immer mal wieder vorbei, wovon sie natürlich keinerlei Notiz genommen hatte. Es war nicht viel, aber es war alles, was er hatte, und es war besser als nichts. Na ja, fast besser als nichts.

„Ich frage mich, ob sie wohl zum Klassentreffen kommt", überlegte er.

Neben ihm winselte Chica.

„Ja, du hast recht, wen interessiert das schon?", murmelte Jonathan. Heutzutage war sie viel zu beschäftigt, um sich mit Computerfreaks abzugeben, mit denen sie in ihrer Kindheit gespielt hatte. Und wenn er zu dem Klassentreffen ging, würde sich die Geschichte nur wiederholen, sprich die selbsternannten coolen Typen von der Highschool würden ihn wieder fertigmachen.

Er lauschte, während der Experte, den sie zu Gast hatten, Tipps gab, wie man ein erstes Date mit einer Internet-Bekanntschaft zu einem Erfolg machen konnte. Wenn es doch nur einen Experten gäbe, der einem armen Kerl helfen konnte, eine erfolgreiche Verabredung mit einer Frau auf die Beine zu stellen, die er schon sein Leben lang kannte.

„Ich kann sie nicht immer nur hier im Fernsehen anschauen", sagte er zu Chica. „Und ich kann nicht länger nichts tun. Sie bleibt ja nicht für immer Single."

Als wenn jemals die Chance bestünde, dass sie, wenn sie irgendwann zum Altar schritt, es an seiner Seite tun würde. „Träum weiter", schalt er sich.

Ja, und wenn schon? Ein Mann brauchte Träume, musste nach Höherem streben. *Steck dir hohe Ziele, sonst kannst du gleich einpacken.*

Tja, das war wohl das Beste. Vergiss es, riet er sich.

Die Morgenshow endete, und Jonathan schaltete den Fernseher aus, bevor er Chica sich selbst überließ, damit sie das Haus bewachen und ein Nickerchen machen konnte. Er hingegen stieg ins Auto und fuhr den langen, teils unbefestigten Weg in Richtung Stadt. Unterwegs kam er an einigen ansehnlichen Grundstücken mit entsprechend imposanten Häusern vorbei, doch im Großen und Ganzen war dieser bewaldete Landstrich noch ziemlich dicht mit Bäumen und Sträuchern bewachsen.

Das gefiel ihm. Jonathan Templar, der raue Kerl aus den Bergen. Na ja, zumindest der Mann aus den Bergen.

Die Stadt präsentierte sich an diesem sonnigen Morgen in äußerst malerischer Pracht. In den Blumenkästen vor den Fenstern und in den Blumenampeln, die an den im alpenländischen Stil gebauten Häusern hingen, leuchteten rote Geranien sowie rosa und weiße Begonien in Hülle und Fülle. Und wenn man die Berge im Hintergrund sah, konnte man fast glauben, man wäre in den bayerischen Alpen. Noch waren wenige Menschen unterwegs, einige machten Besorgungen, andere unterhielten sich oder fegten den Bürgersteig vor ihren Läden.

Sicher, es war weder New York noch Seattle, doch das war für Jonathan völlig okay. Icicle Falls war vollkommen so, wie es war. Wer wollte schon woanders leben?

Lissa Castle zum Beispiel. Ob sie wohl jemals ihre Fernsehkarriere aufgeben und zurück nach Icicle Falls ziehen würde? Wahrscheinlich nicht. Würde er diesen wunderbaren Ort verlassen und ihr dorthin folgen, wohin ihre Karriere sie führte? Ja, ohne zu zögern, wenn sie ihn doch nur fragen würde.

Selbst ein Mann, der unter unerwiderter Liebe litt, musste hin und wieder auch einmal an andere Dinge denken. Jonathan parkte seinen Wagen in der Center Street und konzentrierte sich aufs Geschäft.

Im Laufe des Vormittags gab es genügend Sachen, die ihn auf Trab hielten. Sogar so sehr, dass er nicht einmal Zeit für eine ordentliche Mittagspause hatte. Schließlich hatte er zwanzig Minuten Luft, bevor er im Buchladen Mountain Escape Books sein musste, um nach Pat Wilders Computer zu sehen. Daher entschied er sich, schnell im Bavarian Brews vorbeizuschauen, um sich etwas zum Mitnehmen zu holen.

Das Kaffeearoma betörte seine Geschmacksnerven, als er in den Laden trat. Ja, wahrscheinlich würde er eine Million Jahre ohne Sex auskommen müssen, würde vermutlich niemals mit der Frau seiner Träume eine Beziehung eingehen, aber zumindest blieb ihm immer noch Kaffee.

Kaffee. Sex. Konnte man das überhaupt vergleichen? Jonathan runzelte die Stirn, als ihm bewusst wurde, mit wie wenig im Leben er sich zufriedengab.

Cecily Sterling betrat direkt hinter ihm das Geschäft. „Hallo, Jonathan. Brauchst du auch einen Koffeinschub?“, fragte sie, als sie sich in die Schlange stellten, um ihre Bestellungen aufzugeben.

„Ja“, meinte er und schenkte der schönsten Frau in Icicle Falls ein Lächeln. Jonathan Templar, der Ladykiller.

Hektisch überlegte er, was er jetzt mal Cleveres sagen könnte, als Todd Black, der gerade ebenfalls hereingekommen war, sich selbstbewusst in die Unterhaltung einmischte. „Wer braucht um diese Zeit nicht einen kleinen Schuss?“

Cecily sah ihn an und verdrehte die Augen. „Du klingst gerade so, als wärst du schon seit Stunden auf.“

Todd war Eigentümer des Man Caves, einer Kneipe am Rande der Stadt, die nachts lange geöffnet hatte. Daher konnte man davon ausgehen, dass Todd morgens lange schlief.

„Ich bin heute schon früh hoch, weil ich mich um die Buchhaltung kümmern musste. Was nicht so einfach ist nach einer langen, harten Nacht.“

„Ich bin sicher, dass du hart daran arbeitest, über dein Kahlua-Königreich zu wachen“, meinte Cecily bissig.

„Es ist kein schlechtes Königreich. Übrigens, Kahlua und Schokolade passen gut zusammen. Bring mir doch mal wieder welche vorbei, dann beweise ich es dir.“

„Danke, ich glaub’s dir auch so.“

Jonathan hatte in der Schlange hinter Cecily gestanden, doch irgendwie war es Todd gelungen, sich an ihm vorbeizudrängeln. Mit einer Mischung aus Verärgerung und Neid beobachtete Jonathan, wie Todd sich jetzt zu Cecily vorbeugte und sagte: „Eines Tages wirst du einen richtig schön schnulzigen Film anschauen, wo das Liebespaar eng umschlungen tanzt, und dann wirst du an mein Angebot denken, dir Tangounterricht zu geben."

Sie schüttelte den Kopf und trat einen Schritt von ihm fort. Todd schloss die Distanz sofort wieder.

Oh, hier war ein Meister in Aktion. Jonathan lauschte schamlos ihrer Unterhaltung.

„Oder du verspürst den dringenden Wunsch, meinen Flipper auszuprobieren. Du hast zwar erzählt, du wärst gut im Flippern, aber bisher hast du es immer noch nicht bewiesen."

„Ich muss dir auch nichts beweisen." Sie drehte sich zu ihm um, und fast hätten sich ihre Lippen getroffen.

„Rück mir nicht so auf die Pelle", beschwerte sie sich.

„Geh ich dir unter die Haut? Wie schläfst du in letzter Zeit, Cecily? Wird dir nachts heiß? Musst du die Bettdecke wegziehen?"

Ihre Wangen färbten sich rosa. „Ich schlafe gut, vielen Dank." Sie machte zwei große Schritte von ihm fort und gab ihre Bestellung auf, während Todd selbstbewusst grinsend hinter ihr stehen blieb.

Jenni, die Bedienung, machte Cecilys Kokos-Mocha-Latte fertig und stellte ihn auf den Tresen, doch Cecily war gerade damit beschäftigt, eine SMS zu verfassen. Todds Bestellung wurde ebenfalls prompt erledigt. Cecily steckte ihr Handy weg und griff im selben Moment wie Todd nach dem To-go-Becher. Die beiden wechselten noch ein paar Worte, von denen Jonathan vermutete, dass sie geheime Botschaften enthielten, denn als Cecily den Coffeeshop verließ, waren ihre Wangen noch röter geworden. Todd sah ihr hinterher, während er wie ein Mann lächelte, der gerade einen dicken Fisch am Haken hatte und jetzt überlegte, wie er ihn am besten an Land ziehen sollte.

Es war unglaublich, aber zwischen den beiden hatten solche Funken gesprüht, dass sie damit nicht nur den großen Weihnachtsbaum, der alljährlich in der Stadtmitte aufgebaut wurde, sondern wahrscheinlich sogar die ganze Stadt hätten beleuchten können. Wie schafften es Typen wie Todd, die Hormone einer Frau mit ein paar gezielt gewählten Worten derart in Wallung zu bringen? Jonathan wünschte, er wüsste es.

Der einzige Weg, es herauszufinden, war, danach zu fragen.

Todd war schon auf dem Weg nach draußen. Jonathan schnappte sich seinen Kaffee und eilte hinter ihm her. „Äh, Todd. Kann ich dich mal was fragen?"

Todd drehte sich um, ein ungezwungenes Lächeln auf den Lippen, und hob neugierig die Augenbrauen. „Sicher. Was denn?"

„Wie machst du das?"

Jetzt zog Todd die Brauen zusammen. „Was meinst du?"

Okay, diese Unterhaltung wollte er nicht unbedingt mitten im Bavarian Brews führen. Also öffnete er die Tür und bedeutete Todd, dass sie nach draußen gehen sollten. Als sie auf dem Bürgersteig standen, wusste er allerdings nicht, wie er seine Frage formulieren sollte.

„Was beschäftigt dich, Computermann?", hakte Todd nach.

„Ich habe dich mit Cecily beobachtet. Du bist ja echt ein Meister der anzüglichen Bemerkungen. Woher weißt du, was du sagen musst?"

„Ich sag' einfach das, was mir durch den Kopf schießt." Todd sah Cecily hinterher, die die Straße entlang zurück zur Schokoladenfabrik Sweet Dreams ging. „Sie mag es, wenn man ihr nachstellt. Aber weißt du was? Bald ist sie so weit, dass sie sich von mir fangen lässt, und gefangen zu werden wird ihr sogar noch besser gefallen." Sein Grinsen drückte grenzenloses Selbstvertrauen aus.

Okay, Jonathan könnte auch vor Selbstvertrauen strotzen, wenn er aussehen würde wie Johnny Depps kleiner Bruder. Er merkte, dass er die Stirn in Falten gezogen hatte. Wahrscheinlich sah er aus wie ein bemitleidenswerter Loser.

„Probleme mit Frauen?“, vermutete Todd.

„Immer.“

„Na ja, Frauen und Probleme, das gehört einfach zusammen.“ Er klopfte Jonathan auf die Schulter. „Aber du musst dranbleiben. Gib niemals auf. Das hat schon Winston Churchill gesagt, und der hat England im Zweiten Weltkrieg gerettet.“

Jonathan nickte und trottete von dannen. Winston Churchill hatte nur England retten müssen. Jonathan wollte Lissa Castle erobern. Und er sah nun einmal leider nicht so aus wie Todd Black.

Auf halbem Weg zum Buchladen sah Jonathan, wie Tina Swift aus der entgegengesetzten Richtung auf ihn zukam. Tina war erst kürzlich geschieden worden, und seitdem wurde sie von der Hälfte der Männer in der Stadt umgarnt. Was angesichts ihrer Attraktivität nicht verwunderlich war.

Attraktiv und hochnäsig. Sie war in Jonathans Klasse gewesen, Cheerleaderin und Mitglied des Jetsets von Icicle Falls. Während der Schulzeit hatte sie Jonathan nie Beachtung geschenkt und auch in den zwölf Jahren nach dem Abschluss nicht. Erst als sie vor drei Jahren ihren Laden eröffnet hatte, in dem sie importierte Spitze und Porzellan verkaufte, und jemanden brauchte, der ihre Homepage aufbaute, war ihr eingefallen, dass Jonathan existierte.

Jetzt hatte sie ihn entdeckt und lächelte, als wären sie gute Freunde, was nur bedeuten konnte, dass sie etwas von ihm wollte. Und das war mit Sicherheit kein heißes Date.

Jonathan tat so, als würde er sie nicht sehen, und wechselte die Straßenseite.

Davon unbeeindruckt rief sie seinen Namen und kam hinter ihm her.

Okay, er gab auf und blieb stehen.

Sie ließ ihm kaum Zeit für ein schüchternes Hallo, bevor sie fragte: „Hast du die Einladung zum Klassentreffen bekommen?“

„Äh, ja.“

„Ich hoffe, du hast dir den Tag im Kalender vermerkt.“

„Na ja“, begann er.

Sie ließ ihn gar nicht ausreden. „Das wird bestimmt noch besser als das zehnjährige Jubiläum. Wir haben schon von ganz vielen Leuten Rückmeldungen bekommen. Cam Gordon …“

Football-Angeber und Snob. Als wenn ich den sehen will.

„Feron Prince …“

Der Prinz der Dunkelheit. Er hat mich im ersten Jahr auf der Highschool mal in einen Spind gesperrt.

„Kyle Long. Das war doch ein Freund von dir, oder nicht?“

„Ist er immer noch.“ Und Jonathan brauchte nicht zum Klassentreffen zu gehen, um ihn zu sehen.

„Ich glaube, Rand kommt auch.“

Was bedeutete, dass Jonathan definitiv nicht gehen würde.

„Wusstest du, dass er geheiratet hat?“

Geheiratet? Jonathan lächelte. „Nein.“ Also war Rand aus dem Rennen. Schön, schön.

„Oh, und von Lissa Castle haben wir auch gerade gehört, von unserem Promi. Sie kommt auf jeden Fall.“

Rand war aus dem Rennen und Lissa kam. Bildete er es sich nur ein, oder sah er einen Hoffnungsschimmer am Horizont? (Was auch immer das bedeuten mochte.) Wenn er zum Klassentreffen ging, hätte er ein ganzes Wochenende lang Gelegenheit, Lissa nahe zu sein. Vielleicht konnte er sie sogar lange genug von ihren bewundernden Fans losreißen, um mit ihr zu reden, sie zu beeindrucken, vielleicht sogar mit ihr zu tanzen. Dumm nur, dass er gar nicht tanzen konnte.

„Jonathan?“

Tina schaute ihn fragend an.

Hastig kehrte er zurück in die Gegenwart. „Was denn?“

„Wie ich gerade sagte, ich hatte gehofft, dass du mir bei ein paar Sachen helfen kannst. Wir hätten gern eine Website für das Klassentreffen, und ich dachte, dir würde es vielleicht nichts ausmachen, eine zu erstellen. Du machst doch solche tolle Arbeit. Und die Website, die du für das Schokoladenfestival gemacht hast, war wirklich klasse.“

Aber das war etwas gewesen, was er hatte machen *wollen*. Hierzu hatte er überhaupt keine Lust.

„Wir könnten reichlich Fotos aus dem Jahrbuch und auch die aktuellen Bilder einstellen, die wir bekommen. Außerdem müsste es eine Möglichkeit geben, dass die Leute etwas posten können. Du weißt schon, all diese Sachen."

„Das kann man doch genauso gut auf Facebook machen", sagte er in der Hoffnung, sich so aus der Affäre ziehen zu können.

„Oh, was für eine super Idee! Kannst du das bitte auch übernehmen?"

Halt, stopp. Er hatte doch noch gar nicht Ja gesagt, und schon verdoppelte sie seine Arbeit, mal ganz davon abgesehen, dass er keinen Cent dafür bezahlt bekam.

Aber wie sollte man einer schönen Frau etwas abschlagen? Jonathan hatte nicht die geringste Ahnung.

„Oh, bitte, sag Ja. Ich brauche einen Computer-Zauberer."

„Na ja, ich könnte das wohl machen." Was soll's, dachte er. Sie würde ihn so lange bearbeiten, bis er nachgab, und das wussten sie beide.

Innerlich seufzend überlegte er, dass er jetzt von all seinen ehemaligen Klassenkameraden hören würde, wie erfolgreich sie waren. Er würde sich Fotos von ihren tollen Frauen und Kindern anschauen müssen. Mist.

Währenddessen stand Tina immer noch vor ihm und schwärmte. „Wunderbar! Vielen Dank, Jonathan. Du bist einfach …"

Ein absoluter Loser.

„… der Beste."

Der beste Computerfreak. Es ist nichts Schlimmes, ein Computerfreak zu sein, erinnerte er sich. Bill Gates konnte auch gut damit leben.

„Ich muss los", sagte Tina. „Ich bin schon spät dran für unsere Sitzung. Aber ich bin so froh, dass ich dich getroffen habe."

Ja, er auch. Ehe er noch etwas sagen konnte, etwas Sarkastisches oder sonst irgendetwas, eilte sie schon den Bürgersteig entlang.

Tief in Gedanken versunken setzte Jonathan seinen Weg in Richtung Buchladen fort. Lissa würde zum Klassentreffen im August herkommen. Jetzt, da Rand verheiratet war, bestand vielleicht die Chance, dass sie ihm dann zumindest für ein paar Minuten ihre Aufmerksamkeit schenkte.

Realistisch gesehen war das alles, was ihm vergönnt sein würde. Sie war immer schon sehr beliebt gewesen, und praktisch alle würden mit ihr reden wollen. Trotzdem, er und Lissa kannten sich schon von Kindesbeinen an. Da wollte sie doch sicherlich auch Zeit mit ihm verbringen.

Aber einfach nur Zeit miteinander verbringen genügte ihm nicht. Irgendwie musste er einen Weg finden, ein bisschen Bewegung ins Spiel zu bringen, Eindruck zu schinden.

Hm. Wenn er diesen Gedanken logisch weiterverfolgte, bedeutete das, er brauchte dringend einen Plan.

Seine Unterhaltung mit Todd Black fiel ihm wieder ein. *Du musst dranbleiben.*

Er zog sein Smartphone aus der Hosentasche und suchte nach Winston Churchills berühmtem Zitat. „*Gib nie, nie, niemals auf.*“ Wie groß war die Chance, dass er Lissa dazu bringen konnte, sich in ihn zu verlieben? Vielleicht eins zu einer Million. Und wenn er es gar nicht erst versuchte? Dann war die Chance gleich null.

Er straffte die Schultern. Er würde nicht aufgeben. Irgendwie würde er einen Weg finden, um sich nicht nur von einem Loser in einen Helden zu verwandeln, sondern auch Lissa davon zu überzeugen, dass ihr bester Freund aus Kindertagen auch ihre einzig wahre Liebe ist.

Aber wie?

Er brauchte einen Liebesberater.

3. KAPITEL

Adam fehlte beim nächsten freitäglichen Pokerabend. „Er hat beschlossen, das Wochenende über in Alaska zu bleiben und angeln zu gehen, nachdem er seine Verkaufsgespräche beendet hat", erklärte Jonathan seinen Mitspielern.

„Jetzt kann man dort oben am Copper River bestimmt gut Lachse fischen", meinte Vance. „Vor allem nächste Woche. Vielleicht fahre ich auch noch hoch."

„Einfach mal nach Alaska zum Angeln fahren, weil dir gerade danach ist? Die Geschäfte im Buchladen müssen ja richtig gut laufen", stellte Kyle neidisch fest.

Vance zuckte mit den Schultern. „Ich kann mich nicht beklagen."

Angesichts von Vances Lebensstil musste es besser als okay sein. Vance erzählte nicht viel über sein Geschäft. Genau genommen redete er überhaupt nicht viel über sein Leben. Jonathan wusste, dass er verheiratet gewesen war und eine Tochter hatte, aber mehr im Grunde auch nicht. Vielleicht hatte Vance einen reichen Onkel gehabt, der gestorben war und ihm ein Vermögen hinterlassen hatte. Vielleicht war er ein Microsoft-Millionär. Jonathan hatte keine Ahnung. Wenn es darum ging, etwas über sein Privatleben preiszugeben, blieb Vance bei Themen wie seinen Angelabenteuern (vor allem das, bei dem der Fisch wieder abgehauen war), seinen Gewinnen und Verlusten im Kasino oder den neuesten Weinen, die er entdeckt hatte.

„Okay", sagte Vance und begann, die Karten auszuteilen, „lasst uns endlich anfangen. Five Card Draw, Bube oder höher, um zu eröffnen."

Als sie ihre Karten aufnahmen, überlegte Bernardo: „Ich weiß ja nicht, wieso der Junge ständig übers Wochenende zum Angeln verschwinden kann. Wenn ich das machen würde, wäre meine Anna gar nicht glücklich."

„Er ist ja beruflich sowieso schon da oben“, erwiderte Kyle, „da kann er dann doch gleich dort bleiben. Würde ich auch so machen.“

„Du bist aber auch nicht verheiratet, *Amigo*“, erinnerte Bernardo ihn.

Das brachte Kyle dazu, die Stirn zu runzeln. „Vielen Dank für die Erinnerung.“

„Wenn ein Mann will, dass seine Frau glücklich ist, dann muss er in ihrer Nähe bleiben“, fuhr Bernardo fort.

Jonathan nahm an, dass Bernardo es wissen musste. Er war seit fünfzehn Jahren verheiratet.

„Ja, Frauen wollen Aufmerksamkeit“, stimmte Vance zu. „Reichlich Aufmerksamkeit. Ein weiterer Grund, Single zu bleiben.“

„Wenn ich mit Jillian zusammen wäre, dann würde ich ihr reichlich Aufmerksamkeit schenken“, sagte Kyle.

Vance deutete mit einem seiner dicken Zeigefinger auf ihn. „Fang ja nicht schon wieder damit an.“

Kyle verzog das Gesicht und schob zwei Karten über den Tisch. „Ich nehme zwei.“

Als Vance ihm die neuen Karten gab, machte er immer noch ein grimmiges Gesicht, was aber vermutlich mehr mit seinen Gedanken an Jillian als mit den Karten zu tun hatte.

Jonathan behielt seine Gedanken an Frauen im Allgemeinen und eine Frau im Besonderen lieber für sich. Das Letzte, was er wollte, war Bernardos Mitleid oder Vances Ärger. Da sollte doch lieber Kyle herhalten. Jonathan zog es vor, im Stillen zu leiden.

Am Samstagmorgen versuchte Jonathan, sein Leiden zu lindern, indem er mit seiner Schwester Juliet in die Bücherei ging, um beim monatlichen Bücherflohmarkt zu stöbern, den der Verein *Freunde der Bücherei* ausrichtete.

Ein Fremder, der sie in die Bücherei kommen sah, hätte sie niemals für Geschwister gehalten. Abgesehen von der Haarfarbe sahen sie sich überhaupt nicht ähnlich. Juliet Gerard hatte große braune Augen und konnte gut sehen, während Jonathans graue Augen hinter einer Brille verborgen waren. Er hatte ein längliches Gesicht, während sie mit einem perfekten ovalen Gesicht gesegnet war, das sie von ihrer Mutter geerbt hatte. Er war schlaksig und erreichte gerade mal eine Größe von einem Meter dreiundsiebzig; sie dagegen hatte lange Beine und Kurven an genau den richtigen Stellen. Sie war definitiv diejenige, die in seiner Familie das gute Aussehen geerbt hatte, während er eine große Portion Intellekt abbekommen hatte. Was nicht heißen sollte, dass Juliet dumm war, aber es hatte sich schon früh herauskristallisiert, wer das Genie in der Familie war. In der Welt eines Kindes war das nicht unbedingt ein Segen gewesen. Als sie noch klein gewesen waren, hatte er sich häufig gewünscht, es wäre andersherum, aber selbst da hatte er schon erkannt, wie ungerecht das gewesen wäre. Wenn man nicht sonderlich attraktiv war, war das für einen Mann sehr viel leichter zu verkraften als für eine Frau. Theoretisch jedenfalls.

Ihr Leben war genauso unterschiedlich wie ihr Aussehen. Juliet war verheiratet und hoffte darauf, bald schwanger zu werden – etwas, was zu ihrem Leidwesen sehr viel länger dauerte, als sie angenommen hatte. Wenn sie nicht damit beschäftigt war, dann arbeitete sie stundenweise im Buchladen Mountain Escape Books, traf sich mit ihrem Buchclub oder gab Partys, bei denen all ihre Freundinnen Kerzen oder irgendwelche Kosmetikartikel kaufen mussten. Sie war eine miserable Köchin, eine gute Tänzerin und las liebend gern Liebesromane. Und ihr Kalender war voll mit Terminen.

Jonathans Terminplan dagegen war meist ziemlich leer, und er steckte in seinem nicht swingenden Single-Dasein fest. Er konnte nicht tanzen, dafür konnte er leckende Rohre reparieren und Dimmer-Lichtschalter installieren, was sowohl seine Schwester als auch sein Schwager zu schätzen wussten. Anders als Juliet, las er echte Romane: Actionabenteuer, Science-Fiction oder Fantasy, und der monatliche Bücherflohmarkt, der dazu diente,

Spendengelder zu sammeln, bot ihm eine gute Gelegenheit, neue Autoren zu entdecken.

Er hatte gerade einen großen Fang gemacht, *Das Königreich der Zoon* war eine Erstausgabe, als Juliet, die bei den Liebesromanen herumstöberte, beglückt aufschrie.

Hildy Johnson, die zusammen mit ihrem Mann Nils die Drogerie Johnson's Drugs betrieb, stand neben ihr und hatte bereits eine Reihe von Büchern in ihrem Korb, doch jetzt beäugte sie neidisch Juliets Fund. „Oh, Vanessa Valentine. Den habe ich noch nicht gelesen."

Die Frau war verheiratet und über fünfzig. Warum las sie Liebesromane?

„Ich leihe Ihnen das Buch, wenn ich es durch habe", versprach Juliet.

Rita Reyes, die in der Bar von Zelda's Restaurant arbeitete, kam in den Laden. Nachdem sie Jonathan kurz ein Hallo zugeworfen hatte, ging sie schnell zu Juliet und Hildy, um sich an der Schatzsuche zu beteiligen. „Ich hoffe, ihr habt mir nicht all die guten Romane weggeschnappt."

„Wir haben dir noch ein paar übrig gelassen", versicherte Juliet ihr. „Wann macht Zelda's eigentlich endlich wieder auf?"

„Charley meint, im Juni."

„Das hoffe ich", sagte Juliet. „Ich vermisse die leckeren Huckleberry-Martinis."

„Und ich vermisse es, dort zu arbeiten." Rita seufzte. „Ich bin so froh, wenn wieder geöffnet ist und alles läuft."

Im Dezember hatte ein Feuer dazu geführt, dass das Restaurant schließen musste; im Moment wurde es grundlegend renoviert. Zelda's war ein beliebtes Restaurant in der Stadt, in dem sich sowohl Familien als auch Singles gern mit Freunden trafen. Jonathan war nicht häufig dort gewesen.

Rita deutete auf das Buch in Juliets Hand. „Oh, ich liebe den Roman. James Noble ist der perfekte Mann."

Der perfekte Mann, echt? Ein Charakter, der von einer Frau geschaffen wurde? Ach, herrje.

„Oh, seht mal! Hier ist *Surrender*", rief Rita und zog ein Taschenbuch aus dem Regal. „Ich liebe dieses Buch."

Surrender ... Kapitulation? Ein Kriegsroman in der Romantikabteilung? Jonathan schlich näher und erhaschte einen Blick auf das Buch. Auf dem Cover war kein Blutbad zu sehen, keine weiße Flagge, die gehisst wurde – nur eine Frau in einem tief ausgeschnittenen Kleid und ein muskulöser Typ in Strumpfhosen und einem Hemd, das er vergessen hatte zuzuknöpfen. Der Kerl hielt die Frau in den Armen und beugte sie rückwärts über ein Himmelbett, in dem kein Mann würde schlafen wollen. Allein bei dem Anblick, wie der Mann die Frau hielt, tat Jonathan der Rücken weh.

„Oh, ja, ich auch", stimmte Juliet zu. „Das ist doch echt ein Held, für den man alles geben würde. Ich liebe die Szene, wo er sich schützend vor sie wirft und niedergestochen wird."

„Und wie oft passiert das im wahren Leben?", murmelte Jonathan vor sich hin.

Die Frauen starrten ihn an, als hätte er Gotteslästerung betrieben.

Juliet hob eine ihrer zarten Augenbrauen. „Wahrscheinlich genauso häufig wie eine riesige Seifenblase zur Erde schwebt und dem ersten Idioten, der sie berührt, magische Kräfte verleiht."

Rita kicherte, und Jonathan, angemessen zurechtgewiesen, hatte das Gefühl, als hätte er sein Gesicht in ein loderndes Feuer gehalten. Schnell verzog er sich in eine sichere Ecke des Ladens und begutachtete die Ratgeber für Heimwerker.

Doch auch wenn er Juliet und ihren ebenso nach Romantik dürstenden Mitstreiterinnen den Rücken zuwandte, hielt ihn das nicht davon ab, ihrer Unterhaltung weiter zu lauschen.

„Männer", sagte Rita angewidert. „Vielleicht würden sie mal was lernen, wenn sie hin und wieder Liebesromane lesen würden."

„Nils könnte es nichts schaden, ein paar Sachen zu lernen", bekräftigte Hildy. „Vor allem im Schlafzimmer", raunte sie den anderen verschwörerisch zu. Da inzwischen außer Jonathan auch alle anderen, die sich in dem kleinen Raum befanden, schamlos lauschten, war ihr Geständnis deutlich hörbar.

Der glatzköpfige, dürre Nils und Brunhilda Hildy zusammen im Schlafzimmer. Das waren eindeutig zu viele und zu intime Informationen.

„Oh, sie glauben immer alle, sie wären so tolle Liebhaber." Rita verdrehte die Augen. Rita war geschieden. Offenbar war ihr Ehemann seiner Rolle nicht gerecht geworden. „Wenn ich einen Mann finden würde, der mich so lieben könnte wie die Männer in diesen Büchern, würde ich ihn bestimmt nicht von der Bettkante stoßen."

„Wenn ein Mann wirklich ein guter Liebhaber sein will, dann sollte er diese Romane lesen", fuhr Hildy in ihrem Bühnenflüsterton fort.

Rita nickte. „Das würde ihm den Erfolg bei den Frauen garantieren."

Die drei stöberten noch ein wenig weiter. Kaum waren sie jedoch zur Kasse gegangen, um ihre Bücher zu bezahlen, stürmten zwei grauhaarige Männer und ein Junge im Teenageralter zu den Regalen mit den Liebesromanen.

Jonathan bezahlte sein Buch und ging dann mit Juliet, die ein überhebliches Lächeln auf den Lippen hatte, nach draußen.

„Jämmerlich", murmelte Jonathan.

„Du solltest dir kein Urteil über Liebesromane erlauben, wenn du noch nie einen gelesen hast", sagte sie, als sie in Richtung Bavarian Brews gingen, um dort wie üblich einen Kaffee zu trinken.

„Mag sein", antwortete er. „Aber die kommen mir immer alle so … ich weiß nicht, unrealistisch vor." Er hob eine Hand, ehe Juliet ihn erneut verbal heruntermachen konnte. „Ja, das sind meine Science-Fiction- und Fantasy-Romane auch. Aber ich *weiß*, dass sie völlig irreal sind. Und zumindest basieren Science-Fiction-Bücher auf einer realistischen wissenschaftlichen Grundlage."

„Und bei meinen Liebesromanen ist das wahre Leben die Grundlage“, argumentierte Juliet. „Es geht immer um Männer und Frauen, die sich verlieben und versuchen, ihre Probleme zu bewältigen. Das tun Menschen jeden Tag. Und weißt du, was ich am meisten an den Büchern mag? Dass sie immer ein Happy End haben.“ Juliets Lächeln schwand. „Manchmal braucht eine Frau eine Pause vom wirklichen Leben und ein wenig Aufmunterung.“

Seine Schwester war eigentlich immer guter Laune. Dass sich ihre Miene auf einmal verdüsterte, beunruhigte Jonathan daher sehr. „Ist bei dir und Neil alles okay?“ Er hasste es, das zu fragen, nicht, weil es ihn nicht interessierte, sondern weil weibliche Gefühle ihm immer Angst einflößten. Er hatte sein Möglichstes versucht, sie zu trösten, als sie ihren Vater verloren, doch im Grunde war er sich hoffnungslos unfähig vorgekommen.

Und jetzt schwammen in ihren Augen Tränen, die ihn ziemlich ratlos machten. Lieber würde er dem Drachen von Zoon in die Augen schauen als einer in Tränen aufgelösten Frau.

„Ich werde bestimmt nie schwanger“, sagte sie.

„Du solltest aufhören, ständig diese Schwangerschaftstests zu machen, Jules.“ Ihm war schon klar, dass sie sich ein Baby wünschte, aber sich verrückt zu machen, weil sie nicht schwanger wurde, half auch nicht weiter.

Als ob *er* wüsste, was helfen oder nicht helfen würde. Sie sollte lieber mit Mom reden als mit ihm. Wie waren sie überhaupt auf dieses Thema gekommen? Ach, ja, Liebesromane.

„Na, vielen Dank. Das war ja sehr tröstlich“, fuhr sie ihn an.

Er legte ihr einen Arm um die Schultern. „Hey, es tut mir leid. Aber ernsthaft, hör auf, dich verrückt zu machen. Irgendwann wird es schon klappen.“ Dr. Jonathan Templar, der Fruchtbarkeitsexperte. Ach, herrje.

„Vielleicht aber auch nicht“, erwiderte sie leise.

Jetzt wusste er wirklich nicht mehr, was er sagen sollte. *Gib nicht auf*? Ja, danach würde es ihr sicherlich besser gehen. *Du hast wenigstens jemanden, der dich liebt*? Wahr, aber nicht das, was sie hören wollte. Das Einzige, was sie hören wollte, war: *Du bist schwanger.*

Er schüttelte den Kopf. „Manchmal ist das Leben echt zum Kotzen."

Erstaunlicherweise schienen das genau die richtigen Worte gewesen zu sein. Juliet brachte ein Lächeln zustande und sagte: „Ja, da hast du recht. Aber nicht immer." Sie hob ihre Tüte mit den Taschenbüchern hoch. „Wenigstens habe ich heute richtige Schätze erbeutet. Eine ganze Tüte voller Glück."

Eine ganze Tüte voller Glück, ja, ja. „Wenn du meinst."

„Diese Bücher stecken voller Liebe und Abenteuer."

„Und vollkommenen Männern", fügte Jonathan hinzu, als ihm die Unterhaltung in der Bücherei wieder einfiel.

„Zumindest so vollkommen, wie Frauen sich die Männer vorstellen", meinte Juliet.

Sie holten sich ihren Kaffee und setzten sich dann draußen an einen der Tische, um die Sonne zu genießen und den anderen Einwohnern von Icicle Falls dabei zuzuschauen, wie sie ihre Besorgungen erledigten. Sie hatten fast ausgetrunken, als eine Frau mit einem Kinderwagen auf das Café zusteuerte. Jonathan öffnete die Tür für sie und kehrte anschließend zu seinem Platz zurück, nur um festzustellen, dass seine Schwester kurz davor war, in Tränen auszubrechen.

„Hey, das wird schon", versprach er und hoffte, dass er recht behalten würde. „Du bist doch erst dreißig. Da bleibt dir noch reichlich Zeit, um ein Baby zu bekommen." Sie versuchten es jetzt seit einem Jahr oder so. Verringerte sich die Chance, je länger man es probierte?

Sie nickte, doch diesmal lächelte sie nicht. „Ich sollte mich wieder auf den Weg machen. Sehen wir uns morgen bei mir zum Essen?"

Es war Muttertag. Wenn er nicht auftauchte, würde er etwas zu hören bekommen. „Sicher." Er durfte nur nicht vergessen, vorsorglich ein paar Magentabletten einzustecken.

Seine Schwester umarmte ihn und eilte davon.

Jonathan trank seinen Kaffee aus und stand auf, um seinen Becher in einen Mülleimer zu werfen. Auf dem Weg dorthin kam er an einem Tisch vorbei, an dem eine Frau alleine saß, etwas trank und ein Taschenbuch las. Er warf einen Blick auf das Buch und konnte auf dem Cover ein Paar sehen. Die Pärchen trug moderne Westernkleidung. Schon wieder ein Liebesroman. Die Frau lächelte und blätterte die Seite um.

Was hatten diese Bücher nur zu bieten, dass sie die Frauen so sehr in den Bann zogen? Noch einmal dachte er an die Unterhaltung, die er in der Bücherei belauscht hatte. *Das ist doch echt ein Held, für den man alles geben würde … James Nobel ist der perfekte Mann … perfekte Mann.*

Frauen schrieben diese Romane, und sie schrieben über perfekte Männer. Wenn ein Mann also lernen wollte, was Frauen von einem Mann erwarteten … Wer war noch mal diese Autorin, über die Juliet und Hildy geredet hatten? Vanessa Valentine. Jemand mit solch einem Namen musste doch Bescheid wissen, wenn es um die Liebe ging.

Jonathan warf den Becher in den Müll und lief wieder in Richtung Bücherei, in der Hoffnung, dass die Frauen die Regale mit den Liebesromanen noch nicht vollständig leer geräumt hatten.

Als er in den staubigen Raum im Keller zurückkehrte, waren die meisten Büchereibesucher schon wieder gegangen, entweder nach Hause, um ihr Auto zu waschen oder den Rasen zu mähen, oder sie machten vielleicht eine Wanderung in den Bergen. Ein paar Spätankömmlinge stöberten in den Regalen mit den Gesundheits- und Finanzbüchern, und eine Frau studierte ein Kochbuch.

Und natürlich hatte er das Pech, dass die einzige Abteilung, die ebenfalls noch belagert wurde, die mit den Liebesromanen war. Zwei junge Mädchen standen dort und blätterten in den Büchern. Die beiden waren vermutlich Cheerleaderinnen, so niedlich und schlank, wie sie waren. Mist. Er hatte gehofft, kein Publikum zu haben.

Also trödelte er bei den Zeitschriften und CDs herum, in der Hoffnung, dass die Teenager verschwanden. Taten sie aber nicht. So, wie es aussah, hatten sie vor, den ganzen Tag dort zu verbringen, lesend und ihre Tüten mit Büchern füllend, bis die Regale leer waren.

Was macht es schon, wenn sie dich dabei beobachten, wie du die Liebesromane durchwühlst? Es sind lediglich Mädchen aus der Highschool, redete er sich ein. Mädchen, die nach Hause gehen und ihren Müttern von dem Depp erzählen würden, der zwischen zwei Buchdeckeln nach der Liebe gesucht hatte.

„Oh, wow, hier ist noch eins von Vanessa Valentine", sagte die eine.

Nein, nimm das nicht.

Sie reichte es ihrer Freundin.

„Das habe ich noch gar nicht gelesen", stellte die fest und ließ den Roman in ihre Tüte fallen.

So viel zu dem Buch. Und wenn er nicht schleunigst etwas unternahm, konnte er auch die anderen Bücher alle vergessen. Betont lässig schlenderte er zu ihnen hinüber. Eine gut vierzigjährige Frau, die er schon das eine oder andere Mal in der Stadt gesehen hatte, war ebenfalls plötzlich aufgetaucht. Während er anfing, die Buchtitel zu studieren, merkte Jonathan, dass sowohl die Frau als auch die beiden Teenager ihn anstarrten, als wäre er so eine Art Freak. Ihm brach der kalte Schweiß aus. *Schnapp dir ein Buch und verschwinde.*

Er griff nach einem Roman mit einem Vampir und einem anderen mit einem Cowboy auf dem Cover und wollte gerade gehen, als er es auf einmal sah. Was war das? Da unten, ganz hinten in der Ecke, nur wenige Zentimeter von den Oberschenkeln der Frau entfernt … Ja! Ein letzter Roman von Vanessa Valentine.

Er bückte sich und griff nach dem Buch, während sich im selben Moment auch die Frau vorbeugte. Oh, verdammt! Jetzt hatte er auch noch versehentlich ihren Busen berührt.

„Entschuldigung", sagte sie in einem Tonfall, der ihm deutlich verriet, dass er hier nichts mehr zu suchen hatte.

„Ähm, tut mir leid", murmelte er und zog seine Hand schnell zurück.

Sie nutzte seine Bestürzung gnadenlos aus und schnappte sich den Roman von Vanessa Valentine aus dem Regal. Anschließend packte sie noch ein halbes Dutzend weiterer Bücher in ihre Tüte.

Damit blieben nur noch zwei übrig, und die ergatterte eins der Mädchen. Die Frau hatte recht, die Sache war damit für ihn erledigt. Mit noch immer gerötetem Gesicht ging er zu dem Tisch, wo eine ehrenamtliche Mitarbeiterin kassierte.

Sie war Anfang bis Mitte zwanzig und ganz in Schwarz gekleidet. Ihre Fingernägel waren ebenfalls schwarz lackiert. Überall im Gesicht hatte sie Piercings, eine ganze Reihe von Ohrringen waren über ihre Ohren verteilt, und mit ihren dunkel geschminkten Augen hätte sie Halloween so manches Kind erschrecken können. Nicht, dass Jonathan nun gerade ein Experte war, was Augen-Make-up anging, aber er fand, ihres war definitiv übertrieben. Er zog einen natürlicheren Look vor, so wie Lissa sich schminkte. Lissa, immer das Maß aller Dinge.

Aber nichtsdestotrotz war diese Frau nett. Er hatte sie schon häufiger hier aushelfen sehen. Auf ihr: „Na, noch ein paar Bücher mehr gefunden?", nickte er.

Sie nahm die Romane, um die Preise zusammenzuaddieren, und bemerkte den Vampir auf dem Cover des einen. „Oh, ich liebe diese Autorin. Sie nicht auch?"

„Ich weiß nicht. Ich habe noch nichts von ihr gelesen."

„Noch nicht? Na, dann können Sie sich ja freuen. Ihr Vampir ist wirklich sexy."

Glaubte sie etwa, er stand auf männliche Vampire? Er öffnete den Mund, um zu erklären, dass weder Männer noch Vampire sein Ding wären, kam aber gar nicht zu Wort.

„Er ist genauso toll wie Sookies Eric. Eric muss man doch einfach lieben, oder?"

Jonathan hörte die Teenager hinter sich kichern. Ihm schoss wieder die Röte ins Gesicht. „Na ja …"

„Ich nehme mal an, dass Sie all die Twilight-Bücher gelesen haben? Sind Sie eher Team Edward oder Team Jacob?"

„Was?"

„Ich finde definitiv die Vampire besser. Werwölfe sind längst nicht so sexy."

Weiteres Gekicher ließ Jonathans Wangen noch stärker glühen. „Die hier sind nicht für mich."

„Ja, sicher", flüsterte eins der Mädchen hinter ihm.

„Sie sind für meine Schwester."

Die Frau machte ein langes Gesicht. „Oh."

Okay. Sie war peinlich berührt, er war peinlich berührt. Er hielt das Vampirbuch hoch. „Aber vielleicht sollte ich das hier auch mal lesen."

„Das sollten Sie auf alle Fälle", sagte sie und nickte so heftig, dass ihre Ohrringe klimperten. „Es gefällt Ihnen bestimmt."

Er zahlte und sah zu, dass er rauskam. Zumindest war es ihm gelungen, zwei Bücher zu ergattern. Doch was er eigentlich wollte, war ein Roman von Vanessa Valentine. Er ging nach oben, um zu sehen, ob er eins ihrer Bücher zum Ausleihen finden konnte.

Und siehe da! Da stand tatsächlich einer der Romane, den Juliet auch auf dem Bücherflohmarkt gefunden hatte. Er nahm das Buch aus dem Regal. *Ewige Liebe* lautete der Titel, und unter dem kursiven Schriftzug posierte ein attraktives Paar in der Kleidung eines anderen Jahrhunderts. Kein Bett. Dieses Pärchen stand im Mondschein in einem Garten. So, wie die beiden sich ansahen, würden sie wohl gar kein Bett mehr brauchen.

Einen Moment lang nahm das dunkle Haar der Frau einen honigblonden Ton an, und das Gesicht des Mannes wurde etwas länger und bekam eine Brille. Jonathan blinzelte.

Als er wieder auf das Buch schaute, hatte das Paar wieder sein ursprüngliches Aussehen. Er schüttelte den Kopf angesichts seiner eigenen Albernheit, drehte das Buch um und las die Inhaltsangabe auf der Rückseite.

Lorinda Chardonnays Leben ist ruiniert. Ihr Vater hat das gesamte Vermögen der Familie verspielt und sie dem Earl of Ryde versprochen. Damit sind all ihre Hoffnungen zerstört, ihre Jugendliebe Sir James Noble heiraten zu können. Noch weiß sie nicht, dass der Earl of Ryde ein furchtbares Geheimnis hütet, das Lorinda das Leben kosten wird, wenn sie davon erfährt. Aber James hat nicht vor, sie in die Höhle des Löwen zu lassen, ohne dass jemand über sie wacht. Und wenn er die Straßen des Königs bei Nacht entlangreiten und sich dem Schwert seines Rivalen stellen muss, dann wird er nicht zögern, es zu tun.

Hm, das klang doch ganz interessant. Schwertkämpfe, Geheimnisse, Frau retten. Was soll's, dachte er, ich probier's einfach mal aus. Er nahm das Buch und noch ein paar andere Romane von Vanessa Valentine aus dem Regal und ging zur Ausleihe.

Auf halbem Weg zum Tisch, wo Mrs Bantam, die Bibliothekarin, stand und ihn anlächelte, stockte er. Er hatte dort unten eben schon genügend Demütigungen einstecken müssen. Für diese Liebesromane brauchte er unbedingt noch eine Tarnung.

Also bog er schnell ab und ging zu den Regalen mit der Do-it-yourself-Lektüre, schnappte sich ein paar Bücher über Terrassenanlagen und ging zurück zu … Oh, nein. Mrs Bantam stand nicht länger an der Ausleihe. Stattdessen hatte Emily Ward ihren Platz eingenommen.

Emily war noch relativ neu in der Stadt. Vor ein paar Wochen hatte er ihren Computer wieder zum Laufen gebracht. Sie hatte ihm Kaffee gemacht, sich einen Stuhl genommen und sich direkt neben Jonathan gesetzt, damit sie ihm bei der Arbeit zusehen konnte. Es kam häufiger vor, dass Kunden das taten, aber meist waren sie nicht parfümiert und trugen auch keine Tops, die einem einen freizügigen Blick auf in schwarze Spitze gehüllte

Brüste offenbarten. Das hatte ihn derart abgelenkt, dass er seinen Kaffee umgekippt und alles, was auf ihrem Schreibtisch gelegen hatte, darin ertränkt hatte. Sie hatte zum Glück keinen Aufstand deswegen gemacht, doch er war sich vorgekommen wie der größte Idiot. Seitdem versuchte er geflissentlich, ihr aus dem Weg zu gehen.

Schicksalsergeben schob Jonathan seine Brille hoch und stellte sich hinter einer älteren Frau an, die mehrere Bücher ausleihen wollte. Gleichzeitig fragte er sich, was aus den guten alten Zeiten geworden war, als Bibliothekarinnen noch aussahen, wie man sich Bibliothekarinnen vorstellte. Das Einzige, was bei Emily auch nur annähernd an eine Bibliothekarin erinnerte, war ihre Brille. Da die jedoch knallrot war, wirkte sie eher wie ein modisches Accessoire als eine Sehhilfe. In Emilys kurzem, rotbraunem Haar baumelte eine Feder, sie trug Jeans und ein eng anliegendes Top und massenhaft Armbänder am Handgelenk. Sie war nicht so schön wie Lissa, aber trotzdem hübsch genug, um Jonathan ins Schwitzen zu bringen.

„Hallo, Jonathan", begrüßte sie ihn. „Na, das sieht ja so aus, als wollten Sie sich das ganze Wochenende mit Lesen beschäftigen."

„Äh, ja." *Das war ja mal wieder ganz clever. Sag was anderes, du Idiot.* „Ich wette, Sie dagegen haben Pläne." Mist. Klang das jetzt so, als wollte er mit ihr ausgehen? Er hatte nicht vor, irgendwas anzufangen. Jedenfalls nicht mit Emily.

„Nicht wirklich", erwiderte sie und lächelte ihn an.

Er nickte. „Haben Sie denn inzwischen schon Leute kennengelernt?"

„Ein paar, aber das geht eher langsam voran."

Sie nahm seinen Stapel Bücher und begann, sie einzuscannen. Als sie das Heimwerkerbuch beiseitelegte und nach dem ersten Liebesroman griff, riss Emily die Augen auf.

„Ich besorge ein paar Bücher für meine Schwester", sagte er. Das war seine Geschichte, und dabei würde er auch bleiben.

„Was sind Sie für ein netter Bruder. Ich wette, Sie bereiten auch Ihrer Mom zum Muttertag eine Freude.“

Wenn eine Schachtel Pralinen von Sweet Dreams Chocolate zählte, dann ja. Er zuckte mit den Schultern. „Wir versammeln uns zum Familienessen.“

Jetzt hatte Emily seine Tüte mit den Fundstücken aus dem Bücherflohmarkt entdeckt. „Wie ich sehe, waren Sie auch auf dem Flohmarkt.“

Er ließ die Liebesromane, die er unten gekauft hatte, wohlweislich in der Tüte und zog stattdessen seinen Fund von heute Morgen heraus, *Das Königreich der Zoon*, um zu beweisen, dass er keine Mädchenliteratur las.

Sie neigte den Kopf und musterte das Buch. „Das sieht interessant aus.“

Interessant. Eine höfliche Art, zu sagen, dass es Schrott war. Die Leute urteilten ziemlich schnell über den Lesegeschmack eines Mannes.

Hinter Jonathan räusperte sich jemand, also beeilte Emily sich, auch die restlichen Bücher einzuscannen, und Jonathan machte, dass er davonkam. Erleichtert atmete er aus. Wer hätte gedacht, dass ein Besuch in der Bücherei so stressig sein konnte? Schnell stopfte er die Liebesromane zu den anderen Büchern in die Tüte und verließ die Bibliothek, das Buch über den Terrassenbau für alle sichtbar in der Hand.

Aber kaum war er zu Hause angekommen, landete das Handwerkerbuch unbeachtet auf der Küchenarbeitsplatte, und Jonathan machte es sich zusammen mit Chica auf der Schaukel auf der Veranda gemütlich, um herauszufinden, was so besonders an Sir James Noble war.

Der Rest des Vormittags verging wie im Fluge, während Jonathan in das England des neunzehnten Jahrhunderts eintauchte. Es war schon früher Nachmittag, als er sich ein Glas Milch einschenkte und sich ein Erdnussbutter-Sandwich machte. Mit dem Buch in der Hand ließ er sich am Küchentisch nieder, um zu essen und auch die nächsten Stunden in der Vergangenheit zu verbringen.

Schließlich wurde es Chica, die ihm die ganze Zeit über Gesellschaft geleistet hatte, zu langweilig, und sie verschwand durch die Hundeklappe. Doch Jonathan weilte weiter im neunzehnten Jahrhundert. Und blieb auch während des Abendessens dort, an einem kalten Hühnerbein knabbernd, während der fiese Earl of Ryde seine Spione mit gebratenen Enten bis hin zu Syllabub beköstigte. (Was, zum Teufel, war Syllabub?) Währenddessen kämpfte Sir James Noble, der gefesselt und geknebelt in einem dunklen Verlies lag, darum, das Bewusstsein wiederzuerlangen, weil ihn nur ein Gedanke umtrieb: Er musste die Frau retten, die er liebte.

Nach vielen Schmerzen und Kämpfen gelang es Sir James schließlich, sich zu befreien und die holde Lorinda zu retten.

„Oh, James, ich dachte, nach allem, was auf dem Ball passiert ist, nach all den schrecklichen Dingen, die er mich gezwungen hat zu sagen – ich war sicher, dass du mich nicht mehr liebst." Lorinda verbarg das Gesicht in den Händen und begann zu weinen.
Sanft nahm er ihre Hände und küsste jeden einzelnen Finger. „Weine nicht, Liebste. Er ist tot und hat keine Macht mehr über dich. Und was die Liebe zu dir angeht, weißt du das denn nicht? Ich habe nie aufgehört, dich zu lieben. Eher verglüht die Sonne, als dass ich aufhöre, dich zu lieben."

Na, das war doch mal ein verdammt guter Spruch.

Es folgten noch ein paar Seiten, in denen James und Lorinda glücklich ihr gemeinsames Leben begannen. Dann blieb der Autorin nichts weiter, als *Ende* zu schreiben.

Für Jonathan war dies jedoch ein Anfang. Endlich hatte er den Liebesberater gefunden, nach dem er Ausschau gehalten hatte. Eigentlich ja sogar mehrere. Vielleicht, wenn er genügend von diesen Romanen gelesen und sich Notizen gemacht hatte, würde er ja einen Weg finden, wie er Lissas Liebe gewinnen könnte.

Der Gedanke hatte gerade in seinem Kopf Gestalt angenommen, als er ihn auch schon als hoffnungslos und idiotisch verwarf. Andererseits, was hatte er denn schon zu verlieren? Bestimmt gab es irgendwo in Lissas Herz einen winzigen Funken Glut, den er zu einer kleinen Flamme der Liebe entfachen konnte.

Wie ein Detektiv machte Jonathan eine Reise in die Vergangenheit in der Hoffnung, dort ein paar Hinweise zu finden.

Er sah sich selbst im Alter von zehn Jahren, ein dürrer Junge mit Brille, der sein Möglichstes versuchte, einem kleinen goldhaarigen Mädchen zu helfen, vom Baumhaus der Jungs wieder herabzusteigen, zu dem sie mutig hinaufgeklettert war. Rand, der Anführer der Bande, hatte sie angeschrien, weil sie es gewagt hatte, ihr Territorium zu betreten, und war dann mit Lenny Lubecker und Danny Popkee im Schlepptau wütend abgedampft. Sie war in Tränen ausgebrochen, und Jonathan hatte auf die Solidarität mit seinen Freunden gepfiffen und war stattdessen lieber bei ihr geblieben, um sie zu trösten.

Lissa war gekränkt, doch das Einzige, was Jonathan einfiel, war: „Nicht weinen, Lissa."

„Ich wollte doch nur mal gucken", schluchzte sie. „Ihr kommt immer alle hier rauf und spielt nicht mit mir. Das ist gemein."

Er hatte es nie als gemein empfunden. Ihr „Baumhaus nur für Jungs" war eine Art Fort, ein Ort, an den sie sich zurückziehen konnten, um auf die Welt und auf diese dummen Mädchen herabblicken zu können.

Dabei war Lissa gar nicht dumm. Sie war niedlich, und sie war seine Freundin, und jetzt war sie ganz aufgelöst. „Komm, wir gehen zu mir und gucken, ob wir ein Root Beer Float kriegen", schlug er vor. Mit Vanilleeis in Root Beer konnte man so manchen Kummer trösten.

Sie schniefte und nickte.

Er kletterte aus dem Baumhaus und machte sich daran, die Behelfsleiter hinunterzuklettern, die sie an den Baumstamm gezimmert hatten.

Lissa streckte den Kopf heraus, zog ihn im nächsten Moment aber wieder zurück.

„Komm", rief er.

„Ich kann nicht."

Also kletterte er wieder hoch und schaute hinein. Er fand sie in einer Ecke hockend. „Willst du kein Root Beer Float?"

„Ich hab' Angst", erwiderte sie flüsternd.

„Hier gibt's doch nichts, wovor die Angst haben musst", versicherte er ihr.

Sie schüttelte den Kopf.

„Lissa, du musst runterkommen", meinte er vernünftig.

Wieder schüttelte sie den Kopf.

„Komm schon", drängte er sie. „Ich helfe dir."

„Was ist, wenn wir runterfallen?"

„Tun wir nicht."

Aber sie war nicht überzeugt und rutschte weiter in die Ecke des Baumhauses.

„Ich bringe dich sicher runter."

„Versprochen?"

„Versprochen."

Leise wimmernd rutschte sie auf dem Po vorwärts. An der Öffnung bekam sie es jedoch wieder mit der Angst zu tun und rutschte prompt zurück.

„Komm schon, Liss." Er streckte ihr die Hand hin. „Du schaffst das."

Sie biss sich auf die Lippe und musterte ihn einen Moment lang. Dann bewegte sie sich wieder zum Ausgang. Er stieg ein paar Stufen hinab, um ihr Platz zu machen. „Okay, jetzt dreh dich um und stell einen Fuß auf die Leiter."

Wieder wimmerte sie, doch sie drehte sich um. Und dann streckte sie den Fuß raus.

Jonathan atmete erleichtert auf.

Bis sie den Fuß zurückzog. „Ich kann nicht."

„Doch, du kannst. Du bist mutig. Du bist ja auch ganz allein hier raufgeklettert."

„Da hab' ich ja auch nicht ans Fallen gedacht."

„Dann denk jetzt auch nicht dran", riet er ihr. „Hier, komm, ich pass auf, dass du auch die Leiter triffst."

Erneut wagte sie es, den Fuß herauszustrecken. Diesmal führte Jonathan ihn zur ersten Sprosse. „Genau so! Du hast es geschafft. Komm, jetzt den nächsten Fuß."

Und so ging es weiter, Fuß für Fuß, bis er sie endlich wieder auf dem Boden hatte.

Dort angekommen, schlang sie die Arme um seinen Hals und umarmte ihn. „Du hast mich gerettet!"

Jonathan fühlte sich wie ein Superheld. Es war allerdings auch ein wenig peinlich. Was war, wenn die anderen Jungs das sahen? Er löste sich von ihr. „War keine große Sache."

„Für mich schon", meinte sie. Und dann tat sie etwas, was sein Leben für immer verändern sollte. Sie küsste ihn auf die Wange. „Danke, Jonathan."

Er spürte, dass sein Gesicht feuerrot glühte. Die anderen Jungs würden ihn gnadenlos aufziehen, wenn sie davon Wind bekämen. Weil er nicht wusste, was er sagen oder tun sollte, rannte er einfach los nach Hause und zu dem Root Beer Float. Lissa folgte ihm auf den Fersen.

Seine Mom hatte ihnen nicht nur die Floats gemacht, sondern auch noch Popcorn, und er und Lissa hatten den Rest dieses Samstagnachmittags damit zugebracht, Kniffel zu spielen. Es war ein perfekter Tag gewesen, und es war der Beginn einer lebenslangen, einseitigen Liebesbeziehung.

Ob Lissa sich wohl an jenen Tag erinnerte? Sie hatte ihn nie wieder erwähnt. Obwohl, eines Nachmittags, als sie in der Mittelstufe nach der Schule nach Hause gegangen waren, hatte sie ihm gesagt, er wäre ihr bester Freund.

Sie hatten über Danny Popkee geredet, in den Lissa verknallt war, und sie hatte Jonathan um Rat gefragt, wie sie seine Aufmerksamkeit erringen könnte. Das war die reinste Folter gewesen. Jonathan wollte nicht, dass Lissa Dannys Aufmerksamkeit erregte. Sie besaß schon die ungeteilte Aufmerksamkeit eines Jungen. Nämlich seine.

„Weiß nicht", hatte er gemurmelt. „Entweder mag er dich, oder er mag dich nicht."

„Oh, Mann, das ist echt keine Hilfe. Was würdest du tun, wenn du jemanden dazu bringen wolltest, dich zu mögen?"

Zusammen mit ihr von der Schule nach Hause gehen, ihr bei Mathe helfen und hoffen, endlich genügend Mut aufzubringen, sie zur Stufenparty der 8. Klassen einzuladen. Er zuckte mit den Schultern. „Einfach nett sein." Das war keine Schwierigkeit für Lissa. Sie war zu allen nett. „So wie du es immer bist", fügte er hinzu.

„Ach, Jonathan, du bist echt süß", sagte sie, was ihm die Röte in die Wangen trieb. „Ich weiß nicht, was ich ohne dich machen würde. Du bist mein bester Freund."

Er war ihr bester Freund, aber sie war in Danny verknallt. Sie entschied sich, Danny ein paar Kekse zu backen, und das genügte schon. Sie gingen zusammen zur Stufenparty.

Aber Jonathan bekam auch ein paar Kekse ab – als Dank für seine guten Ratschläge.

Genau genommen backte sie häufig Kekse für Jonathan, weil sie ständig neue Rezepte ausprobierte. Backen war ihre Art, Kreativität auszudrücken. Und eine Möglichkeit, ihren Highschool-Freunden etwas Nettes zu tun.

„Was hältst du von diesen hier?", fragte sie und stellte einen Teller mit Keksen vor Jonathan. Er war zu ihr gegangen, um ihr bei Algebra zu helfen, einem Fach, das ihr das Zeugnis zu verhageln drohte. „Die heißen Küchenspülen-Kekse."

„Küchenspülen-Kekse?"

„Ja, weil man da nämlich alles, außer der Küchenspüle, reintut. Sie werden mit Hafermehl, Rosinen, Butterscotch- und Schokoladenplätzchen gebacken."

Hörte sich gut an. Er nahm einen Keks vom Teller und biss hinein. Trotz all der leckeren Zutaten waren sie nicht wirklich süß. Die hier gehörten definitiv nicht zu den besseren Versuchen, aber das wollte er ihr nicht sagen.

Sie saß da und schaute ihn erwartungsvoll an. „Nicht schlecht“, brachte er heraus.

Doch schon damals hatte er kein rechtes Pokerface gehabt, und sie hatte sofort gewusst, dass irgendwas faul war. Stirnrunzelnd nahm sie sich auch einen Keks vom Teller und probierte ihn. „Bäh.“

„Na ja, es sind nicht deine besten Kekse. Aber sie sind okay.“ Mutig hatte er noch einmal abgebissen.

Sie hatte ihren Keks wieder auf den Teller gelegt und nahm ihm jetzt auch seinen aus der Hand, um ihn wegzulegen. „Du bist ein grässlicher Lügner. Sie sind furchtbar. Ich weigere mich, dich auch nur noch einen einzigen weiteren Bissen davon essen zu lassen. Ich muss wohl den Zucker vergessen haben. Wie konnte das nur passieren?“

„Hast wohl an was anderes gedacht, was?“, meinte er. Besser gesagt, an *jemand* anderes. Lissa verliebte sich ständig neu – in alle möglichen Jungs, nur leider nicht in ihn.

Er beobachtete sie, als sie mit dem Teller zum Mülleimer ging und die missglückten Kekse entsorgte. „Also, ehrlich, so schlecht waren sie nun auch wieder nicht.“

„Doch, waren sie.“ Sie setzte sich an den Küchentisch und lächelte ihn an. „Du bist ein toller Freund. Aber du hast einen schrecklichen Geschmack.“

Nicht, was Frauen angeht.

Das hätte er laut sagen sollen. Warum hatte er das nicht getan? Warum hatte er nie etwas zu Lissa gesagt?

Tief in seinem Inneren kannte er natürlich die Antwort. Er hatte Angst davor gehabt, wie sie reagieren würde. Also hatte er sich entschieden, nicht nur damals seinen Mund zu halten, sondern auch während all der folgenden Jahre, und sich so den Schmerz einer Zurückweisung zu ersparen.

Trotzdem, all diese Jahre, in denen er sich wie ein elender Feigling verhalten hatte, hatten eine andere Art von Schmerz hervorgerufen. Und inzwischenhatte er es satt, leiden zu müssen.

Er und Lissa waren in ihrer Kindheit gute Freunde gewesen. Sie konnten wieder beste Freunde werden, vielleicht sogar ein bisschen mehr, wenn er sich in einen Mann verwandelte, von dem eine Frau wie Lissa Notiz nehmen würde.

Er hatte nur den Hauch einer Chance.

Doch er glaubte an diese Chance. Und morgen würde er sich in die Lektüre mit dem Viscount Vampir und dem Cowboy vertiefen. Danach würde er sich online (wo niemand sah, was er sich kaufte) einen Haufen weiterer Liebesromane bestellen. Er musste schließlich noch ausgiebig Recherche betreiben.

4. KAPITEL

Das Essen am Muttertag bei den Gerards, für das Jonathans Schwester verantwortlich war, entpuppte sich wieder einmal als ein kulinarisches Abenteuer. Zu sagen, dass die Mahlzeit dem hübsch gedeckten Tisch mit den frischen Blumen nicht gerecht wurde, wäre eine Untertreibung gewesen. Der Schmorbraten war so gut durch, dass man ihn schon fast als Trockenfleisch bezeichnen konnte, und der Spargel war angebrannt. Der Kuchen … na ja, der war gar kein Kuchen, jedenfalls hatte Jonathan noch nie solch einen Kuchen gegessen – seit dem letzten Mal, als Juliet versucht hatte, einen zu backen. Müsste Kuchen nicht … höher sein? Und, bäh, was war das denn für ein bitterer Geschmack?

Juliet verzog ebenfalls das Gesicht. „Ich hätte das Backpulver nicht in letzter Sekunde reintun sollen“, meinte sie.

„Das muss mit dem Mehl hineingesiebt werden, Liebes“, sagte ihre Mutter sanft.

„Aber ich hatte es vergessen. Und ich wusste, dass es rein muss.“

„Aber da du es ja noch reingetan hast, hätte der Kuchen eigentlich auch besser aufgehen müssen“, überlegte Mom und spielte den kulinarischen Detektiv. Selbst Columbo hätte das Rätsel, warum Juliets Küchenkreationen nie etwas wurden, nicht lösen können, deshalb wunderte Jonathan sich, warum Mom es überhaupt versuchte.

„Dann rief Cecily an, um etwas wegen des Buchclubs zu besprechen, und da hab' ich die Eier vergessen.“ Juliet seufzte. „Ich hatte gehofft, dass das Backpulver reichen würde.“

„Die gebackenen Kartoffeln waren nicht so schlecht“, sagte ihr Mann Neil. „Na ja, die kann man ja auch nicht so leicht versauen.“

War das ein Kompliment? Jonathan war sich nicht sicher. Das ging ihm häufig so, wenn er bei einem Gespräch zwischen seinem Schwager und Juliet zuhörte. „Sie hat es versucht, und das allein zählt." Und selbst wenn die Kartoffeln noch nicht ganz gar gewesen waren, bemerkte man das kaum, wenn man sie mit Sour Creme und Butter vermuste.

„Ich beschwere mich nicht", sagte Neil. „Meine Liebste hat andere Talente."

So, wie Neil seine Frau ansah, konnte Jonathan ahnen, um was für Talente es sich dabei handelte. Er hob eine Hand. „Du brauchst sie uns nicht weiter zu erläutern." Es gab ein paar Dinge, über die wollte man als Bruder in Bezug auf die kleine Schwester nicht nachdenken.

„Es war ein schönes Essen, Schatz", sagte ihre Mutter.

„Nein, war es nicht." Juliet musterte kritisch das nicht gerade appetitlich aussehende Zeug auf ihrem Teller. „Es tut mir leid, Mom. Ich wollte, dass es ein besonderer Tag wird."

„Ist es doch auch." Mom ließ den Blick über die Runde am Tisch gleiten. „Ich bin mit euch allen zusammen, und dadurch ist es ein perfekter Muttertag. Aber wenn ihr noch eins draufsetzen wollt ..."

„Ich geh und besorge Eiscreme", bot Neil an.

„Oh, ich dachte dabei nicht an etwas zu essen. Ich dachte eher an ..."

„Farkle", beendeten Jonathan und Juliet ihren Satz im Chor. Seine Familie hatte, als Jonathan noch kleiner gewesen war, viel und gern Gesellschaftsspiele gespielt, und seine Mutter liebte es noch immer, ihn beim Scrabble zu schlagen. Zu Weihnachten hatte er ihr das Würfelspiel Farkle geschenkt, was schnell zu ihrem neuen Lieblingsspiel avanciert war.

„Zufällig hab' ich meins in der Handtasche", erklärte Mom grinsend.

Jonathan wäre nicht überrascht gewesen, wenn sie erklärt hätte, die Gesamtbevölkerung von Luxemburg dort drin zu haben. Was Frauen alles in ihren Handtaschen unterbrachten, erstaunte ihn immer wieder.

„Würfel", sagte Neil und rieb sich die Hände. „Das ist ein Spiel, für das sogar ich mich erwärmen kann."

Anders als Jonathan und seine Familie, war Neil kein großer Spieler, es sei denn, das Spiel beinhaltete einen Football und eine gute Dosis Aggressionen. Er war ein großer, muskulöser Typ, der diese Muskeln bei der Arbeit in der Schokoladenfabrik von Sweet Dreams einsetzte. Heute musste Jonathan zugeben (mit einem Anflug von Neid), dass sein Schwager durchaus für das Cover von einem von Juliets Liebesromanen posieren könnte.

Neils Aussehen war das Erste, was Juliet an ihm fasziniert hatte. Jonathan war sich nicht sicher, was sie ansonsten an ihm fesselte, doch sie schien durchaus glücklich mit ihrer Wahl. Abgesehen davon, dass sie zusammen in die Red Bar gingen, ihre Lieblingsmusikkneipe, schienen sie nicht viel gemeinsam zu haben. Juliet liebte es, zu lesen. Das Einzige, was Neil las, waren die Sportseiten. Bei Filmen gefielen ihr typische Frauenfilme, während Neil Actionstreifen bevorzugte. Er aß gern, und sie war eine schlechte Köchin. Ihre Familie bedeutete ihr alles. Seine Familie dagegen war dysfunktional, und Neil war so weit wie möglich von ihr fortgezogen. Und er schien auch nie sonderlich begeistert, ihre Familie zu treffen.

Aber vielleicht bildete Jonathan sich das auch nur ein, weil er sich in Neils Gegenwart immer ein wenig unwohl fühlte, ein bisschen so wie ein Maulesel neben einem Vollblutrennpferd.

Mom hatte den Würfelbecher aus ihrer Handtasche gekramt, und Jonathan schob die Gedanken an Maulesel und Vollblüter beiseite. Aber später am Abend, als er wieder nach Hause kam, musste er noch einmal daran denken. Einige Männer waren einfach von Natur aus Ladykiller. Andere …

Na ja, immerhin liebte Chica ihn.

Sie kam aus ihrer Hundeklappe gestürmt, um ihn zu begrüßen, kaum dass er auf die Einfahrt gefahren war. „Hast du mich vermisst, mein Mädchen?“, fragte er.

Chica bellte und wedelte mit dem Schwanz. *Ja.*

„Ich wette, du bist bereit, eine Runde Fangen zu spielen, oder?“ Er griff nach dem Tennisball, der auf der Veranda lag und warf ihn weg, woraufhin Chica sofort losraste, um ihn zu holen.

Hunde waren so leicht glücklich zu machen. Wenn das bei Frauen doch nur auch so einfach wäre.

Nachdem sie sich ausgiebig ausgetobt hatten, gingen sie ins Haus, und entsetzt musste Jonathan feststellen, dass auch Chica Geschmack an Liebesromanen gefunden hatte. Zwei seiner Neuerwerbungen vom Bücherflohmarkt waren der Hündin zum Opfer gefallen.

„Verdammt, Chica", schimpfte er, während er sich die zerfledderten Bücher und die herausgerissenen Seiten auf der Couch und dem Wohnzimmerboden anschaute. Er nahm den Rest eines Covers in die Hand und stellte fest, dass der Viscount Vampire jetzt überall im Gesicht und auf dem Hals Hundebissspuren aufwies. Doch ihm war es noch besser ergangen als dem Cowboy. Das Einzige, was Jonathan von dem noch finden konnte, war sein Stetson.

Wütend wedelte er mit dem Papierschnipsel vor Chicas Nase herum. „Was ist das?"

Die Hündin kniff den Schwanz ein und ließ den Kopf hängen, bevor sie beschämt in Richtung Küche davontrottete.

„Ja, du solltest dich wirklich schämen. Böser Hund!" Sie hatte eine Hundeklappe und einen großen Garten, in dem sie herumtollen konnte. Da brauchte sie nicht seine Bücher zu klauen und aufzufressen. „Warum hast du das getan?", wollte er wissen. Normalerweise machte sie sich nicht über seine Bücher her. Aber normalerweise ließ er seine Bücher auch nicht auf der Couch rumliegen. Und, das musste er ja zugeben, diese hier hatten schon ein wenig staubig gerochen. Vielleicht hatte Chica sie für etwas Totes gehalten.

Na ja, jetzt waren sie wirklich so gut wie tot.

Er nahm den Teil einer Seite hoch und las.

„Armande, ich habe noch nie einen Mann wie dich getroffen", hauchte die Contessa.

„Und du wirst auch nie wieder einen wie mich treffen. Ich werde all deine Sehnsüchte erfüllen. Für immer", flüs-

terte er, während er sanft ihr Haar hochhob und den bezaubernden weißen Hals entblößte.

Sehnsüchte und ein bezaubernder weißer Hals – das war alles, was er je über die Contessa und Armande erfahren würde. Jonathan holte den Mülleimer unter der Küchenspüle hervor und machte sich an die Arbeit.

Chica beobachtete ihn, wie er das Chaos beseitigte.

„Ja, das hast du angerichtet. Dabei waren die für meine Recherche bestimmt, weißt du?", informierte er sie.

Sie winselte.

Er wurde weich. „Okay, ich vergebe dir. Komm her."

Mit hoffnungsvoll wedelndem Schwanz kam sie zu ihm.

Jonathan kniete sich hin und zog die Hündin an sich, um ihr den Kopf zu streicheln. „Ich vermute mal, dass die Bücher einfach zu gut aussahen, als dass du ihnen widerstehen konntest, was?"

Sie leckte ihm übers Gesicht.

„Ja, ja, ich weiß, dass es dir leidtut. Ich suche sie mir im Internet und lade sie mir auf meinen E-Book-Reader. Aber dass du mir nie wieder meine Bücher frisst, okay?"

Chica bellte. *Okay.*

Sobald alles aufgesammelt war, würde er ein wenig Zeit auf der Insel Kreta verbringen, zusammen mit einem weltgewandten Tycoon und einer schönen Geschäftsfrau. Den *Undercover Tycoon* hatte er sich bei Juliet gemopst. Der Roman hatte auf einem Stapel von Büchern auf der Treppe gelegen, und Jonathan hatte nicht an sich halten können und ihn geklaut. In der Tasche seiner Windjacke hatte er ihn aus dem Haus geschmuggelt. Juliet hätte ihm das Buch sicherlich gern geliehen, wenn er sie gefragt hätte, aber *nie* im Leben würde er sie bitten, ihm einen ihrer Liebesromane zu leihen. Das würde er noch endlos lange aufs Butterbrot geschmiert bekommen, vor allem von Neil. Glücklicherweise hatte er es unbemerkt aus dem Haus schmuggeln können, und genauso würde er es auch wieder zurückbefördern. Niemand würde es bemerken.

„Dies hier frisst du bitte auf keinen Fall", drohte er Chica und zeigte ihr das Buch. „Es gehört uns nicht."

Sie gähnte und machte es sich neben ihm auf der Couch gemütlich.

Diese Geschichte hatte einen zeitgenössischen Hintergrund, und es dauerte nicht lange, bis Jonathan sich in den Plot eingelesen hatte. Obwohl Held und Heldin heiß aufeinander waren, stand etwas ihrer Liebe im Wege – das Geschäft. Ihrer Familie hatte es einmal gehört, doch jetzt leitete sie es nur noch. Und der Tycoon wollte es gegen ihren Willen verkaufen.

Während er las, machte Jonathan sich Notizen auf seinem iPad und behandelte den Roman, als wäre es ein Arbeitsheft auf dem College, so, wie er es auch schon mit dem anderen Roman, den er gelesen hatte, gehandhabt hatte. Dieser Held hier schien über einen Überschuss an Testosteron zu verfügen. Er war stark und energisch, und auch wenn er und die Heldin miteinander stritten – was sie ziemlich häufig taten –, schien sie seine energische Haltung zu mögen. Also wollten Frauen einen Mann, der energisch war und Sachen in die Hand nahm.

Jonathan fügte diese Eigenschaft zu der Liste, die er begonnen hatte, hinzu. Energisch sein, Führung übernehmen. Auch er konnte energisch sein. Vielleicht.

Adam kehrte am späten Sonntagabend von seinem Alaska-Abenteuer zurück und machte eine schockierende Entdeckung. Sein Haustürschlüssel funktionierte nicht. Weder träumte er, noch war er betrunken. Dies hier war das richtige Haus. Sein Haus. Aber sein Schlüssel passte nicht ins Schloss. Es war schon schwierig gewesen, das Schloss überhaupt zu finden, da seine Frau das Licht auf der Veranda nicht angelassen hatte. Was zum Teufel sollte das?

Er klingelte.

Nichts passierte.

Er klingelte erneut.

Noch immer kam niemand zur Tür.

Chelseas Auto war jedoch da. Was ging hier vor sich? „Chels“, rief er. „Chelsea?“

Schließlich ging das Licht im Flur an, und er sah den Schatten eines schlanken Körpers auf der anderen Seite der Milchglasscheibe. Seine Frau war wohl eingeschlafen.

Allein das war schon seltsam. Sonst wartete sie immer, bis er nach Hause kam.

Jetzt stand sie vor der Tür, ohne sie jedoch aufzumachen. Und das Verandalicht ging auch nicht an, sodass er weiter im wahrsten Sinne des Wortes im Dunkeln tappte.

Ihre Stimme drang dumpf und wie aus weiter Ferne durch die Tür. „Verschwinde, Adam.“

Was? „Lass mich rein. Mein Schlüssel funktioniert nicht.“

„Kann er auch nicht, da ich ein neues Schloss habe einbauen lassen“, sagte die Stimme.

Vielleicht träumte er ja doch? Oder sie erlaubte sich einen Scherz mit ihm. „Okay, Babe, jetzt hattest du deinen Spaß. Mach auf.“

Statt die Tür zu öffnen, schaltete sie das Licht im Flur wieder aus und verschwand. „Chels!“ Er hämmerte gegen die Tür. „Das ist jetzt nicht mehr lustig. Mach endlich auf.“

Der nächste Nachbar lebte zwei Grundstücke weiter – und dazwischen standen viele Bäume, und wer auch immer das Haus neben ihnen gekauft hatte, war noch nicht eingezogen. Trotzdem ertappte Adam sich dabei, wie er über die Schulter blickte, um zu prüfen, ob ihn jemand gehört hatte. Er kam sich wie ein Idiot vor, vor seiner eigenen Haustür zu stehen und um Einlass zu betteln. Sie hatte die Schlösser ausgetauscht? Das war doch gar nicht erlaubt. Aber was sollte er tun, die Polizei rufen? Dann würde er für den Rest seines Lebens auf der Couch schlafen.

Das war doch alles der reinste Wahnsinn. Er holte sein Handy aus der Tasche und wählte Chelseas Nummer.

„Was ist?“, fragte sie.

Wie bitte? Wer war diese schnippische Frau?

„Hättest du vielleicht die Güte, mir zu erzählen, was hier los ist?“, fragte er.

Im ersten Stock ging ein Licht an, bevor kurz darauf ein Fenster geöffnet wurde. Das Fenster in ihrem Schlafzimmer. Einen Moment lang sah er das Gesicht seiner Frau im Schein der Schlafzimmerbeleuchtung. Chelsea hatte langes, rotbraunes Haar, große braune Augen und Lippen wie Angelina Jolie. Auf diesen Lippen zeigte sich nicht der geringste Anflug eines Lächelns.

In der Hand hielt sie eine in weißes Papier gewickelte Schachtel, verziert mit einer rosa Schleife. Er erkannte die Schachtel. Und jetzt wollte Chelsea sie ... Oh, nein. Das war zerbrechlich. „Tu's nicht ...“, begann er.

Zu spät. Sie ließ sie fallen. Die Schachtel landete mit lautem Klirren auf dem Boden. So viel zu der Bonbonschale, die der Verkäufer im Mountain Treasures ihn überredet hatte zu kaufen.

Seine Frau hatte offenbar den Verstand verloren. „Was *machst* du denn?“

Einen Augenblick später kam noch etwas angeflattert wie ein schlecht gefaltetes Papierflugzeug – die Karte, die zu der Schachtel gehörte.

„In Ordnung“, sagte er ins Handy. „Was soll das alles?“

„Rate mal.“

„Du willst meiner Mutter nichts zum Geburtstag schenken?“

Falsch geraten. Das Telefonat wurde beendet und das Schlafzimmerfenster zugeknallt.

Er rief sie wieder an. „Ich verstehe das alles nicht.“

„Sagt die Zahl sieben dir vielleicht irgendetwas?“

Sieben, sieben. Verdammt! Ihr Hochzeitstag. Ihr Hochzeitstag war an diesem Wochenende, und er hatte es vergessen. „Scheiße“, murmelte er.

„Ja, genau da steckst du jetzt drin“, sagte Chelsea. „Es war schon schlimm genug, dass du einfach zum Angeln in Alaska geblieben bist, aber weder Blumen zu schicken, noch anzurufen ...“

„Ich habe angerufen." Das war ziemlich lahm. Er hatte eine Nachricht auf dem Anrufbeantworter hinterlassen, um ihr zu sagen, wann er ungefähr nach Hause kommen würde. Kein Wort vom Hochzeitstag.

Weil er den völlig vergessen hatte. Vergessen! Was hatte er nur im Kopf? Einen zwanzig Pfund schweren Lachs, den hatte er im Kopf gehabt. Irgendwie wurde ihm gerade schlecht.

„Und dann habe ich dieses Päckchen gefunden und gedacht, du hättest es mir als Überraschung da gelassen." Ihre Stimme klang ziemlich zittrig, ein sicheres Zeichen, dass sie weinte. „Und was war es? Das Geburtstagsgeschenk für deine Mutter. Dabei ist ihr Geburtstag erst nächste Woche. Außerdem habe ich ihr auch schon was gekauft, weil du sonst nie daran denkst!"

Auch in diesem Jahr hätte er es vermutlich vergessen, wenn er nicht vor ein paar Tagen mit seiner Mom telefoniert hätte. Dabei hatte sie eine Andeutung gemacht, als er gerade in der Stadt gewesen und an einem Laden vorbeigegangen war. Eigentlich war es mehr als eine Andeutung gewesen. Sie hatte ihm klipp und klar erklärt: „Deine Frau ist nicht deine Privatsekretärin, Adam, und du solltest in der Lage sein, dich an den Geburtstag deiner eigenen Mutter zu erinnern."

Ja, und er hätte auch an den eigenen Hochzeitstag denken müssen, hatte er aber nicht. Er hatte das Geschenk für seine Mutter in den Schrank gestellt und völlig vergessen. Genau wie er ein wichtiges anderes Datum vergessen hatte. „Ich wusste, dass der Hochzeitstag naht", sagte er. Das war keine Lüge. Er hatte sich fest vorgenommen, daran zu denken.

„Das war der letzte Tropfen, der das Fass zum Überlaufen gebracht hat. Ich habe es satt, dass du mich als selbstverständlich erachtest. Das machst du die ganze Zeit."

„Tue ich nicht", rechtfertigte er sich – ihr und auch sich selbst gegenüber.

„Oh, doch, das tust du. Und das hier ist ja nicht das erste Mal, dass du es vergisst."

Okay, im vorletzten Jahr hatte er versehentlich Karten für ein Spiel der Mariners gekauft, das leider genau an ihrem Hochzeitstag stattfand. Und Chelsea hätte nie erfahren, dass er Mist gebaut hatte, wenn sein Bruder Greg nicht aus Seattle angerufen hätte, um zu fragen, um wie viel Uhr sie sich am Stadion treffen wollten. Um es wieder gutzumachen, hatte er Chelsea diamantene Ohrringe gekauft. Ein Karat, also ehrlich! Er hatte sie sogar mit zum Spiel genommen, und alles in allem hatten sie einen richtig netten Abend zusammen verbracht.

Und im letzten Jahr hatte er daran gedacht. Sie hätte ihn nicht eine Woche vorher daran erinnern müssen. Wieso hielten Frauen einem so etwas eigentlich immer wieder vor? Sie merkten sich jeden Fehltritt und schmierten es einem immer wieder aufs Brot, gerne auch mitten in der Nacht.

„Oh, komm schon, Babe. Sei nicht so streng mit mir. Lass uns darüber reden." Sie wollte immer reden.

Heute Nacht nicht. Sie beendete das Telefonat und schaltete das Licht im Schlafzimmer aus.

Natürlich versuchte Adam, sie erneut anzurufen, doch sofort sprang der Anrufbeantworter an.

Na toll. Wirklich toll. Wo sollte er nachts um halb zwölf hingehen? Vermutlich könnte er in einer der Pensionen in der Stadt einchecken, aber wenn er das tat, würde die ganze Stadt wissen, dass seine Frau ihn vor die Tür gesetzt hatte.

Da das hier ja nur vorübergehend war, sah er keinen Sinn darin, diesen Weg einzuschlagen. Morgen würde er sie zum Essen einladen. Sie würden sich versöhnen, und alles wäre wieder gut.

In der Zwischenzeit konnte er jedoch nicht auf der Veranda schlafen. Er nahm seinen Reisetrolley und schaffte ihn wieder ins Auto. Wenn sie es so wollte, würde er eben in seinem Wagen nächtigen. Doch auch wenn man in einem SUV gut schlafen konnte, eignete er sich nicht sonderlich gut dafür, sich morgens zu rasieren.

Also ließ er den Motor an und fuhr langsam weg von seinem Haus. *Seinem* Haus! Er hatte keine Ahnung, wohin er fahren sollte. Aber er wusste, dass er ernsthaft in Ungnade gefallen war.

Jonathan befand sich in einem unglaublichen Traum. Er hatte gerade einen Mann in einem Schwertkampf getötet, und jetzt hatte sich ihm die Frau, die er gerettet hatte – Lissa in einem altmodischen, rosafarbenen Nachthemd – in die Arme geworfen.

„Wie kann ich dir nur danken?", hauchte sie.

„Na ja", erwiderte er und senkte den Kopf, um sie zu küssen.

„Oh, warte. Hörst du das auch?", sagte sie und drehte den Kopf, kurz bevor er seine Lippen auf ihre pressen konnte. „Die Kirchenglocken."

„Es läutet, ja", stimmte er zu und versuchte noch einmal, ihren Mund zu erobern.

„Sie rufen dich. Du musst gehen."

„Wer ruft mich?"

Er würde es nie mehr herausfinden. Das beharrliche Läuten der Türklingel, zusammen mit dem Hämmern an seine Haustür und Chicas Gebell, weckte ihn schlagartig.

Ein Blick auf den Wecker verriet ihm, dass es Mitternacht war! Er fluchte, schlug die Decke zurück, marschierte aus dem Schlafzimmer und schaltete das Licht im Flur an, während Chica aufgeregt vor ihm herlief. Wer auch immer da vor der Tür stand, Jonathan würde ihn umbringen.

Aber dann fiel ihm ein, dass jemand, der ihn um diese Zeit aus dem Bett klingelte, ein Problem haben musste. Juliet! Hatte sie sich mit Neil gestritten?

Er lief schneller. Als er im Wohnzimmer angekommen war, drückte sein Besucher nicht nur unablässig auf den Klingelknopf und hämmerte gegen die Tür, sondern rief auch noch seinen Namen. Das war definitiv nicht Juliet.

Jonathan öffnete die Tür und entdeckte Adam davor stehen. „Ich brauche einen Platz zum Schlafen."

„Häh?"

„Kann ich bei dir auf der Couch schlafen?"

„Äh, ja", antwortete Jonathan und trat zur Seite.

Und so spazierte Adam, der Erfolgreiche, herein und zog sein kleines Köfferchen hinter sich her. „Chelsea hat mich rausgeschmissen."

„Weil du zum Lachseangeln warst?" Das kam ihm jetzt doch ziemlich extrem vor.

„Nein, weil ich unseren Hochzeitstag vergessen habe."

Jonathan war zwar kein Experte, was Frauen anging, doch selbst er wusste, dass das zu den Kardinalsünden gehörte. „Wie hast du das denn geschafft?" Wenn er mit Lissa zusammen wäre, würde er ihren Hochzeitstag niemals vergessen. Verdammt, er würde alles zu einem Gedenktag machen – die erste Verabredung, den ersten Kuss, die erste gemeinsame Nacht. Wobei – so, wie er sich im Moment anstellte, schaffte er das ja noch nicht einmal im Traum.

Adam marschierte ins Wohnzimmer und parkte seinen Koffer neben Jonathans Sofa. Mit der Hand fuhr er sich durchs Haar. „Ich wollte ihn nicht vergessen." Er ließ sich auf die Couch plumpsen. „Sie sagt, ich würde sie vernachlässigen."

„Tust du das?"

„Nein. Na ja, vielleicht. Manchmal. Ich weiß nicht."

Von wegen, er wüsste es nicht. „Aha."

„Okay, okay, dann bin ich eben nicht so vollkommen, wie all diese Typen auf den Covern ihrer idiotischen Liebesromane."

Jonathan entdeckte seinen Vanessa-Valentine-Roman auf der Küchenarbeitsplatte und zog verstohlen die neueste Ausgabe der PC World darüber.

Adam bekam es gar nicht mit. Er war zu sehr mit seinem eigenen Drama beschäftigt. „Aber mit uns Männern muss man auch mal Nachsicht üben, weißt du?"

Jonathan wusste es nicht.

„Sie hat die Schlösser ausgetauscht."

Oh, oh. Sein Freund steckte wirklich ziemlich tief in der Scheiße. „Das ist ja ganz schön drastisch."

„Fand ich auch", erwiderte Adam. „Wie auch immer, ich weiß, dass wir das morgen alles wieder bereinigen können."

Und wer war jetzt der Träumer?

„Tut mir leid, dass ich dich aus dem Bett geholt habe. Du warst der Erste, der mir eingefallen ist."

Vance lebte in derselben Straße wie Adam, doch Jonathan verstand, warum Adam nicht zu ihm gefahren war. Vance hätte sich einen Spaß daraus gemacht, ihn aufzuziehen. Jonathan dagegen war ... ein Softie.

„Ich brauche nur eine Schlafmöglichkeit für heute Nacht."

Jonathan fürchtete, dass sein Pokerkumpan für mehr als eine Nacht einen Ort zum Schlafen brauchte, aber dies war vermutlich nicht der geeignete Zeitpunkt, um das laut auszusprechen. Außerdem war er müde und wollte zurück in sein Bett. Zurück zu Lissa in ihrem rosa Nachthemd. Er zog einen Schlafsack aus dem Schrank und warf ihn Adam zu.

„Danke, Kumpel", sagte Adam. „Ich bringe das gleich morgen früh in Ordnung. Jetzt brauche ich aber erst einmal eine Mütze voll Schlaf."

Er brauchte weit mehr als nur Schlaf. Doch auch das sagte Jonathan ihm nicht. Es gab einige Dinge, die musste ein Mann selbst herausfinden.

5. KAPITEL

Zu seinem Leidwesen begegnete Jonathan Lissa nicht mehr. Jedes Mal, wenn er einnickte, wurde er vom Donnern eines Zuges wieder aufgeweckt. Allerdings stellte er schon beim ersten rüden Wecken fest, dass niemand mitten in der Nacht eine Bahnstrecke durch sein Haus verlegt hatte. Nein, der schreckliche Lärm, der ihn aus seinem Traumland riss, wo er auf der Suche nach Lissa war, entpuppte sich als Adams Schnarchen.

Schließlich, gegen sieben Uhr, gab er den Versuch auf, wieder einschlafen zu wollen, und stellte fest, dass Adam noch immer schnarchend auf der Couch lag. Wie eine riesige Raupe hing er halb aus seinem Schlafsack-Kokon heraus, die Haare wild zerzaust, der Mund weit offen. Definitiv kein Anblick, dem man so früh am Morgen ausgesetzt sein wollte.

Kaffee, dachte Jonathan. Er brauchte dringend Kaffee.

Er besaß eine schicke kleine Kaffeemaschine, mit der er sich einzelne Portionen aufbrühen konnte, und genau das tat er jetzt. Allein das köstliche Aroma des frischen Kaffees hätte Jonathan aufgeweckt, doch Adam schlief weiter. Wie konnte der Typ so ruhig schlafen, nachdem seine Frau ihn rausgeworfen hatte? Und musste er gar nicht zur Arbeit? Jonathan konnte sich seine Zeit frei einteilen, je nachdem, für wann er Termine bei seinen Kunden vereinbart hatte, aber er ging davon aus, dass Adam am Montagmorgen im Büro zu erscheinen hatte.

Nicht mein Problem, dachte er, während er Chicas Schüssel füllte. *Ich bin schließlich nicht seine Mutter.*

Trotzdem, der Gedanke, dass Adam weiter friedlich hier vor sich hin schlummerte, nachdem er die ganze Nacht Jonathans Schlaf gestört hatte, war nicht gerade angenehm. Es war jetzt Viertel nach sieben. Zeit zum Aufwachen. Jonathan riss das Kissen unter Adams Kopf hervor und versetzte ihm damit einen Schlag.

Abrupt kam Adam hoch. „Was?“

„Ich dachte, du müsstest vielleicht aufstehen."

Adam stöhnte. „Ich hab' die ganze Nacht kein Auge zugemacht."

Ja, ja. Er hatte nur so getan. „Du schnarchst."

Adam runzelte die Stirn und rieb sich den Schlaf aus den Augen. „Wie spät ist es?"

„Viertel nach sieben."

„Ich muss mich fertig machen. Mann, bin ich kaputt." Er beäugte Jonathans Becher. „Ist das Kaffee?"

Jonathan nickte zur Kaffeemaschine. „Du kannst dir selbst einen machen."

„Ja, kein Problem." Adam zog den Reißverschluss des Schlafsackes auf. „Aber eins nach dem anderen."

Jonathan sah ihm hinterher, als er in Boxershorts und T-Shirt den Flur entlang zum Bad ging. Adam konnte von Glück sagen, dass er einen Koffer mit Klamotten dabeihatte. So, wie es aussah, würde er wohl in absehbarer Zeit nicht mehr in sein Haus kommen, der arme Kerl.

Aus dem, was Adam letzte Nacht erzählt hatte, schloss Jonathan, dass es wohl absehbar gewesen war. Trotzdem hatte er Mitleid mit seinem Pokerfreund. Aus dem eigenen Haus ausgesperrt zu werden, das war schon ziemlich peinlich.

Er hörte die Toilettenspülung und erinnerte sich plötzlich, dass etwas überaus Peinliches gut sichtbar auf dem Toilettenkasten lag. Oh, nein.

Vielleicht hatte Adam es nicht entdeckt …

„Was zum Teufel ist das denn hier?"

Adam hatte es entdeckt.

Jonathan eilte den Flur entlang und sah, dass Adam mit dem *Undercover Tycoon* in der offenen Badezimmertür stand und das Buch entsetzt anstarrte. Er musterte Jonathan, als hätte er gerade herausgefunden, dass sein Freund ein Axtmörder war.

„Gib her." Jonathan marschierte zu ihm und griff nach dem Buch, um es Adam wegzunehmen.

Doch Adam war nicht gewillt, es aus der Hand zu geben. „Was, bitteschön, hat das zu bedeuten?"

„Ist egal." Jonathan riss erneut an dem Buch.

Adam hielt dagegen, sodass Jonathan noch kräftiger daran zog.

„Gib mir das verdammte Buch", grummelte Jonathan.

Im selben Moment, als Adam losließ, gab Jonathan den Kampf auf. Das Buch flog in hohem Boden durchs Bad, und der Tycoon verschwand im Klo.

Einen Augenblick lang standen die beiden Männer da und schauten auf das in der Toilettenschüssel schwimmende Taschenbuch. Jonathan hatte keine Ahnung, was in Adams Kopf vor sich ging, doch er selber hatte nur einen Gedanken. „Da wird meine Schwester aber echt sauer sein."

„Das Buch gehört deiner Schwester?"

„Ja", erklärte Jonathan missmutig und angelte das Buch heraus. „Na ja, es gehörte ihr." Vielleicht konnte er es trocknen, es in die Sonne legen. Wenn es dann wieder trocken war, würde sie bestimmt keinen Unterschied bemerken.

„Wieso liest du die Liebesromane deiner Schwester?"

Das war nun definitiv nichts, was er mit Adam diskutieren wollte. Jonathan wünschte, er hätte an das blöde Ding gedacht und es verschwinden lassen, solange Adam noch am Schnarchen gewesen war. „Geht dich nichts an", sagte er und nahm den nassen Tycoon mit hinaus auf die Veranda.

Adam folgte ihm auf den Fersen. „Das ist doch nun echt ein Frauenbuch."

„Ich weiß", sagte Jonathan, während er das Buch auf das Geländer der Veranda legte. Chica, die herangekommen war, um zu sehen, was hier vor sich ging, schnüffelte daran. „Oh, nein, das wirst du nicht tun", schimpfte er und nahm es wieder hoch. Vielleicht konnte er es in den Trockner tun?

„Also, warum liest du Frauenromane?"

Jonathan hatte niemandem davon erzählen wollen, doch als er jetzt sah, wie Adam ihn voller Widerwillen musterte, entschied er sich, es doch zu tun. Was soll's, dachte er. „Ich betreibe Forschung."

„Forschung? Wieso? Willst du etwa auch solchen Kram schreiben?"

Das war jetzt ein wenig heikel. „Nein. Ich will nur ..." *Nicht länger ein Loser sein.* Das brachte er nicht über die Lippen, deshalb schloss er hastig den Mund und ging wieder hinein. Adam und Chica folgten ihm.

„Was? Ich meine, Mann, das ist doch echt abartig."

„Nein, ist es nicht. Ich denke, ich kann aus diesen Büchern etwas lernen." Wenn es ihm gelänge, zu verhindern, dass sie alle ruiniert wurden.

Adam schnaubte verächtlich. „Was denn? Wie du den Prinz dazu bewegen kannst, dich zum Ball zu begleiten?"

„Nein. Ich will rauskriegen, was Frauen wichtig finden." Jonathan legte den Tycoon auf den Kühlschrank, wo Chica ihn nicht erreichen konnte. Dann nahm er den Roman von Vanessa Valentine aus seinem Versteck unter der Computerzeitschrift. „Sie werden von Frauen geschrieben, und den Frauen, die sie lesen, gefällt, was die Helden machen. Ich denke, wenn man ein paar davon liest, bekommt man einen guten Eindruck davon, was Frauen mögen und was sie von einem Mann erwarten."

Adam nahm ihm das Buch aus der Hand. „Ernsthaft?"

„Ernsthaft."

Adam drehte das Buch um und las die Inhaltsangabe auf der Rückseite. „Klingt blöd."

Jonathan spürte, dass er rot wurde. Ja, was wusste er schon? Er war ja nur der Idiot, der Adam eine Schlafmöglichkeit angeboten hatte, nachdem der von seiner Frau vor die Tür gesetzt worden war.

„Also, wer ist die Frau, die du erobern willst?"

„Ist egal." Er ging in die Küche und zog eine Tüte mit Cornflakes aus dem Regal, wobei er Adam geflissentlich den Rücken zuwandte, damit er Zeit hatte, die Röte von seinen Wangen zu vertreiben.

„Komm schon, wer ist sie?“

„Niemand, den du kennst.“ Adam war noch relativ neu hier in Icicle Falls. Er kannte Lissa nicht.

„Also wohnt sie nicht hier in der Gegend?“

„Nicht mehr.“

„Hat sie aber mal?“

Jonathan goss Milch über seine Cornflakes. „Ja. Wir sind zusammen zur Schule gegangen.“

So langsam schien Adam zu begreifen, und er nickte weise. „Deine Liebste von der Highschool. Verstehe. Du und Kyle, ihr habt im Sommer euer Klassentreffen. Ich erinnere mich, dass ihr darüber gesprochen habt. Das heißt also, dass deine ehemalige Freundin zu dem Treffen herkommt?“

„Wir waren nie zusammen. Wir waren einfach nur befreundet.“ Jonathan zuckte mit den Schultern, als wäre das keine große Sache.

„Und du willst mal sehen, ob du nicht jetzt was mit ihr anfangen kannst.“

„Ja“, gab Jonathan zu.

Skeptisch sah Adam ihn an. „Und du glaubst, das Lesen dieser Bücher wird dir dabei helfen?“

„Vielleicht.“

„Du bist verrückt.“

Typen wie Adam glaubten immer, sie wüssten alles. Wahrscheinlich hatte er nie Probleme damit gehabt, Frauen den Kopf zu verdrehen. Aber es sah so aus, als wäre das Erobern eine Sache, eine Frau zu halten aber eine ganz andere. Seinem Pokerkumpel erging es zurzeit auch nicht gerade bestens. Er hatte auf jeden Fall kein Recht, sich über Jonathan lustig zu machen.

„Hast du ’ne bessere Idee?“, wollte Jonathan wissen. „Was weißt du denn schon über Frauen?“

Adam hob die Hände in die Höhe. „Nichts, *nada, rien*. Niemand weiß etwas. Frauen sind von einem anderen Stern.“

„Aber durchaus würdig, sich näher mit ihnen zu befassen“,

meinte Jonathan. „Es sei denn, dir gefällt es auf meiner Couch besser als in deinem Ehebett."

Adam verzog das Gesicht und rieb sich das Kinn, bevor er das Buch auf den Küchentisch fallen ließ. „Ich muss zur Arbeit." Er holte ein paar Sachen aus seinem Koffer und verschwand wieder im Bad.

Verleugnung. Sein Freund leugnete seine Probleme. Wahrscheinlich hoffte er, dass es reichte, nachher nach Hause zu fahren und ein knappes „Es tut mir leid" von sich zu geben, um sofort von seiner Frau wieder mit offenen Armen empfangen zu werden. Damit das passierte, vermutete Jonathan, müsste seine Frau entweder gehirntot oder verhext sein.

„Na, da können wir wohl gleich mal die aufblasbare Matratze rausholen", sagte er zu Chica. „Der wird bestimmt noch eine Weile hierbleiben."

Innerhalb von zwanzig Minuten war Adam geduscht, angezogen und aus der Tür verschwunden, sodass Jonathan das Haus wieder für sich hatte. Er und Chica frühstückten und machten anschließend einen Spaziergang. Danach wurde es Zeit für *Guten Morgen, Oregon.*

Heute interviewten Lissa und ihr Kollege Scott Lawrence ausgerechnet Vanessa Valentine, die einen neuen Roman veröffentlicht hatte. Vanessa, eine ungefähr Vierzigjährige mit braunen Haaren, verkörperte mit ihrem schwarzen Kostüm und der extravaganten Perlenkette geradezu das Bild einer erfolgreichen Frau.

Doch es war Lissa, die Jonathans Aufmerksamkeit fesselte. Sie trug heute einen roten Rock, der ein züchtiges, aber doch sehr verlockendes Stückchen Bein zeigte, sowie eine cremefarbene Bluse, die genauso seidig und zart aussah wie ihr Haar. Wie immer bezauberte sie ihre Zuschauer mit einem Lächeln, das allen das Gefühl vermittelte, als wäre sie ihre beste Freundin.

Und, ebenfalls wie immer, war sie nett und herzlich. „Vanessa, was für eine Freude, Sie heute Morgen hier bei uns begrüßen zu dürfen."

„Danke", antwortete Vanessa.

„Und Sie haben gerade ein neues Buch veröffentlicht.“

„Ja, genau. *Ein Feuer im Winter* ist seit der letzten Woche in den Buchläden.“

„Und was dürfen die Leserinnen vom neuesten Vanessa-Valentine-Roman erwarten?“, wollte Lissa wissen.

„Zum einen erwartet sie natürlich eine tolle Geschichte, denn die haben meine Leserinnen verdient. Sie bezahlen hart verdientes Geld dafür, dass sie beste Unterhaltung bekommen, und selbstverständlich möchte ich auch sichergehen, dass meine Romane dieses Geld wert sind.“

Jetzt mischte Scott sich ein. „Und die Anzahl Ihrer Fans steigt ständig. Aber es sind doch vor allem Frauen, oder?“

„Meine Leser sind tatsächlich vor allem bei den Frauen zu finden, aber auch einige Männer lesen meine Bücher“, erwiderte Vanessa.

„Siehst du?“, sagte Jonathan zu Chica, die neben ihm lag. „Ich bin nicht der einzige Typ, der diesen Kram liest.“

Scott sah ziemlich skeptisch aus. „Na, dann erzählen Sie uns doch einmal, warum sollten Männer Liebesromane lesen, Vanessa?“

Vanessa sah ihren Gastgeber an, als wäre er ein besonders dummes Exemplar der Gattung Mann. Dann lächelte sie und sagte: „Da fallen mir mehrere Gründe ein. Zum einen handeln Liebesromane von Dingen, die zu den wichtigsten im Leben gehören – Liebe, Beziehungen, Familie, das gemeinsame Überwinden von Hindernissen. Es lohnt sich, darüber zu lesen. Zweitens kann ein Mann viel darüber lernen, wie man eine Beziehung aufrechterhält. Außerdem erfährt er dort viel darüber, wie Frauen denken. Sehr oft höre ich Männer, die sich darüber beklagen, dass sie die Frauen einfach nicht verstehen“, fügte sie neckisch lächelnd hinzu.

Scott lachte widerstrebend. „Da mögen Sie wohl recht haben. Aber was ist mit den ganzen Sexszenen?“

„Ja. Was ist mit denen?“, scherzte sie. „Liebe Männer, wenn ihr wissen wollt, was eine Frau antörnt, dann könnt ihr in Liebesromanen viel darüber lernen.“

„Na wenn das nicht eindeutig beweist, dass ich auf dem richtigen Weg bin, dann weiß ich auch nicht“, sagte Jonathan, und Chica pflichtete ihm mit einem enthusiastischen Bellen bei.

„Das sind ziemlich schlagkräftige Argumente“, meinte Scott. „Ich glaube, ich sollte mal zu einer Ihrer Signierstunden kommen.“

„Das glaube ich auch“, antwortete Vanessa noch immer lächelnd.

„Vanessa signiert ihr neues Buch *Ein Feuer im Winter* heute Abend um neunzehn Uhr im Lloyd Center bei Barnes & Noble“, sagte Lissa. „Also, Männer, das ist eure Chance, um mit einer Expertin in Sachen Romanzen ins Gespräch zu kommen.“

„Und ich vermute mal, es wäre nicht schlecht, wenn auch wir anfangen würden, Liebesromane zu lesen.“ Scott lächelte. „Vielen Dank, dass Sie heute zu uns gekommen sind, Vanessa.“ An die Zuschauer gerichtet, fuhr er fort: „Nach einer kurzen Unterbrechung kommt Chi Chi Romero zu uns, die uns zeigen wird, wie man in der Küche so einiges aufpeppen kann.“

Damit war das Interview mit Vanessa beendet. Zu schade, dass ich es nicht für Adam aufgenommen habe, dachte Jonathan. Vielleicht hätte das seinen Freund überzeugt, mal seine Hausaufgaben zu machen.

Andererseits, wahrscheinlich nicht. Männer wie Adam, denen immer alles zugeflogen war, hatten Probleme damit, zu begreifen, wozu Hausaufgaben überhaupt gut waren – dass es nämlich unerheblich war, wie clever man war oder glaubte zu sein, weil man sie auf jeden Fall erledigen sollte. Jonathan vermutete, dass es diesmal jedoch anders sein würde. Wenn ein Mann erst einmal vor die Tür gesetzt worden war, gab es keinen einfachen Weg zurück.

Adam fiel es schwer, sich auf seine Arbeit zu konzentrieren. Kein Wunder, so wie sich sein Leben im Moment entwickelte.

Nachdem er im Büro angekommen war, hatte er sofort Chelsea angerufen und versucht, sich mit einer Einladung zum Abendessen für seine Vergesslichkeit zu entschuldigen. Doch sie hatte ihm in unverblümten Worten mitgeteilt, wohin er sich seine Einladung stecken konnte. Von da an war es nur noch bergab gegangen.

Als Vertreter für pharmazeutische Produkte verbrachte er mehr Zeit in den Wartezimmern der Ärzte, als dass er tatsächlich mit ihnen über die neuesten Medikamente seiner Firma sprach. All diese Warterei ließ ihm viel zu viel Zeit zum Nachdenken, und als er schließlich die Chance bekommen hatte, einen Arzt zu sprechen, sah er unweigerlich so aus, als würde er selbst dringend eins dieser Antidepressiva brauchen, die er vertrieb. Einer der Ärzte bot ihm sogar an, ihm ein Rezept für die Tabletten eines Konkurrenten auszuschreiben.

Wieder zurück im Büro, erledigte Adam ein paar Anrufe, legte dann das Telefon beiseite und fragte sich, was genau er gerade versprochen hatte. Er musste seine E-Mails mehrmals lesen, ehe er begriff, was da geschrieben stand. Das Einzige, woran er denken konnte, war Chelsea und wie wütend sie gewesen war. Das Einzige, was er sah, waren der Schmerz und die Wut auf ihrem Gesicht, als sie vom Schlafzimmerfenster zu ihm hinuntergeschaut hatte.

Die Vorstellung, noch eine Nacht auf Jonathans Couch verbringen zu müssen, war alles andere als ansprechend. Er musste irgendetwas tun. Also rief er im Blumenladen Lupine Floral an und bestellte einen riesigen Strauß, der noch heute, so schnell wie möglich, geliefert werden sollte.

„Was sind denn ihre Lieblingsblumen?“, fragte der Mann am anderen Ende der Telefonleitung.

Lieblingsblumen? Adam hatte keine Ahnung. „Sie mag Gelb.“ Sie hatte, als er einmal eine ganze Woche lang weg gewesen war, das Wohnzimmer in einem leuchtenden Gelb gestrichen.

„Sehr schön, dann schicken wir ihr einen Sonnenschein-Strauß – gelbe und weiße Gänseblümchen mit gelben Pom-Poms und gelben Rosen in einer gelben Keramikschale.“

Adam war es völlig egal, worin die Blumen geliefert wurden, solange sie ihren Zweck erfüllten. „Hört sich gut an. Machen Sie was richtig Großes draus."

„Was sollen wir auf die Karte schreiben?"

Die Karte. Daran hatte er ja gar nicht gedacht. Natürlich wollte er nicht, dass alle Welt von seinen Problemen erfuhr. „Wie wäre es mit ‚Ich liebe dich'?"

„Das sagt doch alles."

Das konnte er nur hoffen. Er nannte dem Mann seine Kreditkartennummer und legte auf. So, das sollte genügen. Vielleicht konnte er jetzt über Medikamente reden, ohne das Gefühl zu haben, selbst welche nehmen zu müssen.

Lächelnd bog er nach der Arbeit in seine Straße ein. Bestimmt hatte Chelsea inzwischen den Sonnenschein-Gruß aus dem Blumenladen erhalten und war wieder milde gestimmt.

Sie liebte Blumen. Deshalb arbeitete sie ja auch in Teilzeit in der Mountain Nursery, einem großen Pflanzenladen, und sie hatte rund um ihr Haus alle möglichen Arten von Blumen gepflanzt, sodass es wirklich hübsch aussah – Rosen und viele andere Sorten, deren Namen sie ihm so schnell herunterrasseln konnte, dass ihm ganz schwindelig wurde.

Er hatte es nicht so mit Blumen. Aber er liebte seine Frau und war zuversichtlich, dass sein Friedensangebot das bewiesen hatte.

Sein Lächeln schwand schlagartig, als er vor seinem Haus hielt und eine Mülltüte entdeckte, aus der ein gelber Blütenkopf herauslugte. Sie hatte den Blumenstrauß entsorgt? Das gab's doch wohl nicht. Und es war nicht der einzige Müllsack auf der Veranda. Mehrere große Mülltüten lagen auf einem Haufen, und daneben entdeckte er seinen Baseballschläger, seine Handschuhe und die Angelausrüstung.

Okay, das war jetzt überhaupt nicht mehr lustig. Er stieg aus dem Wagen aus und marschierte zur Veranda, um den Inhalt der Tüten zu inspizieren. Klamotten. Sie hatte seine Kleidung zusammengeknüllt und in die Mülltüten gestopft. Es würde ihn ein Vermögen kosten, seine Hosen wieder ordentlich bügeln zu lassen.

Er hämmerte gegen die Tür. „Chels!"

Natürlich antwortete niemand.

Er klopfte erneut ziemlich laut.

Wieder flog das Schlafzimmerfenster auf. Da war seine Frau, das hübsche Gesicht, das lange, braune Haar. Die grimmige Miene. Traurigkeit ersetzte seine Wut. „Komm schon, Baby. Was muss ich tun?"

„Dich ändern."

„Das versuche ich doch", protestierte er. „Ich habe dir Blumen geschickt."

„Das nenne ich nicht ändern. Das ist Bestechung."

„Damit wollte ich dir sagen, dass es mir leidtut", korrigierte er sie.

„Siehst du hier irgendwo Gänseblümchen?", wollte sie von ihm wissen.

Er sah sich um. „Ähm."

„Ich hasse Gänseblümchen. Sie riechen. Und wenn du jemals auf das achten würdest, was ich sage, dann wüsstest du das und hättest mir keine geschickt."

„Tut mir leid."

„Ja, ja, mir auch. Geh weg, Adam", sagte sie und schlug das Fenster zu.

Oh, jetzt gewann die Wut wieder die Oberhand. Dem Müllbeutel mit den weggeworfenen Blumen versetzte er einen Tritt, bevor er sich ein paar der Säcke mit den Kleidungsstücken schnappte, zu seinem SUV marschierte und sie hineinwarf.

Weitere zwei Beutel wurden ebenfalls in den SUV geschleudert, gefolgt von seiner Baseball- und der Angelausrüstung. Er setzte sich hinters Steuer und schlug die Wagentür hinter sich zu. Wenn sie es so wollte, na schön.

Als er schließlich in seinem neuen Zuhause ankam, hatte sich sein Zorn verflüchtigt. Was sollte er nur tun?

Jonathan war bereits zu Hause und hatte schon genügend Würstchen für zwei einsame Männer auf den Grill gelegt, als Adam mit Müllsäcken voller Kleidung in der einen und seiner Angelrute in der anderen Hand die Auffahrt hochkam. Er hatte es geahnt. Doch er sagte nichts, was Adam sehr zu schätzen wusste. Das war einer der großen Unterschiede zwischen Männern und Frauen. Frauen liebten es, hervorheben zu können *Das habe ich doch gleich gesagt.* Männer schwiegen rücksichtsvoll.

„Wo kann ich die Sachen hintun?", fragte Adam. Es waren nur wenige Worte, doch es fiel ihm sehr schwer, sie über die Lippen zu bringen.

„Nach oben, ins Gästezimmer", antwortete Jonathan und drehte die Würstchen um. „Das, in dem die Bücher stehen. Ich habe dir schon eine Luftmatratze hingelegt."

Adam ging an Jonathans Schlafzimmer vorbei, das im typischen Junggesellenstil eingerichtet war: ein Bett mit ein paar Decken, ein Nachtschrank mit einer Lampe, neben der ein Liebesroman lag – anscheinend noch ein weiteres Rechercheobjekt. An der Wand ein Kleiderschrank und davor ein Hundekorb. Vor den Fenstern hingen keine Gardinen, lediglich Jalousien.

Da sah das gemeinsame Schlafzimmer, das er mit Chelsea teilte und das sie eingerichtet hatte, ganz anders aus – leuchtende Rot- und Goldtöne, viele Kissen auf dem Bett, eine Aussteuertruhe am Fußende. Der Rest des Hauses sah genauso gut aus. Möbel, die zusammenpassten, hübsche kleine Accessoires hier und da und immer frische Blumen. Das hatte er immer als gegeben hingenommen, so, als ob Häuser voll möbliert und dekoriert geliefert wurden. Wenn er es jetzt mit Jonathans Haus verglich, stellte er fest, wie angenehm sie sein Leben gestaltet hatte und wie viel Atmosphäre das Haus ausstrahlte.

Er ging an Jonathans Büro vorbei, in dem es lediglich einen Schreibtisch samt passenden Stuhl, ein Regal und jede Menge Computerzubehör gab, bevor er das Gästezimmer betrat. Auch dieser Raum war ziemlich spartanisch eingerichtet. An einer

Wand stand ein großes Bücherregal. In der Ecke daneben hatten ein alter Sessel, der aussah, als wäre er schon seit einigen Generationen immer weitergereicht worden, und eine Stehlampe Platz gefunden.

Jonathan hatte ihm ein aufblasbares Gästebett zusammen mit einer Luftpumpe hingestellt. Adam begann, sein neues Bett aufzublasen und sah grimmig zu, wie es Gestalt annahm. Eine Nacht auf einem fremden Sofa war eine Sache. Ein aufblasbares Gästebett und ein eigenes Zimmer schon eine ganz andere. Es symbolisierte, was sowohl er als auch Jonathan wussten: Er saß ziemlich in der Klemme, und er würde da so schnell wohl nicht wieder rauskommen.

Da er im Schrank keine Bügel fand, legte er seine Hosen und Hemden erst einmal auf den Boden. Er überlegte, ob Jonathan wohl ein paar Bügel hatte, die er sich ausleihen konnte. Allerdings bezweifelte er es. Bügel waren auch so eine Sache, an die Frauen dachten, während Männer sie als selbstverständlich hinnahmen.

So wie sie eine Menge Dinge als selbstverständlich voraussetzten. Adam runzelte die Stirn und ging noch einmal zu seinem SUV, um die nächste Ladung zu holen.

Wieder zurück im Gästezimmer, warf er einen Blick auf die Bücher im Regal. Er wusste, dass Jonathan ein kluges Köpfchen war – jeder, der Computer reparieren konnte, war das –, aber trotzdem überraschte es Adam, als er jetzt feststellte, dass sein Freund solch ein begeisterter Leser war. War schon lustig, wie wenig er über die Männer wusste, mit denen er jede Woche Poker spielte, vor allem über den Gastgeber.

Er und Jonathan hatten sich vor anderthalb Jahren kennengelernt. Adam brauchte jemanden, der sich um seinen Computer kümmerte, folglich hatte er Jonathan engagiert. Sie waren ins Gespräch gekommen und irgendwie beim Thema Freizeitgestaltung gelandet. Adam hatte zugegeben, dass er schon immer mal lernen wollte, wie man pokerte, und Jonathan hatte erwähnt, dass er eine wöchentliche Pokerrunde zusammenstellen wollte.

Ehe Adam sich versah, hatte er ein paar Männer kennengelernt, mit denen er rumhängen konnte. Aber das war im Grunde auch schon alles.

Nur dass er jetzt hier war und bei einem von ihnen Unterschlupf gefunden hatte. Wenn jemand ihm vor fünf Jahren erzählt hätte, dass er mal mit einem Computerfreak Poker spielen würde, hätte er nur gelacht. Und wenn jemand ihm gesagt hätte, er würde mal mit einem zusammenwohnen, dann wäre er entsetzt gewesen. Jetzt war er einfach nur dankbar.

Neugierig las er die Titel einiger der Bücher im Regal. *Der Drache aus Zoon, Zoon in Ruinen, Rückkehr nach Zoon.* Die sahen alle ziemlich idiotisch aus. Jonathan besaß außerdem mehrere Bänder mit Science-Fiction-Anthologien, tonnenweise Romane über Zauberer, Arbeiten von Stephen Hawking und eine Reihe Krimis von Michael Crichton. Sogar ein paar Finanzratgeber. Adam dachte daran, wie schnell sein Monatsgehalt immer ausgegeben war. Ja, sicher, er besaß eine Menge Spielzeuge, die davon zeugten, dass er ein dickes Gehalt bezog, aber er würde wetten, dass Jonathan, der vermutlich nur ein Drittel von dem verdiente, was er bekam, bestimmt Geld auf dem Sparbuch hatte. Der Typ war ein Denker.

Und er betrieb Forschung über Frauen. Vielleicht war an der Sache ja doch was dran.

Adam ging wieder hinunter und stellte fest, dass Jonathan nicht mehr am Grill stand, sondern in die Küche gegangen war. Die Würstchen lagen auf einem Teller, neben dem eine Tüte mit Hotdog-Brötchen und eine Schüssel Kartoffelsalat aus der Delikatessenabteilung des örtlichen Supermarkts standen. Er hatte Ketchup, Senf und Hotdog-Sauce hingestellt und öffnete gerade eine Flasche Bier.

Adam wurde peinlich bewusst, dass er zu diesem Essen nichts weiter als seinen leeren Magen beisteuern konnte. „Ey, Mann, tut mir leid“, sagte er. „Ich hol uns morgen was zu essen.“

Der Gedanke, dass er auch morgen nicht zum Essen zu sich nach Hause gehen würde, nahm ihm den ganzen Appetit.

„Tut mir leid, dass du noch immer hier gestrandet bist“, meinte Jonathan und reichte ihm eine Flasche Bier.

„Ich sitze echt in der Scheiße“, gab Adam zu. „Heute habe ich ihr Blumen geschickt, und weißt du, was sie damit gemacht hat? Sie hat sie in den Müll geworfen.“

„Sie ist verrückt“, erklärte Jonathan das Offensichtliche.

Adam strich sich ein wenig Senf auf sein Hotdog-Brötchen, während er überlegte, wie viele Mahlzeiten seine Frau für ihn vorbereitet und wie selten er ihr dafür gedankt hatte. Er biss von seinem Hotdog ab. Er liebte Hotdogs, aber dieser hier schmeckte nicht so gut. „Sie hat recht. Ich habe es immer für selbstverständlich gehalten, dass sie für mich da ist.“

„Ich nehme an, das passiert schon mal“, meinte Jonathan diplomatisch.

„Ich weiß nicht, wie ich sie zurückgewinnen soll.“

„Recherche“, erwiderte Jonathan, bevor er ins Wohnzimmer ging und den Fernseher einschaltete, um sich einen Science-Fiction-Thriller anzuschauen.

Adam saß neben ihm und beobachtete, wie die Menschen gegen die Aliens kämpften, die versuchten, den Weltraum-Außenposten einzunehmen. Außerirdische bekämpfen. Wenn es doch nur das wäre, was er zu tun hatte …

Nach Ende des Films ging Jonathan nach draußen, um mit seinem Hund zu spielen, und überließ Adam sich selbst. Auf dem Couchtisch lag ein weiterer Liebesroman. Das Pärchen auf dem Cover sah aus, als hätte es alles im Griff. Adam nahm das Buch und las sich die Inhaltsangabe durch. Die Heldin hatte sich mit einem Drogendealer eingelassen (wie bescheuert!) und rannte jetzt um ihr Leben. Der Held war ein Undercover-Polizist, der hinter ihr und dem Drogendealer her war. Du meine, Güte, die hatten Probleme. Wieso las seine Frau überhaupt solch einen Quatsch?

Vielleicht wurde es Zeit, das herauszufinden.

6. KAPITEL

Jonathan hatte seine Recherchen sehr gründlich betrieben und eine, wie er fand, umfassende Liste erstellt, in der alle wichtigen Eigenschaften eines romantischen Helden verzeichnet waren.

Laut Vanessa Valentine und anderen Expertinnen wollten Frauen:

- einen Mann, der muskulös und gut aussehend war (aber den Männern machten sie die Hölle heiß, weil die auf scharfe Frauen standen – wenn das nicht überaus scheinheilig war!)
- einen Mann mit einer flinken Zunge, sprich einen geistreichen Mann
- einen Mann, der energisch war und das Kommando übernahm (d. h., ich muss aufhören, mich wie ein rückgratloses Weichei zu verhalten, wenn ich mit Lissa zusammen bin)
- einen Mann, der weiß, wann er zärtlich sein muss (aber es ist okay, wenn er andere Typen für sie zusammenschlägt)
- einen Mann, der Sinn für romantische Gesten hat (je größer, desto besser)
- einen Mann, der ihr hilft, wenn sie Hilfe braucht
- einen Mann, der alles für sie aufgibt
- einen Mann, der für das, was richtig ist, kämpft (seine Meinung vertritt, wenn es darauf ankommt)

„Hey, das ist echt gut“, sagte Adam, als sie darauf warteten, dass die anderen Mitspieler zur Pokerrunde eintrafen. „Das solltest du mal Kyle zeigen.“

Jonathan schüttelte den Kopf. „Das ist ja nur das, was ich aus den Büchern herausgelesen habe. Ich weiß aber nicht, wie ich das im richtigen Leben umsetzen soll.“

„Da hast du den Nagel auf den Kopf getroffen", meinte Adam. Er klopfte auf Jonathans iPad. „Alle Frauen schwärmen für gut aussehende Typen. Das ist etwas, was wir mit Sicherheit sagen können. Die Sache mit den romantischen Gesten kaufe ich dir allerdings nicht ab. Bei Chels hat es jedenfalls nichts bewirkt."

Blumen waren doch angeblich immer ein sicherer Tipp, doch Adam hatten sie keine Pluspunkte eingebracht. „Vielleicht war es nicht die richtige Geste", vermutete Jonathan.

Frustriert hob Adam die Hände in die Luft. „Nichts, was ich mache, ist richtig."

Der arme Adam. Die Woche war nicht gerade gut für ihn verlaufen. Er hatte alles ausprobiert – SMS, Anrufe, einen weiterern Besuch zu Hause –, aber bisher hatte er die eisige Mauer, die seine Frau errichtet hatte, nicht durchdringen können.

Jonathan fragte sich, ob die Blumen vielleicht nicht funktioniert hatten, weil der siebte Punkt auf der Liste Adams Aufmerksamkeit entgangen war. Doch er hielt den Mund. Wenn ein Mann litt, dann war das Letzte, was er brauchte, ein Kumpel, der Salz in die Wunde streute. Adam würde die Probleme mit seiner Frau selber lösen müssen, so wie alle anderen Männer auch.

Inzwischen studierte Adam wieder die Liste. „Diese Sache mit der Zunge." Er wackelte mit den Augenbrauen. „Das hab' ich drauf."

Jonathan nahm sich eine Handvoll Brezeln aus der Tüte, die Adam für heute Abend mitgebracht hatte. „Das ist damit nicht gemeint. Ich hab' mal irgendwo gelesen, dass Männer sich mit den Augen verlieben, aber Frauen mit den Ohren. Sie wollen nette Sachen hören, Komplimente. Und sie wollen, dass man mit ihnen flirtet", fügte er hinzu und dachte dabei an Todd Black. „Bettgeflüster, Schmeicheleien, Sachen, wie sie auch die Helden in den Büchern zu ihren Frauen sagen."

Adam ließ sich zurück in die Kissen auf der Couch fallen. „Ich kann mich nicht erinnern, wann ich das letzte Mal was Nettes zu Chelsea gesagt habe." Nachdenklich rieb er sich das Kinn. „Ich muss doch *irgendwas* gesagt haben."

Die Fliegengittertür wurde aufgestoßen, und Kyle Long kam hereinspaziert. „Ich hoffe, ihr beiden habt eure Sparschweine geschlachtet, denn ich bin heute hier, um zu gewinnen."

„Ja, ja, bis Vance auftaucht", höhnte Adam.

Kyle stellte das Sixpack Bier auf die Arbeitsplatte. „Ach, der hat nur einfach immer Glück."

Jonathan dachte daran, was Bernardo gesagt hatte – Pech im Spiel, Glück in der Liebe. Er selbst hatte beim Poker echt nie Glück. Vielleicht erhöhte das seine Chancen bei Lissa.

Vance kam als Nächster und brachte eine Dose mit gemischten Nüssen mit. Direkt hinter ihm folgte Bernardo, der einen Teller mit Gemüse und Dip in der Hand hielt und alles andere als glücklich aussah.

„Karotten?", fragte Kyle mit erhobenen Augenbrauen.

„Anna hat mich auf Diät gesetzt", grummelte Bernardo.

Kyle verzog das Gesicht. „Und wieso musst du das Zeug hierher mitbringen?"

„Damit ich auch nicht schummele", erwiderte Bernardo missmutig.

„Mann, du stehst echt unterm Pantoffel", meinte Adam zu Bernardo.

„Unterm Pantoffel, aber immerhin schläft er noch in seinem eigenen Bett", murmelte Jonathan. Adam warf ihm einen bösen Blick zu, also schloss er schnell wieder den Mund.

Doch es war bereits zu spät. „Wer schläft nicht im eigenen Bett?", fragte Kyle. Natürlich gab es hier nur einen einzigen Mann heute Abend, auf den das zutreffen konnte. Schockiert starrte er Adam an. „*Du?*"

Plötzlich sah Adams Gesicht aus, als hätte er einen Sonnenbrand. „Chelsea hat mich rausgeworfen."

Kyle starrte ihn an, als hätte er gerade erfahren, dass der Weihnachtsmann und der Grinch ein und dieselbe Person waren. „Du bist doch nun wirklich einer von den coolen Typen. Wie konnte sie dir das antun?"

„Ich habe unseren Hochzeitstag vergessen."

„Das ist das Schlimmste, was ein Mann tun kann", erklärte Bernardo und nahm sich eine Handvoll Brezeln. „Das ist sogar noch schlimmer, als über ihre Mutter zu lästern."

„Aber erinnern einen die Frauen nicht an so was?", fragte Kyle.

„Na ja, Chels macht das. Hat es gemacht", korrigierte Adam sich.

„Wahrscheinlich war es eine Art Test", meinte Vance. „Sieht so aus, als wärst du durchgefallen. Lasst uns endlich Karten spielen."

„Was willst du jetzt machen?", fragte Kyle, als sie zu Jonathans Küchentisch gingen.

Adam schnappte sich ein Bier und trank einen großen Schluck. „Ich weiß nicht. Auf jeden Fall kann ich nicht für immer in Jonathans Gästezimmer schlafen, so viel ist mal sicher."

Da konnte Jonathan ihm nur aus ganzem Herzen beipflichten.

„Ich brauche einen Plan."

„Ich auch", sagte Kyle. „Es muss doch einen Weg geben, eine Frau dazu zu bringen, dass sie einen bemerkt."

„Oder dass sie dich wieder zurücknimmt", sagte Adam. „Aber hey, ich glaube, dass Jonathan da eine gute Möglichkeit gefunden hat."

„Jonathan?", meinte Vance überrascht.

Es war etwas peinlich, dass Adam ihn als so eine Art Experten darstellte, da alle genau wussten, dass er nun wahrlich kein Ladykiller war. Jonathan konnte die Anzahl seiner Freundinnen in den letzten zehn Jahren an zwei Fingern abzählen. Er schüttelte den Kopf und wischte den Kommentar mit einer Handbewegung beiseite.

„Was?", wollte Kyle wissen.

„Na ja, ich … äh …" Wie sollte er denn erklären, dass er in Liebesromanen recherchiert hatte? Das war ja wohl so ziemlich das Unmännlichste, was ein Mann tun konnte.

„Er hat Frauenbücher gelesen", verriet Adam.

Kyle zog die Augenbrauen zusammen. „Frauenbücher?"

„Du weißt schon, Liebesromane."

Die anderen Männer sahen Jonathan an, als hätte er gerade verkündet, er würde eine Geschlechtsumwandlung vornehmen lassen.

Jetzt fühlte sich Jonathans Gesicht wie ein angezündetes Streichholz an. „Recherche", murmelte er.

„Okay, das klingt echt merkwürdig", befand Kyle.

„Ich finde, es klingt ziemlich clever", widersprach Vance. „Okay, Leute, lasst uns Poker spielen." Er begann auszuteilen. „High-low split."

„Ich kapier' das nicht." Kyle nahm seine Karten in die Hand. „Warum liest du das Zeug?"

„Weil er wissen will, wie Frauen ticken", erklärte Adam.

„Ach herrje, das weiß doch niemand", sagte Kyle.

„Unser Mann hier schon", lobte Adam. „Er hat sogar eine Liste angefertigt von all den Dingen, die Frauen von einem Mann erwarten. Stimmt's, Jon?"

„Es sind nur ein paar Beobachtungen", meinte Jonathan.

„Die Liste brauche ich unbedingt", rief Kyle.

„Ich will wissen, was für Bücher du liest", sagte Bernardo.

„Und ich will Karten spielen", warf Vance ein.

Damit war das Thema für den Rest des Abends erledigt. Doch nachdem das Bier ausgetrunken und die Chips aufgegessen waren und Vance den Pott gewonnen hatte, kam Kyle noch einmal auf die Frauen und die Liebesromane zurück. „Also, wie kommt es, dass du auf einmal wissen willst, was Frauen denken?", fragte er Jonathan. „Warum liest du diesen Kram?"

Jonathan musste schnell etwas sagen, ehe Adam ausplapperte, dass er hoffte, auf dem Klassentreffen eine mysteriöse Frau anzubaggern. Kyle würde in Sekundenschnelle erraten, um wen es ging. „Na ja, ich dachte, ich könnte damit mein Liebesleben ein wenig aufpeppen", meinte er daher achselzuckend.

„Aha", erwiderte Kyle zweifelnd.

„Ich hab' noch nie von Vanessa Valentine gehört." Adam nahm das Buch mit dem Titel *Surrender* vom Couchtisch. „Aber wisst ihr, das hier ist gar nicht so schlecht."

Kyle fielen fast die Augen aus dem Kopf. „Du liest das auch?"

„Hey, ich muss doch irgendwie meine Frau zurückgewinnen."

Noch einmal beäugte Kyle das Buch misstrauisch. „Sieht ziemlich bescheuert aus."

„Ist es aber nicht", stellte Adam fest, und sein Tonfall deutete an, dass es besser wäre, wenn Kyle jetzt nicht widersprach.

Kyle hob eine Hand. „Okay, wie du meinst."

Vance lachte leise. „Bis zur nächsten Woche, ihr Loser", sagte er und schlenderte nach draußen.

„Ich mache mich auch lieber auf den Heimweg", meinte Bernardo.

Jonathan nahm den Teller mit dem Gemüse. „Hier, nimm dein Grünzeug mit."

„Bist du bekloppt, Mann? Wenn ich den Kram wieder mit nach Hause bringe, weiß Anna doch sofort, dass ich es nicht gegessen habe. Das behalt mal schön hier."

Das fehlte ihm gerade noch, Karotten- und Selleriestreifen. Bernardo hatte die auch nicht essen wollen. Er hatte eine halbe Tüte Chips in sich hineingestopft, aber Jonathan konnte sich nicht erinnern, dass auch nur ein Stückchen Karotte in seinen Mund gewandert war.

„*Hasta* Las Vegas", sagte Bernardo und verschwand ebenfalls.

Kyle blieb jedoch noch. „Du glaubst also wirklich, dass es was nützt, wenn man diese Bücher liest?"

„Ja, das glaube ich", sagte Jonathan.

„Hey, Alter, zeig ihm deine Liste", drängte Adam ihn.

Jonathan holte sein iPad und reichte es Kyle.

Der las und nickte zustimmend. „Weißt du was, das ist echt cool. Und das hast du alles zusammengestellt, nachdem du diese Romane gelesen hast?"

Jonathan nickte. „Eigentlich sind es ziemlich gute Geschichten."

„Mehr als gut, so wie du sie diese Woche verschlungen hast", warf Adam ein.

„Du auch", konterte Jonathan.

Kyle griff nach dem Buch. „Hast du was dagegen, wenn ich mir das mal ausleihe?"

„Nein, nimm nur. Ich hab's durch", sagte Jonathan.

„Danke." Kyle nahm das Buch, winkte ihnen zu und ging.

„Wie wär's, wenn du mir deine Liste mal zuschickst, damit ich sie auf meinem Smartphone habe?", fragte Adam.

„Sicher." Alles, um einem Freund zu helfen … aus seinem Gästezimmer zu verschwinden.

Für den Rest des Wochenendes war Kyle ziemlich beschäftigt. Kimberly, seine ältere Schwester, und ihr Mann hatten sich ein Haus gekauft, und am Samstag hieß es, alle Mann mit anpacken, um ihnen beim Umzug zu helfen. Am Abend war er mehr als froh, dass das einzige Date, das er jetzt noch hatte, das mit seinem Computer war, auf dem er sich einen Film anschauen würde. Der Sonntag wurde vornehmlich von einem Familienessen bestimmt. Kerries Verlobter war ebenfalls dabei, und zwischen den ganzen Paaren kam Kyle sich vor wie ein einsamer Versager.

Nicht alle haben einen Partner, erinnerte er sich, als er auf den Parkplatz seines Wohnkomplexes fuhr. Er winkte Cecily Sterling zu, der eine Wohnung im Stockwerk über ihm gehörte und die ebenfalls gerade einige Plätze entfernt einparkte. Wenn eine solch tolle Frau wie sie noch Single war, brauchte er sich gar nicht so schlecht zu fühlen.

„Wie war dein Wochenende?", rief sie ihm zu, nachdem sie aus dem Wagen ausgestiegen war.

„Super", rief er zurück. „Und deins?"

„Es geht immer viel zu schnell vorbei."

Nicht, wenn man nur darauf wartete, dass endlich Montag wurde. Er winkte ihr noch einmal zu und eilte dann zum Treppenhaus, ehe sie ihn nach Details seines ach so vermeintlich tollen Wochenendes befragen konnte. Es sah aus, als wäre sie gerade einkaufen gewesen, von daher würde sie wohl den Fahrstuhl nehmen, was wiederum bedeutete, dass er davonkommen konnte.

Du hättest ihr ja anbieten können, ihre Einkäufe für sie hochzutragen, ermahnte er sich. Beim nächsten Mal würde er es tun. Wenn er wirklich ein tolles Wochenende verbracht und etwas zu erzählen hatte.

Seine Wohnung machte noch nicht viel her, aber sie gehörte ihm. Nachdem er jahrelang in WGs und gemieteten Wohnungen gelebt hatte, hatte er schließlich den Schritt gewagt und einer pensionierten Lehrerin, die behauptet hatte, dass es in Icicle Falls viel zu turbulent geworden war und es deshalb vorgezogen hatte wegzuziehen, die Wohnung abgekauft. Er lebte dort erst seit einigen Monaten, daher standen in seinem Wohnzimmer nichts weiter als eine Ledercouch, ein alter Tisch, den seine Eltern ihm überlassen hatten, und all sein Computer-Kram. An den Wänden hingen ein paar Abzüge von Fotos, die er auf dem College gemacht hatte, doch trotzdem wirkte es noch ein wenig kahl. Der Esstisch, seine neueste Errungenschaft, war modern, mit glänzenden, silbernen Stühlen drum herum. Immer, wenn er sie ansah, kam er sich ziemlich … weltmännisch vor. *Ich verstehe schon, Jillian. Ja, ich werde häufig mit meinem Cousin James verwechselt. Ja, Bond. Aber ich trinke meinen Martini lieber gerührt und nicht geschüttelt.*

Ja, ja, von wegen weltmännisch und Mr Bond. Wohl eher ein Mr Nobody.

Okay, vielleicht war es an der Zeit, sich mal das Buch anzuschauen, das er sich von Jonathan ausgeliehen hatte. Er holte sich eine Dose Limo aus dem Kühlschrank, ließ sich aufs Sofa fallen und blätterte das Buch auf.

Der Stammbaum von Edward Northfeld, dem fünften Earl of Blackthorne, ließ sich über Generationen zurückverfolgen, und seine Wurzeln waren getränkt mit Blut.

Hmm. Nicht schlecht. Vielleicht konnte er an der Sache ja doch Gefallen finden. Schon auf der nächsten Seite war Kyle nicht länger in seiner Wohnung in Icicle Falls, sondern im England des neunzehnten Jahrhunderts, zusammen mit Edward, dem fünften Earl. Und dort blieb er, bis er kurz nach Mitternacht das Buch schloss. Mann, das war ja echt *gut*.

Sofort ging er online und lud sich weitere Bücher von Vanessa Valentine auf seinen E-Book-Reader. Anschließend lud er sich noch ein paar Kurzgeschichten auf sein Smartphone. Wenn jemand ihn danach fragen sollte, würde er natürlich niemals zugeben, dass er Liebesromane las. Er würde einfach behaupten, dass er Recherche betrieb. Bei Jonathan funktionierte das ja auch.

Kurz darauf ging er ins Bett, nahm jedoch seinen E-Book-Reader mit. Was soll's dachte er. Er würde einfach noch eine Geschichte anfangen zu lesen. Er war sowieso nicht müde.

Irgendwann auf dem Weg zwischen London und Gretna Green schlief er ein.

Der Wecker seines Telefons riss ihn zurück in die Gegenwart, und nur widerstrebend hangelte er sich aus dem Bett. Er wünschte, er hätte ein Landgut in England statt eines Jobs in Wenatchee, zu dem er jeden Tag pendeln musste.

Bis ihm einfiel, dass die Frau seiner Träume ja auch dort arbeitete. Er duschte und zog sich an, während er sich gleichzeitig vorstellte, ein schneidiger Earl zu sein statt eines Bürosklaven, der Daten in den Computer eingab.

Jillians beiläufige Begrüßung tat ihr Übriges, um ihn bereuen zu lassen, dass er ein moderner Mann war. Wie immer reservierte sie ihr herzlichstes Lächeln für Ted. Was würde der Earl in solch einem Fall tun?

Die Antwort darauf war einfach. Er würde sie am Arm packen und sagen: „Du kleine Hexe, glaubst du etwa, ich wüsste nicht, was für eine Art Spiel du hier mit mir treibst?"

Wenn Kyle das täte, würde er schnurstracks aus dem Gebäude eskortiert werden.

Mit grimmiger Miene ging er zu seinem Arbeitsplatz.

„Na, so, wie es aussieht, sollte ich dir wohl keinen guten Morgen wünschen", meinte Mindy, als er sich setzte.

„Oh, tu's ruhig. Versüß mir meinen Tag."

„Das sagt man, wenn man vorhat, jemanden zu erschießen. Den Film hab' ich auf dem Sender mit den alten Filmen gesehen."

Er lächelte. „Ich verspreche, ich erschieße dich nicht."

„Gut zu wissen. Du siehst aus, als hättest du letzte Nacht nicht viel Schlaf bekommen."

„Stimmt."

„Anstrengendes Wochenende?"

„Ja, das war es. Wie war's bei dir?"

„Ich habe etwas richtig Tolles gemacht."

„Eine aufregende Verabredung?" Hatte Mindy doch endlich jemanden in dieser Internet-Partnerbörse gefunden? Mist, alle hatten ein aufregendes Privatleben, nur er nicht.

„Nein", antwortete sie.

Worüber war sie dann so glücklich?

„Ich habe Poker gespielt."

Poker? Ernsthaft? Er schob seinen Stuhl zurück und starrte sie an. „Du hast Poker gespielt?"

„Auch Frauen können Poker spielen, weißt du."

Okay, das war jetzt echt cool. „Was habt ihr gespielt?"

Sie verzog das Gesicht und überlegte. „Five-Card … äh."

„Stud", warf er ein, doch sie sah ihn nur ratlos an. „Draw?"

„Ja, genau, das war's. Und du errätst niemals, worum wir gespielt haben."

„Pennies."

„Nein."

„25-Centstücke?"

„Nein, nein. Wir haben um etwas gespielt, was viel wertvoller als Geld ist."

Es gab etwas Wertvolleres als Geld?

Sex. Vor seinem inneren Auge tauchte ein Bild von ihm und Jillian auf, wie sie Strip-Poker spielten.

„Und viel mehr Spaß."

Nichts machte mehr Spaß als Sex. „Okay", sagte er. „Ich gebe auf. Worum habt ihr gespielt."

„Schokolade!" Sie hielt ihm eine kleine Bonbonschale voll mit Hershey's Kisses entgegen. „Ich habe gewonnen. Möchtest du einen?"

„Na klar", sagte er und bediente sich. „Interessant, ich hätte nie gedacht, dass du eine Zockerin bist."

„Oh, das bin ich auch nicht. Meine Freundinnen und ich lernen es gerade. Ich habe noch immer einen Zettel neben mir liegen, auf dem all die Kartenwerte aufgelistet sind, aber selbst mit dieser Hilfe bin ich noch schlecht. Bei einer Runde hatte ich vergessen, was ein Full House ist, und bin ausgestiegen."

Er lachte. „Du lernst es schon noch."

„Auf jeden Fall", stimmte sie zu. „Ich will noch mehr Schokolade gewinnen."

Schokolade, überlegte Kyle, während er sich an die Arbeit machte. Das war doch jetzt mal der richtige Weg, um das Herz einer Frau zu erobern. Warum hatte er nicht schon früher daran gedacht?

7. KAPITEL

Die Seite für das Icicle-Falls-Klassentreffen war jetzt online. (Auf geht's, Grizzlies!) Und auch die Facebook-Seite war aktiv. Auf beiden wurde reichlich gechattet und gepostet.

„Ich bin auf jeden Fall dabei", schrieb Feron Prince.

Das wird bestimmt lustig, dachte Jonathan, als er den Kommentar für die Seite zuließ. Feron würde vermutlich noch einmal demonstrieren wollen, wie er ihn damals in den Spind gesperrt hatte.

„Ich auch", schrieb Heidi Schwartz. „Ich kann es kaum erwarten, mit den Fotos meines Babys anzugeben."

Ja, ein Wochenende voll endloser Prahlereien, dachte Jonathan missmutig. Bestimmt würden all diejenigen aus seiner damaligen Klasse, die nicht schon verheiratet waren und Kinder hatten, zumindest verlobt sein. Und was hatte er für die letzten fünfzehn Jahre vorzuweisen?

Ein Haus und eine Firma, erinnerte er sich. Er könnte Fotos von seinem Haus zeigen. Und von seinem Hund. *Das ist mein Mädchen, Chica.*

Ein Kommentar von Lissa erschien auf dem Bildschirm. „Ich kann es kaum erwarten, euch alle zu treffen!"

Ihn auch? Er gehörte ja auch zu allen.

Von Rand war noch nichts gekommen. Vielleicht tauchte er jetzt, da er verheiratet war, doch nicht auf. Jonathan konnte gut auf ihn verzichten.

Der restlichen Mitglieder des Football-Teams würden alle da sein, vermutlich um noch einmal in Erinnerungen an ihre glorreichen Tage zu schwelgen.

Jonathan postete ein Bild, das Linc Jorgensen geschickt hatte, zusammen mit einem alten Foto von Linc aus dem Jahrbuch. Seine Football-Uniform hatte er gegen einen Anzug eingetauscht, und er gehörte jetzt zu den Machern in Hollywood, wo er eine neue Reality-Show produzierte. Es sah so aus, als hätte er Geheimratsecken bekommen. Als Jonathan das sah, ging es ihm gleich ein wenig besser.

Doch als er auf die anderen Fotos blickte, die er gleich hochladen wollte, verdüsterte sich seine Miene wieder. Ein paar der Typen aus dem Football-Team waren fett geworden, doch die meisten waren in Form geblieben. Das war seine Konkurrenz – Typen mit Sixpacks und beeindruckenden Jobs.

Sollte er auch ein Foto von sich hochladen? Er könnte Geschäftsinhaber darunter schreiben.

Aber das Foto selbst stellte ein Problem dar.

Er würde damit warten müssen, bis er besser in Form war.

Jetzt konnte er nur hoffen, dass das Bruisers Sportstudio einen Crashkurs für Leute wie ihn anbot.

Kyle arbeitete die Mittagspause durch, damit er früher Feierabend machen konnte, um noch rechtzeitig im Sweet Dreams zu sein, das schon um fünf Uhr schloss. Wer hatte so was schon mal gehört, dass ein Laden um fünf Uhr zumachte? Wussten die denn nicht, dass andere Leute arbeiten mussten? Wobei, wahrscheinlich waren die meisten Kunden Leute, die in der Stadt arbeiteten, oder es waren Touristen, sodass gar keine Veranlassung bestand, das Geschäft für Pendler wie Kyle geöffnet zu halten. Immerhin war es ein kurzer Weg. Er würde noch rechtzeitig da sein, um etwas für Jillian auszusuchen.

Zehn Minuten vor Ladenschluss war er da. Und entdeckte Adam, der gerade eine große Pralinenschachtel bezahlte.

„Was machst du denn hier?“, fragte Kyle. Blöde Frage. Natürlich dasselbe wie er, er versuchte, sich die Zuneigung einer Frau zu erkaufen.

„Chelsea liebt Schokolade“, erklärte Adam. Er senkte die Stimme, damit Heidi Schwartz, die an der Kasse stand, ihn nicht hören konnte. „Ich denk’ mir, das ist wie beim Angeln. Man muss nur den richtigen Köder benutzen.“

Kyle nickte. „Gutes Argument.“

Adam musterte ihn. „Du willst auch Pralinen kaufen?“

„Kann ja nicht schaden."

„Stimmt. Es ist ja nur Geld", pflichtete Adam ihm bei. Er kritzelte seinen Namen auf den Abbuchungsbeleg. „Viel Glück", sagte er, nahm die Pralinenschachtel und ging.

„Hallo, Kyle", begrüßte Heidi ihn. „Was kann ich für dich tun?"

Ein wenig überwältigt sah Kyle sich im Laden mit den vielfältigen Auslagen um. Sollte er Toffee nehmen? Eine Schachtel mit Trüffeln? Dunkle Schokolade? Milchschokolade? „Habt ihr eine Schachtel mit einer Reihe von unterschiedlichen Sachen?"

„Oh, ja, sicher", antwortete sie. Sie ging hinüber zu einem Regal und nahm eine rosa Schachtel, die mit einer goldenen Schleife verziert war, heraus. „Wie wäre es mit dieser Sechsunddreißig-Stück-Mischung? Da ist alles drin – Trüffel, gesalzene Karamellen, ein paar von unseren neuesten Fruchtkreationen."

„Okay, das klingt gut."

Heidi tippte den Betrag in die Kasse ein. Als Kyle sah, was er zahlen sollte, musste er schlucken. Das war mehr, als er hatte ausgeben wollen. Aber man machte auf Frauen keinen Eindruck, wenn man knauserig war. Und er wusste, sobald Jillian einen Blick auf diese Pralinenschachtel geworfen hatte, würde sie ihn definitiv nicht mehr ignorieren.

„Ist das für jemand Besonderes?", fragte Heidi spielerisch.

Kyle war nicht nach Spielen zumute. „Nur eine Freundin."

„Na, das muss aber doch eine besondere Freundin sein", sagte sie und reichte ihm den Beleg zum Unterschreiben.

„Ich bin eben ein freundlicher Typ." Er unterschrieb und reichte den Zettel zurück.

„Bringst du sie zum Klassentreffen mit?"

Er stellte sich vor, wie er die Cocktailparty am Freitagabend zusammen mit Jillian am Arm betrat. Fast konnte er die Hochachtung in den Stimmen der anderen Männer hören, als sie sagten: „Na, seht euch das an. Kyle hat sich eine langbeinige Schönheit geangelt. Er ist ja klein, aber, ey, Mann, er ist cool." Es war eine sehr schöne Vorstellung.

„Oh, du bringst jemanden mit!“ Heidi strahlte, als hätte sie gerade ein großes Rätsel gelöst.

„Mal sehen“, erwiderte Kyle, um sich vorsichtshalber in alle Richtungen abzusichern.

Aber auch er lächelte, als er den Laden verließ. Er konnte es kaum erwarten, diese Schachtel morgen auf Jillians Rezeptionstresen zu legen. Schokolade, gefolgt von einem Lunch außerhalb, gefolgt von einem Abendessen im Restaurant, gefolgt von … oh, ja.

Das Bruisers Fitness-Center war voll mit Einwohnern aus Icicle Falls, die sich mit sportlichem Elan an den Geräten tummelten, als Jonathan den großen Raum betrat. Drüben in einer Ecke sah er Blake Preston an den Gewichten. Neben ihm war Tilda Morrison mit einem Mann, den Jonathan nicht kannte, vermutlich ein Kollege von der Polizei. Joe Coyote saß auf dem Ergometer, und einer der örtlichen Feuerwehrmänner war auf dem Laufband, hatte die Kopfhörer seines iPods im Ohr und lief nach nirgendwo.

Als Jonathan sich umsah, verspürte er die gleiche Nervosität wie damals auf der Mittelschule, als er das erste Mal den Umkleideraum der Sporthalle vor dem Beginn des Sportunterrichts betreten hatte. Doch heute war es anders. Er war kein Kind mehr. Er war erwachsen und nichts anderes als ein weiteres Mitglied des Fitnessclubs (seit genau fünf Minuten), das hier war, um die Geräte zu benutzen.

Die Frau, die ihm die Mitgliedschaft für ein Jahr ausgestellt hatte, hatte ihm von dem Trainer erzählt, der permanent vor Ort war, doch zunächst einmal hatte Jonathan das Angebot ausgeschlagen. So schwer konnte es doch schließlich nicht sein, ein paar Gewichte zu stemmen, oder?

Aber am Anfang, entschied er, würde er aufs Laufband gehen. Er war nicht so wirklich der Laufband-Typ, aber das Ding funktionierte über einen Computer, und Computer waren ja nun einmal seine Spezialität.

Allerdings merkte er schon schnell, dass man nicht einfach so auf ein Laufband hinaufhüpfen und ein paar Knöpfe drücken konnte. Das Anpassen der Geschwindigkeit und der Steigung sowie das Aussuchen eines Programms waren ja noch einfach. Sich jedoch durch das Programm hindurchzukämpfen, war eine andere Geschichte. Letztendlich blieb ihm gar nichts anderes übrig, als schon ziemlich schnell sowohl Geschwindigkeit als auch Steigung zu drosseln.

Seit einer simulierten Meile war er bereits am Schwitzen. In dem Moment trat sein Schwager ein. „Na, das Ding setzt dir ja ganz schön zu", stellte Neil fest.

Jonathan nickte und lief weiter, während ihm der Schweiß von der Stirn rann.

„Was machst du überhaupt hier?", fragte Neil, als wenn Jonathan atmen und schnaufen und gleichzeitig noch eine Unterhaltung führen könnte.

„Mich in Form bringen", antwortete er keuchend.

Neil nickte. „Du bist vorher noch nie hier gewesen. Bist du gerade Mitglied geworden?"

„Ja."

„Ich wollte gleich mal rüber an die Gewichte gehen. Wenn du willst, gebe ich dir 'ne kleine Einweisung."

„Äh, sicher." Jonathan war sich überhaupt nicht sicher, aber er entschied sich, dass er seinen Stolz vielleicht lieber runterschlucken sollte, um sich von jemandem, der wusste, was er tat, helfen zu lassen.

Zehn Minuten später erklärte Neil ihm, wie man mit den freien Gewichten umging. Dabei fielen Kommentare wie: „Nicht so. Willst du dir etwa deinen Rücken ruinieren?"

Es dauerte nicht lange, um festzustellen, dass Jonathan ein Weichei war, aber überraschenderweise verhielt Neil sich ausgesprochen nett. „Es braucht halt ein bisschen Zeit, mehr nicht."

Etwas, was Jonathan nicht gerade im Übermaß hatte. „Wie lange dauert es, bis man einen Unterschied sieht?"

Neil zuckte mit den Schultern. „Keine Ahnung. Ein paar Monate vielleicht." Er musterte Jonathan. „Musst du einen Termin einhalten?"

Das könnte jetzt peinlich werden. Jonathan hob eine Schulter. „Ich fand es nur an der Zeit, mich ein wenig in Form zu bringen."

Nickend meinte Neil: „Gute Idee."

Er wollte nicht nur in Form kommen, sondern so aussehen wie Neil. „Ich hoffe, dass ich, äh, na ja, ein paar Muskeln kriege."

„Ich weiß, was du dafür brauchst. Komm mit."

Jonathan folgte ihm an den Reihen von Männern und Frauen entlang, die auf den unterschiedlichsten Maschinen schwitzten, bis zum Eingang des Fitnessstudios. Neben dem Empfangstresen wurden unterschiedliche Produkte zum Verkauf angeboten – Schweißbänder, Wasserflaschen, Vitamine und ein paar große Plastikgefäße mit …

„Proteinpulver?", las Jonathan vor. „Dieses Zeug kostet vierzig Dollar."

„Aber es hilft", versicherte Neil ihm.

Was soll's, dachte Jonathan und nahm sich eine Dose.

Neil klopfte ihm auf die Schulter. „Viel Glück, mein Lieber. Wir sehen uns."

„Ja, wir sehen uns", sagte Jonathan. Er würde in Zukunft häufiger hier zu finden sein.

Adam fuhr vor seinem Haus vor und war froh, als er feststellte, dass seine Frau sich heute ausnahmsweise einmal nicht im Haus verbarrikadiert hatte. Sie war im Garten und jätete Unkraut in den Blumenbeeten. Die Tatsache, dass sie nicht sofort aufsprang und nach drinnen lief, als sie seinen SUV erspähte, hätte ein gutes Zeichen sein können, wäre da nicht die finstere Miene gewesen. Oh, oh. Das würde nicht einfach werden.

Er stieg aus dem Wagen und ging auf seine Frau zu. Dabei hatte er solches Herzklopfen wie damals an dem Tag, als er ihr den Heiratsantrag gemacht hatte. Das war ziemlich beunruhigend. Nein, beängstigend. Während der letzten sieben Jahre hatte er sich in Chelseas Gegenwart immer so wohl gefühlt, so entspannt. Damit war es heute vorbei.

„Was willst du?", begrüßte sie ihn.

„Dich." Er blieb vor ihr stehen und reichte ihr die Pralinenschachtel.

Sie betrachtete sie, als würde er ihr einen Haufen Hundekot und nicht Pralinen im Wert von fünfzig Dollar hinhalten. Anschließend hob sie den Blick und sah ihn an, als wäre er wirklich das Letzte. „Du begreifst es einfach nicht, oder?"

Seine Hand verkrampfte sich um die Pralinenschachtel. Was zum Teufel wollte sie von ihm? „Nein, anscheinend nicht. Himmel, Chels, ich schicke dir Blumen, und du wirfst sie weg, ich bringe dir Pralinen, und du siehst sie an, als würde ich dir Hundescheiße hinhalten."

Sie schnaubte leise. „Falls du es vergessen haben solltest, ich versuche gerade, fünf Kilo abzunehmen."

Er hatte es vergessen.

„Ich will keine Bestechungsversuche, Adam. Ich möchte Aufrichtigkeit."

„Ich bin aufrichtig!"

„Nein, du bist wütend", sagte sie und machte sich wieder daran, Unkraut zu jäten. „Du bist während der letzten fünf Jahre unserer Ehe wie selbstverständlich davon ausgegangen, dass ich für dich da bin."

„Das bin ich nicht!" Doch selbst in seinen Ohren klang das nicht sonderlich überzeugend. Sie beide kannten die Wahrheit.

„Doch", meinte sie ruhig, „hast du. Wann immer du Lust dazu hattest, bist du Angeln gefahren, immer davon ausgehend, dass es mir nichts ausmachen würde, allein zu sein. Du warst beschäftigt und hast mir nie Bescheid gesagt, wenn du zu spät zum Abendessen kommen würdest. Du hast sogar vergessen, wenn wir zusammen weggehen wollten."

„Nicht immer", widersprach er. Aber sie hatte recht, er war ein Mistkerl. Er war der König der Mistkerle.

„Nicht immer“, lenkte sie ein, „aber häufig genug, vor allem in letzter Zeit. Und dann fährst du Angeln und vergisst unseren Hochzeitstag.“ So, wie sie ihn gerade ansah, wäre er am liebsten im Erdboden versunken. „Eine Frau ist es irgendwann leid, immer nur an zweiter Stelle zu kommen.“

Er hockte sich neben sie. „Du kommst für mich nicht an zweiter Stelle, Chels. Das weißt du auch. Du bist die einzige Frau für mich.“

„Ich bin die einzige Frau, die es mit dir aushält“, murmelte sie. Sie hockte sich auf die Fersen und schaute Adam an. Langsam wurde ihr Gesichtsausdruck weicher.

Sie würde ihn wieder zurücknehmen, dem Himmel sei Dank. Er streckte ihr die Pralinenschachtel wieder hin.

Das war leider ein Fehler, denn sofort wurde ihre Miene wieder eisig. Ach ja, die fünf Kilo. Mist.

„Zurück zu den Bestechungen.“ Sie rückte von ihm fort und stach mit der Pflanzkelle auf die Erde ein. „Ich will dich nicht mehr sehen, Adam.“

„Nie mehr? Komm schon, Chels, du kannst doch unsere Ehe nicht einfach so beenden.“

Mit dem Rücken zu ihm blieb sie hocken. „Ich will dich nicht wiedersehen, ehe du nicht ein paar Dinge verstanden hast.“

Er hatte ein paar Dinge verstanden. „Das habe ich doch. Ich möchte nicht ohne dich leben.“

„Tja, und ich will nicht mit dir leben. Jedenfalls nicht, solange du so bist, wie du bist.“

Adam hatte das Gefühl, als hätte sie ihm gerade die Pflanzenkelle ins Herz gerammt. Die Pralinen fielen ihm aus der Hand, und er kam mühsam wieder auf die Füße. Die verschlossene Tür, das war eine Strafe gewesen. Genauso wie die Klamotten und die Blumen auf der Veranda. Aber das hier … Sie sagen zu hören, dass sie nicht mehr mit ihm zusammen leben wollte …

Er zwang sich, zurück zum Auto zu gehen, doch auf dem Weg dorthin hatte er das Gefühl, als würde er keine Luft mehr bekommen. Eine Million Bienen summten in seinen Ohren, und er war überzeugt, dass er gleich in Ohnmacht fallen oder einen Herzinfarkt bekommen würde. Was passierte hier mit ihm? Was passierte mit ihnen?

Der Abend war schon fast vorüber, und Jonathan begann zu hoffen, dass Adam seine Frau doch davon hatte überzeugen können, ihn wieder aufzunehmen, als er ein Auto vor der Haustür bremsen hörte. Er schaute von seinem Online-Schachspiel auf und sah Adam zur Tür hereinkommen. Sein Freund sah aus, als hätte er ein paar Runden mit dem Sensenmann hinter sich. Seine Augen waren rot unterlaufen, und seine Miene drückte Entschlossenheit aus. Er kam ins Zimmer und setzte sich, eine durchdringende Alkoholwolke verströmend, zu Jonathan auf die Couch. Da hatte wohl jemand der Bar Man Cave einen Besuch abgestattet.

„Wie viel hast du getrunken?", fragte Jonathan.

„Nicht genug", erwiderte Adam grummelnd.

Jonathan sah ihn strafend an. „Du hättest dich nicht mehr hinters Steuer setzen dürfen."

„Hab' ich auch nicht. Todd Black hat mich hergefahren."

Na toll. Das bedeutete, dass Jonathan morgen früher aufstehen musste, um Adam zur Kneipe zu fahren, damit der seinen Wagen dort abholen konnte. Jonathan schüttelte den Kopf. „Weißt du was, so langsam begreife ich, warum Chelsea dich rausgeworfen hat."

Adam zog wütend die Augenbrauen zusammen. „Was zum Teufel soll das denn jetzt heißen?"

„Es soll heißen, dass du nur an dich denkst. Du ziehst los und besäufst dich, also muss dich jemand nach Hause fahren. Morgen muss jemand – nämlich ich! – dich zu deinem Wagen kutschieren. Du bist echt 'ne Plage." Die Worte waren kaum raus, als Jonathan sie auch schon bereute. Wie war das mal noch, dass man nicht auf einen Mann eintreten sollte, der schon am Boden lag?

Adam entgleisten die Gesichtszüge.

Entsetzt beobachtete Jonathan ihn. Oh, nein. Jetzt fing er auch noch an zu flennen?

Adam beugte sich vor, stützte die Ellenbogen auf die Knie und fuhr sich mit den Händen durchs Haar. „Oh, verdammt, ich geh' allen auf die Nerven."

„Hey, Mann, tut mir leid."

„Nein, du hast ja recht. Ich bin ein egoistischer Mistkerl, und ich verdiene alles, was mir gerade widerfährt. Und du, alter Junge ..." Er versetzte Jonathan einen Schlag auf den Rücken, der ihn fast vom Sofa beförderte. „Du warst echt super. Ich muss mein Leben wieder in Ordnung bringen. Du musst mir helfen, Jon."

„Ich!"

„Du musst mir helfen, irgendwas Romantisches zu finden, womit ich Chels beweisen kann, dass ich sie liebe. Such mir mal was in einem von diesen Frauenromanen."

Jonathan hatte Mühe genug, seinen eigenen romantischen Schlachtplan auszuarbeiten. „Wie soll ich das denn machen? Ich weiß doch gar nicht, was deiner Frau gefällt."

Adam stieß ein alkoholgeschwängertes Stöhnen aus. „Ich doch auch nicht." Und dann fing er tatsächlich an zu heulen.

Jonathan und Chica zogen sich diskret zurück. Hoffentlich hatte Adam am nächsten Morgen diesen beschämenden Moment vergessen. Und hoffentlich erinnerte er sich an seine Entschlossenheit, sein Leben und seine Ehe in Ordnung zu bringen.

8. KAPITEL

Jetzt war er da, der Moment, der Kyle seinen großen Auftritt bei Jillian bescheren sollte. Er nahm die Schachtel Pralinen von Sweet Dreams vom Beifahrersitzt, wo er sie vorsichtig deponiert hatte, und machte sich auf den Weg ins Bürogebäude von Safe Hands. Warte, bis sie das gesehen hat, dachte er voller Vorfreude.

Jillian war jedoch nicht allein. Lola aus der Buchhaltung und Marie, die ihren Arbeitsplatz direkt neben seinem hatte, standen am Empfangstresen und plauderten mit ihr. Müssten die nicht längst an ihren eigenen Schreibtischen sitzen?

Er ging etwas langsamer, in der Hoffnung, dass sie verschwunden waren, wenn er bei Jillian ankam. Doch beide Frauen blieben, wo sie waren – wie zwei Felsbrocken. Oder wie Wachhunde.

Was sollte er denn jetzt tun? Sollte er einfach weitergehen und ihr die Schachtel später geben? Ja, entschied er. Er würde ihr die Pralinen später überreichen.

Entschlossen beschleunigte er seine Schritte, um an ihnen vorbeizugehen, doch Marie, die anscheinend Augen im Hinterkopf hatte, rief plötzlich aus: „Pralinen von Sweet Dreams!"

„Wer ist die Glückliche?", wollte Lola wissen.

Mist. Das war jetzt peinlich.

„Sind sie für jemanden von hier?", fragte Marie.

Und da stand Jillian auf und lächelte ihn an. Damit hatte sich das Warten auf einen besseren Zeitpunkt auch erledigt. Es hieß jetzt oder nie. „Na ja", begann er und stellte die Schachtel auf den Tresen.

Die Frauen fielen darüber her wie verhungerte Geier.

„Oh, da sammelst du jetzt aber echt Pluspunkte, wenn du uns allen Schokolade mitbringst", sagte Lola, noch ehe er seinen Satz beenden konnte, und steckte sich eine Praline in den Mund.

Nicht euch allen. „Eigentlich", begann er noch einmal und schaute dabei Jillian an. „Eigentlich habe ich sie für …"

„Achtung, hier kommt Mr Wrangle", flüsterte Marie.

Kaum war der Name des großen Chefs gefallen, war die Party auch schon vorbei. Die Frauen verschwanden hastig, und Jillian rief: „Guten Morgen, Mr Wrangle“, während Kyle, der ohnehin schon fünf Minuten zu spät war, sich leise fluchend an seinen Arbeitsplatz verzog. Warum hatte er sich nicht noch eine Minute Zeit gelassen, um Jillian zu erklären, dass die Pralinen für sie gewesen waren? Was war er nur für ein Idiot.

„Alles okay bei dir?“, fragte Mindy, als er sich an den Schreibtisch setzte.

„Ja. Wieso?“

„Du siehst irgendwie wütend aus.“

Wütend? Warum sollte er wütend sein? Er hatte ja nur ein kleines Vermögen für Schokolade ausgegeben, um die Frau seiner Träume zu beeindrucken, was ihm rein gar nichts eingebracht hatte. Nicht einmal ein Dankeschön von irgendjemandem.

Ein Dankeschön bekam er allerdings später noch, als er zum Wasserspender ging. Und zwar von Mildred Parks, die alt genug war, um seine Großmutter sein zu können. „Kyle, das war ja wirklich reizend von Ihnen, dass Sie für uns alle Pralinen mitgebracht haben. Vielen Dank.“

So war er halt, Mr Sweet. „Gern geschehen.“

„Aber Sie sollten Ihr Geld lieber zusammenhalten“, riet sie ihm. „Oder es für Ihre Freundin ausgeben.“

Die Pralinen waren als erster Schritt gedacht gewesen, um Jillian zu seiner Freundin zu machen. Gequält lächelnd sagte er: „Guter Rat.“ Wie sehr wünschte er sich, er hätte die ganze Sache anders gehandhabt.

Als er zu seinem Schreibtisch zurückkehrte, sah er, dass Jillian gerade den Telefonhörer auflegte. Vielleicht sollte er sie fragen, wie ihr die Pralinen geschmeckt hatten.

Oh, nein. Da kam Ted Darrow anmarschiert. Jillian klopfte mit ihrem Stift auf den Tresen und winkte Ted zu. Verächtlich sah Kyle zu, wie Darrow zu ihr hinüberschlenderte und seinen Hintern auf ihren Schreibtisch pflanzte. War das etwa ein neuer Anzug, den er da anhatte? Und jetzt … oh, verdammt. Jetzt bot sie ihm doch tatsächlich etwas aus der Sweet-Dreams-Pralinenschachtel an. Wenn das kein schlechtes Pralinen-Karma war.

Frustriert marschierte Kyle zurück an seinen Arbeitsplatz und ließ sich auf seinen Stuhl sinken. Das war doch alles Mist. Absoluter Mist.

Die Ted Darrows dieser Welt bekamen einfach alles – sie waren groß, sahen gut aus, hatten tolle Klamotten an, und sie bekamen die Frauen. Und obendrein noch Pralinen, für die andere Männer bezahlt hatten.

Im Laufe des Vormittags fasste Kyle einen Entschluss. Er brauchte einen neuen Anzug.

„Ich dachte, ich hole mir unten bei Filly's ein Sandwich", meinte Mindy.

Kyle hatte keine Zeit, um in das hausinterne Café zu gehen. Er hatte eine wichtige Mission zu erledigen. „Ich muss ein paar Sachen besorgen."

„Oh. Sicher. Kein Problem. Bis später."

Er hörte kaum hin, sondern eilte schon zum Ausgang.

Er bemühte sich, nicht zu Jillian zu schauen, als die aus Teds Büro kam – mit einem Lächeln auf den Lippen. Büro-Romanzen – das sah der große Boss gar nicht gern, schon gar nicht, wenn einer seiner Abteilungsleiter sich mit dem niederen Volk einließ. Doch das hielt Darrow nicht davon ab, sich mit Jillian zu amüsieren. Er würde sie bestimmt nur benutzen und dann wegwerfen wie ein gebrauchtes Papiertaschentuch.

Aber nicht, wenn Kyle etwas dazu zu sagen hatte. Ein paar neue Klamotten, eine Verabredung zum Abendessen, und schon wäre Jillian sicher an der Seite eines Mannes, der sie wirklich zu schätzen wusste.

Jetzt war sie allein. Vielleicht sollte er umkehren, zu ihr gehen und ihr erklären, dass er die Pralinen speziell für sie gekauft hatte. Er wirbelte herum, um mit ihr zu reden, hielt dann jedoch mitten in der Bewegung inne, als wieder zwei Frauen mit Handtaschen unterm Arm auftauchten, um zur Mittagspause zu gehen. Schnatternd nahmen sie Jillian in ihre Mitte und verschwanden.

Okay, nun also nicht. Missmutig verließ Kyle das Büro in seinen unscheinbaren Klamotten. Warum mussten Frauen eigentlich immer in Horden herumlaufen? Verdammt.

Noch immer schlecht gelaunt betrat er die Wenatchee-Valley-Einkaufsmall. Nicht einmal das Anprobieren eines schicken Anzugs konnte ihn aufheitern. Ja, der Anzug saß super, und er sah darin auch wirklich gut aus, wenn er das mal so sagen durfte. Aber er sah noch mehr im Spiegel als den Anzug. Er sah einen kleinen Mann. Ted Darrow überragte ihn um fast zwanzig Zentimeter, und es gab nichts, was er dagegen tun konnte. Es sei denn ...

Er angelte sein Smartphone heraus und loggte sich ins Internet ein. Hey, hier war doch genau das, was er brauchte, ein Schuhladen, der Schuhe verkaufte, die einen größer machten. Bis zu fünfzehn Zentimeter versprach die Werbung. Und sie versprachen auch, von heute auf morgen zu liefern. Gekauft! Er wählte ein Paar schwarze Schuhe, die zum Anzug passten und ein Paar legere Halbschuhe. Oh, ja, wie war das noch mal mit James Bond?

Betsy traute ihren Augen kaum, als sie am Kino vorbeifuhr. „Ach, du meine Güte!“, rief sie und lenkte ihren Wagen an den Straßenrand. Sie stieg aus dem Auto aus, stellte sich auf den Bürgersteig und starrte fassungslos auf die Ankündigungstafel.

Statt des neuesten Filmtitels, las sie: Betsy, ich brauche dich. *Und dort, neben dem Ticketschalter stand Gregory und sah sie hoffnungsvoll an.*

Sie lief über die Straße und warf sich in seine weit geöffneten Arme.

Er umarmte sie so fest, als wollte er sie nie wieder loslassen. „Baby, ich habe einen Fehler gemacht. Von jetzt an, das verspreche ich, mache ich alles richtig. Bitte, gib mir noch eine Chance.“

„Nachdem du das hier für mich getan hast, kann ich ja gar nicht anders“, sagte sie lachend.

Er presste sie an sich und eroberte ihren Mund mit all der Leidenschaft, die sich in den langen, einsamen Nächten, die sie getrennt gewesen waren, angestaut hatte. Als er sich schließlich von ihr löste, hatte er Tränen in den Augen. „Fast hätte ich dich verloren, nur wegen meines idiotischen Stolzes. Aber das passiert mir nicht noch einmal. Ich habe mich geändert.“

„Hast du das? Wirklich?“

„Oh, ja“, erwiderte er. „Da kannst du sicher sein.“ Er deutete auf den Schriftzug über ihnen. „Diese Liebesgeschichte hat auf jeden Fall ein Happy End.“

Adam schloss das Taschenbuch, das Jonathan für ihn auf dem Küchentresen liegen gelassen und mit einem Post-it auf dieser speziellen Seite versehen hatte. Da war es, das perfekte Beispiel für Punkt fünf auf Jonathans Liste, der romantischen Geste.

Außerdem eine gute Möglichkeit, sich öffentlich zum Affen zu machen. Aber wenn es half, war Adam willig. Morgen früh würde er Chelsea zeigen, wie viel sie ihm bedeutete. Er warf das Buch auf den Boden und drehte sich auf seiner Luftmatratze um, in der Hoffnung irgendeine gemütliche Position zu finden. Mann oh Mann, er konnte wirklich nur hoffen, dass es funktionierte. Sehr viele Nächte würde er auf diesem Ding nicht mehr schlafen können.

Vor allem konnte er nicht mehr viele Nächte ohne Chelsea sein. Er vermisste ihr Lächeln, vermisste es, ihr von seinem Tag zu erzählen, vermisste es, sie nachts an sich gekuschelt zu fühlen. Allein zu schlafen war irgendwie nicht richtig, es kam ihm vor, als hätte man ihm seine bessere Hälfte weggenommen.

Er hoffte von ganzem Herzen, dass diese romantische Geste die Sache wieder einrenken würde. Er wollte seine andere Hälfte zurückhaben.

Den Vormittag nahm er sich frei und machte sich auf den Weg zu Emmit Brown, dem mürrischen alten Mann, dem das Kino gehörte.

Emmit war nicht so kooperativ wie der Kinobesitzer im Roman. „Wenn ich so eine Liebesbotschaft für Sie aufstellen würde, dann muss ich das für jeden Radaubruder in der Stadt machen, der Probleme mit seiner Frau hat. Dann weiß schon bald niemand mehr, was hier gespielt wird, sondern nur, dass Johnny Suzie liebt, und es kommt kein Mensch mehr, um Filme zu sehen“, sagte er und fuhr fort, sein Süßigkeitenregal aufzufüllen.

„Es kommt doch sowieso keiner mehr“, meinte Adam. „Sie zeigen Filme sechs Wochen, nachdem sie in sämtlichen anderen Kinos im Bundesstaat gelaufen sind.“

Das erwies sich nicht unbedingt als die beste Argumentation. Emmit sah ihn erzürnt an und scheuchte ihn aus der Lobby. „Ziehen Sie ab und kaufen Sie ihr Blumen.“

„Das hab' ich schon versucht“, meinte Adam.

„Dann schnitzen Sie Ihre Initialen in einen Baum. Buchen Sie ein Flugzeug, das was in den Himmel schreibt. Machen Sie, was Sie wollen, aber machen Sie es woanders.“

„Na gut. Aber glauben Sie nicht, dass ich noch mal hier ins Kino komme“, verkündete Adam. Verdammt, was sollte er denn jetzt tun?

Als er am Safeway vorbeifuhr, kam ihm eine Eingebung. Das könnte funktionieren. Außerdem kannte er den Filialleiter. Er parkte seinen Wagen und ging in den Supermarkt, um mit Denzel Wilson zu sprechen. Jetzt konnte er nur hoffen, dass er diesmal mehr Glück hatte. Irgendwann musste er schließlich ins Büro und ein bisschen arbeiten. Wie schafften die Männer in diesen Liebesromanen es eigentlich, Geld zu verdienen, wenn sie so viel Zeit darauf verwenden mussten, ihr Liebesleben in Ordnung zu bringen?

Zum Glück war Denzel in seinem Büro und hatte auch ein paar Minuten Zeit. Denzel war mit einer Frau verheiratet, die recht kostspielig war und nicht nur von ihm erwartete, dass er sie ständig schick ausführte, sondern auch, dass er jeden Sonntag mit ihrer Familie verbrachte. Wenn jemand Adams Sorgen verstehen konnte, dann war es Denzel.

Doch Adam hatte aus seiner Begegnung mit dem alten Brown gelernt. Nach einer typisch männlichen Umarmung, warf er seinen Köder aus. „Und? Warst du in letzter Zeit mal wieder angeln?“

Traurig schüttelte Denzel den Kopf. „Nein, ich hatte zu viel zu tun.“

„Na ja, wenn du mal meine VXP-Angel ausleihen willst ...“

Denzels Augen leuchteten auf wie die Straßen von Las Vegas bei Nacht. „Ehrlich?“

„Sag Bescheid. Ich hab’ im Moment selten Zeit, sie zu benutzen.“

„Cool. Also, was kann ich für dich tun?“

„Du könntest mir einen Gefallen tun. Chels und ich haben gerade ein paar Probleme.“

„Oh, ich fühle mit dir.“

„Ich möchte etwas Nettes tun, um ihre Aufmerksamkeit zu erregen.“

„Blumen“, meinte Denzel prompt. „Das wirkt bei Letitia immer.“

Adam zuckte mit den Schultern. „Das habe ich schon probiert. Aber jetzt hatte ich eine andere Idee. Du hast doch da draußen dieses Schild auf dem Parkplatz, wo du immer deine Sonderangebote anpreist?“

Jetzt sah Denzel ihn misstrauisch an. „Ja.“

„Kannst du dort eine Nachricht für mich draufschreiben? Nur heute Nachmittag, so lange, bis Chels es gesehen hat.“

Denzel rieb sich den Nacken. „Ich weiß nicht. Das ist doch eigentlich nur für die Sonderangebote im Laden.“

„Komm schon, Mann, ich will es ja nicht für lange. Ich bezahl auch was dafür.“

„Du brauchst nichts zu bezahlen.“ Denzel dachte einen Augenblick lang nach. „Nur heute Nachmittag?“

„Mehr nicht. Sobald sie es gesehen hat, kann es wieder weg."

Denzel kratzte sich am Kopf und dachte noch einmal nach. Schließlich sagte er: „Okay. Schließlich ist der Laden ein wichtiger Bestandteil der Stadtgemeinschaft."

So würde Denzel die Sache vermutlich gegenüber seinem Regionalmanager begründen. Adam sollte es recht sein, solange er bekam, was er wollte.

„Aber nur diesen einen Nachmittag. Mehr kann ich nicht für dich tun."

„Das ist alles, was ich brauche. Danke, Mann."

„Was soll denn drauf stehen?"

Oh, das. Wirklich schade, dass Jonathan nicht hier war. Dem wäre bestimmt etwas eingefallen. Adam versuchte, ihn auf dem Handy zu erreichen, landete aber sofort auf der Mailbox. Bernardo würde vermutlich auch eine Reihe von guten Ideen haben, doch der arbeitete zurzeit auf der Obstplantage und würde nicht ans Handy gehen. Kyle hatte selbst keine Ahnung, und Vance würde ihn auslachen. Also war er auf sich gestellt. Was sollte er nur sagen?

Am besten, er hielt es schlicht. „Schreib einfach ‚Chelsea, ich liebe dich'."

Denzel nickte zustimmend. „Klingt gut."

Adam klopfte ihm auf den Rücken. „Danke, du hast was gut bei mir."

„Lass mich an diesem Wochenende deine Angel ausleihen, und wir sind quitt."

„Gebongt. Du kannst jederzeit zu Templars Haus kommen und sie dir abholen."

„Templar? Jonathan?"

„Da wohne ich im Moment."

Denzel sah geschockt aus. „Soll das heißen, dass sie dich rausgeworfen hat?"

Oh, wie peinlich, das zugeben zu müssen. Adam nickte.

„Das heißt, es war kein Scherz, als du gesagt hast, du hättest Probleme."

„Wir kriegen das schon wieder geregelt", meinte Adam. Auf jeden Fall hoffte er das.

Er verabschiedete sich von Denzel und fuhr direkt ins Büro, wo er versuchte, sich auf diverse Medikamente zu konzentrieren, die er demnächst vertreiben sollte.

Am späten Nachmittag fand er es jedoch fast unmöglich, seine Augen auf den Computermonitor gerichtet zu lassen. Ständig wanderte sein Blick zum Telefon. Chelsea hatte inzwischen Feierabend. Jede Minute würde sie auf dem Weg nach Hause am Supermarkt vorbeifahren. Dann würde sie das Schild sehen, wissen, dass er es ernst meinte, und anrufen.

Schließlich ertönte auf seinem Handy Luke Bryans „Drunk on You", der Klingelton, den er Chelseas Nummer vor ein paar Abenden zugeordnet hatte, als er gerade mal wieder in Selbstmitleid versunken gewesen war. Die Erinnerung an bessere Tage, als sie in T-Shirt und Shorts durchs Haus getanzt war und die Countrylieder aus dem Radio mitgesungen hatte, war ausreichend gewesen. Ihm war so heiß geworden, dass er in Jonathans Gästezimmer keinen Schlaf mehr gefunden hatte, egal, wie weit er das Fenster auch aufriss.

Jetzt griff er nach seinem Telefon wie nach einem Rettungsring. „Chels."

„Sehr witzig, Adam. Hast du gedacht, ich finde das lustig?"

Nein, sie sollte es romantisch finden. Was war da schiefgelaufen? „Ich dachte, dass es dir gefällt."

„Du hast gedacht, ich mag es, für einen Dollar neunundneunzig angeboten zu werden? Das war gemein. Und geschmacklos." Sie beendete das Telefonat, ehe er noch ein Wort herausbringen konnte.

Na, das war weit entfernt von dem, was in dem Buch, das er gelesen hatte, passiert war. Kurz entschlossen, machte er Feierabend und fuhr zurück nach Icicle Falls, um zu ergründen, wieso seine Frau so sauer auf ihn war. Das war nicht schwer herauszufinden, als er auf den Safeway-Parkplatz fuhr. Dort, auf dem großen, für alle gut sichtbaren Schild vor dem Laden, stand: Chelsea … 1,99 $ / Kilo.

„Was zum Teufel soll das?“

Entsetzt parkte Adam seinen SUV und marschierte in den Laden. Der war voller Kunden, die auf dem Weg nach Hause noch Lebensmittel zum Abendessen einkauften. Adam fand seinen Kumpel Denzel in der Gemüseabteilung, wo er gerade damit beschäftigt war, ein Problem auszubügeln.

Nachdem Denzel das erledigt hatte und Adam entdeckte, lächelte er ihn an. „Und, wie ist es gelaufen?“

„Wie es gelaufen ist? Ich stecke noch tiefer im Mist als vorher, dank demjenigen, der meine Frau für einen Dollar neunundneunzig als Sonderangebot angepriesen hat.“

„Was?“

„Komm mit und sieh's dir an.“ Adam wirbelte herum und marschierte aus dem Laden. Draußen stellte er sich so hin, dass sie einen guten Blick auf das Schild werfen konnten, mit dem es Denzel so effektiv gelungen war, Adams Frau zu demütigen.

„Ach herrje,“, murmelte Denzel.

„Das kannst du laut sagen“, stieß Adam hervor.

„Oh, Mann, das tut mir echt leid. Ich habe einen von den Einpackern nach draußen geschickt, damit er das Angebot für das Steak runternimmt und dafür deine Nachricht draufsetzt. Als dann auf einmal drinnen die Hölle los war, habe ich ihn reingerufen. Ich dachte, er wäre fertig, da er da draußen rumstand und mit einem Mädel geredet hat. Der Junge ist gefeuert.“

Dann wäre das Leben eines weiteren Mannes wegen einer Frau versaut. Das kam Adam irgendwie nicht richtig vor. „Hey, setz ihn nicht meinetwegen vor die Tür“, sagte Adam.

„Tu ich nicht. Der Junge taugt sowieso nichts.“

Genau wie ich, dachte Adam frustriert, als er zurück zu seinem Wagen ging.

Er rief Chelsea an. Natürlich ging sie nicht ans Telefon. „So sollte der Text natürlich nicht lauten, Chels“, sprach er auf den

Anrufbeantworter. „Dort sollte stehen, ich liebe dich. Jemand hat es verbockt."

Er beendete das Telefonat. Jemand hatte es verbockt. Verdammt. Warum war die Sache mit der Liebe so schwierig?

Juliet hatte Probleme mit dem Computer. Das war für Jonathan keine Überraschung. Juliet hatte immer Probleme mit ihrem Computer. Dieses Mal war ihr eine ganze Datei mit Rezepten verloren gegangen. Jonathan war sich nicht sicher, ob das schlimm war oder sich vielleicht im Nachhinein als Segen erweisen würde, doch er hatte versprochen, nach der Arbeit vorbeizukommen und ihr zu helfen.

Er kam ins Haus, das Buch, das er versehentlich in der Toilette versenkt hatte, sicher in seiner Gesäßtasche versteckt. Er hatte es bei niedriger Temperatur im Backofen getrocknet, und jetzt war es so gut wie neu. Okay, die Seiten waren ein wenig gewellt, aber hey, es war ja auch kein neues Buch mehr gewesen. Juliet hatte es sich in der Bücherei nicht allzu genau angesehen. Wahrscheinlich würde sie davon ausgehen, dass sie es so gekauft hatte.

Seine Schwester ging voran zu dem Zimmer, das als Arbeitszimmer diente. Da sie ihm gerade den Rücken zuwandte, schien ihm das der perfekte Moment, um den Tycoon zurückzubefördern. Praktischerweise lag der Stapel mit den Büchern noch immer auf der Treppe (durchaus nichts Ungewöhnliches, denn Juliet war die Unordnung in Person). Also brauchte er das Buch einfach nur dezent auf dem Stapel zu deponieren.

Dummerweise erlebte der Tycoon keine sanfte Landung. Das Buch fiel auf die Kante des Stapels und brachte ihn damit zum Einstürzen. Drei weitere Bücher polterten die Stufen hinunter. Die Treppe war zwar mit Teppich ausgelegt, doch das Bum, Bum, Bum, Bum, Bum war trotzdem deutlich zu vernehmen.

Oh, nein. Hastig bückte er sich, um die Bücher aufzusammeln, als seine Schwester, die besser als sämtliche Hunde in Icicle Falls hören konnte, sich umdrehte.

Denk dir was aus! „Äh, sie sind runtergefallen."

Sie bedachte ihn mit einem skeptischen Blick.

Er versuchte, die Bücher schnell wieder aufzustapeln, ehe Juliet einen Blick darauf erhaschen konnte, und schob das geklaute Buch unter die anderen.

Aber seine Schwester konnte nicht nur ausgezeichnet hören, sie hatte auch so scharfe Augen wie ein Adler. Sie machte zwei große Schritte, und schon stand sie an der Treppe und griff nach dem reisenden Tycoon. „Mein Buch! Ich dachte schon, ich hätte es verloren." Auf einmal verzog sie das Gesicht. Sie öffnete das Taschenbuch und blätterte die Seiten um.

Oh, oh.

„Es sieht aus, als wäre es nass geworden."

„Vielleicht ist es das auch irgendwann", meinte Jonathan. „Es ist ein gebrauchtes Buch. Wer weiß, was damit passiert ist? Komm schon, lass uns deinen Computer anschauen."

„Okay", meinte sie langsam und folgte ihm den Flur entlang.

Ihre grauen Zellen arbeiteten auf Hochtouren, das spürte Jonathan. Das war gar nicht gut. Er setzte sich auf den Stuhl am Schreibtisch und versuchte, sie von der Angelegenheit abzulenken. „Hast du deine Dateien gesichert?"

„Ich wollte es", antwortete sie, noch immer durch das Buch blätternd. „Weißt du, das wäre mir aufgefallen, dieser Wasserschaden. Es sieht so aus, als hätte jemand es ins Waschbecken oder so fallen lassen."

Oder so. „Jules, du musst dir angewöhnen, die Sachen zu sichern", sagte Jonathan und lenkte das Thema wieder auf sicheres Terrain.

„Aber du kannst sie wiederfinden, oder?"

„Wahrscheinlich", gab er zu. „Trotzdem solltest du alles, was du nicht verlieren willst, auf jeden Fall sichern."

„Ich weiß. Und ich mache das von jetzt an auch", versprach sie und zog sich einen Stuhl heran, um sich neben Jonathan zu setzen. „Es ist schon merkwürdig mit diesem Buch", sagte sie, während er sich an seine Computer-Detektiv-Arbeit machte.

„Letzte Woche lag es ganz oben auf dem Stapel, und dann, als ich es lesen wollte, war es weg."

„Du solltest deine Bücher wegräumen." Oh, Mann. Warum konnte sie mit dem Thema nicht aufhören?

„Wieso? Damit Neil sie nicht in die Finger bekommt?" Es herrschte einen Moment lang Schweigen, ehe sie fortfuhr: „Das waren meine Bücher vom Flohmarkt."

Er zuckte mit den Schultern und hielt den Blick starr auf den Computermonitor gerichtet. Auf seiner Stirn bildeten sich Schweißperlen.

„Du warst am Tag nach dem Bücherflohmarkt zum Essen hier."

„Jules, ich versuche hier, mich zu konzentrieren."

„Und dann, ein paar Tage später, wollte ich genau dieses Buch hier vom Stapel nehmen, und es war weg", beendete sie den Satz nachdenklich.

Jonathan spürte, wie sich ihr Blick in ihn hineinbohrte.

„Hast du mein Buch mitgenommen?"

Verzweifelt versuchte er, eine plausible Antwort darauf zu finden.

Ehe ihm etwas einfiel, deutete sie anklagend mit dem Finger auf ihn. „Du hast es genommen!"

„Nein", log er und bemühte sich, sein Pokerface aufzusetzen.

„Oh, doch, das hast du, und das, nachdem du erklärt hast, wie blöd Liebesromane seien."

„Ich …" Er hielt inne. Wie sollte er das erklären?

„Warum hast du mein Buch gelesen?"

„Ich wollte mir das einfach nur mal ansehen. Okay?"

„Das glaub' ich dir nicht."

„Ich bin hier auf der Suche nach deinen verloren gegangenen Dateien", wich er aus. *Und ich kann nicht lügen und gleichzeitig deine Datei wiederfinden.*

„Jonathan, du kannst es mir auch gleich sagen. Ich bearbeite dich sowieso so lange, bis du damit rausrückst."

„Es gibt nichts zu erzählen." Jedenfalls nicht seiner Schwester.

„Na, kannst du mir dann wenigstens sagen, was damit passiert ist?"

Er runzelte die Stirn. „Ich habe es versehentlich fallen lassen."

„Ins Waschbecken?"

„Äh, nein, ins Klo."

„Igitt!" Sie ließ das Buch fallen, und diesmal landete der Tycoon auf dem Teppich.

„Keine Sorge. Es sind keine Bakterien mehr drauf."

„Das bezweifle ich", meinte sie angewidert.

„Ich besorg' dir ein neues Exemplar", versprach er. Wenn er das gleich getan hätte, wäre er vermutlich davongekommen, und niemand hätte etwas bemerkt. *Du Idiot.* Wie konnte es angehen, dass er so gut in Mathe und Informatik war und so blöd, wenn es um ... das Leben ging?

Juliet schwieg wieder, doch nur für ein paar Sekunden. „Wieso interessierst du dich plötzlich für Liebesromane?", wollte sie wissen.

„Tue ich doch gar nicht. Ich dachte nur, ich schau mir mal einen an. Das ist alles ..." ... was du wissen musst.

„Du hättest mich doch fragen können. Ich hätte dir einen geliehen. Und wenn du mal einen richtig guten Roman lesen willst, dann lass mir dir den von Vanessa Valentine geben, den ich mir geholt habe."

„Den habe ich mir schon runtergeladen." Mist! Hatte er das jetzt gerade wirklich gesagt? „Jules, ich kann mich nicht darauf konzentrieren, deine Datei wiederzufinden, wenn du die ganze Zeit quasselst."

„Vergiss die Datei. Sag mir lieber, was hier los ist."

Er sah sie grimmig an. „Ich betreibe ein wenig Recherche. Okay?"

„Recherche worüber? Willst du einen Liebesroman schreiben?"

„Nein", meinte er genervt.

„Was denn?"

„Ich will nur ... ach, vergiss es."

Sie schwieg. Was natürlich nicht bedeutete, dass sie das Thema jetzt fallen lassen würde. Es bedeutete lediglich, dass sie sich einen neuen Weg überlegte, wie sie die Information aus ihm herauspressen konnte.

„Okay, hier sind sie wieder, deine Rezepte“, sagte er.

„Danke. Du bist ein Held.“

„Das bin ich“, stimmte er zu. Und jetzt würde er so schnell wie möglich verschwinden, ehe Juliet ihn weiter mit Fragen löchern konnte. Er erhob sich, doch sie hielt ihn am Arm fest.

„Nicht so schnell. Sag mir, was los ist. Ich finde es sowieso heraus.“

„Nichts ist los“, beharrte er. „Komm schon, lass mich gehen, Jules.“

„Erst wenn du es mir sagst.“

Böse sah er sie an. „Hör auf, so verdammt neugierig zu sein.“

„Ich bin deine Schwester. Das gehört zu meinem Job. Wenn du es nicht ausspuckst, dann erzähl ich allen, dass du meine Liebesromane liest.“

Das hätte sie getan, damals, als sie noch Kinder waren. Jetzt, als Erwachsene, war es nichts weiter als eine leere Drohung, denn sie würde ihn niemals wissentlich so bloßstellen. „Mach doch.“

Sie ließ die Hand sinken. „Du weißt genau, dass ich es nicht tun würde. Ich wünschte mir trotzdem, dass du mich ins Vertrauen ziehst. Ich erzähl dir doch auch alles.“

„Das kommt, weil du eine Frau bist. Männer reden über solchen Kram nicht.“

„Vielleicht solltet ihr das aber. Vielleicht könnte ich dir helfen bei … was auch immer. Hast du dir das schon mal überlegt?“

Sie würde ihn so lange nerven, bis er noch verrückt wurde. „Es ist keine große Sache. Ich dachte nur …“ Oh, verdammt es war so jämmerlich und peinlich. „Ich dachte, es wäre ganz interessant, zu erfahren, wie Frauen ticken und was sie denken.“ So. Das sollte doch wohl an Informationen für sie reichen.

„Das hätte ich dir auch sagen können.“

„Es gibt ein paar Dinge, die fragt man seine kleine Schwester nicht.“

„Und wieso verspürst du auf einmal das dringende Bedürfnis herauszufinden, was Frauen denken?“ Begeistert schnappte sie nach Luft. „Du hast eine Freundin!“ Sie schnippte mit den Fingern. „Diese niedliche neue Bibliothekarin.“

Na toll. Jetzt musste er in Bezug auf sein Liebesleben Frage und Antwort stehen. „Nein.“

„Warum willst du dann ... Moment mal. Ich habe neulich im Bavarian Brews Tina Swift getroffen. Ihr habt demnächst euer Klassentreffen, stimmt's?“

„Ja. Und?“

„Hat das vielleicht etwas damit zu tun, dass du mir mein Buch gemopst hast?“

„Nein, es sei denn, ich bin ein Tycoon.“

Sie ließ nicht locker. „Neil hat mir erzählt, dass du Mitglied im Fitnessclub geworden bist.“ Sie musterte ihn so ausgiebig, bis er sich fast wand. „Muskelaufbau, Liebesromane lesen ...“

Der wissende Blick, mit dem sie ihn betrachtete, gefiel ihm gar nicht.

„*Jetzt* verstehe ich. Das hat etwas mit jemandem zu tun, der zum Klassentreffen kommt, richtig?“

„Wenn du noch eine Frage stellst, dann mach ich nie wieder was an deinem Computer.“

„Brauche ich gar nicht. Ich weiß noch genau, wen du gern mochtest, als wir noch Kinder waren.“ Sie musterte ihn, und jetzt spiegelte ihre Miene eine Mischung aus Mitleid und Verzweiflung wider. „Jonathan, bitte, sag mir, dass ich mir das nur einbilde.“

„Du bildest dir das nur ein.“

Stirnrunzelnd sah sie ihn an. „Willst du etwa dein Leben lang Single bleiben und darauf hoffen, dass Lissa Castle sich eines Tages unsterblich in dich verliebt?“

Wenn sie es so formulierte, klang er wie der größte Versager überhaupt.

Juliet seufzte. „Sie wollte nie mehr als deine Freundschaft, Jonathan."

„Vielen Dank für die Erinnerung", murmelte er.

Juliet legte ihm eine Hand auf den Arm. „Es tut mir leid. Ich möchte nur nicht, dass du verletzt wirst."

„Das lass mal meine Sorge sein", erklärte er brummig.

„Ich dachte, du wärst über sie hinweg."

War er ja auch. Oder es zwischenzeitlich zumindest gewesen. Er zuckte mit den Schultern.

Wieder verstummte Juliet.

Gut. Vielleicht ließ sie dieses leidige Thema jetzt endlich fallen.

Tat sie … für ungefähr zehn Sekunden. Dann nahm sie es wieder auf. „Also, was willst du tun, um für das Klassentreffen gerüstet zu sein?"

Das würde er definitiv nicht mit ihr diskutieren.

Anscheinend war das egal, denn sie diskutierte es mit ihm. „Du brauchst neue Klamotten."

Er verdrehte die Augen.

„Und einen flotteren Haarschnitt."

„Ich kann mich nicht erinnern, dich um Rat gefragt zu haben", meinte er missmutig.

„Großer Bruder, den brauchst du aber. Lass uns nächste Woche shoppen gehen."

„Ich kann alleine einkaufen."

„Nein, kannst du nicht. Komm schon, das wird bestimmt nett."

Klamotten kaufen war nur für Frauen nett.

„Also, wann willst du losziehen?"

Sie würde ihn so lange damit nerven, bis er nachgab. So machte sie das immer. „Im August." Bis dahin würde er ein größeres Hemd brauchen, und vermutlich könnte er wirklich ihre Hilfe beim Aussuchen gebrauchen.

„Oh, du hast recht“, sagte sie, als wüsste sie, was er dachte. „Im August ist Ausverkauf. Ist das Klassentreffen nicht auch im August? Tina ist schon auf Diät.“

Frauen waren immer auf Diät, unabhängig davon, ob sie Gewicht verlieren mussten oder nicht.

„Na, wenn du dann so weit bist, sag mir Bescheid, du musst mich unbedingt mitnehmen“, meinte Juliet. „Wenn du Eindruck schinden willst, brauchst du Hilfe, und in dem Fall solltest du nicht unbedingt deine Nerd-Freunde um Unterstützung bitten.“

Wahrscheinlich lag sie damit nicht ganz falsch. Er nickte. Okay, diese peinliche Diskussion war überstanden. Er stand auf und wollte gehen.

„Was machst du noch, um dich vorzubereiten?“, fragte sie und folgte ihm in den Flur.

Von wegen überstanden, da hatte er sich wohl zu früh gefreut. „Nichts, wobei ich deine Hilfe benötige.“

„Du musst tanzen lernen.“

„Jules“, protestierte er. Jetzt würde sie ihm womöglich gleich noch Tanzstunden anbieten.

„Ich kann es dir beibringen.“

„Ich tanze nicht mit meiner Schwester“, fuhr er sie an.

„Oh, doch, das tust du. Bleib zum Abendessen hier. Anschließend zeige ich dir, wie man Discofox tanzt. Das ist einfach, aber ziemlich beeindruckend.“

Das Essen seiner Schwester vertilgen zu müssen *und* von ihr Tanzunterricht zu bekommen – das grenzte ja schon an Folter. „Ich muss los. Ich hab’ noch eine Menge zu erledigen.“

„Jonathan“, sagte sie streng. „Wenn du eine Frau beeindrucken willst, musst du tanzen können. Frauen lieben es, zu tanzen. Und die meisten Männer sind zu lahm, um es überhaupt zu versuchen. Wenn du also auf der Tanzfläche gut aussiehst, dann hast du schon einen Riesenvorsprung vor der Konkurrenz.“

Er schüttelte den Kopf. „Ich fasse es nicht.“

„Was?“

„Dass wir eine derartige Diskussion führen."

„Na, brauchen wir ja nicht. Du kannst auch einfach weiter vor dich hin wurschteln und versuchen herauszufinden, was Frauen wollen ... oder du kannst dir Hilfe holen."

Er hatte Hilfe. Er hatte schließlich Vanessa Valentine. „Ich schaff' das schon, aber vielen Dank für das Angebot", erklärte er fest.

Glücklich sah sie darüber nicht aus, doch sie hörte auf, ihn zu nerven ... mehr oder weniger „Okay, aber wenn du Lissa Castle auf dem Klassentreffen mit einem anderen Mann tanzen siehst, dann komm hinterher nicht bei mir an, um dich auszuheulen."

Der Gedanke, dass Lissa Castle mit jemand anderem tanzen könnte, genügte, um jeden erwachsenen Mann zum Heulen zu bringen. Doch statt das zu tun, fuhr Jonathan nach Hause und vertiefte sich in den neuesten Liebesroman, den er sich heruntergeladen hatte.

Diesmal handelte es sich um eine moderne Geschichte, in der der Held in seine Heimatstadt zurückkehrte. Er war als Loser gegangen und kam als erfolgreicher Mann zurück – ein berühmter Rennfahrer, der viel Geld verdient hatte und damit die Frau beeindrucken wollte, die er nie hatte vergessen können. Jonathan konnte sich gut in ihn hineinversetzen.

In der Mitte des Romans zog der Held, der bestimmt Juliet kannte, die Heldin auf die Tanzfläche.

Joel streckte Leslie die Hand entgegen. „Tanz mit mir."

Sie wollte Nein sagen, doch der Blick aus seinen Augen ließ ihr keine Wahl. „Ich wusste gar nicht, dass du tanzen kannst", meinte sie, als er sie zur Tanzfläche führte.

Er lächelte sie an. „Es gibt eine Menge Dinge, die du nicht über mich weißt."

Da hatte er recht. Dies hier war ein ganz anderer Mann als der, an den sie sich erinnerte – stark, energisch. Sexy.

Gekonnt führte er sie durch eine schwierige Schrittfolge, und plötzlich tanzten sie eng umschlungen, Herz an Herz.

Sein Atem strich durch ihr Haar, und sie spürte, dass ihr Körper vor Erregung zu kribbeln begann. „Ich denke, es ist an der Zeit, dass wir unsere Beziehung vertiefen", murmelte er.

„Oh?" Jetzt klopfte ihr Herz wie verrückt.

„Du willst es, ich will. Lass uns ausnahmsweise auf Spielchen verzichten."

Jonathan las weiter und verfolgte gebannt, wie Joel es schaffte, Leslie von der Tanzfläche direkt in sein Bett zu locken. Wow, ein einziger Tanz genügte, um das zu erreichen? Was war, wenn Juliet doch recht hatte?

Er dachte zurück an die Highschool. Damals hatte er sämtliche Schuldiscos wie die Pest gemieden. (Vielleicht hatte es etwas damit zu tun, dass Lissa in der Mittelstufe mit Danny Popkee zum Tanzen gegangen war ... wer weiß, dachte er.) Er konnte nicht tanzen. Das lag ihm nicht im Blut.

Als er später am Abend ins Bett ging, träumte er, dass er auf dem Klassentreffen der Icicle Falls Highschool war. Sämtliche ehemaligen Mitschüler waren schick gekleidet, alle, außer ihm. Er hatte sich für lila gepunktete Boxershorts entschieden. Während alle anderen sich auf der Tanzfläche austobten, ging er am Rand der Menge auf und ab und versuchte, Lissas Aufmerksamkeit zu erregen. Sie war zusammen mit Rand auf der Tanzfläche. Der war wie ein Stierkämpfer gekleidet, und Lissa trug ein eng anliegendes schwarzes Kleid und klebte wie eine Klette an ihrem Tanzpartner.

Schließlich war der Tanz zu Ende, und als Jonathan zu ihnen auf die Tanzfläche ging, applaudierten all die gesichtslosen Zuschauer. „Schnapp sie dir, Jon", rief jemand.

Er ging in seiner gepunkteten Boxershorts zu Lissa und ließ dabei seine Muskeln spielen, Muskeln, die selbst Arnold Schwarzenegger neidisch gemacht hätten. Wie der Held im Liebesroman streckte Jonathan ihr die Hand entgegen und sagte: „Tanz mit mir."

Statt wie eine ordentliche Heldin zu kooperieren, hob sie eine Augenbraue. „Weißt du denn, wie man Tango tanzt?“

„Äh, nein“, gab er zu.

„West Coast Swing?“

„Äh, nein.“

„East Coast?“

„Nein.“

„Beherrschst du überhaupt irgendeinen Tanz?“

Er schüttelte den Kopf. „Meine Schwester hat mir angeboten, es mir beizubringen, aber ich wollte nicht.“

„Du hättest ihr Angebot lieber annehmen sollen“, sagte Lissa. „Und jetzt verzieh dich mit deinen gepunkteten Shorts. Ich verschwende meine Zeit nicht an Männer, die nicht tanzen können.“

Plötzlich trug er nicht länger gepunktete Boxershorts. Stattdessen hatte er einen Clownsanzug an und eine große rote Nase auf. Rand streckte seine Hand aus und kniff ihm in die Nase. „Du warst schon immer ein Clown. Deshalb wollte ich auch nicht länger mit dir befreundet sein, damals in der Mittelstufe. Und deshalb will Lissa dich auch nicht.“

„Und du kannst nicht mal tanzen“, fügte sie hinzu. „Deine Schwester hat dir angeboten, es dir beizubringen, aber hast du dich darauf eingelassen? Neiiiin.“ Auch sie drückte seine rote Clownsnase, die daraufhin ein lautes Tröten von sich gab.

„Ich kann tanzen“, beharrte er. Ehe er sich versah, stand er auf dem Dach der Icicle Falls Highschool und vollführte in seinem Clownskostüm einen Steptanz. Und seine gesamt Klasse stand unten und sah ihm zu.

„Guckt euch diesen Clown an“, rief Feron Prince. „Er denkt doch tatsächlich, dass er tanzen kann. Er hätte sich von seiner Schwester Unterricht geben lassen sollen.“

Jonathan steppte noch schneller in seinen großen, roten Clownsschuhen. Doch dann stolperte er über seine eigenen Füße und segelte vom Dach auf den Bürgersteig zu. „Lissa!“

Keuchend wachte er auf, bevor er erschrocken zusammenzuckte. „Es war nur ein Traum“, versuchte er sich zu beruhigen.

Aber vielleicht wollte sein Unterbewusstsein ihm etwas sagen.

Wenn er noch irgendwelche Zweifel gehabt hätte, bestätigte die E-Mail, die er am folgenden Morgen bekam, das, was sein Unterbewusstsein ihm hatte sagen wollen.

Hallo, Jonathan! Wie ich hörte, sollen wir anlässlich unseres Klassentreffens ein Foto an dich schicken. (Wie kommt es, dass ich nicht überrascht bin, dass du dich darum kümmerst? Du warst schon immer ein technisches Genie!) Wie auch immer, hier kommt also mein Foto. Es ist auf einem Heißluftballon-Festival in Albuquerque aufgenommen worden. Meine Frisur sieht nicht so toll aus, aber hey, was macht das schon, wenn man Spaß hat? Schreib mir doch mal zurück, was du in letzter Zeit so getrieben hast. Es kommt mir wie eine Ewigkeit vor, seit wir uns zuletzt gesehen haben.
Lissa.

Das war ermutigend, aber das P.S. am Ende versetzte ihn in Angst und Schrecken. *Du musst mir auf jeden Fall am Samstagabend einen Tanz reservieren!*

Einen Tanz. Mit Lissa. Mist! Seine Schwester hatte recht. Er griff nach seinem Handy und rief sie an. „Steht das Angebot für den Tanzunterricht noch?“

9. KAPITEL

Adam gab noch nicht auf. Er und Chelsea würden die Krise bewältigen. Nach der Arbeit würde er nach Hause fahren. Dieses Mal wollte er es nicht mit Bestechungsversuchen, nicht mit sogenannten romantischen Gesten versuchen, stattdessen würden sie ein ernstes Gespräch führen, sich gegenseitig das Herz ausschütten und das alles ein für alle Mal klären.

Er hielt vor dem Haus und sah, dass Chelsea im Garten war und die Rosen begoss. Dabei redete sie mit einem Mann, den Adam noch nie gesehen hatte. Der Fremde sah aus, als wäre er um die vierzig. Er trug Cargo-Shorts und ein T-Shirt. Er war eher klein, drahtig, braun gebrannt, hatte ein durchschnittliches Gesicht, einen zurückgehenden Haaransatz und trug eine Ray-Ban-Brille auf dem Kopf. Und er hatte Knopfaugen. Wer war dieser Typ, und was sagte er gerade zu Chelsea, dass es sie zum Lächeln brachte?

Erbost stieg Adam aus seinem SUV aus und marschierte zu den beiden hinüber, sehr darauf bedacht, eine einschüchternde Haltung anzunehmen.

Als sie ihn entdeckte, verschwand Chelseas Lächeln. „Adam."

„Hallo, Chels." Er bedachte den Fremden mit einem Raubtierlächeln. „Ich bin Adam Edwards."

„Dennis McDermott", sagte der Mann und streckte die Hand aus.

Adam ergriff sie und drückte zu … fest zu.

Sein Rivale verzog das Gesicht.

„Dennis ist gerade nebenan eingezogen", erklärte Chelsea.

„Unser neuer Nachbar, so, so", meinte Adam. „Freut mich, Sie kennenzulernen." *Von wegen.* „Von wo sind Sie hergezogen?"

„Ich habe vorher auf der anderen Seite der Berge gewohnt, in Bellevue."

Adam nickte und wünschte, der alte Dennis wäre auf der anderen Seite der Berge geblieben. „Das ist ein langer Weg, um zu pendeln."

Dennis zuckte mit den Schultern. „Ich arbeite von zu Hause aus."

Was bedeutete, dass der alte Dennis, die Plage, zur Bedrohung wurde, wenn er die ganze Zeit zu Hause war und ständig auf einen Plausch mit Chelsea vorbeischauen konnte.

„Das machte das Leben sehr viel einfacher", fuhr Dennis fort.

Auf jeden Fall war es einfacher, der Frau eines anderen Mannes nachzustellen. „Ja, kann ich mir vorstellen."

„Dadurch kann ich mir mehr oder weniger meine Zeit frei einteilen", fügte Dennis hinzu.

Wehe, du verbringst Zeit mit meiner Frau. „Haben Sie Familie?"

„Nicht hier. Ich bin geschieden. Meine Kinder sind auf dem College. Das heißt, ich bin im Grunde allein", sagte Dennis und lächelte Chelsea an.

Ja, ja, und das wirst du auch bleiben, Alter. „Chels, ich müsste mal mit dir reden."

Chelsea zog die Stirn kraus. „Jetzt passt es gerade nicht so gut."

Dass sie ihn in Gegenwart des anderen Mannes so abblitzen ließ, verbesserte nicht gerade Adams Laune. „Es dauert nicht lange", sagte er. „Dennis muss ja bestimmt noch diverse Umzugskartons auspacken, oder?"

„Oh, ja, sicher", meinte Dennis widerstrebend. „War nett, mit Ihnen zu plaudern, Chelsea. Wir sehen uns."

Was für ein deprimierender Gedanke.

„Ja, war nett, Sie kennenzulernen", erwiderte Chelsea und schenkte dem Eindringling ein warmes Lächeln. Doch kaum hatte er sich umgedreht und ging über den Rasen zurück zu seinem Haus, verschwand das Lächeln wieder. Wütend funkelte sie Adam an und meinte leise: „Das war echt unhöflich."

„Was? Dass ich mit meiner Frau eine ernsthafte Unterhaltung führen möchte?" Er nickte in Dennis' Richtung. „Wann ist er denn eingezogen?"

„Jetzt am Wochenende."

„Und schon stellt er dir nach. Hast du ihm gesagt, dass du verheiratet bist?“

„Nein.“

Ihm gefiel weder die Art und Weise, wie sie das sagte, noch ihr Gesichtsausdruck. „Chels.“

Sie wartete nicht ab, was er zu sagen hatte, sondern wandte ihm den Rücken zu und marschierte zum Haus.

„Hey“, protestierte er, bevor er ihr folgte. „Ich wollte ein ernsthaftes Gespräch mit dir führen.“

Ihn völlig ignorierend, bückte Chelsea sich, um das Wasser abzustellen. Oh, das war mal ein Anblick, der das Herz eines Mannes erwärmen konnte. Adam musste sich sehr beherrschen, um nicht die Hand auszustrecken und diesen hübschen runden kleinen Po zu tätscheln. Wie lange würde es wohl noch dauern, ehe er wieder mit ihr schlafen konnte? Es kam ihm vor, als wäre es eine Ewigkeit her.

„Chelsea, wir müssen reden.“

Sie richtete sich auf, und der Blick, mit dem sie ihn bedachte, vermittelte ihm das Gefühl, als wäre er ein kleiner Junge, der gerade von seiner Mom gescholten werden sollte. Er hasste es, wenn sie ihn so ansah. „Erst benimmst du dich wie ein Neandertaler, dann versuchst du, mich zu bestechen. Und jetzt, plötzlich, willst du auf einmal reden? Adam, du willst das, was zwischen uns schiefläuft, gar nicht beheben. Du willst einfach nur, dass die Sache vorbei ist, damit du wieder einziehen kannst.“

„Natürlich will ich, dass es vorbei ist.“ Wer würde das nicht wollen?

Da hatte er jetzt leider das Falsche gesagt. Sie sah ihn so wütend an, als hätte er ihr gesagt, sie wäre dick. „Ich will nicht mit dir reden, solange du dir nicht endlich mal ein paar grundlegende Gedanken gemacht hast“, sagte sie streng. Danach ging sie ins Haus – in sein Haus! – und schlug die Tür zu.

Grollend stapfte Adam über den Rasen. Wie sollte er nur zu ihr durchdringen? Und wie viel Zeit blieb ihm noch, ehe Dennis, die Plage, zum Angriff überging?

Und das würde der. Dieses knopfäugige kleine Wiesel hatte bestimmt keinerlei Skrupel, im Teich eines anderen Mannes zu angeln.

Adam warf einen Blick nach nebenan. Das Garagentor war offen. Dennis stand davor und tat so, als würde er Umzugskartons auspacken. Er winkte Adam zu.

Adam antwortete mit einem knappen Gruß. Dazu benutzte er die ganze Hand, obwohl der Schleimer nur einen Finger, und zwar den mittleren, verdient hätte.

Auf dem Weg nach Hause hielt er im Safeway an und kaufte ein Sixpack Bier sowie Hähnchenfleisch ein, bevor er zurück zu Jonathans Holzhaus fuhr, um eine weitere Nacht auf der Luftmatratze zu verbringen.

Als er ins Haus kam, erwartete er, dass Jonathan auch da war. Dass er seinen Freund nicht antraf, sondern lediglich Chica das Empfangskomitee darstellte, verstörte ihn. Nicht dass er große Lust hatte, über seine neueste Erniedrigung zu reden, aber nach dem, was gerade passiert war, in ein leeres Haus zurückzukehren, machte alles noch schlimmer. Langsam fühlte er sich wie ein Mann, mit dem niemand etwas zu tun haben wollte.

„Wo ist dein Herrchen?“, fragte er.

Chica bellte und wedelte mit dem Schwanz.

Na ja, wenigstens irgendjemand freute sich, ihn zu sehen. „Warum kann meine Frau nicht mehr wie du sein?“

Er ging in die Küche, begleitet von einer aufgeregt neben ihm herspringenden Chica. Er warf ihr eins von den Hundeleckerlis zu, die Jonathan im Regal stehen hatte, öffnete sich ein kühles Bier und setzte sich ins Wohnzimmer und versuchte zu begreifen, was eigentlich mit ihm passierte.

Zwei Biere und ein Hühnerbein später gab er es auf.

Frauen. Wer konnte die schon verstehen?

Jonathan hatte das Abendessen bei seiner Schwester überlebt – allerdings nur dank der Tatsache, dass Neil Burger gegrillt hatte. Jetzt war es Zeit für die erste Tanzstunde.

„Wir fangen mit dem Nightclub-Twostep an, weil der am einfachsten ist", sagte Juliet.

Einfach, für sie vielleicht.

„Der Mann fängt immer auf seinem linken Fuß an. Also musst du mit deinem linken Fuß rückwärts und zur Seite gehen, dann verlagerst du dein Gewicht auf den rechten Fuß und ziehst den linken Fuß wieder ran. So", sagte sie und demonstrierte es, während sie gleichzeitig zählte. „Eins und zwei. Dann machst du das Gleiche mit dem anderen Fuß. Eins und zwei. Siehst du, wie einfach das ist?"

Na ja, es sah tatsächlich einfach aus. Er versuchte es. Okay, gar nicht so schlecht.

„Gut. Und so musst du sie festhalten."

Die eigene Schwester anzufassen war schon irgendwie merkwürdig.

„Und lass deine Hand ja nicht auf ihren Po rutschen", warnte Juliet ihn.

Da bestand im Moment definitiv keine Gefahr.

„Okay, lass uns den Schritt noch einmal versuchen."

So weit, so gut. Vielleicht konnte er wirklich tanzen lernen.

Dann fügte Juliet einen weiteren Schritt hinzu, und schon war er verloren. Wenn es doch nur eine mathematische Formel dafür gäbe.

„Jonathan, du musst mich festhalten", schimpfte sie. „Weißt du was, ich bitte Neil, dass er uns hilft."

„Oh, nein", protestierte er. Aber sie rief bereits nach ihrem Mann.

„Du musst ihm mal zeigen, wie man führt", sagte sie, als Neil ins Zimmer kam.

„Ach komm schon, Schatz", protestierte Neil. „Ich wollte mir das Spiel ansehen."

Die Situation erinnerte Jonathan schmerzhaft an die Grundschule, wenn die Kinder ihre Teams für das Softball-Spiel zusammenstellen sollten, und er immer als Letzter ausgewählt worden war. *„Oh, Mann, warum müssen wir Jonathan neh-*

men?“ Er spürte, dass er rot wurde und wünschte, er hätte sich im Internet angesehen, wie man das hier machte.

„Familie kommt vor Baseball“, beharrte Juliet.

Neil sah nicht begeistert aus. „Ich hoffe, du lernst schnell“, sagte er zu Jonathan und erhöhte damit den Stresspegel noch weiter.

„Nein, ich hab’ zwei linke Füße“, erwiderte Jonathan.

„Das geht uns allen so, wenn wir anfangen“, meinte Neil, sodass Jonathan sich nicht mehr ganz so schlecht fühlte. „Das Wichtigste, was du dir merken musst, ist, dass du konsequent führen musst, wenn du willst, dass die Frau dir folgt. Sonst weiß sie nicht, wo sie hin soll.“ Er stieß Jonathan einen Ellenbogen in die Seite. „Das ist so ziemlich der einzige Ort auf der Welt, wo ein Mann noch die Kontrolle hat.“

Juliet sah ihn böse an. „Ha, ha, das ist ja so was von nicht witzig.“

Er ignorierte sie. „So.“ Er schnappte sich Jonathan und demonstrierte es ihm.

Na toll. Jetzt tanzte er schon mit einem Mann.

„Okay, jetzt versuch das mit Jules.“

Und … im nächsten Augenblick tanzte er wieder mit seiner Schwester. Es war echt jämmerlich.

Aber nicht hoffnungslos. Sie schenkte ihm ein aufmunterndes Lächeln, als sie geendet hatten. „Das war viel besser. Noch ein paar Stunden, und dann machst du das hervorragend. Sämtliche Frauen auf dem Klassentreffen werden mit dir tanzen wollen.“

Neil sah überrascht aus. „Ach, darum geht es? Wart mal. Jetzt verstehe ich. Deshalb bist du auch ins Fitnessstudio eingetreten.“

Wieder brannten Jonathans Wangen lichterloh. „Ich musste sowieso mal ein bisschen was für mich tun.“

Neil schüttelte den Kopf. „Mann, was wir nicht alles für die Frauen auf uns nehmen.“

Juliet tätschelte seinen Arm. „Wir wissen das durchaus zu schätzen.“

„Es ist nur sehr schade, dass Frauen uns Männer nicht einfach so nehmen können, wie wir sind", murmelte Jonathan.

„Tun wir doch", entgegnete Juliet.

„Ja, sicher", meinte Jonathan höhnisch.

Sie grinste. „Okay, kann schon sein, dass wir einen Waschbrettbauch und ein paar kräftige Muskeln ganz nett finden."

„Kommt mir irgendwie ziemlich oberflächlich vor", sagte Jonathan.

„Ja, nicht so wie ihr Männer, euch ist es ja völlig egal, wie eine Frau aussieht, nicht wahr?"

„Eins zu null für Jules", witzelte Neil.

„Ernsthaft", fuhr Juliet fort, „jeder fühlt sich zu einem gut aussehenden Menschen hingezogen. Damit erregst du als Erstes die Aufmerksamkeit, aber gutes Aussehen genügt nicht, um eine Frau zu halten. Letztendlich brauchen wir keinen Mann, der perfekt ist. Wir wollen nur einen Mann, der ein gutes Herz hat, jemanden, mit dem wir uns eine Zukunft aufbauen können. Das ist das Wichtigste."

Wenn das so war, dann hätte Lissa sich schon vor Jahren in ihn verlieben müssen. „Warum muss ich dann tanzen lernen?", wollte Jonathan genervt wissen.

„Weil es romantisch ist."

Jonathan dachte an den letzten Liebesroman, den er gelesen hatte. Offenbar war das wirklich so.

„Und es ist ein sicherer Weg, um eine Frau dazu zu bringen, innezuhalten und dich zu bemerken."

Okay, das war genau das, was er erreichen wollte, Lissas Aufmerksamkeit zu erregen. Sie sollte ihn endlich in einem neuen Licht sehen.

„Vertrau mir", sagte Juliet. „Als guter Tänzer hast du gleich einen Riesenvorteil."

„Sie hat recht", bestätigte Neil. „Der Mann, der tanzen kann, ist derjenige, mit dem die Frau nach Hause geht." Er schlang einen Arm um Juliets Schultern. „Bei mir hat es jedenfalls geklappt."

Wenn ich genügend übe, dachte Jonathan, und mir vor dem Klassentreffen einen starken Drink genehmige, klappt es bei mir vielleicht auch. Auf jeden Fall konnte er weiter träumen. „Okay, dann zeig mir das noch einmal."

Am Donnerstag kam Kyle in seinen neuen Sachen zur Arbeit. In den neuen Schuhen fühlte er sich riesig und hatte das Gefühl, als könnte er für das Cover der GQ posieren. Und dort, direkt vor ihm, saß Jillian an ihrem Schreibtisch. Ausnahmsweise war sie allein. Keine Frau, die bei ihr herumstand und mit ihr tratschte, kein anderer Mann, der mit ihr flirtete. Kyle beschleunigte das Tempo und ging im Kopf noch einmal durch, was er zu ihr sagen wollte. *Hey, Jillian, gut siehst du heute Morgen aus.*

Vielleicht würde sie feststellen, dass er auch gut aussah. Und größer. Und vielleicht würde er sie fragen, was sie am Wochenende vorhatte.

Gerade, als er fast ihren Schreibtisch erreicht hatte, klingelte das Telefon. Er ging langsamer.

„Nein, er ist noch nicht hier", sagte sie, ohne auch nur einen Blick in Kyles Richtung zu werfen. „Kann ich ihm etwas ausrichten?"

Na toll. Jetzt würde sie noch eine Nachricht aufschreiben. Würde sie noch Zeit haben, um mit ihm zu reden? Aus dem Augenwinkel sah er das nächste Hindernis nahen, einen der Chefs. Das war nicht der richtige Zeitpunkt, um darauf zu warten, dass Jillian ihr Telefonat beendete. Wieder einmal machte Amor ihm einen Strich durch die Rechnung. Also ging er grimmig an seinen Arbeitsplatz.

„Wow, schau dich an", begrüßte Mindy ihn.

Wenigstens irgendjemand bemerkte ihn.

Sie rollte mit ihrem Stuhl um die Abtrennung herum, um Kyle genauer zu mustern. „Du wirkst auf einmal viel größer."

Das lag an den Schuhen, doch er zuckte mit den Schultern, als hätte er keine Ahnung, wovon sie redete.

„Ich wollte immer groß sein", sagte sie.

Er auch. „Klein zu sein ist nicht so schlimm, wenn man eine Frau ist."

„Ach, ich glaube auch für Männer ist es nicht so schlimm, klein zu sein, solange sie nett sind."

Wollte sie damit sagen, er war nett? Das entlockte ihm ein Lächeln.

„Und ich muss zugeben, wenn ich nicht so klein gewesen wäre, hätte ich nicht solche Erfolgte als Turnerin feiern können." Sie grinste. „Ich bin richtig gut am Stufenbarren."

Kyle konnte sich lebhaft vorstellen, wie Mindy in einem hautengen Gymnastikanzug durch die Luft flog. Das war kein schlechte Vorstellung. Allerdings konnte es mit dem Bild von Jillian in einem Bikini nicht mithalten – ein Bild, das er mit der Aufschrift „Die perfekte Frau" stets vor Augen hatte.

Nachdem sie noch ein wenig geplaudert hatten, machten sie sich beide an die Arbeit. Na ja, eine von ihnen. Kyle hörte Mindys Tastatur klackern und wusste, dass sie eifrig Daten eingab und ihre Gedanken ganz auf Safe Hands Insurance richtete. Auch er gab Daten ein, allerdings nur halbherzig. Alle paar Minuten schaute er um seine Trennwand herum, um zu sehen, was vorn an der Rezeption vor sich ging.

Beim ersten Mal sah er – große Überraschung – Ted Darrow, der sich mit seinem Hintern mal wieder auf Jillians Schreibtisch breitgemacht hatte und auf sie einredete. Darrow war solch ein Raubtier. Wieso sah sie das nicht?

Als er das nächste Mal nachschaute, nahm Jillian gerade eine Blumenlieferung entgegen. Eine der Angestellten würde gleich einen Anruf bekommen und zur Rezeption eilen, um ihren Hauptgewinn in Empfang zu nehmen. Aber statt nach dem Telefon zu greifen und jemanden zu ihrem Schreibtisch zu rufen, nahm Jillian den Umschlag aus dem Strauß und öffnete ihn. Und lächelte. Also war sie die Glückliche.

Kyle verzog das Gesicht, als sie den in Rot- und Orangetönen gehaltenen Blumenstrauß in der großen Glasvase auswickelte. Wer auch immer den geschickt hatte, war ziemlich spendabel gewesen. Es war auch nicht schwierig zu erraten, von wem er kam. Bestimmt von Darrow, dem Schreibtischhocker.

Na, Kyle hatte ihr Pralinen gekauft. Jetzt wäre vielleicht ein guter Zeitpunkt, um zu ihr zu schlendern und das mal kurz zu erwähnen. Er verließ seinen Schreibtisch und ging lässig an den Kollegen vorbei, einfach ein Mann auf dem Weg zum Wasserspender. Er blieb stehen und ließ sich ein Glas Wasser ein, während er verstohlen zur Rezeption blickte. Niemand außer Jillian in Sicht. Freie Fahrt. Endlich.

Er schlenderte zu ihr und meinte lässig: „Hallo, Jillian". Gleichzeitig platzierte er, nach Darrow-Art, seinen Hintern auf ihrem Schreibtisch. Leider verlief seine Landung nicht ganz so, wie er es vorhergesehen hatte. Während sie noch rief: „Pass auf!", geriet er schon mit der Blumenvase aneinander.

Sofort sprang er auf und drehte sich um, um sie aufzufangen, genau, wie Jillian auch, was nur dazu führte, dass sie beide die Vase verfehlten. Das Ding sauste zu Boden, Wasser spritzte durch die Gegend, und die Blumen verteilten sich in weitem Bogen. Das hätte man ja leicht noch beheben können, doch um das Chaos perfekt zu machen, zersprang die Vase in tausend Scherben. Warum machten sie solche Vasen nicht aus dickerem Glas?

„Ach herrje, es tut mir leid", sagte er und bückte sich, um die Scherben aufzusammeln.

„Ist schon ... okay." Das war das, was ihre Lippen sagten, doch ihre Miene fügte hinzu: „Du Idiot."

Er sammelte die Blumen auf und reichte sie hier. Dabei fühlte er sich wie ein kleines Kind, das einen verwelkten, am Straßenrand gepflückten Blumenstrauß überreichte.

„Vielen Dank", meinte Jillian. Wieder waren es die richtigen Worte, aber der falsche Gesichtsausdruck.

Aus einer Ecke des Büros hörte Kyle ein gehässiges Kichern. Wenn er doch nur eine Schildkröte wäre. Dann könnte er sich in seinen Panzer zurückziehen und sich verstecken. Hier an der Rezeption gab es dazu keine Möglichkeit. Also trat er mit glühenden Wangen, hastig den Rückzug zu seinem Schreibtisch an.

Als er dort ankam, stand ein Schokoladen-Cupcake darauf.

„Ich glaube, du brauchst ihn gerade nötiger als ich", sagte eine sanfte Stimme vom Nachbarplatz.

Mindy hatte alles mitbekommen. Das gesamte Büro hatte es mitbekommen. Er war ein Versager, und hier war sein Trostpreis.

„Danke", brachte er gequält heraus und starrte auf seinen Monitor, während er sich wünschte, er könnte die Uhr zurückdrehen.

Der Schokoladen-Cupcake lockte ihn. Du fühlst dich bestimmt besser, wenn du mich isst.

Er griff danach und biss hinein. Nicht schlecht. Und tatsächlich fühlte er sich besser – solange er den Blick weiter auf den Bildschirm gerichtet hielt und nicht zu Jillian schaute. So viel zu den neuen Klamotten.

Als sich der Feierabend näherte, war Kyle bereit, wieder in den Ring zu steigen und den Kampf noch einmal aufzunehmen, auch wenn seine Kollegen sich auf seine Kosten heute mächtig amüsiert hatten.

„Mir scheint, du hast Flower Power, mein Junge", hatte Willie, der Buchhalter, ihn in der Mittagspause geneckt.

Was auch immer das bedeuten sollte. Kyle hatte den Ausdruck schon mal irgendwo gehört und meinte, sich zu erinnern, dass es etwas mit den wilden Sechzigerjahren zu tun hatte, war sich aber nicht sicher. Willie würde es wissen; er war alt genug. Doch Kyle bat ihn nicht um eine Erklärung. Stattdessen tat er so, als hätte er nichts gehört.

Willies fieser Witz brachte Kyle jedoch zum Nachdenken. Die beste Art, um diesen Patzer wieder auszumerzen, war, Jillian Blumen zu schicken, zusammen mit einer Entschuldigung – und einer Einladung zum Abendessen.

Sofort griff er nach seinem Telefon und rief bei Lupine Floral an, um seine Bestellung aufzugeben. Heinrich, einer der Ladeninhaber, versicherte ihm, dass Jillian die Blumen gleich morgen früh bekommen würde.

Lächelnd legte Kyle den Hörer auf. Flower Power, jawohl.

Gegen vier Uhr war Jonathan bei seinem letzten Kunden fertig und fuhr von dort direkt ins Fitnessstudio. Für jemanden wie ihn, der kaum je etwas Schwereres als einen Computer hochgehoben hatte, war dieses Workout die reinste Tortur. Aber, wie hieß es so schön – ohne Fleiß kein Preis. Und er war wild entschlossen, ordentlich an Muskeln zuzulegen, denn dann konnte er vielleicht Lissas Aufmerksamkeit erringen – und für solch einen Preis lohnte sich jede Anstrengung.

In dem großen Saal roch es wie in der Umkleidekabine einer Turnhalle. Er konnte das Surren der Laufbänder hören, auf denen zwei Frauen joggten. Eine von ihnen war im Alter seiner Mutter. Die andere war Cecily von Sweet Dreams. Sie entdeckte ihn und winkte ihm fröhlich zu. Jonathan nickte und eilte zu den Gewichten. Ob sie sich wohl fragte, warum er überhaupt hierherkam? Er sah schließlich nicht gerade aus wie ein Muskelprotz.

Aber das brauchte ja auch seine Zeit. Wie auch immer, er wollte gar nicht aussehen wie Mr Universum. Er würde sich damit begnügen … ach, was auch immer, alles war besser, als das, was er im Moment an Muskeln vorzuweisen hatte. Er musterte die Reihe mit den Gewichten. Es war Zeit, sich an etwas Schwereres heranzuwagen. Also entschied er sich für ein Paar Hanteln und machte sich an die Arbeit.

Nachdem er das erledigt hatte, begann er seine Tour an den Geräten – Folterinstrumente für jemanden, der so gar nicht in Form war. Aber, dachte er, als er sich daran machte, die Beinmuskulatur zu stärken, so langsam wird es schon ein wenig leichter. Er versuchte allerdings, keine allzu neidischen Blicke in Richtung Garrett Armstrong zu werfen, einem der örtlichen Feuerwehrmänner, der lässig auf dem Ergometer nach nirgendwo ruderte. Irgendwann würde er auch so fit sein.

Anschließend fuhr er nach Hause, duschte und trank einen Proteinshake. Zum Abendessen schob er sich eine Portion Hackbraten, den seine Mutter ihm mitgegeben hatte, zum Aufwärmen in den Ofen, während Chica daneben saß und hoffnungsvoll zuschaute. „Komm schon, das ist mein Leibgericht“, sagte er zu ihr. „Du glaubst doch wohl nicht im Ernst, dass ich das mit dir teile, oder?“

Natürlich glaubte sie es nicht, sie *wusste* es. Er war solch ein Softie.

Von Adam war nichts zu sehen. Vielleicht hatte er sich doch endlich mit Chelsea versöhnt. Jonathan hoffte es sehr. Er hatte nichts dagegen, einem Kumpel zu helfen, aber gegen einen dauerhaften Untermieter hatte er durchaus etwas. Es sei denn, es handelte sich um Lissa.

Allein der Gedanke an Lissa erinnerte ihn daran, wie viel er noch zu leisten hatte in Bezug auf seine grundlegende Verwandlung, ehe er ihr auf dem Klassentreffen begegnete. In den sogenannten guten alten Zeiten hätte er sich vor dem Abendessen entspannt, indem er online eine Partie Schach gespielt hätte. Doch dafür war jetzt keine Zeit. Stattdessen musste er Tanzschritte üben.

Wahrscheinlich sah er aus wie ein Idiot, wie er da mit auf Schulterhöhe erhobenen Armen durch den Raum hopste, aber ihm war es lieber, jetzt wie ein Idiot auszusehen als auf dem Klassentreffen. Außerdem sah ihn ja niemand außer Chica. *Eins und zwei, eins und zwei.* Chica bellte aufmunternd.

Plötzlich hörte er jedoch eine neue Stimme. „Was zum Teufel machst du da?“

Er drehte sich um und entdeckte Adam, der mit einer Pizzaschachtel aus dem Italian Alps in der Hand zur Tür hereinkam.

Okay, er sah wohl wirklich wie ein Idiot aus. *Na und?* „Ich lerne tanzen“, antwortete er und übte weiter.

Adam schüttelte den Kopf. „Für das Klassentreffen, was? Ich weiß ja nicht, warum du dir überhaupt so viel Mühe gibst. Man kann es den Frauen sowieso nie recht machen. Egal, was du auch tust, es ist falsch.“

„Egal, was *du* auch tust, es ist falsch“, korrigierte Jonathan ihn. Er war nicht Adam.

Leider. Denn Adam besaß Geld. Und Muskeln. Jonathan dagegen war noch immer ein schwächlicher Nerd in Jeans und einem T-Shirt mit Albert Einstein darauf. Aber unter dem Hemd begannen sich langsam Muskeln herauszubilden. Er würde schon noch kräftiger werden, würde lernen, Komplimente zu machen, und Lissa würde ihm nicht mehr widerstehen können. Das hoffte er jedenfalls.

Nach dem Essen wollte er ein wichtiges Buch zu Ende lesen. Darin ging es im Grunde um seine Lebensgeschichte. So wie bei ihm und Lissa kannte die Heldin den Helden seit ihrer Kindheit. Er war der Cowboy von nebenan, jemand, den sie als Freund, aber nicht als Liebhaber ansah. Erst als der arme Kerl fast von einem Bullen niedergetrampelt worden wäre, erkannte sie, wie wichtig er ihr war.

„Oh, Justice", schluchzte Corrine und ergriff seine Hand. „Ich dachte, wir hätten dich verloren."

„Hätte dir das denn etwas ausgemacht?", fragte er mit schwacher – und verbitterter – Stimme.

„Natürlich", erwiderte sie ein wenig beleidigt.

„Du warst so mit Chase beschäftigt …"

Sie legte einen Finger auf seine Lippen. „Sag es nicht. Ich war dumm."

Das hatte sie inzwischen erkannt. Chase war charmant und gut aussehend.

Wie Rand, schoss es Jonathan durch den Kopf.

Aber das war alles nur äußerer Schein, so wie ein Blitz, strahlend grell, aufsehenerregend, aber im nächsten Moment verblasst. Justice war wie der Regen, stetig und verlässlich. Er war stets für sie da. So war es schon immer gewesen. Warum war ihr das vorher nie aufgefallen?

Ja, dachte Jonathan. Warum nicht?

„Ich liebe dich schon, seit ich denken kann", sagte Justice.

„Doch du hast mir nie eine Chance gegeben."

„Die gebe ich dir jetzt." Sie beugte sich über das Krankenhausbett und küsste ihn zärtlich auf den Mund.

Als sie sich wieder von ihm lösen wollte, schlang Justice einen Arm um sie, und zwar mit erstaunlicher Kraft, wenn man bedachte, was er alles durchgemacht hatte. Und dieser Kuss spiegelte all die Leidenschaft wider, die er so lange unterdrückt hatte.

„Ich will dich, Corrine. Ich lasse nicht zu, dass Chase dich bekommt. Er hat dich überhaupt nicht verdient. Du gehörst zu mir."

Da war sie wieder, die Heldeneigenschaft Nummer drei auf Jonathans Liste. Frauen wollten einen Mann, der das Zepter in die Hand nahm. Einen, der sagte: „So läuft das. Du gehörst mir."

Er schloss die Augen und versuchte sich vorzustellen, wie er selbst so etwas zu Lissa sagte. Es gelang ihm nicht, denn es bestand ein großer Unterschied zwischen ihm und Lissa und den Protagonisten im Roman. Tief im Inneren liebte Corrine Justice nämlich schon lange, und das wusste Justice dank einer heißen Begegnung, die die Autorin den beiden etliche Seiten vorher im Buch gewährt hatte. Jonathan dagegen hatte noch nie eine heiße Begegnung mit Lissa genossen. Und geküsst hatten sie sich nur ein einziges Mal.

Es war auf einer Halloween-Party in der Mittelstufe gewesen. Lissas Eltern hatten die Kinder mit Chips und Popcorn versorgt und ihnen ansonsten im Keller freie Bahn gelassen. Irgendwann hatten sie beschlossen, eins dieser typischen Partyspiele zu spielen, bei dem man entweder eine unangenehme Frage wahrheitsgemäß zu beantworten oder anderenfalls eine unangenehme Aufgabe zu absolvieren hatte.

Tina Swift, verkleidet als Hexe, hatte Lissa die Aufgabe gestellt, Jonathan zu küssen. Das war beschämend, denn Jonathan hatte genau gewusst, dass Tina diese Aufgabe selbst als grässlich empfunden hätte.

Er war der dürrste Pirat gewesen, den die Welt je gesehen hatte. Noch dazu ein Pirat mit Brille. Die Mädchen hatten gekichert, und Danny Popkee hatte damit gedroht, Jonathan eine runterzuhauen, wenn er es zulassen würde, dass Lissa ihn küsste. Aber sie trug ein Prinzessinnenkleid und war das hübscheste Mädchen auf der Party. Schon seit Jonathan sie das erste Mal im Bikini erblickt hatte, träumte er davon, sie zu küssen. Dafür würde er sogar Tausende von Faustschlägen riskieren.

Sie ignorierte das Kichern und die Drohung, beugte sich zu ihm und küsste ihn direkt auf die Lippen. Das war eine berauschende Erfahrung, die Jonathans Hormonspiegel in die Höhe trieb. Er küsste Lissa! Ein Traum hatte sich erfüllt. Er kostete den Moment aus – bis Danny ihn jäh beendete, indem er seine Drohung wahr machte und ihm einen Schlag versetzte.

Jonathan hatte die Party mit einem blauen Auge verlassen, und trotzdem war er Tina unendlich dankbar gewesen.

Ob Lissa sich wohl an den Kuss erinnerte? Vielleicht in der Form von *ha, ha, war das nicht süß?* Damals war er noch ein Kind gewesen. Heute würde er das – vorausgesetzt, er bekäme eine Chance – besser hinbekommen. Jetzt musste er nur noch einen Weg finden, Lissa dazu zu bringen ihm diese Chance zu geben.

10. KAPITEL

Am Freitag gegen elf Uhr wurde ein noch größerer Blumenstrauß für Jillian geliefert als der, der am Tag zuvor abgegeben worden war. Kyle beobachtete sie, als sie die Karte herauszog, sie las und lächelte. Das war ein gutes Zeichen und machte ihm Hoffnung wegen der Einladung zum Essen. Sie stellte die Blumen mitten auf ihren Schreibtisch. Ted Darrow würde sie bestimmt sehen. Ha! Nimm das, Darrow.

Kyle verließ seinen Arbeitsplatz und schlenderte hinüber zur Rezeption.

„Die Blumen sind wirklich hübsch", begrüßte Jillian ihn. „Das hättest du aber nicht tun müssen."

„Hab' ich gern gemacht", antwortete er. „Die Sache gestern tut mir leid."

Sie zuckte mit den Schultern. „Halb so schlimm."

Er wollte gerade die Einzelheiten wegen der Verabredung am Samstagabend mit ihr diskutieren, die er auf der Karte vorgeschlagen hatte, als – oh, nein, nicht jetzt – Ted Darrow aus seinem Büro kam. „Jillian, du müsstest vor der Mittagspause bitte ein paar Berichte für mich zusammenstellen." Geistesabwesend lächelte er Kyle kurz zu, bevor er ihm den Rücken zukehrte und weiterredete.

Die Botschaft war unmissverständlich. Mit grimmiger Miene kehrte Kyle an seinen Computer zurück. Darrow war eine Plage auf zwei Beinen, die sämtliche Versuche von Kyle boykottierte, Jillian näher zu kommen.

Aber selbst Darrow konnte nicht ihre gesamte Zeit in Anspruch nehmen. Kyle würde sich später noch einmal mit ihr unterhalten. Auf dem Weg zur Mittagspause würde er die Verabredung zum Abendessen mit ihr festzurren.

Dieser Plan löste sich in Luft auf, als sie mit Darrow zusammen das Gebäude verließ. Gingen die beiden etwa gemeinsam zum Mittagessen?

„Wollen wir bei Filly's ein Sandwich essen?", fragte jemand neben ihm.

Er drehte sich um und entdeckte Mindy, die ihn anlächelte. Mit seinen neuen Schuhen war er gut sechs Zentimeter größer als sie. Was bedeutete, dass er Jillian vermutlich gerade einmal bis zum Kinn reichte. Aber Größe war unwichtig, wenn man verliebt war. Er konnte nur hoffen, dass sie das auch so sah.

„Ja? Nein?"

Ach ja, Mindy. „Äh, sicher."

Filly's Café befand sich in der Lobby des Bürokomplexes und bot Sitzgelegenheiten an ein paar Tischen. Mindy bestellte einen Salat, und Kyle nahm ein Eiersalat-Sandwich und einen Kaffee. Gemeinsam suchten sie sich einen Tisch.

„Wie sind die Blumen angekommen?", fragte sie.

Kyle verschluckte sich fast an seinem Kaffee. „Blumen?"

„Ich arbeite direkt neben dir, schon vergessen?"

„Oh." Verdammt, das Arbeiten in einem Großraumbüro glich dem Leben in einem Goldfischglas.

Mindy spießte mit der Gabel ein Stück Tomate auf und betrachtete es, während sie beiläufig bemerkte: „Sie ist mit Ted Darrow zusammen."

„Woher weißt du das?"

„Das wissen doch alle", meinte sie und sah ihn mitleidig an.

Alle außer ihm. Ja, sicher, er hatte mitbekommen, dass Darrow hinter Jillian her war, aber … Mindy musste sich täuschen. Jillian würde Darrow natürlich nicht gleich gänzlich abweisen. Sie musste zu den Chefs ja nett sein. Aber mit ihm ausgehen … nein, da würde sie doch wohl besseren Geschmack beweisen. „Er ist ein Trottel."

„Aber er ist auch einer der Chefs, und er fährt einen Jaguar."

Kyle legte sein Sandwich hin. „Was willst du damit sagen?"

Mindy steckte die Tomate in den Mund und kaute, sodass er auf ihre weise Antwort warten musste. Sie schluckte. „Ich will damit sagen, dass er einer der Chefs ist und einen Jaguar fährt."

„Was so viel heißt wie, die Karten sind verteilt?"

„So in etwa."

„Ziemlich oberflächlich, wenn das alles ist, was eine Frau interessiert", murmelte Kyle und sah grimmig auf sein Sandwich.

„Nicht für alle Frauen ist das ausschlaggebend, aber für einige."

„Na ja, es ist ziemlich dämlich. Man sollte nicht nur auf solche oberflächlichen Sachen schauen."

„Beherzigst du selbst, was du predigst?", wollte Mindy wissen.

„Darauf kannst du wetten. Ich bin nicht so oberflächlich."

„Aha", sagte sie nur und aß weiter ihren Salat.

Kurz darauf wechselte sie das Thema und unterhielten sich über ihre Pläne fürs Wochenende. Kyle musste zugeben, dass er am Samstagabend noch nichts vorhatte. Aber er machte sich Hoffnung auf eine Verabredung. Doch das behielt er lieber für sich. Mindy war eine Skeptikerin.

Als sie aufgegessen hatten, blieb ihnen noch etwas Zeit, ehe sie ins Büro zurückkehren mussten. Kyle überlegte, ob er nach draußen und die Straße entlanggehen sollte, in der Hoffnung, eventuell auf Jillian zu treffen. Vielleicht war sie gar nicht mit Darrow essen gegangen. Nur weil sie das Büro zusammen verlassen hatten, hieß das ja nicht, dass sie *zusammen waren*, oder?

Also behauptete er, er müsste noch ein paar Besorgungen machen, und Mindy nickte. „In Ordnung. Bis gleich im Dilbert Land."

Sie verließ ihn, und er schlenderte nach draußen. Was jetzt? Sollte er die Mission Street auf und ab laufen und in die Fenster linsen? Das würde ziemlich blöd aussehen. Also entschied er sich, in Richtung Drugstore zu gehen. Er brauchte … Kaugummi. Da musste er dann ohnehin die Mission Street entlang, und vielleicht traf er dabei ja zufällig Jillian.

Ein paar Hundert Meter weiter entdeckte er sie tatsächlich. Er ging gerade an einem neuen Restaurant vorbei, das einen günstigen Mittagstisch anbot, als er sie an einem kleinen Tisch am Fenster zusammen mit Darrow entdeckte. Zwischen ihnen standen zwei Teller mit halb aufgegessenen Mahlzeiten,

Okay, länger konnte er es wohl nicht leugnen. Mindy hatte recht, die beiden waren zusammen. Auf einmal verspürte Kyle den Wunsch, irgendetwas zu schlagen. Was fand Jillian nur an diesem Idioten?

Moment mal. Was war das denn? Weinte sie etwa? Er wurde langsamer und versuchte, möglichst unauffällig durch das Fenster zu schauen. Da saß sie und tupfte sich die Augen mit der Serviette trocken. Darrow sah aus, als wäre er liebend gern woanders. Man brauchte kein Genie zu sein, um sich auszurechnen, was hier vor sich ging. Darrow gab ihr den Laufpass. Die Ärmste.

Aber sie konnte froh sein, dass sie ihn los war.

Jetzt schüttelte sie den Kopf und stand so abrupt auf, dass ihr Stuhl fast umgekippt wäre. Schon eilte sie ins Innere des Restaurants davon, vermutlich in Richtung Toiletten.

Darrow verzog das Gesicht. Er holte seine Brieftasche heraus, nahm ein paar Dollarnoten und warf sie auf den Tisch. Mit noch immer grimmiger Miene schaute er aus dem Fenster und entdeckte Kyle, der zu ihm hinsah. Darrows Blick wurde noch wütender. Kyle ging schnell weiter. Oh, oh, bei seinem Chef in Ungnade zu fallen war absolut uncool. Aber zu wissen, dass der Kerl aus dem Rennen war, war es wert.

Kyle holte sich ein Päckchen Kaugummi aus dem Drugstore und kehrte ins Büro zurück. Jillian saß bereits wieder an ihrem Arbeitsplatz und war ausnahmsweise einmal allein. Niemand lungerte bei ihr herum, und auch das Telefon schwieg. Ihre Augen waren gerötet.

Jetzt würde sie herausfinden, was es bedeutete, von einem echten Mann geliebt zu werden. Kyle blieb an ihrem Schreibtisch stehen. „Du siehst aus, als hättest du geweint. Ist alles okay?"

„Manche Menschen sind echte Arschlöcher", sagte sie.

Kyle blinzelte. Seine Mutter und Schwestern benutzten nie solche Ausdrücke, und ein derartig rüdes Wort aus dem hübschen Mund von Jillian zu hören, war für ihn ein echter Schock.

Es gehörte sich nicht, dass Frauen genauso redeten wie Männer. Sie sollten, na ja, besser sein. Aber Jillian war verletzt. Da stand ihr eine solche Ausdrucksweise zu. Wie auch immer, es war ja die Wahrheit.

„Ja, da hast du recht", stimmte er ihr zu. „Sag Bescheid, wenn du eine Schulter zum Ausweinen brauchst."

Sie brachte ein schwaches Lächeln zustande. „Du bist echt nett, Kyle. Danke, dass du so besorgt bist."

Nett. Das war doch schon mal ein guter Anfang.

Das Telefon klingelte, und damit war ihre Unterredung beendet. Aber sie brauchten ja auch nichts mehr zu sagen. Sie waren sich ja einig.

Und der Beweis dafür lag auf seiner Computertastatur, als er aus der Nachmittagspause zurückkam. Dort fand er nämlich einen kleinen Zettel mit einer weiblichen Handschrift, auf dem stand: „Wie wäre es, wenn du am Samstagabend zum Essen vorbeikommst?"

Darunter stand Jillians Adresse. Ganz züchtig. Ja, er würde da sein.

Fast war er versucht, Mindy die Einladung zu zeigen und ein wenig anzugeben. Doch irgendwie hatte er das Gefühl, als würde sie Jillian nicht mögen, und das Letzte, was er jetzt noch brauchte, war, dass ihm jemand den Spaß verdarb. Sie würde schon merken, wie sehr sie sich geirrt hatte, wenn Jillian ihre Mittagspausen mit ihm verbrachte.

Den Rest des Nachmittags war er ausgesprochen guter Laune. Ich bin der Größte im ganzen Land. Na ja, nicht im ganzen Land, aber zumindest im Büro. Er zwinkerte Jillian zu, als er um fünf Uhr das Büro verließ. Sie erwiderte das Lächeln und winkte ihm flirtend hinterher, während sie telefonierte. Oh, Mann. Das Leben war großartig. Es würde ihn überhaupt nicht überraschen, wenn er heute Abend beim Pokern den Pott gewann.

Adam war ziemlich mieser Laune, als die anderen zum Poker eintrudelten.

„Bist du immer noch ausgesperrt?“, fragte Bernardo, als sie sich um Jonathans Küchentisch gruppierten.

„Teil die Karten aus“, fuhr Adam ihn an.

Vance nickte. „Noch immer ausgesperrt.“

„Das heißt also, die Pralinen haben nicht geholfen, was?“, fragte Kyle.

„Nein, das ging noch mehr daneben als die Blumen.“

„Was für Blumen hast du ihr denn geschenkt?“, wollte Bernardo wissen.

Adam runzelte die Stirn und griff nach seinen Karten. „Keine Ahnung. Irgend so ein Gebinde mit gelben Blumen und Gänseblümchen. Hat mich ’ne Stange Geld gekostet. Und sie wirft sie einfach in die Tonne. Sie mag keine Gänseblümchen“, fügte er verbittert hinzu.

„Du hättest ihr ihre Lieblingsblumen kaufen sollen“, warf Vance ein.

Jetzt wurde Adams Miene noch erboster. „Verdammt, woher soll ich denn so einen Kram wissen?“

„Ich weiß es“, erklärte Bernardo. „Anna mag am liebsten Feuerlilien.“

„Ich dachte, alle Frauen stehen auf Rosen“, meinte Kyle.

„Damit kann man normalerweise auch nichts falsch machen“, stimmte Bernardo zu. „Und eine einzelne rote Rose auf ihrem Kopfkissen, ohne dass es einen Anlass gibt? Damit kann ein Mann echt viele Punkte sammeln.“ Er schob ein paar Karten über den Tisch zu Vance. „Ich nehme zwei.“ An Adam gewandt meinte er: „Weißt du was, du steckst echt tief in der Scheiße, *amigo*. Du wirst hart arbeiten müssen, um da wieder rauszukommen. Du wirst sie wieder ganz neu umwerben müssen. Wie der Ritter in *Werben um Willow*.“

Adam verdrehte die Augen. „Oh, Mann. Komm mir nicht schon wieder mit diesen Liebesromanen. Das funktioniert bei mir nicht.“

„Das liegt daran, dass du nicht richtig aufpasst“, warf Bernardo ihm vor.

„Tue ich wohl“, protestierte Adam. „Ich habe ihr Blumen geschenkt und Pralinen, und ich bin zu ihr gegangen, um mit ihr zu reden. Das Einzige, was ich noch nicht getan habe, ist, mir die Pulsader aufzuschneiden.“

Offenbar war es ihm zu peinlich, die Sache mit dem Schild bei Safeway zu erzählen. Jonathan hatte es gesehen und war entsetzt gewesen. Mit *dem* Plan war definitiv etwas schiefgelaufen.

„Ach, ich seh' schon, du bist einfach nur sauer“, meinte Bernardo. „Das merkt sie. Sie weiß, dass du nichts weiter willst, als dass alles wieder so wird wie früher.“

„Na klar will ich das. Was ist daran so falsch?“

„Tja, ich vermute mal, dass es ihr so, wie es war, nicht gefiel“, stellte Jonathan fest.

„Du musst ihr das Gefühl geben, dass sie etwas Besonderes ist“, belehrte Bernardo ihn. „Ich leih' dir mal das Buch.“

„Ist das auch eins von Vanessa Valentine?“, wollte Jonathan wissen. Dann sollte er es sich auch besorgen

„Ja, ist es. Anna hat alle.“

„Seit wann liest du denn Liebesromane?“, fragte Adam.

Bernardo grinste „Seit ich mitbekommen habe, wie nett meine Frau wurde, nachdem sie einen gelesen hatte.“

Adam starrte wütend auf seine Karten. „Na ja, ich hab' auch welche gelesen, aber bisher hat mir das nichts genützt.“

Bernardo zeigte anklagend mit dem Finger auf Adam. „Hör auf, mit wütendem Blick zu lesen. Diese Bücher werden von Frauen geschrieben. Das heißt, das, was die Männer in den Romanen tun und sagen, ist das, was Männer nach Meinung der Frauen tun und sagen sollten. Komm von deinem hohen Ross runter, vielleicht lernst du dann ja auch endlich was.“

Das kam bei Adam nicht gut an, aber die anderen ignorierten ihn.

Sie widmeten sich wieder dem Pokerspiel, warfen Chips in die Mitte, erhöhten oder stiegen aus, bis Bernardo sagte: „Ich will sehen“, und alle ihre Karten vorzeigten.

Kyle gewann. Während er die Chips zusammenraffte, meinte er: „Ich kann euch eins sagen, für mich zahlen sich diese Bücher schon aus." Stolz schob er die Brust raus. „Ratet mal, wer morgen ein Date mit Jillian hat?"

Jonathan machte große Augen. „Echt? Ich dachte, sie wäre heiß auf Ted Darrow."

„War sie. Wusstet ihr, dass sie sogar zusammen waren? Wie auch immer, der Kerl hat ihr den Laufpass gegeben, und der gute alte Kyle ist zur Stelle, um sie zu trösten. Sie hat mich für morgen zum Abendessen bei sich eingeladen."

„Das ging ja schnell", stellte Jonathan fest.

Kyle grinste. „Ich glaube, es waren die Blumen, die es bewirkt haben. Aber die Klamotten haben bestimmt auch nicht geschadet."

Vance schüttelte den Kopf. „Du gibst, Bernardo."

Eine weitere Nacht auf Jonathans Luftmatratze genügte, um Adam davon zu überzeugen, dass er sich diesen Roman von Bernardo doch ausleihen musste. Also erschien er am Samstagmorgen in Bernardos Obstplantage und ging zwischen den Reihen mit Apfelbäumen entlang, an denen die Pink-Lady-Äpfel wie sommerliche Christbaumkugeln hingen.

Als er ihn entdeckte, schob Bernardo seinen Strohhut zurück und grinste wissend. „Also hast du dich entschieden, endlich Vernunft anzunehmen, was?"

Adam runzelte die Stirn. Manchmal war Bernardos Besserwisserei ziemlich nervig.

Der Besserwisser wartete jedoch nicht darauf, dass Adam seine Unterlegenheit zugab, sondern ging stattdessen durch die Obstplantage voran zum Haus. Es war ein hübsches zweistöckiges Bauernhaus mit einem idyllischen Garten davor und Schaukelstühlen auf der breiten Veranda.

Im Inneren des Hauses stieg Adam der Duft vom Frühstück in die Nase – Kaffee und der schwache Geruch von Zimt. Der erinnerte ihn an die Zimtbrötchen, die seine Frau immer backte.

Irgendwo am anderen Ende des Hauses konnte er Bernardos Frau Anna singen hören.

„Weißt du, warum sie singt?“, fragte Bernardo. Ohne auf eine Antwort zu warten, fuhr er fort: „Weil sie mich hat.“

Ach herrje. „Gib mir einfach das Buch, du Klugscheißer“, meinte Adam.

„Anna!“, rief Bernardo und ließ eine Flut von spanischen Wörtern folgen, die Adam nicht verstand. Wahrscheinlich hieß es: „Der blöde Gringo ist da.“

Einen Moment später kam seine Frau den Flur entlang. Sie war zierlich, mit hohen Wangenknochen, vollen Lippen und rabenschwarzem Haar, in dem ein paar graue Strähnen leuchteten.

„*Hola*, Adam“, begrüßte sie ihn. „So, so, du willst also meinen Lieblingsroman von Vanessa Valentine ausleihen.“

„Ich verspreche, dass ich ihn nicht verliere.“

Sie lächelte ihn an und tätschelte seinen Arm. „Lies das Buch, es wird dir bestimmt helfen, deine Frau gut zu behandeln.“

Was hatte Bernardo ihr alles erzählt? „Ich habe sie gut behandelt.“ Noch während er die Worte aussprach, wusste Adam, dass sie ziemlich lahm klangen.

Anna erwiderte nichts, sondern wechselte lediglich einen wissenden Blick mit ihrem Mann, bevor sie die Treppe hinauflief.

Adam stand zusammen mit Bernardo im Flur und fühlte sich ziemlich unwohl. Er rieb sich den Nacken, der in letzter Zeit irgendwie immer verspannt war. „So ein schlechter Ehemann war ich nun auch wieder nicht.“

Bernardo lachte leise. „Du warst aber auch kein so guter Ehemann, *amigo*.“

Anna kehrte zurück und reichte Adam das Buch. Das Cover zeigte ein Paar in der Mode einer vergangenen Ära, einer Zeit, als das Einzige, worin ein Mann fahren konnte, eine Kutsche war. Die beiden befanden sich in einem Garten, er kniete vor ihr und küsste ihr die Hand. Ach herrje, der Typ stand aber mächtig unter dem Pantoffel.

„Ritterliche Tugenden", sagte Bernardo, so, als könnte er Adams Gedanken lesen. „Heutzutage zeigen wir unseren Frauen nicht mehr, wie sehr wir sie schätzen. Damals, ja, da war eine Frau wie ein Schatz, den man gewinnen konnte und dann sorgsam hüten musste." Anna stand neben ihm, und er legte ihr liebevoll einen Arm um die Schultern. „Deine Frau ist dein bester Freund, *sí*? Es ist wichtig, ihr das auch zu zeigen. Stimmt's, *querida*?"

Sie legte eine Hand an seine Wange und sah ihn an, als wäre er Antonio Banderas und nicht ein kleiner, nicht mehr junger Mann mit einem Bauchansatz.

Bernardo war weder reich noch gut aussehend, aber trotzdem verspürte Adam einen Anflug von Neid. „Vielen Dank für das Buch", sagte er und machte, dass er wegkam.

Es war warm und sonnig, eigentlich ein perfekter Tag, um am Icicle Creek angeln zu gehen. Stattdessen holte Adam sich bei Safeway ein Sandwich und Eistee, bevor er sich ein abgeschiedenes Plätzchen am Ufer des Flusses suchte. Dann öffnete er das Buch und begann zu lesen.

Immer wieder schüttelte er den Kopf. Wieso war der Held überhaupt scharf auf diese Frau. Okay, sie war schön, und sie war heiß auf ihn, aber ihre Familie wollte, dass sie einen anderen heiratete, und es schien so, als würde die Heldin jedes Mal, wenn sie mit dem Helden zusammentraf, nur mit ihm streiten. So wie Chelsea, stellte Adam fest.

Doch der Mann gab nicht auf. Sogar damals schon waren Blumen anscheinend der sicherste Weg, um das Herz einer Frau zu erobern. Das habe ich schon versucht, dachte Adam frustriert.

Aber hatte er sich damit wirklich Mühe gegeben? Er hatte einen Blumenstrauß bestellt, aber einen anderen Mann die Blumen aussuchen lassen. Der Typ hier im Roman hatte sich auf die Suche nach der Lieblingsblume seiner Liebsten gemacht. Und als er sie ihr gebracht hatte, war er … demütig gewesen.

Adam musste zugeben, dass er Chelsea nicht gerade demütig gegenübergetreten war. Er war sauer gewesen und fordernd.

Aber wer wollte es ihm verdenken, nachdem er aus seinem eigenen Haus ausgesperrt worden war?

Er schloss das Buch und starrte wütend auf das Cover. War es das, was er tun musste – auf die Knie fallen und betteln? Anscheinend ja. War er bereit, das zu tun? Er dachte daran, wie sehr er seine Frau vermisste, wie sehr ihm ihr Lächeln fehlte, und wie gerne er wieder mit ihr schlafen würde. Ja, er war mehr als bereit.

Also, seine erste Aufgabe bestand darin, herauszufinden, welche Blumen sie mochte. Er spazierte zurück zu seinem SUV und fuhr an seinem Haus vorbei. Chelseas Wagen stand nicht vor der Tür, also musste sie heute wohl im Gartencenter arbeiten. Das Raubtier von nebenan mähte gerade seinen Rasen. Er nickte Adam zu.

Na großartig. Das fehlte Adam gerade noch, dass dieser Kerl sah, wie er Fotos von seinem eigenen Haus schoss. Er zog sein Handy heraus und tat so, als würde er einen Anruf tätigen. Kaum hatte Dennis sich umgedreht und angefangen, in die andere Richtung zu mähen, machte Adam schnell ein Foto. Dann fuhr er davon. Ein entrechteter Ehemann, der lediglich auf einen Höflichkeitsbesuch vorbeigeschaut hatte. Beschämend.

Er fuhr auf direktem Weg zu Lupine Floral. Als er in den Laden trat, kassierte ein Mann mittleren Alters gerade für einen Blumenstrauß, den Blake Preston, der Filialleiter der Bank, gekauft hatte. Der Mann hinter dem Ladentisch begrüßte Adam freundlich, so wie man einen Fremden begrüßt. Was nicht weiter verwunderlich war, denn er war ja ein Fremder hier. Er und Chelsea lebten seit fünf Jahren in Icicle Falls, aber abgesehen von dem verzweifelten Telefonanruf vor ein paar Tagen hatte er ihr hier nie Blumen gekauft. Das hatte ihm bis heute auch keinerlei Sorgen bereitet.

„Vielen Dank, Heinrich“, sagte Preston. „Die werden Sam bestimmt gefallen.“

„Blumen und eine Reise nach Hawaii.“ Der Mann – Heinrich – lächelte. „Das ist ja mal ein besonderes Geburtstagsgeschenk.“

„Sie ist ja auch eine besondere Frau." Preston lächelte.

Adam überlegte, wann er das letzte Mal mit jemandem so über seine Frau geredet hatte. Oh, Mann, das war schon viel zu lange her. Er war echt ein Mistkerl. Er nickte und sagte kurz Hallo zu Preston, als der den Laden verließ, bevor er selbst zum Tresen ging.

„Was kann ich für Sie tun?", fragte Heinrich.

Er erinnerte sich an den Ritter in *Werben um Willow*, der nach der vollkommenen Rose gesucht hatte, die er seiner Liebsten überreichen wollte. „Ich brauche eine Blume." Ach, verdammt, das klang ja richtig billig.

Den Mann hinter dem Ladentisch brachte das nicht aus der Fassung. „Welche Sorte?"

Adam lud das Bild auf seinem Smartphone hoch. „Was sind das hier für welche?" Sie blühten zwar noch nicht, aber Chelsea hatte reichlich davon. Anscheinend mochte sie die. Hoffentlich hatte der Florist welche hier rumstehen, die wie echte Blumen aussahen und nicht nur wie große grüne Stängel.

„Ah, Prachtlilien."

„Die will ich", sagte Adam.

„Eine gute Wahl. Sie duften ganz wunderbar."

Adam war der Duft der Blume ziemlich egal. Er hoffte nur, dass Chelsea, wenn sie die Blume sah, geneigt war, ihm zu vergeben.

Doch er beließ es nicht bei der Blume, sondern fuhr noch zu Johnson's Drugs und besorgte sich Briefpapier. Einen Brief an seine Frau zu schreiben würde schwieriger werden als sämtliche Aufsätze, die er in der Schule hatte verfassen müssen.

Es war ja nicht so, dass er ihr nie gesagt hätte, dass er sie liebte. Das hatte er. Er hatte es ihr bei ihrer ersten Verabredung gesagt. Damals hatte er sie zum Essen eingeladen, und anschließend waren sie in einem Improvisations-Comedy-Club in Seattle gewesen und hatten sich kaputtgelacht. Schon am ersten Abend hatte er gewusst, dass sie die Richtige für ihn war. Sie hatte ihm nicht geglaubt, als er ihr gesagt hatte, dass er sie liebte, sondern ihm vorgeworfen, dass er sie nur dazu bringen wollte, schon beim ersten Date mit ihm zu schlafen. Als er ihr einen Heiratsantrag gemacht hatte, war er mit ihr ins Canlis gegangen, eins der vornehmsten Restaurants in Seattle, und beim Dessert hatte er einen Diamantring hervorgeholt und ihr noch einmal gesagt, dass er sie liebte. Da hatte sie ihm geglaubt.

Jetzt musste er sie dazu bringen, ihm wieder zu glauben. Sie musste begreifen, dass er es ernst meinte und alles tun würde, um sich wieder mit ihr zu versöhnen.

Erneut fuhr er an den Fluss, wo er in Ruhe überlegen konnte. Nach zwei Stunden intensivem Nachdenken und reichlich zerknülltem Papier, machte er langsam Fortschritte. Noch einmal las er sich durch, was er bisher geschrieben hatte.

„Chelsea, Liebling, jetzt endlich beginne ich zu begreifen, warum du so sauer auf mich bist. Ich habe viel nachgedacht." (Und viele Liebesromane gelesen, aber das würde er auf keinen Fall zugeben – sie würde ihn bis in alle Ewigkeit damit aufziehen.) „Und je länger ich darüber nachdenke, wie sehr ich dich vernachlässigt habe, desto größer wird mein schlechtes Gewissen. Es tut mir leid. Und das sage ich nicht nur, weil du es hören willst, sondern weil ich es aus tiefstem Herzen so empfinde."

Was sollte er noch schreiben? Nachdenklich rieb er sich das Kinn. *Verdammt, auf die Knie mit dir. Verhalte dich wenigstens einmal im Leben ritterlich.*

Er öffnete sein Herz noch weiter und schrieb: „Du bedeutest mir alles. Wirklich. Und ich bitte dich inständig, mir noch eine zweite Chance zu geben. Ich weiß, die habe ich nicht verdient, aber bitte, Chelsea, gewähre sie mir trotzdem. Ich kann mich ändern. Ruf mich an. Sag mir, dass du dich mit mir triffst. Ich liebe dich. Adam."

Ob Chelsea daran glaubte, dass er sich ändern konnte? Er würde es bald herausfinden.

Er kehrte zu seinem Wagen zurück. Okay, er würde jetzt zum Haus fahren, seinen Brief und Chelseas Lieblingsblumen dort lassen und … was zum Teufel war mit dieser Blume los? Er nahm sie vom Beifahrersitz hoch. Das Ding sah genauso traurig und niedergeschlagen aus, wie er sich fühlte. Das heiße Innere eines Autos war für Blumen anscheinend nicht sonderlich bekömmlich.

Frustriert stieß er einen Seufzer aus. Ob es ihm gefiel oder nicht, aber er musste wohl oder übel noch einmal in den Blumenladen fahren.

Hinter dem Ladentisch stand derselbe Mann und plauderte mit einer älteren Frau mit roten Haaren. Irgendwie kam sie Adam bekannt vor, aber er konnte sich nicht erinnern, wo er sie schon einmal gesehen hatte. Zwischen ihnen auf dem Tresen stand ein großer Blumenkorb mit weißen und hellgrünen Pflanzen. „Die Farbe ist perfekt für dich“, sagte der Mann.

Adam war sich nicht sicher, ob er von dem grünen Oberteil sprach, das die Frau anhatte, oder von den Blumen.

Wie auch immer, das Kompliment kam gut an. „Heinrich, du schaffst es doch immer wieder, dass eine Frau sich gut fühlt.“

Das konnte man Adam wohl nicht nachsagen.

„Na, ich muss los, zurück in den Buchladen“, sagte sie.

Ach ja, der Buchladen. Dort hatte er sie schon einmal gesehen. Ihr gehörte das Geschäft.

Vor einiger Zeit war er mal mit Chelsea dort gewesen. Sie hatten Besorgungen gemacht, und der Buchladen war ihre letzte Station gewesen. Er erinnerte sich noch gut daran, dass er wie ein kleines Kind gejammert und sie gedrängt hatte, sich beim Aussuchen der Bücher zu beeilen. *„Komm schon, Liebling. In den Büchern steht doch sowieso immer dasselbe. Such dir endlich eins aus, damit wir nach Hause kommen und etwas essen können.“*

Was hatte er sich damals geirrt! Keins dieser Bücher war wie das andere. Na ja, abgesehen von der Tatsache, dass am Ende des Romans der Held ein bisschen schlauer war. Adam konnte nur hoffen, dass auch er etwas dazugelernt hatte.

Es war ihm ein wenig peinlich, als die Frau aus dem Buchladen an ihm vorbeiging. Er hoffte sehr, dass sie sich nicht an ihn erinnerte.

Hinter dem Ladentisch lächelte Heinrich, sein neuer bester Freund, höflich. „Willkommen zurück."

„Danke", meinte Adam. „Ich brauche noch mal so eine Blume."

Gott sei Dank fragte Heinrich nicht, warum.

Stattdessen holte er genauso eine wie die letzte hervor – na ja, bevor sie verwelkt war –, versah sie mit einer rosa Schleife und legte sie auf den Ladentisch.

Adam zahlte und machte, dass er verschwand. Diesmal fuhr er direkt zum Haus. Chelsea war noch immer nicht da, aber zumindest war das Raubtier von nebenan nirgends zu sehen. Er legte sein Friedensangebot zusammen mit dem Brief auf die Veranda und betete, dass diese zweite Blume nicht auch verwelkt war, ehe Chelsea nach Hause kam.

11. KAPITEL

Am Samstagabend, kurz vor sechs, hielt Kyle vor einem bescheidenen Haus in Wenatchee. Es war blau gestrichen, hatte weiße Fensterläden und Blumenkästen, die üppig bepflanzt waren. Ein gepflasterter Weg führte mitten durch den Rasen zum Haus. Kyle konnte sich gut vorstellen, diesen Rasen zu mähen. Was er sich jedoch nicht vorstellen konnte, war, dass Jillian ihn mähte. Andererseits hatte er sich vorher auch nicht vorstellen können, dass sie ihm ein leckeres Abendessen kochte. Er hätte sie eher als eine Frau eingeschätzt, die es bevorzugte, Essen beim Lieferservice zu bestellen beziehungsweise lieber in ein gutes Restaurant ausgeführt zu werden. Er würde sich glücklich schätzen, sie auszuführen. Jederzeit.

Er klopfte an die Haustür und verbarg die Lupinen, die er gepflückt hatte, hinter dem Rücken.

Die Tür wurde geöffnet, und da stand sie in all ihrer Pracht. Mindy. Ihm klappte die Kinnlade herunter. Was war denn hier los? War er in einem Paralleluniversum gelandet?

Nicht, dass die Mindy in diesem Universum schlecht aussah. Sie trug abgeschnittene Jeans, die so kurz waren, dass sie viel Bein zeigten, und ein enges schwarzes T-Shirt, das ihren hübschen kleinen Busen hervorhob. Genau genommen sah sie ziemlich gut aus.

Aber sie war nicht Jillian. Er runzelte die Stirn. Was war denn das hier für ein blöder Scherz?

„Wie ich sehe, hast du meine Nachricht gefunden", sagte sie und öffnete die Tür noch weiter.

„*Deine* Nachricht?" Die Nachricht war doch von Jillian gewesen.

Plötzlich wirkte Mindys Lächeln ein wenig unsicher. „Ja."

„Das verstehe ich nicht."

Sie hob eine Augenbraue. „Was gibt es daran nicht zu verstehen? Du warst geknickt, da dachte ich, ein Abendessen würde dich vielleicht aufmuntern."

„Oh, na, danke. Es ist nur …"

Jetzt kniff sie die Augen zusammen. „Was?"

„Nichts", erwiderte er und blieb wie angewurzelt auf der Veranda stehen.

„Willst du nicht reinkommen?"

Wonach duftete es hier so gut? Waren das nicht Tomaten und Knoblauch?

„Ich habe Lasagne gemacht."

Sein Lieblingsessen.

„Und zum Nachtisch gibt es Schokoladenkuchen."

Er dachte an den Cupcake, den sie ihm neulich geschenkt hatte, und seine Geschmacksnerven rieten ihm, höflich zu sein und einzutreten. Das tat er und reichte Mindy die Blumen.

„Oh! Hast du die selbst gepflückt?"

„Ja."

Sie lächelte ihn an, als wäre er einer von diesen Helden, über die er gelesen hatte. Verdammt. Warum war sie nicht Jillian? Was machte er hier überhaupt? Er sollte nicht hierbleiben. Damit würde er ihr nur falsche Hoffnungen machen.

Er ging weiter ins Haus hinein, wusste dort allerdings nicht so recht, was er tun sollte. Unschlüssig stand er im Wohnzimmer herum und wünschte sich, er könnte wieder gehen. Gleichzeitig sog er den Duft der Lasagne ein, während Mindy die Blumen in die Küche brachte und in einem Schrank nach einer passenden Vase suchte.

„Setz dich", sagte sie.

Voller Unbehagen setzte er sich auf die Sofakante. Ja, das war echt ein schlechter kosmischer Scherz. Jillian war wieder frei. Er hätte mit ihr den Abend verbringen können, ja, er war sogar davon ausgegangen, dass er ihn mit ihr verbringen würde. Aber stattdessen saß er hier in Mindys Wohnzimmer, während sie Blumen ins Wasser stellte, die bei Jillian in eine Vase sollten. Keins der Bücher, das er bisher gelesen hatte, hatte ihn auf solch eine Situation vorbereitet. Nervös schaute auf dem Handy, wie spät es war. Wie lange musste er bleiben, ehe er gehen konnte? Je länger er blieb, desto schwieriger würde es werden. Mindy würde dann bestimmt glauben, sie wären ein Paar, und dann würde alles nur noch viel schlimmer werden.

Er schaute auf und sah, dass sie ihn beobachtete. Ihr Lächeln war verschwunden.

„Musst du noch irgendwo hin?", fragte sie.

„Äh ..."

Jetzt erschienen kleinen Falten auf ihrer Stirn. „Kyle, wenn du nicht herkommen wolltest, was machst du dann hier?"

„Ich ..." Wie sollte er das sagen, ohne ihre Gefühle zu verletzen.

„Du?", hakte sie nach.

Er musste jeden Tag neben ihr arbeiten. Das hier würde ihr nicht gefallen, und am Montag würde am Arbeitsplatz Eiszeit herrschen.

Doch wenn er dieses Missverständnis nicht aus der Welt schaffte, würde es die Sache noch unangenehmer machen. „Ich dachte, die Nachricht wäre von jemand anderem." Sie sah aus, als hätte er sie gerade mit einem vergifteten Pfeil beschossen. Oh, Mann, ihm wurde ganz schlecht.

Er hätte nie gedacht, dass ein menschliches Gesicht solch eine gute Imitation eines Eisbergs abgeben könnte. Im Augenblick würde er es lieber mit einem Eisberg aufnehmen. Oder einer Lawine ... einem Rudel hungriger Wölfe ... alles andere, nur nicht das hier.

„Oh, ich verstehe, du brauchst mir nichts zu sagen."

„Darrow hat mit ihr Schluss gemacht. Ich habe ihr gesagt, wann immer sie jemanden braucht ..."

Mindy schloss die Augen. Vielleicht stellte sie sich gerade vor, wie sie ihn am besten umbringen konnte? „Das habe ich jetzt davon, dass ich nett sein wollte", sagte sie unglücklich.

„Es tut mir leid", sagte er. „Aber ich konnte nicht hier sitzen und deine Lasagne essen und dich glauben lassen ..." ... was für eine Ratte er war. Dafür war es jetzt zu spät.

Sie schüttelte den Kopf, so, als wäre er der jämmerlichste Mann auf Erden.

„Hey, ein Mann kann doch nun einmal nichts dafür, wen er attraktiv findet und zu wem er sich hingezogen fühlt", sagte Kyle. Das war die Wahrheit. Warum fühlte er sich jetzt so miserabel, nachdem er das ausgesprochen hatte? „Was ja nicht heißt, dass du nicht attraktiv bist", fügte er hinzu, um den Schlag etwas abzumildern.

Doch dafür war es jetzt zu spät. Mindy hatte Tränen in den Augen. „Du bist ein Blödmann", sagte sie. „Aber ich ja auch", ergänzte sie traurig.

„Ich sollte jetzt wohl lieber gehen."

Sie drehte ihm den Rücken zu und beschäftigte sich damit, die Blumen in der Vase zu arrangieren. „Ja, ich denke, das solltest du. Ich habe sowieso keinen Appetit mehr."

Auch ihm war die Lust aufs Essen vergangen. Was er brauchte, war ein harter Drink.

Als er bei Mindy wegfuhr, überlegte er, ob er es hätte kommen sehen müssen. Wenn er Schach spielte, schaffte er es, fünf oder sechs Züge im Voraus zu planen. Aber die Liebe war ein ganz anderes Spiel, und inzwischen fragte er sich, ob er es wohl jemals meistern würde.

Chelsea rief am Samstagabend nicht an. Und es kam auch keine SMS von ihr. Das machte Adam ziemlich rastlos. „Wollen wir ein Bier trinken gehen?", fragte er Jonathan.

Jonathan war es gewohnt, in einer Art Schwebezustand zu leben und hatte demzufolge gelernt, sich allein zu beschäftigen. Genau das versuchte er gerade zu tun, indem er online Warrior Wizzards spielte. „Nein, ich bleib' lieber hier", erwiderte er und konzentrierte sich darauf, den Drachen auf einer Klippe oberhalb des tobenden Meeres in die Enge zu treiben.

„Vielleicht ist mein Telefon kaputt", überlegte Adam.

„Vielleicht will sie dich auch nur ein wenig schmoren lassen", mutmaßte Jonathan.

„Wo ist deins?"

„Was?" Aus der Konzentration gerissen, ließ Jonathan das Kraftfeld seines Avatars fallen, und der Drachen verwandelte ihn in einen Haufen Asche. Game over. Jonathan runzelte die Stirn.

„Dein Telefon. Ich ruf sie jetzt an."

„Liegt auf der Arbeitsplatte." Jonathan lehnte sich gegen die Sofakissen und sah zu, wie Adam versuchte, ein anderes Telefon dazu zu bringen, das zu tun, was seins nicht geschafft hatte – dass seine Frau mit ihm redete.

Adam sah nicht glücklich aus, ein sicheres Anzeichen dafür, dass er nur auf der Mailbox gelandet war. „Hallo, Schatz. Hast du meinen Brief bekommen? Ruf mich an. Schick mir eine SMS. Irgendetwas."

Noch nie hatte Jonathan erlebt, dass Adam so verzweifelt war. Und was war denn das für eine neue Entwicklung? „Du hast ihr einen Brief geschrieben? Anscheinend hast du *Werben um Willow* gelesen."

„Ich habe ihr auch noch einmal eine Blume gebracht", sagte Adam, ohne zuzugeben oder abzustreiten, dass er sich dazu herabgelassen hatte, noch einen Liebesroman zu lesen. „Eine Prachtlilie. Das muss eine von ihren Lieblingsblumen sein. Jedenfalls ist der ganze Garten voll davon."

Wie, zum Teufel, hatte er gewusst, dass es sich um Prachtlilien handelte?

Adam ließ sich auf Jonathans Sessel fallen. „Wenn ich früher mit Mädels ausgegangen bin, habe ich gesagt, ich würde sie anrufen, und dann hab' ich es vergessen", meinte er nachdenklich.

Das hatte Jonathan nie getan. Aber er war natürlich auch nicht mit so vielen Mädchen ausgegangen wie Adam. Trotzdem wollte er gern glauben, dass er das nie gemacht hätte, unabhängig davon, mit wie vielen Frauen er ausgegangen wäre.

Adam war noch immer unruhig. „Willst du 'ne Pizza? Ich hol uns eine." Mit diesen Worten sprang er vom Sessel auf und verschwand, sodass Jonathan endlich seine Ruhe hatte.

„Wollen wir wetten, dass er zu sich nach Hause fährt?“, fragte er Chica, die neben ihm auf der Couch lümmelte.

Chica gähnte, was aus der Hundesprache übersetzt wohl heißen sollte „Ist mir völlig egal.“

Doch Jonathan war es nicht ganz egal. Er wollte nicht, dass sein Kumpel litt. Vor allem wollte er nicht, dass sein Kumpel auf unbestimmte Zeit *hier bei ihm* litt. Er hoffte sehr, dass Adam sich wieder mit Chelsea versöhnte und nach Hause zurückkehren konnte.

Bis es so weit war, kam Jonathan sich vor wie in einem Labor am College, wo man mitbekam, wie die Experimente eines Mitschülers schiefgingen, woraufhin man überlegen musste, was man selbst vermeiden sollte, um nicht ebenfalls zu scheitern.

Die Gefahr des Scheiterns bestand natürlich weiterhin, egal wie viel Jonathan recherchierte und beobachtete. Das Lesen von Liebesromanen war eine Sache. Das, was man gelesen hatte, zu verstehen und anzuwenden eine ganz andere. Noch immer war ihm schleierhaft, wie er die Herausforderung, Lissa Castles Herz zu erobern, im wahren Leben meistern sollte. Er hatte Listen geschrieben, hatte Zitate und Dinge herauskopiert, mit denen man Frauen beeindrucken konnte, aber bisher sah er noch nicht, wie er das alles in die Tat umsetzen sollte.

Zunächst einmal entschied er sich, ein Diagramm anzufertigen. Als er zwei Kreise für sich selbst und Lissa gezeichnet hatte, stellte er fest, dass die Überlappungen nicht so groß waren, wie er eigentlich gedacht hatte. Was sie miteinander verband, waren eine gemeinsame Vergangenheit, Essen (sie backte gerne, er aß gerne). Spiele. Als Kinder hatten sie alles Mögliche gespielt, sämtliche Brett- und Kartenspiele, die man sich nur denken konnte. Hm, was noch? Na ja, tanzen. Er wusste, dass Lissa liebend gern tanzte. Er selbst … arbeitete daran. Was gab es sonst noch? Oh, ja. Er grinste und schrieb *Filme* auf.

Ihre Mütter und auch Rands Mutter hatten sie als Kinder oft in die Matinee-Vorstellungen ins Falls Cinema mitgenommen. Als sie älter wurden, waren sie allein gegangen, er und Rand zusammen mit Lissa, manchmal auch noch mit mehreren anderen Kindern. Je größer die Gruppe wurde, desto stiller wurde Jonathan.

Er erinnerte sich noch an das eine Mal, als sie sich *Hook* angeschaut hatten, da waren sie wohl ungefähr zwölf gewesen. Anfangs wollten nur er und Lissa gehen, doch irgendwie war auch Rand dazugestoßen. Jonathan konnte sich noch gut an den Frust und die Enttäuschung entsinnen, die er verspürt hatte, als sie Rand am Ticketschalter getroffen hatten.

Natürlich hatte Lissa zwischen ihnen gesessen. Rand hatte sie geneckt und versucht, ihr Popcorn hinten ins T-Shirt zu stecken. Zwar hatte sie ihm gesagt, er solle aufhören, aber dabei hatte sie gekichert, und sogar Jonathan hatte begriffen, was das bedeutete.

Sobald der Film begann, hörte das Herumgealbere auf, und sie wurden alle von der Geschichte mitgerissen. Lissa hatte geweint, als Rufio getötet wurde.

„Das war doch nur ein Film“, hatte Rand höhnisch bemerkt, als sie in der Schlange bei Herman's Hamburgers standen und darauf warteten, sich ein Eis zu bestellen.

„Ist doch egal“, widersprach sie. „Trotzdem ist es traurig. Findest du nicht auch, Jonathan?“

Hin- und hergerissen zwischen dem Wunsch, nicht als Waschlappen dazustehen, andererseits aber auch nicht Lissas Gefühle zu verletzen, hatte Jonathan schließlich geantwortet: „Wenigstens ist Tinker Bell nicht krepiert.“ Eine Zeit lang war das der Running Gag gewesen, wenn irgendetwas für einen von ihnen nicht gerade gut gelaufen war. *Wenigstens ist Tinker Bell nicht krepiert.*

Vielleicht bot sich ja eine Möglichkeit, diesen Spruch noch einmal zu benutzen, wenn sie zusammen waren. Was ihn wieder zurück zum Klassentreffen brachte. Wie sollte er es schaffen, so viel Zeit mit Lissa herauszuschlagen, dass sie *noch mehr* Zeit mit ihm verbringen wollte?

Okay, er brauchte einen Plan. Also zeichnete er als Nächstes ein Aktivitätsdiagramm für das Klassentreffen und überlegte, wie er Lissa begrüßen sollte. „Lissa an der Bar suchen. Das Dirk

Jackson Zitat aus *Smooth Moves* benutzen. ‚Schau dich an. Das könnte ich die ganze Nacht tun.'"

Er war noch immer dabei, darüber nachzugrübeln, was er anschließend tun sollte, als Adam zurückkam und eine Pizzaschachtel von Italian Alps auf den Tisch warf. Jonathan fragte gar nicht erst, wie es ihm ergangen war. Adams Gesichtsausdruck sagte alles.

„Hey, gib nicht auf", sagte er.

Adams einzige Antwort darauf war ein Grollen, während er aus dem Zimmer stürmte.

Jonathan seufzte. Es sah so aus, als würde sein Untermieter noch eine Weile bleiben.

Liebe. Manchmal war das eher ein Schimpfwort als ein Gefühl.

Am frühen Sonntagnachmittag rief Chelsea endlich an.

„Hast du meinen Brief gefunden?", fragte Adam.

„Ja, habe ich."

Da sie eher vorsichtig als wütend klang, schloss er, dass er Fortschritte machte. „Triffst du dich mit mir? Wir könnten zusammen essen gehen", schlug er vor. „Ich lade dich ins Schwangau ein."

„Ich kann nicht. Ich habe schon was vor."

Oh, bitte, aber hoffentlich nicht mit Dennis, der Plage. „Mit wem?"

„Mit meinen Kolleginnen."

„Oh." Aus dem Rennen geschlagen von einem Haufen Frauen. Das war nicht nett.

„Sie kommen her, weil wir untereinander Pflanzen tauschen wollen."

Jedermann war in seinem Haus willkommen, nur er nicht. Noch vor einer Woche wäre er darüber ziemlich sauer gewesen. „Wie sieht es denn dann Montag aus?"

„Da ist Memorial Day. Außerdem ist das Schwangau montags geschlossen. Das weißt du doch."

„Okay, Dienstag. Gehst du am Dienstag mit mir aus?"

„Bist du sicher, dass du nicht zu sehr mit deiner Arbeit beschäftigt bist … oder womit auch immer?", stichelte sie.

Wie oft hatte er vergessen, ihr Bescheid zu sagen, dass er Überstunden machen musste oder mit seinen Kollegen noch etwas trinken gehen wollte, während sie zu Hause wartete? Ganz selbstverständlich war er davon ausgegangen, dass sie es schon verstehen würde. Wie oft war er zum Angeln gefahren, entweder oben in Alaska oder hier zu Hause, ohne sich darum zu scheren, was sie dabei empfand? Offensichtlich viel zu oft.

„Du bist der wichtigste Mensch in meinem Leben", sagte er. Und das war wirklich ernst gemeint.

„In Ordnung."

Ja! Er hatte es geschafft. Er musste sich sehr beherrschen, um nicht einen Triumphschrei auszustoßen. „Dann reserviere ich uns gleich einen Tisch. Um sieben hole ich dich ab." Am Dienstag musste er geschäftlich nach Seattle, aber wenn er früh Feierabend machte, war der Verkehr auf den Straßen noch nicht so schlimm. Die Fahrt dauerte ja nur zwei Stunden. Er würde rechtzeitig wieder in Icicle Falls sein …

Oder auch nicht. Irgendwie lief am Dienstag alles schief. Es dauerte viel länger als erwartet, seine übliche Runde bei den Kunden zu machen, und statt zeitig den Rückweg anzutreten, war er erst eine halbe Stunde später als geplant auf dem Highway. Aber okay, er konnte es noch immer schaffen, um sieben zurück zu sein.

Auf der I-90 hatte er einen Platten. Als er den kaputten Reifen schließlich gewechselt hatte, war er nicht nur verschwitzt, sondern auch schlecht gelaunt. Warum passierte so etwas eigentlich immer dann, wenn man einen dringenden Termin hatte?

Kaum war er wieder unterwegs, als ein Unfall die Bundesstraße in einen Parkplatz verwandelte. Jetzt war es halb sieben, und er steckte im Stau fest. Das Letzte, was er wollte, war, seine Frau anzurufen, um ihr zu sagen, dass er später kommen würde. Was sollte er ihr sagen? Wie könnte er sich da herauswinden?

Jemand hat mein Auto geklaut. Und mich überfallen. Ich bin auf der Polizeiwache … Ich bin in der Notaufnahme, weil ich von einem Laster überfahren wurde … Oder die Wahrheit. *Du wirst es nicht glauben, aber ich stecke im Stau.*

Keine dieser Varianten klang wirklich gut. Trotzdem, irgendetwas musste er ja sagen. Er entschied sich, bei der Wahrheit zu bleiben.

Sie sagte nicht einmal Hallo, als sie das Telefon abnahm. Stattdessen fragte sie unumwunden: „Wo bist du, Adam?"

„Ich stehe im Stau."

„Bist du noch in Seattle?"

„Nein, auf der I-90."

„Du bist in Seattle."

„Pass auf, ich bin später als geplant weggekommen." Aber nur eine halbe Stunde. Wenn der kaputte Reifen und dieser Stau nicht gewesen wären, hätte er es locker geschafft.

„Ach, das ist ja mal was ganz Neues. Und ich wette, danach musstest du unbedingt noch jemanden auf einen Drink einladen."

„Nein. Dann hatte ich noch einen Platten."

„Klar doch", erwiderte sie, wobei ihre Stimme vor Verachtung triefte.

„Hatte ich wirklich. Und jetzt stehe ich mitten in einem Stau."

„Oh, ich bitte dich. Für wie blöd hältst du mich eigentlich? Du kannst es auch gleich zugeben, dass du es vergessen hast. Du hast dich überhaupt nicht verändert, und ich komme immer noch erst an zweiter Stelle nach … allem anderen." Ehe er darauf beharren konnte, dass das gar nicht stimmte, hatte sie aufgelegt.

„Ich habe mich sehr wohl verändert!", rief er. Natürlich antwortete sie nicht mehr. Wahrscheinlich kochte sie vor Wut. Er hätte schon um drei Uhr Feierabend machen sollen, statt noch einmal nach Virginia Mason zurückzufahren, um Dr. Rogers zu sprechen. Das hatte ihn eine Stunde gekostet. Und jetzt steckte er hier fest und kam nur noch im Schneckentempo voran.

„Bitte hinterlassen Sie eine Nachricht", instruierte ihn die Stimme auf Chelseas Mailbox.

„Das ist keine Ausrede. Ich stecke wirklich im Stau", erklärte er aufgebracht und drückte einmal kurz auf die Hupe, um es zu beweisen. Das veranlasste den Fahrer vor ihm, die Hand aus dem Fenster zu strecken und Adam den Mittelfinger zu zeigen. „Hey, Alter, du sagst mir nichts Neues."

Viertel vor sieben. Eigentlich sollte er in diesen Minuten auf dem Weg zu Chelsea sein, um sie abzuholen. Heute Abend hätten sie bei einem romantischen Essen zusammengesessen, er hätte ihr versprochen, sich zu bessern und hätte ihr die Kette mit den Smaragden geschenkt, die er zum Hochzeitstag gekauft hatte. Danach wären sie nach Hause gefahren und hätten sich geliebt.

Doch heute Nacht würde es keinen Sex geben. Kein Abendessen, keine Chance, das Gesicht seiner Frau aufleuchten zu sehen, wenn sie das zwar verspätete, aber doch tolle Geschenk in Empfang nahm. Er musste wieder bei null anfangen. Fluchend schlug er mit der Faust aufs Armaturenbrett.

Das war einfach nicht fair, und er hatte keine Ahnung, was er jetzt noch machen sollte.

Aber solange er hier im Stau stand, hatte er ja reichlich Zeit, sich etwas auszudenken.

12. KAPITEL

Adam war auf dem Weg zu seinem Kunden in Idaho, als Chelsea ihn anrief. „Ich habe mal im Internet nachgeschaut und gesehen, dass es gestern Abend tatsächlich einen Unfall auf der I-90 gegeben hat."

Ehre gerettet! „Hast du wirklich geglaubt, ich wollte dich anlügen?"

„Ich dachte, du hast mal wieder eine Ausrede gesucht."

Nach allem, was er versucht hatte, um endlich mit ihr reden zu können? Entweder hielt seine Frau ihn für den größten Idioten auf Erden, oder er hatte ihr Vertrauen so sehr aufgebraucht, dass sie ihm gar nichts mehr glaubte. Beide Möglichkeiten waren nicht gerade berauschend.

„Wenn du noch immer mit mir weggehen willst, können wir das machen", sagte sie.

Endlich, ein Silberstreif am Horizont. Wäre der doch nur aufgetaucht, als er noch in der Stadt gewesen war. „Ich bin auf dem Weg nach Boise", erklärte er.

„Okay, dann, wenn du wiederkommst. Freitag?"

„Freitag ist Pokerabend."

„Was?"

Hatte er das etwa gerade laut gesagt? „Nichts. Freitag ist super. Ich reserviere für sieben Uhr einen Tisch im Schwangau."

„Bist du sicher, dass du bis dahin zurück bist?"

„Ganz sicher. Ich komme Donnerstag wieder."

„Okay", meinte sie zweifelnd.

„Ich bin da", versicherte er ihr.

Es war drei Uhr nachmittags am Donnerstag, und Adam düste die Landstraße entlang, als sein zuverlässiger Firmenwagen entschied, nicht länger zuverlässig zu sein. Mit gedrosseltem Tempo schaffte er es, die nächste Autowerkstatt anzusteuern.

„Na, gute Nachrichten", sagte der Meister, nachdem er Adam eine Stunde lang hatte warten lassen. „Es ist nur der Keilriemen."

Adam atmete erleichtert auf. „Wunderbar." Einen Keilriemen auszutauschen sollte ja wohl nicht allzu lange dauern. Da konnte er sich ja wahrscheinlich in einer Stunde wieder auf den Weg machen.

„Leider haben wir diesen speziellen Keilriemen nicht auf Lager, das heißt, den muss ich erst bestellen."

Was war in letzter Zeit nur mit seinem Leben los? Hatte ihm irgend so ein Kobold ein Schild auf den Rücken geheftet, auf dem stand: „Tritt mich."? „Und wie lange dauert *das*?"

„Den kann ich gleich bestellen. Dann ist er morgen früh da."

Wenn sie das Teil morgen früh bekamen und bis um neun fertig waren, wäre noch alles okay. Er würde aufs Gaspedal treten und es bis um halb sieben nach Icicle Falls schaffen. Dann blieb ihm noch eine halbe Stunde Zeit. „Wie lange dauert es, den einzubauen?"

Der Mechaniker zuckte mit den Schultern. „Eine Stunde oder so. So gegen zehn wird das Teil wohl hier sein. Gegen elf können Sie dann wohl los."

Elf? „Das ist zu spät. Ich muss zurück nach Icicle Falls in Washington. Meine Frau ..."

Der Mechaniker, vom Typ Familienmensch mittleren Alters, zeigte mit dem Finger auf ihn und beendete den Satz, ehe Adam es tun konnte. „Bekommt ein Baby. Stimmt's? Kann jeden Tag kommen?"

„Äh, nein."

Der Typ wirkte enttäuscht. „Also ist sie ... krank?"

„Äh, nein. Aber wir haben eine wichtige Verabredung zum Abendessen."

„Ah, ich verstehe, Hochzeitstag."

Das klang besser als ein Lass-mich-wieder-zu-dir-zurückkommen-Essen, also erwiderte Adam: „Ja. Und es ist mir sehr wichtig, dass ich pünktlich da bin."

Der Meister wirkte jetzt wie ein Mann, der sonst was tun würde, um einem anderen Mann zu helfen, keinen Ärger mit seiner Frau zu bekommen. „Okay, ich weiß Bescheid."

„Also, können Sie dafür sorgen, dass ich früher loskomme?"
Der Mann schüttelte traurig den Kopf. „Ich fürchte nein. Sie sollten ihre Pläne lieber auf Samstag verschieben."

Okay, sie konnten auch am Samstag ausgehen. Schließlich war es ja nicht sein Fehler, dass das Auto seinen Geist aufgegeben hatte.

„Bis morgen kann ich Ihnen einen Leihwagen geben", sagte der Mechaniker. „Am Ende der Straße ist ein gutes Best Western Motel."

Adam nahm also den Leihwagen, checkte im Motel ein und tätigte dann den gefürchteten Anruf bei seiner Frau.

„Warum rufst du an?", fragte sie misstrauisch.

„Weil ich …" *Das glaubt sie dir sowieso nicht. Denk dir was aus!* „Ich konnte für Freitag keinen Tisch mehr bekommen."

„Wirklich?", sagte sie, und ihre Stimme verriet, dass sie ihm kein Wort glaubte. „Ich frage mich, ob du vielleicht keinen Tisch bekommen konntest, weil Freitag Pokerabend ist?"

„Was? Nein! Nein, das ist es nicht."

„Man bekommt immer noch einen Tisch an einem Freitag, wenn man ein paar Tage vorher anruft."

„Tja, diesmal jedenfalls nicht", beharrte Adam.

„Adam, du lügst. Das höre ich doch."

„Ich lüge nicht", log er.

Sie beendete das Gespräch abrupt, sodass er als Antwort auf seine Worte nur noch den Wählton hörte.

Er würde ihr die Wahrheit sagen müssen, auch wenn das völlig abgedreht klang. Also rief er Chelsea wieder an.

„Was ist?", fuhr sie ihn an.

„Du hattest recht, ich habe gelogen. Aber ich habe nur gelogen, weil du bestimmst denkst, dass ich mir das nur ausgedacht habe, wenn ich die Wahrheit sage."

„Lass hören."

„Ich stecke in Idaho fest. Mein Wagen hat seinen Geist aufgegeben, besser gesagt der Keilriemen. Ich brauche einen neuen, der kommt aber erst morgen früh, und dann weiß der Himmel, wie lange sie brauchen, um ihn einzubauen."

„Das hättest du mir auch gleich sagen können", sagte sie. „Das hätte ich dir geglaubt."

Ja, ja, so wie sie ihm geglaubt hatte, dass er im Stau steckte.

„Ich weiß immer, wenn du Ausreden erfindest."

Nein, wusste sie nicht. In der Vergangenheit hatte er ihr so manche Notlüge aufgetischt und sie bezirzt, um sich aus irgendwelchen Sachen herauszureden. Wohlweislich beschloss er aber, nicht zu widersprechen.

„Ich mache es am Samstag wieder gut", versprach er. „Um sieben Uhr."

„Okay." Aber ihr Tonfall sagte auch deutlich: „Und wehe, du versaust es wieder."

„Wo ist Adam?", fragte Kyle, als die Männer sich um Jonathans Küchentisch scharten, Karten in der Hand, Snacks in Reichweite.

„Auf dem Weg von Idaho nach Hause", antwortete Jonathan. „Sein Wagen ist liegen geblieben."

„Erst seine Frau, jetzt sein Auto. Der arme Kerl hat echt ziemlich viel Pech in letzter Zeit", stellte Kyle fest.

„Wenn es um Frauen geht, dann gibt es kein Pech, mein Freund", informierte Bernardo ihn. „Entweder investierst du Mühe in eine Beziehung und wirst belohnt, oder du tust es nicht und verlierst."

„Diese Theorie kauf ich dir nicht ab", sagte Vance, während er die Karten verteilte. „Manchmal kommt das Pech wie Godzilla daher und zerstampft alles."

Was ist dem nur widerfahren, überlegte Jonathan, dass er solch ein Zyniker geworden ist? Er vermutete, dass Vance auch eine Geschichte zu erzählen hätte, aber er fragte nicht nach. Anders als seine Schwester steckte er seine Nase nicht in die Angelegenheiten anderer Menschen. Wenn Vance wollte, dass sie etwas über sein Liebesleben erfuhren, würde er schon damit herausrücken.

„Ich stimme Vance zu“, sagte Kyle, während er seinen Einsatz zahlte. „Da dachte ich, ich würde zu Jillian zum Abendessen gehen, und dann stellt sich heraus, dass die Einladung von einer … anderen Frau war.“ Er runzelte die Stirn. „Manchmal hat ein Mann gar nichts falsch gemacht und verliert trotzdem.“

„Glaubst du etwa, du machst nichts falsch, wenn du der falschen Frau hinterherrennst?“, konterte Bernardo.

Kyle sah ihn böse an. „Was willst du damit sagen?“

„Er meint, dass du vielleicht im falschen Teich angelst“, erklärte Vance.

„Weißt du“, fuhr Bernardo fort, „ehe ich meine Anna getroffen habe, war da dieses Mädchen. Wow, die war echt *muy caliente*. Ich war so sicher, dass ich sie lieben würde.“

„Ach ja? Und was ist passiert?“, fragte Kyle und warf einen Poker-Chip in die Mitte.

Bernardo zuckte mit den Schultern. „Ihr gefiel mein bester Freund besser.“

Ich fühle mit dir, dachte Jonathan.

„Warum hast du nicht um sie gekämpft und sie für dich erobert?“, wollte Kyle wissen.

„Meinst du etwa, dass ich den Kampf gewonnen hätte?“ Bernardo klang fassungslos. „Nein, wenn eine Frau sich in den Kopf gesetzt hat, dass sie einen bestimmten Mann haben will, dann bekommt sie diesen Mann auch.“

„Oh, Mann, das ist doch Mist“, stellte Kyle fest und blickte grimmig auf die Karten in seiner Hand.

„Oh, ja, damals fand ich das auch. Aber manchmal kommt alles von allein wieder ins Lot. Man lässt die eine los, und eine viel Bessere kommt daher. Ein Jahr später traf ich meine Anna, und sie war perfekt für mich.“

„Und was ist mit der anderen Frau?“, fragte Kyle und warf einen blauen Chip in die Mitte. „Was ist aus ihr geworden?“

„Sie hat meinen Freund geheiratet. Sie haben sechs Mädchen bekommen. Oh, in dem Haus herrscht jeden Tag Drama. Und mein armer alter Freund, der hat ständig Ärger. Nein, ich bin sehr glücklich mit der Frau, die ich bekommen habe, und froh darüber, dass sich die Sache nicht so entwickelt hat, wie ich das anfangs gern gehabt hätte. Sonst wäre nämlich ich der arme Tropf, an dem ständig herumgenörgelt und der angebrüllt wird, weil er nicht genügend Geld verdient. Also, wie du siehst, gibt es, wenn es um Frauen geht, kein Pech", schloss Bernardo.

Jonathan und Kyle lachten. Vance jedoch lächelte nicht einmal. Stattdessen warf er zwei blaue Chips in die Mitte. „Ich erhöhe."

Was war Vance nur widerfahren, dass er so verbittert wirkte? Was auch immer es sein mochte, Jonathan hoffte, es war nicht ansteckend.

„Na, ich werde jedenfalls dafür sorgen, dass ich wieder Glück habe", behauptete Kyle, zog dann aber die Stirn in Falten. „Es muss doch einen Weg geben, wie ich Jillians Aufmerksamkeit erregen kann."

„Lies *Werben um Willow*, wenn Adam es durch hat", schlug Bernardo vor.

„Ich habe keine Zeit, darauf zu warten, dass Adam endlich damit durch ist."

„Dann kauf dir das verdammte Buch", sagte Vance. Die anderen stiegen alle aus, und er gewann den Pott. „Ihr seid echt alles solche Geizhälse", murmelte er, während er die Chips einsammelte.

„Bin ich gar nicht", protestierte Jonathan. „Ich habe ein Vermögen für Bücher ausgegeben."

„Brav", lobte Vance ihn. „Damit hilfst du einer hart arbeitenden Schriftstellerin, ihre Rechnungen zu zahlen."

Jonathan hatte sich nie Gedanken darüber gemacht, dass diejenigen, die diese Bücher schrieben, sich damit ihren Lebensunterhalt verdienen mussten. Für ihn war viel wichtiger gewesen, was er daraus lernen konnte. Jetzt war er froh, dass er ein bisschen was von seinem hart verdienten Geld für die Romane ausgegeben hatte, die er in letzter Zeit gelesen hatte.

„Hey, ich habe auch Bücher gekauft", stellte Kyle fest. Er schüttelte den Kopf. „Ich weiß nur nicht, wie die Männer in diesen Romanen auf all die coolen Sachen kommen, die sie immer von sich geben."

„Das ist doch leicht", meinte Jonathan. „Die werden von Frauen geschrieben, die ihnen die Worte in den Mund legen."

„Wie lernt man denn so was?", fragte Kyle. „Ich meine, ich lese den Kram, aber ich habe trotzdem keine Ahnung, wie ich das anwenden soll. Woher weiß ich, was ich sagen muss, damit eine Frau auf mich steht? Es sollte eine App dafür geben."

Jonathan griff nach seinem Smartphone. „Fragen wir doch mal Ida."

„Wer ist Ida?", fragte Bernardo.

„Nicht wer, sondern was", erklärte Jonathan. „Es steht für Instant Data Aquired. Es ist eine App, eine schnelle Art, etwas in Erfahrung zu bringen. Du stellst Ida eine Frage, sie sagt dir die Antwort."

Bernardo pfiff anerkennend. „Unglaublich", sagte er.

„Du kannst Ida alles fragen, sei es ‚Wer war der vierzehnte Präsident der Vereinigten Staaten?' bis hin zu ‚Wo kann ich eine Leiche verstecken?'", fuhr Jonathan fort.

„Auf die Frage, wo du eine Leiche verstecken kannst, wirst du eher eine Antwort erhalten", meinte Vance.

Jonathan lud die App hoch, hielt sich das Smartphone vor den Mund und fragte: „Was wollen Frauen hören?"

„Da kannst du genauso gut auch eine Glaskugel befragen", fuhr Vance fort.

„Es tut mir leid. Ich kann Ihnen nicht helfen", sagte eine weibliche Stimme, woraufhin Bernardo laut lachte.

„Das kommt, weil es unmöglich ist", murmelte Kyle.

„Bleib bei den Liebesromanen", riet Bernardo, während Kyle die Karten neu verteilte. „Und dann üb einfach, was du gelesen hast", fügte er hinzu und tauchte einen Kartoffelchip in den Zwiebeldip. Sein Teller mit dem Gemüse stand auf Jonathans Küchenarbeitsplatte und wurde völlig ignoriert.

„Das ist ein toller Rat, nur leider habe ich niemanden, an dem ich die Sachen ausprobieren könnte", beschwerte Jonathan sich.

„Adam ist doch noch immer hier. Üb mit ihm“, meinte Bernardo.

„Wohl kaum“, erklärte Jonathan entrüstet. Er tanzte schon mit seiner Schwester. Weiter würde er nun wirklich nicht gehen.

„Pass auf“, sagte Vance, „such dir ein paar gute Zitate, die die Helden in diesen Büchern von sich geben, und lerne sie auswendig.“

Jonathan dachte an das Zitat, dass er schon herausgeschrieben hatte. Okay, er war anscheinend auf dem richtigen Weg.

„Die meisten Sachen, die die sagen, passen irgendwie immer und überall“, fuhr Vance fort. „Die kannst du jederzeit benutzen.“

Jonathan dachte an einen Satz, den er vor Kurzem gelesen hatte. *Du bist der Atem, der mich am Leben hält. Jeder Herzschlag flüstert deinen Namen.* Das fasste seine Gefühle für Lissa ziemlich treffend zusammen. Er hatte ja versucht, ohne sie weiterzumachen, sich ein Leben aufzubauen. Schließlich wünschte er sich eine Familie, jemanden, mit dem er den Rest des Lebens zusammen sein konnte. Das Problem war nur, dass es niemanden wie Lissa gab.

Es war hart gewesen, zusehen zu müssen, wie sie im Laufe der Jahre stets mit anderen Männern ausgegangen war. Wenn er viel Glück hatte, würde er vielleicht, nachdem er erst einmal Muskeln aufgebaut hatte und ein echter Held geworden war, gut genug für sie sein. Er konnte es nur hoffen.

„Hey, gehst du mit oder nicht?“

Vances ärgerliche Stimme brachte Jonathan wieder zurück zum Spiel. Bisher hatte er schon einen Zehner verloren. Vermutlich würde der Verlust am Ende des Abends noch höher ausfallen. Es war nicht einfach, Vance zu schlagen.

Der Abend war schon halb um, als Adam endlich eintraf. „Willst du noch einsteigen?“, fragte Kyle.

„Bei dem Pech, das ich in letzter Zeit habe?“

„Gib ihm Karten“, meinte Vance grinsend.

Adam schnappte sich ein Bier und zog einen Stuhl heran. „Also, was geht ab?“

„Vance nimmt uns aus“, stellte Kyle fest.

„Das ist ja nichts Neues."

„Bei dir gibt's anscheinend auch nichts Neues, was? Du bist ja immer noch hier", sagte Vance.

„Hast du das Buch gelesen?", fragte Bernardo.

„Ja, hab' ich. Und Chelsea und ich gehen morgen Abend zusammen essen."

Das waren ermutigende Neuigkeiten. Sowohl für Adam als auch für Jonathan. „Das ist ja cool", meinte Jonathan.

Adam nickte. „Ich hoffe bloß, dass sie mich wieder zurücknimmt."

Das hoffte Jonathan auch.

Am Samstagabend duschte Adam, rasierte sich und spritzte sich Aftershave ins Gesicht, bevor er losfuhr, um Chelsea abzuholen. Es fühlte sich schon merkwürdig an, als Freier und nicht als Ehemann die eigene Auffahrt hinaufzugehen. Und er kam sich richtig idiotisch vor, als er klingelte, statt einfach hineinzugehen. Doch er erinnerte sich daran, dass er sich das Recht einzutreten, erst wieder *erarbeiten* musste.

Die Tür wurde geöffnet, und da stand seine Frau, die in ihrem blauen Sommerkleid und den hochhackigen Schuhen einfach verführerisch schön aussah. Ihr Haar, das sie häufig hochgesteckt trug, wenn sie zur Arbeit ging oder im Garten beschäftigt war, trug sie heute offen. So, wie es ihm am besten gefiel. Gern hätte er die Hand ausgestreckt und es berührt, doch er traute sich nicht. Das war ein weiteres Recht, das er sich erst wieder erarbeiten musste.

„Du siehst gut aus, Chels", sagte er.

„Danke", erwiderte sie züchtig, ohne zu lächeln.

Es würde ein langer, steiniger Weg werden. Er trat zur Seite und ließ sie vorbeigehen, um dann auf dem Weg zum Wagen ihren reizvollen Hüftschwung zu bewundern.

„Hallo, Dennis", rief sie.

Das Raubtier von nebenan saß auf der Veranda und las ein Buch. Wahrscheinlich eine Tarnung, damit er Chelsea beobachten konnte. Adam verzog das Gesicht, als er Chelsea die Beifahrertür öffnete. „Ich mag diesen Typen nicht“, murmelte er.

„Er ist sehr nett“, erklärte sie.

Ja, er war aus gutem Grund sehr nett. Und zwar aus dem gleichen guten Grund, aus dem Adam sich von seiner besten Seite zeigte. Er ging um den Wagen herum und setzte sich hinter das Lenkrad. „Weißt du, so perfekt kann er auch nicht sein. Er ist geschieden.“

„Seine Frau hat ihn verlassen“, erklärte Chelsea.

„Na, das sagt doch schon alles. Es muss ja einen Grund gegeben haben.“

Die Worte waren kaum ausgesprochen, als Adam bemerkte, dass er das Falsche gesagt hatte. Chelsea hob eine Augenbraue. „Ich weiß, dass du gute Gründe hattest, um mich rauszuwerfen“, sagte er hastig.

„Hatte ich.“ Es klang ein wenig so, als wollte sie sowohl ihn als auch sich davon überzeugen, dass sie das Richtige getan hatte.

Na ja, vielleicht hatte sie es wirklich. Vielleicht hatte er eine drastische Warnung gebraucht. „Danke, dass du heute Abend mit mir ausgehst. Ich möchte wirklich, dass wir einen Weg finden, unsere Beziehung wieder ins Reine zu bringen.“

„Ich auch“, sagte sie leise. „Und zwar aus einem wichtigen Grund.“

Er verstand schon. „Wir haben immer gesagt, wir wollten nie wie unsere Eltern werden, wollten uns nie trennen.“

Sie biss sich auf die Lippen und nickte. „Ich weiß.“

Im Restaurant wurden sie zu einem Tisch in einer ruhigen Ecke geführt. Eine schneeweiße Tischdecke, glänzendes Silberbesteck sowie funkelnde Kristallgläser sorgten für eine stimmungsvolle Atmosphäre, und eine kleine Kerze und frische Blumen gaben dem Ganzen einen romantische Touch. Das Schwangau war das vornehmste Restaurant in der Stadt, und es war der Ort, an den man eine Frau ausführen musste, wenn man sie beeindrucken wollte. Und das wollte Adam heute Abend.

Der Kellner erschien und fragte, ob sie mit einem Aperitif beginnen wollten.

„Ja", erwiderte Adam und bestellte Chelseas Lieblingsgetränk – Champagner.

„Für mich bitte keinen Champagner", sagte sie.

Anscheinend gab es in ihren Augen nichts zu feiern. Das verhieß nichts Gutes. „Okay", meinte Adam. „Was möchtest du denn?"

„Limonade."

„Dann nehme ich ein Pils", sagte er dem Kellner. Der nickte und verschwand. Jetzt waren sie allein, und plötzlich wusste Adam nicht, was er sagen sollte. Verzweifelt versuchte er, sich an irgendetwas aus den Romanen zu erinnern, die er gelesen hatte, doch leider vergeblich. Also zog er stattdessen das Geschenk für Chelsea aus der Tasche und schob es über den Tisch. „Alles Gute zum Hochzeitstag. Ich verspreche, dass ich im nächsten Jahr daran denke." Bitte, lieber Gott, lass es ein nächstes Mal geben.

Sie lächelte. Es war das erste Lächeln, das sie ihm schenkte, seit sie ihn aus dem Haus geworfen hatte. Vielleicht bestand ja doch noch Hoffnung!

Adam hielt die Luft an, als sie das Päckchen nahm und es auswickelte. Nachdem sie die Schachtel geöffnet hatte, schnappte sie überrascht nach Luft. Das erinnerte ihn an die leisen Geräusche, die sie von sich gab, wenn sie sich liebten. Wie sehr er sich doch wünschte, diese sanften Töne endlich wieder zu hören.

„Die ist ja schön", murmelte sie, als sie die Smaragdkette herausnahm und hochhielt.

„Ich habe nach etwas ganz Besonderem für dich gesucht, um es wiedergutzumachen, dass ich …", ihm stockten die Worte.

Im selben Moment erschien der Kellner mit ihren Getränken. Adam griff nach seinem Glas und trank einen kräftigen Schluck. Nach sieben Ehejahren war er wieder am Anfang angelangt, nervös und sprachlos angesichts einer schönen Frau, die er gern beeindrucken wollte.

Sie hielt ihm die Kette entgegen. „Hilfst du mir, sie umzulegen?"

Er nahm ihr die Kette ab und ging um den Tisch herum. Als er Chelseas Haar zur Seite schob und ihren Hals entblößte, schoss ihm ein Bild durch den Kopf. Er sah sich mit ihr zusammen im Bett liegen, wo er genau dieselbe Bewegung machte, damit er ihren Hals küssen konnte. Das hätte er jetzt auch gern getan, aber stattdessen schloss er nur die Kette und kehrte auf seinen Platz zurück.

„Adam, hast du all das, was du in deinem Brief geschrieben hast, wirklich ernst gemeint?"

„Natürlich." Er hatte ihr in diesem Brief sein Herz geöffnet. Wie konnte sie da noch fragen?

Sie senkte den Kopf und studierte die Speisekarte.

„Ich weiß, ich war nicht vollkommen, aber war ich wirklich so ein schlechter Ehemann?"

Über die Speisekarte hinweg sah sie ihn an. „Manchmal ja."

„Aber nicht immer."

„Nicht immer", gab sie zu. „Anfangs nicht."

Jetzt kam der nervige Keller wieder und wollte wissen, was sie essen wollten. Ein Restaurant ist nicht unbedingt der geeignetste Ort, dachte Adam, um eine ernsthafte Unterhaltung mit seiner Ehefrau zu führen.

Sie bestellten ihr Essen, der Kellner verschwand, und Adam meinte: „Okay, was wolltest du eben noch sagen?" Er war sich nicht sicher, ob er es überhaupt hören wollte, aber das war der einzige Weg, wie sie das Ganze bereinigen konnten, um anschließend wieder zur Normalität zurückzukehren. Zur *neuen* Normalität, erinnerte er sich. Die alte Normalität hatte ja nicht so gut funktioniert.

„Erinnerst du dich noch an die ersten Male, die wir zusammen ausgegangen sind?", fragte sie.

Was hatte das mit der Sache zu tun? Er nickte.

„Du hast ständig angerufen. Du bist zu Weihnachten sogar mitten durch einen Schneesturm über die Berge gefahren, um mich zu sehen."

„Weil ich dich wollte." Und er wollte sie noch immer.

„Und du hast mich ja auch bekommen. Aber nach ein paar Jahren ..." Sie zuckte mit den Schultern.

„Was?"

„Dir wurde es so selbstverständlich, dass ich da bin. Wie dieser Fisch im Hobbyraum."

„Was?"

„Der Fisch, den du in Mexiko gefangen hast."

„Der Marlin." Den hatte er sich präparieren lassen.

„Ich kam mir vor wie dieser Marlin. Du hattest mich an Land gezogen, und damit war das Thema erledigt, du brauchtest dir mit mir keine Mühe mehr zu geben. Ich hätte genauso gut dort mit dem Fisch an der Wand hängen können." Für den Fall, dass er die Symbolik nicht verstand, fügte sie hinzu: „Du hast unsere Ehe für selbstverständlich gehalten und mich praktisch übersehen. Ich möchte mit jemandem zusammenleben, der mich die ganze Zeit will, nicht nur manchmal, zum Beispiel wenn er Lust auf Sex hat oder etwas aus der Reinigung abgeholt haben möchte."

Autsch. „Komm schon, Chels, so schlimm kann ich nun auch wieder nicht gewesen sein."

„Doch, das warst du."

„Was willst du – soll ich nicht mehr arbeiten?"

Jetzt sah sie ein wenig verstört aus. „Natürlich nicht. Du weißt, dass ich das nicht gemeint habe."

Na ja, okay. Tief im Inneren wusste er es.

„Du machst ganz viel ohne mich."

„Du doch auch. Du hast deinen Buchclub ..."

„Das ist einmal im Monat. Du dagegen gehst zum Softball, Angeln, Pokern."

Wollte sie ihn etwa dazu bringen, das Pokern aufzugeben? Das Angeln? Na ja, wenn es wirklich nötig war. Zu diesem Zeitpunkt würde er so gut wie alles aufgeben. Verdammt, er würde sich ein Bein abhacken. „Chels", begann er.

Sie hob eine Hand, um ihn zum Schweigen zu bringen. „Ich sage ja nicht, dass du alles aufgeben sollst. Natürlich verstehe ich, dass du mit deinen Freunden zusammen sein und Männersachen machen willst. Aber wie wäre es, wenn du auch mit mir hin und wieder etwas unternehmen würdest? Wie wäre es, wenn wir mehr Dinge als Paar zusammen machen?"

Okay, das sollte wohl zu schaffen sein. „Klar. Lad doch deine Freundin Juliet und ihren Mann ein. Ich mag Neil."

„Wir müssen ja nicht rund um die Uhr zusammen sein, aber es wäre schön, wenn es ein bisschen mehr so sein könnte wie damals, als wir frisch verheiratet waren", fügte sie hinzu.

Damals hatten sie alles Mögliche zusammen unternommen – waren essen gegangen, ins Kino, hatten an regnerischen Sonntagnachmittagen Karten gespielt.

„Du könntest mich auch mal mit zum Angeln nehmen."

„Zum Angeln?"

„Ja. Warum musst du immer mit Männern losziehen?"

„Das würde dir doch gar nicht gefallen." Sie würde sich langweilen. Würde reden wollen, und beim Angeln redete man nun mal nicht.

Mist, jetzt sah sie aus, als würde sie gleich anfangen zu weinen.

„Okay, wir gehen angeln. Wir können auch ganz viel anderes machen."

Schon früher hatte sie sich so manches Mal beklagt, dass sie nicht genügend Zeit miteinander verbrachten. Immer, wenn sie das getan hatte, hatte er sie ins Kino oder zum Essen ausgeführt, und dann war alles wieder in Ordnung gewesen.

Bis er wieder in seine alten Verhaltensmuster zurückgefallen war. Irgendwie hatte er jedoch nie bemerkt, wenn er seine schlechten Gewohnheiten wieder angenommen hatte. Wobei ... er hatte sein Verhalten ja auch nicht als schlechte Angewohnheit angesehen. Und wirklich darüber nachgedacht hatte er auch nicht.

Wenn er jetzt sein Leben einmal kritisch unter die Lupe nahm, musste er feststellen, dass er in seiner Ehe eigentlich alles für selbstverständlich gehalten hatte. Er war davon ausgegangen, dass Chelsea sich neben ihrem Job um die Hausarbeit kümmerte und kochte, und dass er nichts weiter zu tun brauchte, als das große Geld nach Hause zu bringen, den Rasen zu mähen und hin und wieder das Auto zu waschen. Sie hatte sogar immer den Papierkram erledigt und die Rechnungen bezahlt. Das hatte sie schon gleich nach der Hochzeit übernommen, und er war nur allzu gern bereit gewesen, diese lästige Pflicht an sie abzugeben. Er war froh gewesen, sich darum nicht kümmern zu müssen. Nie hatte er ihr jedoch für all das, was sie leistete, gedankt. Und während sie dafür sorgte, dass der Haushalt reibungslos funktionierte, hatte er mit seinen Kumpeln Poker gespielt, war angeln gegangen und hatte seine Kunden davon überzeugt, den Patienten die Medikamente seiner Firma zu verschreiben. Und dabei war seine Ehe langsam, aber sicher in die Brüche gegangen.

„Adam, ich liebe dich."

Erleichterung durchströmte ihn. Sie würden sich wieder versöhnen.

„Aber ich kann so nicht weiterleben. Ich will es auch nicht."

Ihm blieb fast das Herz stehen. „Ich werde mich ändern. Ich verspreche es."

„Das musst du auch, denn ich bin schwanger."

„Was?"

Na toll. Ausgerechnet jetzt musste der verdammte Kellner mit dem ersten Gang auftauchen.

Adam hatte das Gefühl, gleich zu explodieren, während er darauf wartete, dass der Kellner mit dem rituellen Pfeffern des Salats fertig war. Nachdem er endlich weg war, stellte Adam die Frage, die ihm unter den Nägeln brannte. „Wie kann es sein, dass du schwanger bist?"

Das waren ganz offensichtlich nicht die richtigen Worte. Chelseas Augen funkelten empört. „Was meinst du wohl?"

„Ich meine, aber …" Ihnen war gesagt worden, dass sie keine Kinder bekommen konnten. Der Arzt hatte gesagt …

„Es ist ein *Wunder*, Adam, ein echtes Wunder. Und jetzt schau dich an. Statt begeistert auf diese Neuigkeit zu reagieren, benimmst du dich, als hätte ich dir gerade gesagt, die Welt würde untergehen." Sie warf ihre Serviette auf den Tisch und stand auf.

„Wo willst du hin?"

„Nach Hause."

„Komm schon, Chels, geh nicht. Wir haben doch noch nicht einmal gegessen."

„Ich bin nicht mehr hungrig. Du und deine Selbstsucht haben mir den Appetit verdorben."

Mit diesen Worten lief sie aus dem Restaurant.

Wie wollte sie denn nach Hause kommen? Er wollte nicht, dass sie zu Fuß ging, schon gar nicht, wenn sie schwanger war. Er warf ein paar Dollarscheine auf den Tisch und eilte hinter ihr her.

Chelsea war bereits ein gutes Stück die Straße entlangmarschiert, als er sie endlich einholte. „Chels, komm, steig ins Auto. Ich bringe dich nach Hause."

„Ich will nicht einsteigen. Ich will nicht mit dir zusammen sein. Nicht nachdem du dich so wie eben aufgeführt hast." Um es zu beweisen, ging sie einfach weiter.

„Sei nicht so streng mit mir. Ich war völlig überrascht, das ist alles."

„Ich sehe es dir doch an – du freust dich überhaupt nicht."

„Natürlich freue ich mich", beharrte er und ging weiter neben ihr her. Jedenfalls würde er sich freuen, sobald er sich einmal an den Gedanken gewöhnt hatte. Erst einmal musste er die Panik überwinden. Die ganze Zeit über hatte er gedacht, dass sie keine Kinder bekommen würden – bekommen konnten. Demzufolge hatte er sich um die Zukunft keine allzu großen Sorgen gemacht und nichts gespart. Auf einmal galt es, auch noch ein Kind mit durchzufüttern, eine Collegeausbildung zu zahlen, vielleicht eine Hochzeit. Er hatte das Gefühl, von einer Lawine erfasst worden zu sein. Und im Gegensatz zu ihm hatte Chelsea sich an diesen Gedanken bereits gewöhnen können. „Wie weit bist du denn?"

„Im dritten Monat."

„Das heißt, du weißt es seit zwei Monaten?“

„Nein. Ich hab’s herausgefunden, als du in Alaska warst.“ Sie blieb mitten auf dem Bürgersteig stehen, damit sie all ihre Energie darauf verwenden konnte, ihn böse anzuschauen. „Ich wollte es dir an unserem Hochzeitstag sagen.“

Aber er war nicht nach Hause gekommen. Er hatte nicht nur den Hochzeitstag vergessen, sondern sie auch der Chance beraubt, einen wichtigen Meilenstein in ihrer beider Leben mit ihm zu teilen. Und jetzt war seine panische Überraschung noch der Tropfen gewesen, der das Fass zum Überlaufen gebracht hatte.

„Du bist der egoistischste Mann, den ich kenne“, sagte sie und ging wieder weiter.

„Chels, komm schon. Lass mich dich nach Hause fahren. Du solltest nicht den ganzen Weg zu Fuß gehen. Das ist nicht gut für das Baby.“ Na ja, vielleicht doch? Was wusste er schon darüber.

„Dem Baby macht das nichts aus und mir auch nicht. Und uns beiden wird es ohne dich viel besser gehen.“

Ob sie wohl bei Dennis, der Plage, landen würde? Nein, nur das nicht. „Lass uns darüber reden.“

„Ich habe genug vom Reden und ich habe genug von dir. Und wenn du nicht aufhörst, mir zu folgen, dann rufe ich die Polizei und lass dich festnehmen.“

Ihre Worte ließen ihn kurz stoppen. Beim Essen hatte sie ihm gesagt, dass sie ihn noch immer liebte. Dann konnte sie das, was sie eben gesagt hatte, doch nicht ernst meinen. Er eilte hinter ihr her. „Das kannst du doch nicht machen, Chels. Das ist nicht fair. Du musst mir doch wenigstens eine Chance geben.“

„Das habe ich gerade getan, und du hast sie vertan.“

„Na, dann gib mir noch eine.“ Er hielt sie am Arm fest und zwang sie damit stehen zu bleiben.

Wütend sah sie ihn an.

„Lass mich dich nach Hause bringen.“

„Du bleibst aber nicht.“

Er nickte. „Ich weiß.“

Die Fahrt nach Hause verlief schweigend. Chelsea schäumte noch immer vor Wut, und Adam wusste nicht, was er sagen sollte.

Zu Hause war sie so schnell aus dem Auto ausgestiegen, dass er nicht einmal Zeit hatte, ihr die Wagentür zu öffnen. Frustriert sah er zu, wie sie die Einfahrt hochlief. Da verschwand der wichtigste Mensch in seinem Leben. Wie wenig er getan hatte, um ihr das zu zeigen. Warum hatte er nur geglaubt, seine Ehe auf Autopilot laufen lassen zu können? Hatte er denn von seinen eigenen Eltern nichts gelernt?

Als Kind war er sowohl verwirrt als auch frustriert gewesen, als die Ehe seiner Eltern in die Brüche ging. Er hatte es gehasst, wenn sie sich gestritten hatten, wenn seine Mutter in Tränen aufgelöst gewesen war. Jetzt war es seine Frau, die in Tränen aufgelöst war. Oh, verdammt.

Langsam fuhr er davon. Wenn es einen Liebesroman gab, der einem Mann verriet, wie er aus solch einem Schlamassel wieder herauskam, dann brauchte er ihn dringend. Er musste einen Weg finden, sein eigenes Happy End zu gestalten – und zwar schleunigst.

13. KAPITEL

Je mehr Leute etwas auf der Website posteten, die Jonathan für das Klassentreffen eingerichtet hatte, desto mehr geriet er selbst in Panik. Inzwischen war bereits Juni. Das Klassentreffen fand schon in zehn Wochen statt. Das hieß, ihm blieben nur noch zehn Wochen, um sich ein Muskelpaket anzutrainieren. Er würde seine Anstrengungen verdoppeln müssen. Weniger Arbeit am Computer, dafür mehr Arbeit an den Hanteln.

Zumindest läuft der Tanzunterricht gut, dachte er, während er eins der Folterinstrumente im Fitnessstudio benutzte. In letzter Zeit hatte er sich mehrmals pro Woche nach fünf Uhr mit Neil hier getroffen. Heute hatte Neil bei Sweet Dreams noch keinen Feierabend, und dies war auch keiner ihrer üblichen Tage, aber Jonathan war der Meinung, er wüsste inzwischen, was zu tun war. Er brauchte keinen Babysitter mehr. Er legte noch Gewicht nach und machte sich an die Arbeit.

Ob Frauen sich überhaupt eine Vorstellung davon machten, wie hart Männer daran arbeiteten, ihre Aufmerksamkeit zu erringen? Fast alles, was ein Mann tat, drehte sich darum, die Zustimmung einer Frau zu erhalten. Die Sportskanonen gaben mit ihren Künsten auf dem Football- oder Basketballfeld an, während die Klugscheißer versuchten, die Frauen mit ihrem Intellekt zu beeindrucken. Ob nun Hirn- oder Muskelpaket, sämtliche Männer gaben ein Vermögen für Essengehen, Konzertkarten oder Schmuck aus, je nachdem, was nötig war, um die Frau ihrer Träume zu erobern. Sie machten Sachen, die sie nie im Leben täten, wenn sie bei klarem Verstand wären – wie zum Beispiel, Mitglied in einem Fitness-Club werden.

Oh, Mann, das Teil hier war echt die Hölle. Vielleicht hätte er doch nicht so viel Gewicht auflegen sollen. Durchdrücken, hatte Neil beim letzten Mal gesagt, als sie zusammen hier gewesen waren. Okay, durchdrücken, drücken, drücken. Autsch! Was zum Teufel war das? Er hielt inne und rieb sich den Oberarm.

Irgendetwas war eben eindeutig zu weit gedrückt worden. Das verhieß bestimmt nichts Gutes. Also beschloss er, für heute Schluss zu machen.

Er musste sowieso zusehen, dass er nach Hause kam und sich frisch machte. Am Abend stand die nächste Tanzstunde bei seiner Schwester an. Sie hatte ihn auch zum Essen eingeladen, doch Jonathan hatte schnell eine Ausrede erfunden, um dem zu entgehen. Sie versuchte sich gerade an der Kunst des Chili-Kochens, und er war sich nicht sicher, ob er das überleben würde. Ob er die Tanzstunde überleben würde, war er sich auch nicht sicher. Heute Abend war East Coast Swing dran. Juliet hatte ihm versprochen, wenn er den beherrschte, wäre er auf der Tanzfläche der Rockstar. Nachdem er den Two Step bravourös gemeistert hatte und ihrer Meinung nach bereit für etwas Neues gewesen war, hatten sie und Neil ihm eine kleine Kostprobe ihres Könnens gegeben. Der Tanz sah so aus, als könnte er Spaß machen, allerdings wirkten all die Drehungen, Schwünge und Überwürfe unglaublich schwierig. Aber, hey, wer ein Rockstar werden wollte, musste schon einige Mühen auf sich nehmen.

Er spielte mit Chica noch ein bisschen Frisbee und aß ein Thunfisch-Sandwich, bevor er duschte, sich eine abgeschnittene Jeans und sein Lieblings-T-Shirt mit dem Spruch „Echte Männer spielen Schach“ anzog.

Chica ahnte schon, dass sie jetzt allein gelassen würde, und war darüber alles andere als glücklich. „Keine Angst“, beruhigte Jonathan sie. „Adam kommt bestimmt bald nach Hause.“

Was nicht bedeutete, dass Adam in letzter Zeit eine besonders anregende Gesellschaft darstellte. Seine Verabredung mit Chelsea war die reinste Katastrophe gewesen, und jetzt weigerte seine Frau sich – wieder einmal –, seine Anrufe entgegenzunehmen, was dazu führte, dass Adam schlecht gelaunt und nicht sehr gesprächig war. Eigentlich störte es Jonathan nicht sonderlich, dass Adam meist in seinem Gästezimmer herumhing und sich auf seinem Computer Filme ansah. Das war immer noch besser, als ihn auf der Wohnzimmercouch herumlungern zu sehen, wo er nichts als schlechte Laune verbreitete, und nicht mit giftigen Bemerkungen sparte, wenn Jonathan seine Tanzschritte übte.

Solch eine Leichenbittermiene kannte Jonathan an Adam gar nicht. Normalerweise war sein Freund ein netter Kumpel, mit dem man Spaß haben konnte. Seit Chelsea ihn vor die Tür gesetzt hatte, hatte er sich verändert. Tja, das richteten Frauen bei einem an. Eben noch tanzt du glücklich die Straße des Lebens entlang. Dann triffst du ein Mädchen, verliebst dich und schon geht alles den Bach runter.

Das war Jonathan schon häufig genug so gegangen, und zwar jedes Mal, wenn Lissa mit einem neuen Freund aufgekreuzt war. Jetzt wollte er mal einen anderen Weg einschlagen und hoffte sehr, dass – unter anderem – die Tanzstunden ihn seinem Ziel näher bringen würden.

Nicht nur ein furchtbarer Gestank schlug ihm entgegen, als er in Juliets Haus trat, sondern auch das ohrenbetäubende Schrillen eines Feuermelders. Prompt fiel Jonathan ein, dass Neil mal gefrotzelt hatte: „Das Essen ist fertig, wenn der Feuermelder anspringt." Darüber war Juliet verständlicherweise nicht begeistert gewesen, und Jonathan hatte ihm erklärt, dass das nicht witzig sei. Statt sich zu entschuldigen, hatte Neil sich verteidigt. „Warum isst du nicht ein paar Jahre lang täglich ihr Essen und siehst mal, wie dir das gefällt?" Natürlich war Juliet daraufhin in Tränen ausgebrochen. Neil hatte sich entschuldigt, und sie hatten sich geküsst und wieder versöhnt. Damals hatte Jonathan seinen Schwager für einen Schuft gehalten. Aber als er jetzt dieses verbrannte ... was auch immer ... roch, musste Jonathan zugeben, dass er wahrscheinlich auch irgendwann von den misslungenen Kochversuchen seiner Schwester die Nase voll hätte. Er fragte sich, ob Juliet wohl jemals überdrüssig wurde, es zu versuchen. Und ob sie jemals ihres Mannes überdrüssig wurde.

Das rief ihm etwas ins Gedächtnis, was sie gesagt hatte, als er zur ersten Tanzstunde hier aufgetaucht war. *Letztendlich brauchen wir keinen Mann, der perfekt ist.* Was ganz gut war, denn Neil war nicht perfekt.

Jonathan wusste, er sollte lieber den Mund halten, denn er war auch alles andere als vollkommen. Hatte Lissa einen Punkt in ihrem Leben erreicht, an dem sie der gleichen Meinung war wie Juliet, wenn es um Männer ging? Wenn sie aufhörte, nach Mr Perfect zu suchen, hatte er vielleicht eine winzige Chance.

Er marschierte in die Küche und entdeckte Neil und Juliet in einer dichten Rauchwolke. Die Küchentür stand offen, und Juliet versuchte, den Rauch nach draußen zu wedeln, während Neil mit einem Besen in der Nähe des Feuermelders herumfuchtelte. „Schatz, ich weiß ja, dass du gerne liest", rief er gegen den Heulton an, „aber wie wäre es, wenn du das nicht gerade dann tun würdest, wenn du etwas auf dem Herd stehen hast?"

„Es tut mir leid", brüllte sie zurück. „Es wäre ein wirklich leckeres Chili geworden."

„Ich weiß", rief er, dann fluchte er und wedelte noch hektischer mit dem Besen herum.

Schließlich kehrte der Feuermelder, nachdem er seine Aufgabe erfüllt hatte, zu wachsamem Schweigen zurück.

„Oh, äh, hallo Leute", sagte Jonathan.

„Ich hoffe, du warst nicht zum Essen eingeladen", murmelte Neil.

Jonathan war heilfroh, dass er klug genug gewesen war, sich der Einladung zu entziehen. Sein Schwager konnte das nicht.

Juliet blickte unglücklich in ihren Topf. „Das ist hin."

„Bist du sicher?", bemerkte Neil grimmig.

Prompt brach sie in Tränen aus.

Neil war im Bruchteil einer Sekunde bei ihr und nahm sie in den Arm. „Ist schon okay, Schatz. Mir war heute Abend sowieso viel mehr nach Pizza. Wie wäre es, wenn ich zu Italian Alps fahre und uns eine große Pizza mit Pilzen und Zwiebeln hole?"

Sie nickte, und Neil verschwand eilig. „Meine Kochkünste lassen sehr zu wünschen übrig", stellte sie verzweifelt fest.

Wenn das keine Untertreibung war. „Vielleicht brauchst du auch ein paar Nachhilfestunden."

Sie runzelte die Stirn.

„Ernsthaft, Jules. Vielleicht ist Kochen für dich das, was für mich Tanzen ist. Du brauchst einfach nur ein bisschen Unterricht. Ich wette, wenn du einen Kochkurs besuchst, bist du hinterher eine großartige Köchin."

Na ja, vielleicht. Er erinnerte sich daran, wie Mom versucht hatte, Juliet das Kochen beizubringen. Doch nachdem Juliet auf dem Herd einen Topf in Brand gesetzt hatte, bestand Mom nicht länger darauf, dass ihre Tochter kochen lernen sollte.

Juliet sann über seine Worte nach. „Vielleicht ist das gar keine so schlechte Idee. Ich glaube, Neil hat meine Kochkünste so langsam satt."

Sein Schwager war seit vier Jahren Juliets Kochkünsten ausgesetzt – Neil war kein Schuft. Er war ein Heiliger.

Skeptisch beobachtete Jonathan, wie Juliet versuchte, das verbrannte Zeug aus dem Topf zu kratzen. Wahrscheinlich hätte sie mehr Erfolg, das Ende eines schwarzen Lochs zu finden. Schließlich gab sie es auf und versenkte den Topf im Müll. Jetzt wusste er, was er ihr zu Weihnachten schenken würde. Töpfe und Pfannen und einen Kochkurs. Das war ein Geschenk, das sicherlich auch Neil zu schätzen wissen würde.

Da seine Schwester aussah, als würde sie gleich wieder anfangen zu weinen, meinte Jonathan, um sie abzulenken: „Hey, was ist mit meiner Tanzstunde?"

Sie ging langsam aus der Küche und sah dabei aus wie eine Trauernde, die gerade ein frisches Grab verließ.

Doch kaum hatte sie angefangen, über die Tanzschritte zu reden, verschwand ihre traurige Miene. „Dieser Tanz macht echt Spaß. Frauen lieben ihn."

Ach ja, aber konnte auch jede Frau ihn tanzen? „Was ist, wenn sie die Schritte gar nicht kennt?"

„Das macht nichts, solange du gut führen kannst. Außerdem lernen Frauen Tanzschritte ziemlich schnell."

Als Neil mit der Pizza zurückkam, hatten sie die Grundschritte schon einstudiert und waren dabei, ein paar Variationen auszuprobieren. „Sieht gut aus", meinte Neil.

Fühlte sich für Jonathan aber nicht gut an. Dank seines Trainings im Fitnessstudio schmerzte sein Arm wie Hölle. Wer schön sein will, muss leiden, erinnerte er sich. Trotzdem war er froh, eine Pause machen zu können, um den beiden beim Essen Gesellschaft zu leisten.

Nachdem die Pizza aufgegessen war, entschloss Juliet sich, Jonathan noch einen neuen Schritt beizubringen. Das war jedoch mehr, als sein verletzter Muskel aushalten konnte. Fluchend ließ Jonathan den Arm sinken.

„Alles okay?"

„Äh, ja, ja." Er rieb sich über den schmerzhaft brennenden Muskel.

„Warst du heute im Fitnessstudio?", fragte Neil.

Jonathan nickte. „Ich glaube, ich habe mir was gezerrt."

Neil verschwand in der Küche und kam einen Moment später mit einer Tüte gefrorener Erbsen und einem Geschirrhandtuch zurück. Er wickelte die Erbsen in das Tuch ein und presste sie gegen Jonathans Arm. „Eis, Schmerztabletten und Ruhe. Lass das mit dem Training für ein paar Tage sein."

Sein lassen? Dabei wollte er doch gerade noch einen Zahn zulegen. Mist. Das war ja genauso mies wie Juliets Kochkünste.

Seit dem missglückten Wochenende, an dem er Jillian und Mindy verwechselt hatte, fühlte sich Kyles Arbeitsnische eher wie ein Kühlschrank als ein Arbeitsplatz an. Die Atmosphäre zwischen ihm und seiner kollegialen Freundin war ziemlich eisig.

Besser gesagt, seiner *ehemaligen* kollegialen Freundin. Mindy war eine wandelnde Eisskulptur. Ihre höfliche Begrüßung am Morgen genügte, um ihm Frostbeulen zu verpassen, und zwischen ihnen gab es auch kein scherzhaftes Geplänkel mehr. Er war nach Sibirien verbannt worden, und plötzlich hasste er seinen Job. Bisher war ihm noch nie aufgefallen, wie viel Spaß er mit Mindy hatte.

„Die Sache mit Ted ist vorbei", hörte er Karen Carmichael zu Sarah Schillman sagen, als er sich dem Wasserspender näherte.

„Jetzt hat sie es auf jemand anderen abgesehen. Ehrlich, sie wäre bestens für eine Reality Show geeignet. Man könnte der Sendung den Titel ‚Die geldgierigen Weiber des Nordwestens' geben."

Autsch.

Sarah kicherte, doch als sie Kyle erblickte, sagte sie hastig: „Hallo, Kyle", um ihre Freundin zu warnen, den Mund zu halten.

Karen drehte sich um, und als sie ihn entdeckte, wurde sie knallrot. „Oh, hallo, Kyle."

„Hallo", erwiderte er und runzelte missbilligend die Stirn. Die Frauen verschwanden, doch ihre Kommentare hingen weiterhin in der Luft. Kyle holte sich einen Becher mit Wasser und kehrte nach Sibirien zurück, wo Mindy in eisigem Schweigen auf ihrer Tastatur herumtippte.

Er hatte nicht vorgehabt, ihr wehzutun. Wenn er gewusst hätte, dass die Einladung zum Essen von ihr gekommen war, hätte er sie sofort abgelehnt. Aber nein, anstatt ihn zu fragen, hatte sie ja diesen niedlichen mysteriösen Zettel auf seinen Schreibtisch legen müssen. Warum hatte sie das getan? Vielleicht war ihr wohler dabei gewesen, die Einladung schriftlich auszusprechen, als ihn rundheraus von Angesicht zu Angesicht zu fragen.

Das konnte er gut nachvollziehen. Wie oft hatte er schon Blut und Wasser geschwitzt, wenn es darum gegangen war, eine Frau einzuladen. Wie es schien, war es für Frauen genauso schwer wie für Männer, eine Beziehung zum anderen Geschlecht aufzubauen.

Obwohl Jillian damit keine Probleme zu haben schien. War sie wirklich auf jemand anderes aus? Und wenn ja, auf wen?

Am Ende des Tages wusste Kyle genau, auf wen. Si Klein, einer der Topverkäufer der Firma, blieb an ihrem Schreibtisch stehen, und sie strahlte wie der Weihnachtsbaum im Zentrum von Icicle Falls. Si sagte etwas, und sie lächelte und warf ihr Haar zurück. Offenbar hatte sie sich in Windeseile von ihrem gebrochenen Herzen erholt.

Si war vermutlich zwanzig Jahre älter als Jillian. Sein Haaransatz ging bereits zurück, dafür legte er um die Mitte herum reichlich zu, und er fuhr keinen Jaguar. Er fuhr ein Mercedes Cabrio. Und er besaß eine Eigentumswohnung in Las Vegas. Die unschöne Wahrheit sprang Kyle direkt ins Gesicht. Jillian war tatsächlich nur auf materielle Werte aus.

Und er war ein Idiot. Wie unzählige andere Männer auch, hatte er sich von einem hübschen Gesicht in die Irre führen lassen. Er hatte auf die echte Jillian eine Traum-Jillian projiziert, die nett, bewundernswert und clever war. Nun, sie war clever, das musste er ihr zugestehen – clever genug, Männer zu finden, die das hatten, was sie wollte. Und sie schaffte es, diese Männer dazu zu bringen, sie zu begehren.

Aber sie blieben nicht bei ihr. Darrow jedenfalls nicht.

Eine Unterhaltung, die er mal mit Mindy geführt hatte, schoss ihm wieder durch den Kopf.

„Manchmal wünschte ich, ich wäre eher hübsch als klug."

Er hatte nicht so recht gewusst, was er darauf sagen sollte. Mindy sah ja nicht schlecht aus. „Warum?", hatte er gefragt.

„Weil Männer eher auf gut aussehende Frauen stehen als auf kluge."

Na ja, in gewisser Weise hatte sie recht. Niemand wollte mit einer Vogelscheuche ausgehen. Trotzdem. „Ich weiß nicht. Eine Frau muss mehr zu bieten haben als nur gutes Aussehen. Sonst langweilt ein Mann sich doch ganz schnell."

Jetzt fragte Kyle sich, warum Darrow Jillian den Laufpass gegeben hatte. Ganz sicherlich lag es nicht daran, dass die Frau unattraktiv war. Irgendetwas anderes hatte ihn abgestoßen. Lag es daran, dass er hinter die Fassade geschaut und festgestellt hatte, dass es dort nichts gab, was sein Interesse wecken konnte?

Kyle wollte auch nicht nur eine Fassade. Er wollte jemanden, mit dem er sich verbunden fühlte. Schlagartig wurde ihm klar, dass es nicht Jillian war.

Wenn man diese Hypothese logisch weiterverfolgte, stellte sich die Frage – wenn nicht Jillian, wer dann? Ein Bild von Mindy in Shorts und einem hautengen Top schob sich vor sein inneres Auge. Zu spät. Diese Mindy war verschwunden. Sie war ersetzt worden durch die Eiskönigin neben ihm.

Die Atmosphäre war alles andere als fröhlich, als die Männer sich zur Pokerrunde versammelten. Kyle litt unter dem Schmerz der Desillusionierung und war zu dem Schluss gelangt, dass er niemals die Richtige finden würde, ganz zu schweigen davon, in absehbarer Zeit mal wieder Sex zu haben. Bernardo war schlecht gelaunt, da Anna sauer auf ihn war, weil er bei seiner Diät geschummelt hatte.

Und Jonathan war frustriert, weil ihn Visionen plagten, in denen er um seine Muskeln gebracht wurde. Zusätzlich zu diesem Rückschlag war er beim Augenarzt gewesen und hatte erfahren, dass er leider immer noch kein Kandidat für eine Laseroperation war. Er hatte, ohne Erfolg, Kontaktlinsen ausprobiert, was bedeutete, dass er immer noch eine Brille tragen musste. Ein Schwächling mit Brille. Wie sollte er denn da Lissas Aufmerksamkeit erregen?

Doch all ihre Probleme verblassten angesichts dessen, was Adam im Moment durchmachen musste. Chelsea wollte noch immer nichts mit ihm zu tun haben. „Und wir bekommen ein Baby."

Jonathan verspürte einen Anflug von Neid. Ein Kind. Er wünschte, er hätte eine Frau, die ein Kind erwartete. Dann fiel ihm der Schlamassel ein, in dem Adam sich befand.

„Herzlichen Glückwunsch", sagte Bernardo. „Jetzt fängt der Spaß erst richtig an."

„Und immer mehr Rechnungen trudeln ein", fügte Vance hinzu.

„Wird es ein Junge oder Mädchen?", fragte Kyle.

„Woher zum Teufel soll ich das denn wissen?", schimpfte Adam. „Ich kann mich freuen, dass ich überhaupt weiß, dass sie schwanger ist. Mir war ja vorher schon bewusst, dass ich Probleme habe, aber jetzt … oh, Mann, jetzt stecke ich richtig in der Scheiße."

„Da ihr ein Kind bekommt, vermute ich mal, dass sie jetzt eher geneigt sein wird, dich zurückzunehmen", meinte Jonathan. Aber was wusste er schon darüber?

„Wollte sie auch. Wir waren nahe dran. Doch dann hab' ich es wieder versaut. Das Ganze hat mich einfach total überrascht."

„Was hast du angestellt?", wollte Bernardo wissen.

Adam erzählte kurz von dem Treffen mit seiner Frau. „Jetzt redet sie wieder nicht mehr mit mir", endete er. „Ich hätte etwas sagen sollen."

„Hast du doch", stellte Vance fest. „Nur leider nicht das Richtige."

„Was soll ich denn jetzt bloß machen?"

Niemand antwortete ihm. Wahrscheinlich, überlegte Jonathan, weil keiner von uns eine Idee hat, was er tun könnte.

„Weißt du", sagte Adam, „es ist schon lustig. Wenn du eine Frau triffst, siehst du erst einmal nur ihr hübsches Gesicht und ihren tollen Körper, den du unbedingt in die Finger bekommen willst. Dann gehst du mit ihr aus, und die Dinge ändern sich. Du kannst sie gar nicht oft genug sehen, kannst nicht ohne sie sein. Ehe du dich versiehst, ist sie dein bester Freund, dein Leben. Irgendwann ist sie dann wie das Atmen, etwas, über das du gar nicht mehr nachdenkst. Du gehst davon aus, dass sie immer da ist. Du vergisst, wie sehr du sie brauchst, wie sehr ..."

Oh, nein, dachte Jonathan, jetzt fängt er auch noch an zu heulen.

Die Krise wurde abgewendet, als Adam das Schluchzen in ein Husten verwandelte und sich räusperte. „Ich will sie nicht verlieren."

„Du solltest ihr das, was du uns gerade erzählt hast, auch einmal sagen", riet Bernardo ihm.

„Warum tust du nicht etwas, was ihr zeigt, dass du dich über das Kind freust?", schlug Vance vor. „Das ist ihr doch bestimmt sehr wichtig."

„Hey, mir ist das auch sehr wichtig", protestierte Adam. „Aber es macht mir Angst."

„Frauen wollen nicht wissen, dass du Angst hast", erklärte Vance ihm. „Dann haben sie kein Vertrauen mehr in dich."

Adam verzog das Gesicht. „Wieso ist es so schwierig, mit Frauen umzugehen? Kann mir das mal einer sagen?"

Vance lächelte zynisch. „Wer hat gesagt, dass es einfach ist?"

Ein wenig halbherzig wurde das Spiel fortgesetzt, bis Bernardo das Geld ausging. Listig grinsend nahm er den Roman *Werben um Willow*, den Adam ihm wieder mitgebracht hatte und legte ihn auf den Tisch.

„Hey, den wolltest du mir doch als Nächstes leihen", protestierte Kyle.

„Na ja, *amigo*, jetzt kannst du ihn vielleicht gewinnen und dann behalten."

„Das Buch gehört mir", sagte Kyle. „Ich will sehen."

Adam stieg aus. „Ich bin raus."

Vance zeigte seine Karten. Er hatte ein Paar Könige.

Jonathan hatte nur Müll. Er schob seine Karten verdeckt über den Tisch.

„Ha!", triumphierte Kyle. „Ein Drilling. Kommt zu Papa."

Das Spiel ging weiter. Das Glück wechselte, kurzfristige Kredite wurden aufgenommen. Schon bald war Jonathan knapp bei Kasse. „Okay, ich bin pleite." Er schnappte sich noch ein paar Liebesromane von seinem Couchtisch. „Die hier müssten eigentlich ein paar Chips wert sein."

Daraufhin entspann sich eine Diskussion darüber, wie viele Chips ein Taschenbuch aus einem Büchereiflohmarkt wohl wert sein könnte.

„Mindestens zwanzig Blaue", argumentierte Jonathan. Er hielt Vanessa Valentines *Der Schwan und der Leopard* hoch.

„Oh, ja, pack das in die Mitte", sagte Bernardo. „Das hat Anna noch nicht gelesen."

„Und wie kommst du darauf, dass du es gewinnst?", stichelte Adam.

„Ich spüre, dass ich jetzt, da Vance mir einen Fünfer geliehen hat, Glück habe", erklärte Bernardo.

Sie spielten weiter, und zwei weitere Bücher von Jonathan landeten auf dem Pokertisch. „Okay, dein Vanessa Valentine, und ich erhöhe um einen Harlequin-Super-Romance-Band.“

Vance stieß einen anerkennenden Pfiff aus. „Oho, jetzt geht ihr aber aufs Ganze, was? Ich bin raus.“

Bernardo und Jonathan folgten seinem Beispiel, sodass der Kampf zwischen Kyle und Adam ausgetragen wurde.

Kyle verzog das Gesicht. „Ich bin raus. Du hast nur geblufft, stimmt's?“, wollte er von Adam wissen, als der seinen Gewinn einsackte.

Adam grinste.

Bernardo lachte. „Na, da hast du ja einen fetten Gewinn gemacht, *amigo*. Ich hoffe, du liest sie auch alle gründlich und lernst was draus.“

„Mann, das ist wirklich nötig“, sagte Adam. „Ich muss Chelsea unbedingt zurückgewinnen. Ich muss die Sache wieder in Ordnung bringen und ihr beweisen, dass ich mich über das Baby freue.“

„Versuch das, was der Held in *Ein kleines Bündel für den Doktor* gemacht hat“, riet Jonathan ihm. Wenn irgendjemand diese Unterhaltung hörte, würde er denken, er und seine Freunde wären verrückt geworden.

„Was hat er getan?“, fragte Adam.

„Er ist losgegangen und hat reichlich Zeug für das Baby gekauft“, sagte Jonathan. „Hat eine Woche lang jeden Tag ein anderes Geschenk vor die Tür der Frau gelegt.“

„Und was ist dann passiert?“, wollte Adam wissen.

„Am letzten Tag hat er mit einem großen Teddybär vor der Tür gestanden. Sie hat ihn wieder zurückgenommen.“

„So einfach geht das?“, überlegte Adam.

„Sei nicht so ein Einfaltspinsel. Wenn es um Frauen geht, ist nichts einfach.“

„Aber es ist einen Versuch wert“, beschied Bernardo.

Adam nickte energisch. „Ich bin an einem Punkt angelangt, wo ich alles versuchen würde.“

„Okay, damit hätten wir dich abgefertigt. Ich wünschte, ich könnte die Probleme in meinem Liebesleben auch so einfach lösen“, meinte Kyle bitter. „Ich habe mich in Jillian getäuscht, und ich glaube, ich habe es auch mit Mindy versaut.“

Bernardo sah verwirrt aus. „Wer ist Mindy?“

„Sie arbeitet neben mir. Mit ihr kann man viel Spaß haben, und ihr ist es auch egal, was für ein Auto ein Mann fährt.“ Kyle schüttelte den Kopf. „Ich frage mich die ganze Zeit, was Vanessa Valentine wohl tun würde.“

„Tja, das wüssten wir wohl alle gern“, meinte Adam.

Es kam Jonathan in den Sinn, dass Vanessa Valentine, die Königin der Liebesromane, wahrscheinlich die Lösung für all ihre Probleme hatte. War sie irgendwo in Washington? Ob sie wohl jemals Hausbesuche machte? „Ich hab’ sie im Fernsehen gesehen und frage mich, wo sie wohl wohnt.“

„Spielen wir jetzt Karten oder was?“, fragte Vance, woraufhin Kyle anfing zu geben.

Am Ende des Abends war Adam der große Gewinner. Triumphierend hielt er *Ein kleines Bündel für den Doktor* hoch. „Das hier lese ich zuerst.“

Bernardo nahm sich noch eine Handvoll Schokoladenkekse aus der Packung, die auf dem Tresen stand. „Ist ja nicht allzu lang. Solltest du wohl schaffen“, meinte er grinsend. „Hasta Las Vegas, amigos.“

Die Pokerrunde löste sich auf, Adam öffnete sein Buch, und Jonathan beschloss, sich Vanessa Valentines Website anzuschauen. Dazu holte er sein iPad heraus und machte sich auf die Suche. Natürlich tauchte ihr Name überall auf, schließlich war sie eine Bestseller-Autorin. Er machte sich jedoch nicht die Mühe, all die Artikel und Interviews über sie zu lesen, sondern klickte direkt ihre eigene Homepage an.

Die war gar nicht so, wie Jonathan erwartet hätte. Statt für eine typisch feminine Seite, ganz in Rosa und mit kitschigen Herzchen übersät, hatte Vanessa sich für eine schlichte, cremefarbene Seite entschieden, auf der ihr Name in schwarzer Schrift prangte. Es gab nur ein Herz auf der Seite, und das war in ihrem Logo – ein kleines, rotes Herz mit zwei ineinander verwobenen Vs mittendrin, das in der rechten oberen Ecke untergebracht war. Unter ihrem Namen stand: „Homepage der Bestseller-Autorin." Diverse Links führten die Besucher auf Seiten, wo sie Romanauszüge lesen, an Wettbewerben teilnehmen oder Vanessas Auftrittstermine ansehen konnten.

Jonathan klickte ihre Biografie an. Auf einem Foto posierte sie in einem schwarzen Hosenanzug samt Perlenkette mit verschränkten Armen vor einem Bücherregal voller Vanessa-Valentine-Romane. Er begann zu lesen. Die Frau hatte tonnenweise Bücher geschrieben, war auf jeder Bestsellerliste erschienen, die es irgendwo gab, und hatte es sogar geschafft, dass eins ihrer Bücher verfilmt worden war. Und wow, was war das denn? Sie lebte in Seattle!

Er wechselte zu der Seite, in der ihre Lesungen aufgelistet waren. Sie reiste im ganzen Land umher und war in jeder größeren Stadt anzutreffen, angefangen von New York bis hin nach Los Angeles. Aber, hey, sie würde auch nach Seattle kommen und bei Emerald City Books eine Lesung veranstalten.

Emerald City Books? Das war doch Vances Buchladen. Vanessa Valentine kam in seinen Buchladen, und er hatte nichts gesagt? Was sollte das denn? Wer weiß, dachte Jonathan. Aber es gab etwas, was er definitiv wusste. Er würde nach Seattle fahren, um Vanessa Valentine zu treffen.

14. KAPITEL

An einem milden Dienstagabend traf Jonathan bei Emerald City Books ein. Es hatte keinen freien Parkplatz in der Nähe gegeben, und nachdem er einen Blick in das Schaufenster des Buchladens geworfen hatte, wusste er auch, wieso. Er konnte von Glück sagen, wenn er einen Sitzplatz fand.

Ein großer Mann mittleren Alters in Jeans und Poloshirt führte einen kleinen Terrier vor dem Laden auf und ab. Der Hund sah Jonathan und begann lauthals zu bellen.

„Nein, Bubba", befahl der Mann.

Jonathan erkannte sofort, dass der Kleine zu den Hunden gehörte, die nur bellen, aber nicht beißen. Er hockte sich hin, um den Hund zu streicheln.

Und richtig, Bubba war glücklich, mit jedem, der ihn streichelte, sofort Freundschaft zu schließen. Er begann auf und ab zu hüpfen und Jonathans Hände abzulecken.

„Sind Sie wegen der Signierstunde hier?", fragte Jonathan den Mann.

Der Typ sah Jonathan an, als wäre er verrückt geworden. „Meine Frau."

Und er und Bubba hielten Abstand. Jonathan verstand schon. Genau so hätte er vor Kurzem auch noch gehandelt. Bis er eine Erleuchtung gehabt hatte.

Er streichelte den Hund noch ein letztes Mal und ging dann in den Buchladen. Dort angekommen, wurde er von einer Parfumwolke eingehüllt, die dicht genug war, um einem armen Kerl wie ihm einen Asthmaanfall zu bescheren. Die Vanessa-Valentine-Buch-Party sollte erst in zwanzig Minuten beginnen, aber der Laden war bereits voller Frauen aller Altersgruppen. Trotz der offenen Tür und der beiden Ventilatoren, die auf vollen Touren liefen, war es im Laden heißer als in einem Ofen. Und dann noch dieser Lärmpegel – das Stimmengewirr, das Parfum und der Anblick all der Frauen um ihn herum kamen Jonathan vor wie eine sinnliche Reizüberflutung. Alle waren am Reden, Lachen, Schokoladeessen und Bücheraussuchen.

Es waren Frauen allen Alters versammelt – gut aussehende Frauen in engen Jeans und eng anliegenden, ärmellosen Tops und nicht so gut aussehende Frauen, die ihre extra Pfunde unter weiten Oberteilen versteckten (Jonathan kannte diese Strategie – mit weiten T-Shirts konnte man auch gut einen Mangel an Muskeln verbergen). Dann waren da noch herausgeputzte reifere Damen mit extravagantem Schmuck und aufreizendem Make-up sowie ältere Frauen, viele mit grauem Haar und nicht mehr ganz so schlanken Taillen. Wie es schien, war die Hälfte der weiblichen Bevölkerung von Seattle anwesend, und jede dieser Frauen umklammerte die gebundene Ausgabe des neuen Vanessa-Valentine-Romans. Viele hatten auch noch andere Romane der Autorin in den Händen, sowohl gebunden als auch im Taschenbuchformat, damit Vanessa sie signieren konnte, und Jonathan ärgerte sich, weil er vergessen hatte, seine anderen Vanessa-Valentine-Bücher mitzubringen.

Als er sah, wie rasant die Bücher über den Ladentisch gingen, entschied er sich, auch schnell zur Kasse zu gehen, bevor es keine mehr gab. Er wollte nicht nur für sich, sondern auch für Bernardos Frau und für Juliet ein Exemplar mitbringen. Seine Schwester würde ihn sonst bestimmt umbringen. Was sie wahrscheinlich sowieso täte, wenn sie herausfand, dass er ohne sie hierhergekommen war. Aber er war auf einer Mission, und es war keine Mission, zu der ein Mann seine Schwester mitnahm.

Durch ein Meer an Östrogen schwamm er zur Kasse, hinter der eine hübsche, braunhaarige Frau stand, die ungefähr in seinem Alter war. Und neben ihr entdeckte Jonathan den einzigen anderen Mann in diesem Laden – Vance. Es war doch Vance, oder nicht?

Diese Version von Vance sah gar nicht nach Vance aus. Er hatte sich rasiert und seine schlampige Alltagsuniform gegen frisch gebügelte Hosen, Oberhemd und Sakko eingetauscht. Er hatte sein Pokerface aufgesetzt und sah hier im Laden nicht nur wie ein anderer Mann aus, sondern benahm sich auch so. Er lächelte, war nett und flirtete sogar mit den Frauen. Es war, als wäre sein Körper von einem Außerirdischen übernommen worden. Wer war dieser Vance? Jonathan merkte, dass ihm die Kinnlade runterklappte.

Der außerirdische Vance entdeckte ihn und machte ein genauso dummes Gesicht wie Jonathan. Dann runzelte er die Stirn. „Jonathan. Was zum Teufel machst du denn hier?"

Jonathan erwiderte das Stirnrunzeln. „Ich habe auf Vanessas Website gesehen, dass sie hier ihre Bücher signiert. Das hättest du uns ja mal sagen können, also ehrlich."

„Ich hätte nicht gedacht, dass du herkommen würdest. An solchen Abenden geht es zu wie im Irrenhaus. Wie auch immer, ich wollte euch allen signierte Exemplare mitbringen."

„Echt?" Na, das war doch mal ein netter Zug von ihm.

Vance nahm vier Bücher von einem sich schnell verkleinernden Stapel. „Hier. Schenk ich euch."

„Danke. Äh, kann ich noch eins bekommen? Für meine Schwester. Ich bezahle es auch."

Vance schob Jonathan noch ein Buch zu. „Was soll's. Nimm es einfach. Die Dinger hier auf dem Stapel sind alle schon signiert, das heißt, du kannst diesen Zirkus jetzt verlassen."

Jonathan wollte den Zirkus aber gar nicht verlassen. „Ich bleibe. Juliet möchte bestimmt, dass Vanessa eine persönliche Widmung in ihr Buch schreibt."

Aus irgendeinem Grund war Vance darüber nicht sonderlich erfreut, aber er zuckte mit den Schultern und meinte: „Wie du willst. Aber erwarte nicht, dass sie Zeit hat, mit dir zu reden."

Das war jedoch genau das, worauf Jonathan hoffte.

„Sie hat einen engen Zeitplan und will sicher nicht den ganzen Abend hier verbringen."

Jonathan vermutete, dass das bei berühmten Leuten wohl normal war. Was er sie fragen wollte, würde niemand, der bei klarem Verstand war, jemanden wie sie fragen. Aber er würde es trotzdem versuchen.

Mit den Büchern unterm Arm suchte er nach einem freien Platz. Die Menge hatte bereits die meisten Klappstühle, die in Reihen auf der einen Seite des Ladens aufgebaut worden waren, mit Beschlag belegt. Wenn noch mehr Leute auftauchten, würden gar nicht alle Platz finden.

Als er die Reihen entlangblickte, zuckte er überrascht zusammen. Dort drüben in der Ecke entdeckte er Pat aus dem Mountain Escape Books Buchladen, zusammen mit Cecilys Mutter Muriel und Dot Morrison. Ach herrje, das war ja echt peinlich. Ob sie sich fragen würden, was er hier wollte? Natürlich würden sie das. So lehrreich, wie die Liebesromane auch waren, war es ihm immer noch peinlich, zuzugeben, dass er sie las, vor allem Dot gegenüber, die bestimmt irgendeinen obszönen Witz reißen würde, um ihn in Verlegenheit zu bringen.

Vielleicht würden sie ihn in der Menge ja nicht entdecken. Er suchte sich einen Platz in einer der hintersten Reihen, neben einer Frau mittleren Alters, die ihn freundlich von oben bis unten musterte.

„Sieht so aus, als wären Sie ein großer Fan“, stellte sie fest.

Jonathan war sich plötzlich einer kleinen Brünetten bewusst, die sich auf der anderen Seite neben ihn setzte. Ihre Neugier war richtiggehend spürbar, und Jonathan hatte das Gefühl, als würde es noch heißer werden. „Äh, die sind nicht für mich“, erklärte er.

„Für die Frauen in Ihrem Leben?“, fragte die ältere Frau, und er nickte.

„Das ist ja so nett“, sagte die Brünette. „Ist eine von ihnen Ihre Freundin?“

Machte sie ihn etwa an? Wann war das denn das letzte Mal passiert? Die Antwort war einfach. Noch nie. Das entlockte ihm ein Lächeln. „Nein.“

Sie neigte den Kopf zur Seite. „Haben Sie eine Freundin?“

„Noch nicht. Aber ich hoffe, bald.“ Hatte er das gerade tatsächlich zu einer völlig fremden Frau gesagt?

„Oh.“ Jetzt sah sie enttäuscht aus. „Also haben Sie jemanden im Blick.“

Er hatte sein Leben lang jemanden im Blick gehabt. Nur leider hatte die seinen Blick nie erwidert. „So in etwa."

„Ich hätte wissen müssen, dass ein Mann, der Liebesromane liest, schon vergeben ist", klagte die Brünette.

Das ist ein weiterer Vorteil, wenn man Liebesromane liest, stellte Jonathan fest. Offenbar war es genauso Erfolg versprechend, einen Liebesroman mit sich herumzutragen, wie einen Hund zu besitzen, wenn es darum ging, Frauen auf sich aufmerksam zu machen. Wer hätte das gedacht?

Je näher der Beginn der Veranstaltung rückte, desto aufgeregter und lauter wurden die Frauen. Sie schauten immer wieder zur Tür, um einen ersten Blick auf Vanessa zu erhaschen. Weiter vorne drehte sich Pat auf ihrem Stuhl um, wahrscheinlich ebenfalls, um nach Vanessa Ausschau zu halten.

Jonathan machte sich klein und senkte den Blick in der Hoffnung, mit der Menge zu verschmelzen. Doch dazu hätte es eines großen Zauberers bedurft. Er ragte wie ein Elefant auf einer Teeparty heraus.

Als er sich schließlich traute, den Kopf wieder zu heben, sah er, dass Pat ihn erstaunt anstarrte. Jetzt, da sie einander gesehen hatten, lächelte sie und winkte ihm zu. Er hob ebenfalls die Hand, und sie beugte sich vor und sagte etwas zu Dot und Muriel. Es war nicht schwierig zu erraten, was, da die beiden Frauen sich umdrehten, lächelten und winkten. Dots Lächeln war richtiggehend koboldhaft.

Er winkte zurück und lächelte gequält. Na toll. Das hatte ihm gerade noch gefehlt. Einen Liebesroman dazu zu benutzen, um eine Frau anzulocken, war eine Sache; ganz Icicle Falls darüber zu informieren, dass er sie las, eine ganz andere. Vielleicht könnte er Dots Schweigen erkaufen, wenn er ihr kostenlosen Computerservice auf Lebenszeit anbot.

„Sie haben einen Fan-Club", meinte die Dame neben ihm.

Nannte man das so?

Jetzt hatte Vanessa Valentine den Laden betreten, und Aufregung machte sich breit, als sie sich einen Weg durch die Menge nach vorn bahnte, wo ein Podium samt Signiertisch für sie aufgebaut worden war. Auf dem Tisch stand passenderweise eine Vase mit roten Rosen. Vanessa trug heute Abend ein mit Blumen bedrucktes Sommerkleid, und ihr dunkles Haar fiel ihr bis auf die Schultern. Sie war eine hübsche Frau, und wenn Jonathans Herz nicht schon voll und ganz Lissa gehört hätte, wäre er jetzt hin und weg gewesen, obwohl Vanessa vermutlich gut zehn Jahre älter war als er. Er hoffte nur, dass es ihm vor lauter Aufregung nicht die Sprache verschlug, wenn er die Gelegenheit bekommen sollte, mit ihr zu reden.

Vance begleitete sie nach vorne und hob die Hand, um für Ruhe zu sorgen. Die Besucherinnen gehorchten schnell.

„Vielen Dank Ihnen allen, dass Sie heute Abend hergekommen sind, um Vanessa zu treffen.“ Er wandte sich an die Autorin. „Es ist stets eine besondere Ehre, dich hier im Laden begrüßen zu dürfen.“

„Ich freue mich auch immer, meine Freunde bei Emerald City Books zu treffen“, antwortete sie.

Sie war nicht das erste Mal im Laden. Sie kannte Vance. Wieso hatte Vance das nie erwähnt, wenn sie sich während der Pokerrunde über ihre Bücher unterhalten hatten?

„Und wir haben heute Abend eine weitere bekannte Schriftstellerin unter uns. Muriel Sterling ist da. Wir haben mehrere ihrer Bücher in unseren Regalen“, fuhr Vance fort, „und wenn Sie eins davon kaufen möchten, bin ich sicher, dass Muriel es Ihnen gern signiert. Muriel, schön dass Sie da sind.“

Muriel murmelte ein Dankeschön und fügte hinzu: „Ich bin ein großer Fan von Vanessa Valentine.“

„Wer ist das nicht?“, rief eine der Frauen aus dem Publikum, und mehrere Fans kicherten.

„Bevor Vanessa aus ihrem Buch vorliest, möchten wir Ihnen die Möglichkeit geben, ihr ein paar Fragen zu stellen“, sagte Vance.

Ein Dutzend Hände schoss in die Höhe, und Vance zeigte auf einen pickeligen Teenager in der ersten Reihe. Jonathan hatte das

Mädchen vorhin schon bemerkt und Mitleid mit ihm verspürt. Nicht nur, dass die Ärmste so unreine Haut hatte, nein, zudem war sie auch noch übergewichtig. Es war nicht schwer, sich vorzustellen, wie ihr Schulalltag aussah. Bücher boten ihr die Möglichkeit, in eine Welt abzutauchen, in der sie indirekt Abenteuer und Glücksgefühle durchleben konnte, während sie die Heldin dabei beobachtete, wie die ihre Probleme löste und am Ende siegreich dastand. Er hoffte, dass die junge Frau ihr eigenes Leben am Ende auch meisterte.

„Woher bekommen Sie Ihre Ideen?", fragte das Mädchen.

„Ach, die können einem eigentlich überall zufliegen. Orte, die ich besonders gern zur Inspiration nutze, sind Kunstmuseen. Gemälde, vor allem traditionelle Gemälde, erzählen immer eine Geschichte. Manchmal sehe ich eine Frau in einem Bild, und dann ist es so, als wollte sie sagen: ‚Erzähl meine Geschichte, Vanessa.'"

Ziemlich beeindruckend, fand Jonathan.

„Wie haben Sie angefangen?", fragte das Mädchen schüchtern.

„Indem ich ständig geschrieben habe. Wenn man hart arbeitet, kann man seinen Traum wahr machen."

Das Mädchen strahlte Vanessa an, und das Lächeln brachte ihr gesamtes Gesicht zum Leuchten. Dort drinnen verbarg sich ein hübsches Mädchen. Jonathan hoffte, dass der Teenager jemanden fand, der hinter die Fassade blickte und ihre wahren charakterlichen Werte erkannte.

Eine andere Frau fragte: „Wie lange brauchen Sie, um einen Roman zu schreiben?"

„Das ist unterschiedlich", sagte Vanessa. „Jedes Buch ist anders."

Die Antwort kam Jonathan ein wenig vage vor, aber die Zuhörerinnen waren zufrieden.

„Wie schreiben Sie?", fragte die nächste Frau. „Am Computer?"

„Oh, am Anfang nicht. Ich habe einen wunderschönen Garten, und im Sommer sitze ich gern mit einem Glas Limonade draußen auf meiner Terrasse und schreibe auf einem Tablet. Im

Winter sitze ich im Wintergarten, wo eine Kerze mit Vanilleduft brennt und Adele im Hintergrund singt."

„Was trinken Sie dann?"

„Tee. Lady Grey."

Jonathan war sich nicht sicher, was Tee mit dem Schreiben zu tun hatte, aber die Frauen nickten, als wären sie Mitglieder eines exklusiven Clubs, der genau wusste, wovon sie sprach.

Vance beendete das Geplauder. „Ich weiß, Sie alle brennen darauf, Vanessa lesen zu hören, und wir müssen ja auch noch ein wenig Zeit für das Signieren der Bücher einplanen. Also Vanessa, bist du bereit?"

„Natürlich." Sie stellte sich hinter das Stehpult, öffnete ihr Buch und begann zu lesen.

Die Frauen – und Jonathan – hörten fasziniert zu. Wer hätte gedacht, dass Tee und Kerzen die Inspiration für all das sein konnten.

„Jean Pierre hob sein Schwert. Die alte Wunde war noch nicht verheilt, aber darauf konnte er nicht warten. Wenn er es tat, wäre es zu spät, um Lily Auguste noch zu retten. Ihr Leben war ihm viel wichtiger als sein eigenes. Das Einzige, was er bedauerte, war lediglich die Tatsache, dass er jetzt wohl sterben musste, ohne sie jemals geküsst zu haben. Er würde sterben, ehe er jemals wirklich gelebt hatte." Vanessa endete hier und schloss das Buch.

Einen Moment lang herrschte ehrfürchtige Stille, dann brandete begeisterter Applaus im Laden auf. Und keiner klatschte lauter als Jonathan. Mann, das war echt toller Lesestoff.

Vance ergriff wieder das Wort. „So, meine Damen, wenn Sie sich hier links von mir aufstellen, wird Vanessa jetzt signieren."

Wieder wunderte Jonathan sich darüber, wie anders Vance sich in dieser Umgebung verhielt. Seine übliche Bissigkeit war hinter einer Fassade von Charme verschwunden.

Die Frauen drängten sich nach vorn, aber Jonathan blieb im hinteren Teil des Ladens und ließ den anderen Fans den Vortritt. Er brauchte keine Lauscher.

Vance gesellte sich zu ihm. „Du bist immer noch hier?"

„Ja." Er hielt die Bücher hoch. „Ich will sie alle mit einer persönlichen Widmung versehen lassen. Übrigens, warum hast du uns nicht erzählt, dass du sie kennst?", fragte er anklagend.

„Wieso, willst du ein Date mit ihr?"

„Ich würde sie gern treffen, weil ich denke, dass sie bestimmt ein paar gute Ratschläge geben könnte."

Vance verdrehte die Augen und schüttelte den Kopf. „Sie schreibt Romane. Schon vergessen? Es ist alles erfunden. Sie ist nicht so eine Ratgebertante aus der Zeitung."

„Trotzdem, ich würde sie gern kennenlernen."

„Wie du willst", sagte Vance und ging, um an der Kasse mitzuhelfen.

Die Schlange kam nur langsam vorwärts. Alle wollten Vanessa kennenlernen.

Pat, Muriel und Dot, die ziemlich am Anfang der Schlange gestanden hatten, blieben auf dem Weg aus dem Laden kurz bei Jonathan stehen.

„Jonathan, ich wusste gar nicht, dass Sie Vanessa-Valentine-Romane lesen", begrüßte Pat ihn.

„Er liest sie sicher wegen der heißen Sexszenen", neckte Dot ihn. „Ehrlich gestanden, deshalb lese ich sie ja auch."

Wie immer schaffte Dot es, ihm die Röte in die Wangen zu treiben. „Ich habe ein Buch für meine Schwester geholt. Und ... die anderen sind für ihre Freundinnen", verkündete er in einem lichten Moment der Eingebung.

„Wie lieb von Ihnen", sagte Pat. „Juliet war sehr enttäuscht, dass sie das hier verpasst hat."

Seine Schwester hatte von Vanessas Besuch hier gewusst? Verdammt, dann hätte sie *ihm* ja Bescheid sagen können.

„Es ist wirklich schade, dass sie in letzter Minute krank geworden ist", bemerkte Muriel.

„Na, dann nehme ich an, dass ich ihr kein Buch mehr mitzubringen brauche", sagte Dot.

„Wenn wir gewusst hätten, dass Sie auch herkommen, hätten wir Sie ja mitnehmen können", sagte Muriel zu Jonathan.

„Jonathan hätte bestimmt nicht mit drei alten Weibern, die sich über Liebesromane unterhalten, in einem Auto sitzen wollen“, bemerkte Dot. „Außerdem wäre er dann ja auch hier gestrandet. Wir bleiben nämlich über Nacht hier in der Stadt ... im Sorrento ... und wollen morgen noch auf den Pike Place Markt.“

Die ältere Frau, die neben ihm gesessen hatte, hatte schamlos gelauscht und mischte sich jetzt in die Unterhaltung ein. „Oh, ich liebe diesen Markt. Ohne einen dieser wunderschönen Blumensträuße komme ich nie dort weg.“

In der Form lief die Unterhaltung weiter, und zwei weitere Frauen begannen, sich ebenfalls zu beteiligen. Jonathan kam sich ein wenig so vor, als würde er sich inmitten eines Schwarms von sich rasend schnell vermehrenden Zellen befinden, sprechenden Zellen, die es ihm schwer machten, sich auf das zu konzentrieren, was er zu Vanessa sagen wollte.

Dot und Co verließen schließlich den Laden, und Jonathan atmete erleichtert auf. Sie hatten so lange hier herumgestanden und geplaudert, dass er schon Angst bekommen hatte, sie könnten ihn direkt bis nach vorn zu Vanessa begleiten und sich womöglich seine Unterredung mit ihr anhören.

Apropos anhören ... Er drehte sich zu der älteren Frau hinter ihm. „Wollen Sie nicht vorgehen?“

„Oh, nein. Mir macht es nichts aus, zu warten, bis ich dran bin.“

Er konnte sich schon genau vorstellen, wie sie sich in die Unterhaltung einmischte. *Sie brauchen Hilfe in ihrem Liebesleben? Wie interessant!* „Nein, das ist schon okay“, meinte er und winkte sie vor. Sehr weit vor. Dann stellte er sich ganz ans Ende der Schlange.

Es dauerte eine Stunde, ehe alle mit Vanessa geredet hatten und Jonathan endlich an der Reihe war. Die Autorin trug einen Ehering und einen dicken Diamanten. Jonathan versuchte sich einzureden, dass sie, da sie ja verheiratet war, weit weniger einschüchternd sei als angenommen. Nur leider funktionierte es nicht.

„Das ist ja ein ordentlicher Stapel an Büchern", meinte sie. „Machen Sie schon Ihre Weihnachtseinkäufe?"

„Nein." *Sehr beeindruckend, Jonathan.* Er schob seine Brille hoch. „Eins ist für meine Schwester." Er legte das Buch auf den Tisch. „Können Sie es Juliet widmen?"

„Sicher."

Sie schrieb eine Widmung hinein, und er legte das nächste Buch vor sie. „Und für Anna."

Sie signierte auch das und sah Jonathan dann erwartungsvoll an.

Er legte die beiden anderen Romane auf den Tisch. „Und für Adam und Kyle. Das sind Freunde von mir."

Sie lächelte. „Ihre Freunde beweisen einen guten Buchgeschmack."

„Wir spielen alle zusammen Poker. Mit Vance", fügte er hinzu und nickte zur Kasse hin, wo Vance zusammen mit der jüngeren Frau stand und ein Buch für eine der letzten Kundinnen einpackte.

„Also sind Sie einer von Vances Freunden."

Jonathan nickte erneut. „Wir lesen alle Ihre Bücher. Wir sind, äh …" Ach herrje. Das würde sich jetzt so bescheuert anhören. „Wir …" Er rieb sich den Nacken. „Es sind gute Lehrbücher."

„Lehrbücher", wiederholte sie und streckte die Hand nach dem letzten Buch aus.

Jonathan reichte es ihr. „Können Sie das für mich signieren?"

„Und Sie sind …?"

„Oh, äh, Jonathan." *Der Dorftrottel.* Sein Gesicht glühte.

„Also, Jonathan, dann erzählen Sie mir doch mal mehr darüber, warum meine Bücher so gutes Lehrmaterial sind."

„Na ja, sie handeln alle von, äh, von der Liebe. Und davon, wie man die Sache richtig angeht. Und meine Freunde und ich … wir würden es gern richtig machen."

„Ich verstehe." Sie wurde ernst, und das neckende Funkeln verschwand aus ihren Augen.

Jonathan räusperte sich. „Ich brauche eine Expertin."

„Ich bin nicht wirklich eine Expertin."

„Wenn es darum geht, was einen Mann zu einem Helden macht, dann sind Sie es. Ihre Männer wissen immer, was sie sagen und tun sollen."

Jetzt wirkte sie, als wäre ihr das alles ein wenig unangenehm.

„Anfangs vielleicht nicht", redete er hastig weiter. „Aber sie kapieren die Sache irgendwann. Ich brauche Hilfe, damit ich es kapiere. Und mein Freund Kyle auch. Bernardo, na ja, bei dem funktioniert alles ganz gut, aber er würde sich trotzdem freuen, Sie kennenzulernen. Und Adam, dem steht das Wasser tatsächlich bis zum Hals. Seine Frau ist so wütend auf ihn, dass sie ihn rausgeworfen hat. Dabei bekommen sie bald ihr erstes Kind. Er muss wirklich zusehen, dass er die Kurve kriegt."

„Das scheint mir auch so", stimmte sie zu.

Gut. Sie sah die Notwendigkeit. Jetzt musste er alles riskieren und fragen. „Ich habe auf Ihrer Homepage gelesen, dass Sie hier in Seattle wohnen, und hatte daher gehofft, dass Sie vielleicht gewillt wären, einmal nach Icicle Falls zukommen, um meine Freunde zu treffen und ihnen Fragen zu beantworten. Es ist eine wunderbare Stadt. Wir würden für Ihre Unterkunft aufkommen. Und Sie natürlich auch bewirten."

„Was zum Teufel machst du hier?", wollte eine grantige Stimme hinter ihm wissen.

Jonathan drehte sich um und sah, dass Vance ihn grimmig anstarrte. Seine Wangen glühten noch mehr. „Ich frage Vanessa nur gerade, ob Sie Lust hätte, die anderen zu treffen."

„Jon, sie ist eine sehr beschäftigte Frau. Sie hat andere Auftritte und muss Abgabefristen einhalten."

Natürlich. Er war ein Idiot gewesen, zu glauben, dass solch eine berühmte Autorin Zeit hätte, den weiten Weg nach Icicle Falls anzutreten, um als Liebescoach für ihn und seine Freunde zu agieren.

„Wann?"

Jonathan blinzelte. „Was?"

„Wann?", wiederholte Vanessa.

„Vanessa, du hast keine Zeit für so etwas", erklärte Vance ihr.

„Vielleicht ja doch. Für deine Freunde habe ich Zeit", fügte sie hinzu und klang dabei eher wie seine Mutter als seine Gastautorin. „Übrigens hat mich Pat von Mountain Escape Books vorhin auch gefragt, ob ich nicht einmal bei ihr eine Signierstunde abhalten könnte. Das wäre doch nett. Also, an wann hatten Sie gedacht?" Sie sah Jonathan erwartungsvoll an.

„Äh, Freitagabend?"

Sie nickte. „Gern. Zufälligerweise habe ich an diesem Wochenende frei. Sie können mir am Freitag die Stadt zeigen, und dann treffe ich mich mit Ihren Freunden. Am Samstag kann ich dann im Buchladen signieren." Sie drehte sich zu Vance herum. „Ich finde, es wird höchste Zeit, dass ein paar von deinen Freunden Vanessa Valentine kennenlernen. Meinst du nicht auch?"

Vance wirkte nicht allzu glücklich über ihren Vorschlag. „Denk aber daran, was ich dir gesagt habe", warnte er Jonathan. „Sie ist keine Kummerkastentante."

Nein. Sie war viel besser.

Auf dem Weg zu seinem Auto rief er Kyle an. „Ich habe gerade den großen Treffer gelandet."

„Echt?" Kyle klang überrascht. „Mit wem?"

„Vanessa Valentine."

„Was?"

„Ich habe gerade Vanessa Valentine kennengelernt."

„Und du hast mit ihr geschlafen?", fragte Kyle fassungslos.

„Nein, du Idiot. Das habe ich nicht gemeint. Ich habe sie gefragt, ob sie nach Icicle Falls kommt und sich am Freitag mit uns trifft ... und sie kommt tatsächlich."

„Ernsthaft?"

„Jo."

„Oh, Mann, das ist ja echt cool."

„Wir müssen sie natürlich irgendwo unterbringen. Beteiligst du dich daran?"

„Wo?", fragte Kyle misstrauisch.

„Ich dachte an die Icicle Creek Lodge."

„Das ist ziemlich teuer."

„Sie ist eine berühmte Autorin. Ich muss sie doch in einem netten Hotel unterbringen. Und die Lodge ist das Beste, was wir in Icicle Falls haben."

„Ja, da magst du wohl recht haben. Okay, ich bin dabei", sagte Kyle.

„Ich auch", stimmte Bernardo zu, als Jonathan ihn anrief. „Ich lass mir von ihr sämtliche Bücher signieren, die wir besitzen. Anna wird begeistert sein."

„Du verarschst mich", meinte Adam, als Jonathan nach Hause kam und ihm die großen Neuigkeiten mitteilte.

„Nein, nein. Sie kommt wirklich." Jonathan holte sich ein Bier aus dem Kühlschrank und ließ sich auf die Couch fallen. „Das wird echt großartig."

Der Einzige, der nicht an die Großartigkeit des Ganzen glaubte, war Vance. „Ihr seid echt eine Horde Trottel", sagte er, als Jonathan ihn anrief, um zu hören, ob er auch ein bisschen Kohle dazu beisteuern würde, um Vanessas Aufenthalt zu finanzieren.

Vielleicht waren sie das, aber sie waren eine aufgeregte Horde von Trotteln. Den Rest der Woche nutzte Jonathan, wenn er nicht gerade bei Kunden war, dazu, um zu putzen. Adam sprang auch mit ein, indem er Blumen bei Lupine Floral bestellte und am Freitag leckere Windbeutel aus dem Gingerbread Haus mitbrachte. Bernardo und Kyle steuerten Champagner und Pralinen bei sowie eine Duftkerze, da es, laut Kyle, bei Jonathan nach Hund roch.

Vanessa kam am Freitagmittag in Begleitung von Vance in die Stadt und traf sich mit Jonathan zum Mittagessen im Schwangau. Er aß mit Vanessa Valentine zu Mittag. Jonathan konnte sein Glück kaum fassen.

„Wissen Sie, das ist eins meiner Lieblingsrestaurants", gestand sie, als sie an einem Ecktisch Platz genommen hatten.

„Sie sind schon einmal hier gewesen?", fragte Jonathan überrascht.

„Ein paar Mal, wenn ich meinen Bruder besucht habe."

„Sie haben einen Bruder, der hier lebt?“ Wer zum Teufel war das?

„Oh, ja. Er lädt mich nicht sonderlich häufig ein, was sehr schade ist, denn ich liebe die Läden hier.“

„Wahrscheinlich weiß er, wie beschäftigt du immer bist“, sagte Vance.

„Familie ist aber sehr wichtig. Das weißt du doch, Vance.“

„Natürlich“, meinte er und sah aus, als fühlte er sich nicht gerade wohl.

„Ich wette, Sie wussten noch nicht, dass Vance eine Tochter hat“, sagte Vanessa zu Jonathan.

„Doch, das habe ich schon gehört.“ Jonathan war normalerweise nicht sonderlich neugierig, konnte sich aber nicht verkneifen zu fragen: „Lebt sie hier irgendwo in der Nähe?“

„Drüben in Seattle. Sie ist ein nettes Mädchen“, sagte Vance.

„Ja, das ist sie. Und Vance ist ein guter Vater.“

Jonathan bemerkte, wie Vanessa Vance anlächelte, als sie das sagte. Hinter diesem Lächeln steckten Gefühle. Lief da etwa was zwischen Vance und dieser Frau? Oder waren sie nur sehr enge Freunde?

„Genug von mir“, sagte Vance entschlossen. „Warum erzählst du Jonathan nicht etwas über das neue Buch, an dem du gerade arbeitest?“

„Na ja, ich weiß selbst noch nicht allzu viel darüber. Ich bin noch dabei, meine Charaktere kennenzulernen.“

„Ich vermute, das dauert eine Weile, oder?“, meinte Jonathan.

„Manchmal ja. Es ist nicht so einfach, Schriftstellerin zu sein.“ Sie warf Vance ein Lächeln zu. „Die Leute verstehen einen nicht immer.“ Jetzt wurde sie ernst. „Und viele Schriftsteller neigen dazu, sich in ihrer Arbeit zu vergraben und sich vor dem Leben zu verstecken.“

Jonathan kam es nicht so vor, als würde Vanessa zu den Menschen gehören, die sich vor dem Leben versteckten, und sagte das auch laut.

„Sie wären überrascht“, widersprach sie.

Vance nahm die Speisekarte. „Also, was gibt es denn hier heute Leckeres? Ich glaube, ich nehme den Braten."

Während des Essens unterhielten sie sich angeregt, wobei es vor allem Vanessa war, die von den verschiedenen Städten erzählte, die sie auf den Reisen, auf denen sie ihre neuesten Romane vorstellte, besucht hatte. Gleichzeitig betonte sie, wie froh sie sei, auch mal Zeit zu Hause mit ihrem Mann und ihren Katzen verbringen zu können.

Dann wurde es persönlich. Sie wollte wissen, wie Jonathan auf sie gestoßen war, und was genau er beim Lesen ihrer Bücher gelernt hatte.

„Ich habe eine Liste erstellt", gestand er, „aber ich weiß nicht, wie ich sie befolgen soll."

Vance seufzte laut. „Dieses Zeug, das zwischen Männern und Frauen abgeht, das kann man nicht aus Büchern lernen. Man muss rausgehen und es selbst leben."

„Und es immer wieder versuchen", sagte Vanessa und blickte bedeutungsvoll zu Vance.

Er schüttelte den Kopf. „Ich bin zu alt für so was."

„Man ist nie zu alt für die Liebe", beharrte sie. „Und es ist nie zu spät, um zu lernen", sagte sie zu Jonathan. „Aber ich weiß nicht, ob ich die Richtige bin, um euch zu unterrichten."

Sie würde doch jetzt wohl keinen Rückzieher machen, oder? „Doch, das sind Sie. Sie sind in unseren Augen eine perfekte Expertin."

Sie lehnte sich auf ihrem Stuhl zurück und musterte ihn. „Sie armer, irregeleiteter Mann."

„Also, wer will Nachtisch?", fragte Vance.

Nach dem Essen statteten sie Pat im Buchladen einen Besuch ab. Anschließend wollte Vanessa einkaufen gehen. „Ich liebe diesen niedlichen kleinen Laden mit all den Nussknackern im Schaufenster", meinte sie. „Oh, und den, wo es die importierte Spitze gibt."

Jonathan war weder an Nussknackern noch an importierter Spitze interessiert. Und er war auch nicht wild darauf, Tina zu begegnen, was er unweigerlich tun würde, da ihr der Laden mit der Spitze gehörte, doch tapfer sagte er: „Sicher."

„Ich kann sie begleiten, wenn du noch arbeiten musst", bot Vance an, ganz offensichtlich darauf aus, Jonathan loszuwerden.

Jetzt wusste Jonathan, was hier los war. Vanessa war Vances Lissa. Sie betrachtete ihn als einen guten Freund; er dagegen wollte mehr. Aber das ging nicht. Vanessa war verheiratet.

Und anscheinend brauchte sie einen zusätzlichen Begleiter, damit sichergestellt war, dass Vance sich benahm. „Ich habe nichts weiter vor", erklärte Jonathan.

Vance zuckte mit den Schultern. „Na schön."

Also marschierten sie alle drei zu dem niedlichen kleinen Laden mit den Nussknackern, wo Vanessa gleich mehrere erwarb. „Ich kaufe gern rechtzeitig für Weihnachten ein", erklärte sie.

Anschließend ging es in den Spitzenladen, wo Vanessa von einer aufgeregten Tina hofiert wurde, die offensichtlich nicht fassen konnte, die berühmte Autorin in Begleitung von Jonathan zu sehen. „Jonathan, du hast mir ja nie erzählt, dass du Vanessa Valentine kennst."

Als wenn er und Tina so gute Freunde wären und er einfach nur vergessen hätte, es zu erwähnen. Er versuchte nicht einmal, darauf etwas zu antworten.

Brauchte er auch nicht. Vanessa schob einen Arm unter seinen. „Jonathan und ich sind Freunde. Nicht wahr, Jonathan?"

Waren sie? „Oh, ja."

Nachdem sie den Laden verlassen hatten, sagte sie zu ihm: „Sag es nicht, lass mich raten." Während des Essens waren sie zu Jonathans großer Freude zum Du übergegangen. „Diese Frau hält sich dir gegenüber für was Besseres."

Jonathan blinzelte. „Äh, ja, stimmt."

Vanessa drohte ihm mit dem Finger. „Lass dich niemals von solchen Frauen einschüchtern."

Sein erster Ratschlag von Vanessa Valentine. Er war sich nicht sicher, ob er ihn befolgen konnte, aber er wusste ihn zu schätzen.

„Das hätte ich ihm auch sagen können", murmelte Vance.

„Aber ich wette, du hast es nicht getan", konterte sie.

Vance ging einfach weiter.

Vanessa schleppte sie während der nächsten zwei Stunden von Geschäft zu Geschäft. Sie sahen sich alles an, angefangen bei Christbaumanhängern bis hin zu lustigen Hüten. Sie statteten dem Gingerbread-Haus einen Besuch ab, und Jonathan kaufte ihr eine von Cass Wilkes beliebten Lebkuchenfiguren. Danach ging der Einkaufsbummel weiter. So langsam fingen Jonathans Füße an wehzutun. Woher nahmen Frauen nur die Ausdauer für solche Einkaufsarien?

Gegen fünf Uhr begannen die ersten Läden zu schließen. „Ich bringe dich rüber in die Lodge", sagte Vance zu Vanessa.

Wollte er Zeit mit ihr allein verbringen? Was ging zwischen den beiden vor? „Möchtest du noch zu Abend essen?", fragte Jonathan. Egal, was los war, er war entschlossen, sich als guter Gastgeber zu präsentieren.

„Oh, es ist so, dass Vance und ich noch ein paar Dinge besprechen müssen", sagte Vanessa, und auf einmal sah Vance nicht gerade glücklich aus.

„Oh, okay", meinte Jonathan.

Was zum Teufel hatten die beiden denn zu besprechen? Was auch immer es war, es ging ihn wohl nichts an.

„Ich bringe sie so gegen sieben Uhr vorbei", versprach Vance.

Jonathan hatte insgeheim gehofft, dass sich vielleicht im Laufe des Tages noch eine Chance bieten würde, um mit ihr über seine Situation mit Lissa zu sprechen, aber das Einkaufen hatte die gesamte Zeit in Anspruch genommen. Es sah also so aus, als würde er bis später warten müssen, so wie der Rest der Truppe. Er hoffte, Vanessa würde Zeit genug haben, um all ihre Probleme zu lösen.

Um Viertel vor sieben warteten vier Männer, geduscht, rasiert und herausgeputzt in ihren besten Sachen in Jonathans Wohnzimmer auf die Ankunft ihrer Heldin.

Bernardo hatte einen Stapel Bücher mitgebracht, die Vanessa für seine Frau signieren sollte. „Anna ist richtig sauer, dass sie nicht kommen durfte", sagte er.

„Das ist ja keine Party. Hier geht es um ernsthafte Angelegenheiten“, meinte Adam. „Wir brauchen Hilfe.“

„Nicht alle“, warf Bernardo ein.

Vances Wagen hielt vor dem Haus.

„Sie ist da“, verkündete Jonathan, während sein Herz wie verrückt klopfte. Er schob seine Brille hoch und machte sich auf den Weg zur Tür.

„Ich sehe sie nicht“, beklagte sich Kyle, der aus dem Fenster schaute. „Nur Vance.“

„Was ist denn passiert?“ Adam drehte sich voller Panik zu Jonathan herum. „Du warst doch den ganzen Tag mit ihr zusammen.“

„Vielleicht ist sie … ich weiß nicht.“ Wo *war* sie? Jonathan öffnete die Haustür, und Vance kam hereinspaziert. Ganz allein.

„Wo ist Vanessa?“, wollte Jonathan wissen.

„Hier“, erklärte Vance. „Du stehst direkt vor ihr.“

„Sehr witzig“, fuhr Adam ihn an. „Also, wo ist sie jetzt?“

„Wie ich schon sagte, sie steht direkt vor euch. Ich bin Vanessa Valentine.“

Bernardo starrte ihn fassungslos an. „Ach ja?“

„Ja, du siehst auch genauso aus wie sie“, fügte Kyle hinzu.

Vance ging hinüber zum Tresen. „Blumen. Das wäre doch nicht nötig gewesen.“ Er griff nach der Schachtel mit den Pralinen. „Für mich? Ach, Leute, ihr habt euch ja wirklich Mühe gegeben.“

Jonathan entriss sie ihm. „Die sind nicht für dich.“

„Wenn sie für Vanessa sind, dann sind sie für mich.“ Vance schnappte sich die Schachtel wieder. „Ich hab’ ja versucht, euch Idioten das auszureden, aber ihr wolltet nicht auf mich hören.“ Er ließ sich in Jonathans Sessel nieder, öffnete die Schachtel und nahm sich eine Trüffelpraline.

„Das kann nicht sein, dass du Vanessa bist“, protestierte Kyle.

„Natürlich kann das sein. Hast du schon mal was von Künstlernamen gehört? Man nennt es auch Pseudonym.“

Jonathan hatte das Gefühl, plötzlich in einem Paralleluniversum gelandet zu sein. „Aber die Frau, die die Bücher signiert hat, die Frau, mit der wir den ganzen Tag lang umherspaziert sind …"

„Ist meine jüngere Schwester Valerie", erklärte Vance und steckte sich noch eine Praline in den Mund. „Sie kümmert sich um meine Publicity und agiert als meine Frontfrau, wenn ich öffentliche Auftritte habe." Er verzog das Gesicht. „Sie hat mir die Hölle heiß gemacht, weil ich euch die Sache nicht erzählt habe, und hat gedroht, es euch zu erklären, wenn ich nicht endlich gestehen würde."

Der Schock dieser Enthüllung setzte den anderen Männern zu, als sie erkannten, dass ihr Idol tönerne Füße hatte. Große, haarige Füße.

Kyle machte ein angewidertes Gesicht. „Du hast all diese Sexszenen geschrieben, die ich gelesen habe? Ey, Mann, mir wird gleich schlecht."

„Ich glaub's nicht", sagte Jonathan und sank auf die Couch. Allerdings erklärte das den liebevollen Blick, den sie Vance vorhin beim Mittagessen geschenkt hatte. Kein Wunder, dass sie so viel über ihn wusste! „Ich dachte, ihr zwei hättet vielleicht was miteinander."

„Du hast allen Ernstes gedacht, ich hätte was mit einer verheirateten Frau?" Vance schnaubte angewidert. „Ich habe gewisse Standards, weißt du."

„Von wegen Standards." Adam zeigte anklagend mit dem Finger auf Vance. „Die ganze Zeit über hast du uns für dumm verkauft und zugelassen, dass wir uns zum Narren machen, indem du uns hast glauben lassen, dass an diesen blöden Büchern was dran ist."

Vance hob die Schultern. „Ist es ja auch."

Am liebsten wäre Jonathan aufgestanden und hätte Vance einen Schlag in sein selbstzufriedenes Gesicht versetzt. Stattdessen fragte er: „Wie bist du überhaupt dazu gekommen, solche Frauenbücher zu schreiben?"

Sofort verschloss sich Vances Miene. „Das geht euch nichts an."

„Das geht uns sehr wohl etwas an", widersprach Adam. „Du hast uns zu Deppen gemacht."

„Nein. Ihr habt euch selbst zu Deppen gemacht."

„Meine Frau liebt deine Bücher", sagte Bernardo. „Ich würde wirklich gern wissen, wie du angefangen hast."

Vance starrte aus dem Fenster. Schließlich sagte er: „Meine erste Frau …"

„Erste Frau?" Es hatte mehr als eine gegeben?

Vance ignorierte Jonathans Ausbruch. „… war die Hölle auf High Heels. Die Frau war eine Psychopathin." Er schüttelte den Kopf. „Nachdem wir uns hatten scheiden lassen, schwor ich, dass ich mich nie wieder auf eine Ehe einlassen würde. Aber dann traf ich Lydia. Sie war die wunderbarste Frau, die man sich denken kann – immer glücklich, immer ein Lächeln auf den Lippen. Und sie liebte Liebesromane. Sie fing an, selbst einen zu schreiben, und hatte sich sogar schon einen Künstlernamen ausgedacht."

„Vanessa Valentine", vermutete Jonathan.

„Aber sie hat nie die Chance bekommen, ihn zu Ende zu schreiben."

„Verdammt", meinte Adam leise. „Ist sie gestorben?"

Vance nickte. „Brustkrebs. Vor zwölf Jahren. Ich habe das Buch für sie fertig geschrieben. Hab' mich schlau gemacht, mir eine Agentin gesucht und das Buch verlegen lassen." Er lachte traurig. „Ich habe es ihr sogar gewidmet: ‚Für Lyddie. Endlich hast du dein Happy End bekommen.'"

„Aber du hast nach dem einen Buch nicht aufgehört", sagte Jonathan.

Vance blickte nach draußen auf den Wald, der sich vor Jonathans Esszimmer erstreckte, so, als könnte er dort etwas entdecken, was keiner der anderen Männer sehen konnte. „Nein, habe ich nicht. Ich habe einfach weitergemacht. Ich dachte, die beste Art, die Erinnerung an sie wachzuhalten, wäre, indem ich sie allgemein bekannt mache." Wieder zuckte er mit den Schultern.

„Wie auch immer, das habe ich erreicht, und es gefiel mir. Jedes Mal, wenn ich schrieb, hatte ich das Gefühl, dass sie direkt neben mir saß. Geht mir noch immer so."

„Oh, Mann, das ist mal eine Geschichte, die du aufschreiben solltest, *amigo*", sagte Bernardo.

„Das ist echt cool und so, aber verdammt, ich dachte, dir gehört ein Buchladen." Kyles Tonfall verriet deutlich, dass er das Gefühl hatte, betrogen worden zu sein.

„Stimmt ja auch. Den habe ich gekauft, damit meine Tochter einen Job hat." Wieder schüttelte er den Kopf. „Sie hat Literatur studiert und führt jetzt den Laden."

„War das die Frau, die während der Signierstunde an der Kasse gestanden hat?", fragte Jonathan.

„Ja, das ist sie. Emily."

Auf die Idee wäre er nie gekommen. Die Frau hatte keinerlei Ähnlichkeit mit Vance gehabt. Was ganz gut für sie war. „Aber diese Bücher … die hören sich doch alle so an, als wären sie von einer Frau geschrieben worden", meinte Jonathan. „Wie machst du das?"

„Ich überlege, was meine Frau tun würde", meinte Vance achselzuckend. „Wenn ich zu sehr über das Ziel hinausschieße, holt mich meine Schwester wieder auf den Boden der Tatsachen zurück. Sie liest alles, bevor ich es an meine Lektorin schicke. Wie ich schon sagte, ihr könnt ihr dafür danken, dass ich heute hier bin. Sie fand es nur fair, dass ich euch selbst die Wahrheit sage. Übrigens, wir haben die Reservierung in der Lodge gecancelt. Ihr bekommt euer Geld zurück."

„Ja, aber ehrlich, es wäre nett gewesen, wenn du uns das ein paar Bücher früher gesagt hättest", beschwerte Adam sich. „Ich habe ein Vermögen ausgegeben."

„Hey, dafür habt ihr eine anregende Lektüre bekommen", konterte Vance.

„Wir haben sie nicht gekauft, um uns zu unterhalten", klagte Jonathan. Obwohl, er hatte den Lesestoff schon genossen.

„Ja, ich weiß. Ihr wollt alle lernen, wie ihr eure Probleme mit den Frauen lösen könnt."

„So eine Pleite", stieß Adam hervor.

„Ach, hör auf zu jammern. In diesen Büchern stecken trotzdem noch wertvolle Informationen. Dafür sorgt schon meine Schwester. Und die anderen Bücher, die ihr gelesen habt, die sind alle von Frauen geschrieben", fügte Vance hinzu.

„Woher willst du das wissen?", fragte Adam.

„Weil ich zusammen mit meiner Schwester zu all diesen Schriftstellerkongressen fahre."

„Wie, als Frau verkleidet?", wollte Adam wissen.

„Nein, als ihr Geschäftsführer. Ich habe die meisten Autorinnen getroffen."

Jonathan machte ein betrübtes Gesicht. „Dabei hatte ich gehofft, ein Einzelcoaching von ihr zu bekommen."

„Ich auch", entgegnete Adam missmutig.

Vance schüttelte den Kopf. „Das braucht ihr doch gar nicht. Denkt an Dorothy."

Dorothy? Jonathan erinnerte sich an keine Dorothy in einer der Geschichten von Vanessa Valentine. „In welchem Buch kommt die vor?"

„In keinem. Habt ihr Clowns denn nie *Der Zauberer von Oz* gesehen?"

„Als Kind", sagte Jonathan. Aber was hatte der Film mit der ganzen Sache zu tun?

Vance war fassungslos ob ihrer Beschränktheit. „Nun kommt schon. Am Ende erklärt der Zauberer Dorothy doch, dass sie das, was sie gebraucht hätte, um nach Hause zu kommen, eigentlich immer schon gehabt hat. Angesichts all der Romane, die ihr gelesen habt, solltet ihr eigentlich alle Informationen zusammenhaben, die ihr braucht, um eure Frauen zu erobern. Ihr müsst sie nur anwenden."

Adam starrte ihn an. „Das ist alles? Das ist die einzige Hilfe, die wir von der großen Vanessa Valentine bekommen?"

„Das ist die einzige Hilfe, die ihr braucht. Oh, und versucht, wie eine Frau zu denken. So, und jetzt lasst uns was essen."

Versucht, wie eine Frau zu denken. Klar, kein Problem.

Jonathan ging zum Kühlschrank und holte die Windbeutel heraus. Sie lagen auf einem hübschen Kuchenteller, den er sich extra von seiner Mutter geliehen hatte. Er stellte ihn auf den Tresen. „Hier ... Vanessa“, meinte er verdrossen.

Vance kam zu ihm und versetzte ihm einen leichten Schlag auf den Rücken. „Danke.“

Jonathan sah ihn grimmig an. „Ich wollte wirklich einen richtigen Expertenrat, nicht irgend so ein albernes Zitat aus dem *Zauberer von Oz*.“

Vance stieß einen genervten Seufzer aus. „Okay, was willst du wissen?“

Jonathan schüttelte den Kopf. Es mochte ja sein, dass Vance und Vanessa im wahren Leben ein und dieselbe Person waren, doch in seinem Kopf brachte er die beiden nicht zusammen. „Vergiss es.“

„Du hast die Romane gelesen, hast dir wie verrückt Notizen gemacht. Ich weiß ja nicht, hinter wem du her bist, aber wer auch immer sie ist, du musst einfach nur das anwenden, was du gelernt hast.“

Ja, und dann wie Dorothy die rubinroten Hacken zusammenschlagen und singen: „Es gibt keinen schöneren Ort als das Zuhause.“

„Sei aufmerksam und sag ihr, was sie hören möchte – gib ihr das, was sie will.“ Vance knuffte ihn in die Schulter. „Gib nicht auf, Junge. Du bist auf dem richtigen Weg.“

„Woher willst du das wissen? Du bist doch auch nur ein Mann“, konterte Jonathan frustriert.

„Ich schreibe die Romane ja nicht in einem Vakuum, und ich bin auch schon lange genug um die Häuser gezogen. Auf jeden Fall weiß ich – wenn du dich wie ein Held benimmst, dann bekommst du dein Mädchen auch. Am Ende gewinnt immer die Liebe.“

Vance langte nach einem Windbeutel. „Denk aber immer daran, dass du dir eine Frau mit einem großen Herzen aussuchst, eine, die hinter die Muskelpakete schaut, und dann kommt bei dir schon alles in Ordnung.“

Und mit diesem hilfreichen Ratschlag nahm Vanessa Valentine alias Vance Fish seinen Windbeutel und ging hinüber zu Jonathans Küchentisch. „Kommt schon, Jungs, lasst uns pokern."

Jonathan war bereit, Karten zu spielen, aber auf keinen Fall würde er noch einmal Vanessa-Valentine-Romane als Einsatz benutzen.

Er kaufte am nächsten Tag auch kein Buch während der Signierstunde bei Mountain Escape Books. Er ging nicht einmal hin.

„Ich fasse es nicht", sagte Jonathans Schwester, als er zu seiner nächsten Tanzstunde bei ihr auftauchte. „Vanessa Valentine ist ein Mann?"

Jonathan nickte grimmig. „Und ich dachte, ich könnte aus diesen Büchern vielleicht was über Frauen lernen. Alles, was die Helden getan haben, war Schwindel."

„Nein, das stimmt nicht", widersprach Juliet. „Alles, was sie gemacht haben, war richtig. Romantisch und ehrenhaft."

„Aber sie sind von einem Kerl erfunden worden", protestierte Jonathan.

„Ach, mir ist das egal, selbst wenn sie von einem Außerirdischen geschrieben worden wären. Es sind wundervolle Bücher. Und diese Helden sind die Art Männer, von denen Frauen träumen." Sie lächelte Jonathan an. „Ein guter Mann ist ein guter Mann, ganz egal, wer die Geschichte erzählt. Und nicht alle Bücher, die du gelesen hast, sind von Vance geschrieben worden. Außerdem, das kannst du mir glauben, wenn mehr Männer Liebesromane lesen würden, gäbe es mehr glückliche Ehen."

Oh, oh. War Juliet etwa nicht glücklich?

Als könnte sie seine Gedanken lesen, schüttelte sie den Kopf. „Keine Angst, ich bin sehr glücklich mit Neil. Ich weiß, dass er manchmal ziemlich blöde Sachen sagt, und manchmal mache ich blöde Sachen, aber wir schaffen es immer, uns wieder zu versöhnen. Er würde alles für mich tun, und das ist es, was letztlich zählt." Sie grinste. „Trotzdem, wenn er mal ein paar Liebesromane lesen würde, könnte er noch zusätzliche Pluspunkte sammeln." Sie seufzte. „Warum können nicht mehr Männer wie die Helden in diesen Büchern sein?"

Wahrscheinlich weil es einem Vollzeitjob gleichkam, wenn man versuchte, einer zu werden. Allerdings, wenn ein Mann seinen Job gut macht, könnte sich das vielleicht auszahlen, überlegte Jonathan. Nach seiner Enttäuschung über die Sache mit Vanessa Valentine war er so weit gewesen, dieses ganze Liebesromanprojekt an den Nagel zu hängen, aber jetzt, als er seiner Schwester zuhörte, änderte er noch einmal seine Meinung. Egal, wer die Bücher schrieb, diese Autoren wussten etwas, was er nicht wusste.

Während ihrer Tanzstunde lobte Juliet die Fortschritte, die er machte, und als sie endeten, war Jonathan zu zwei Entscheidungen gelangt. Erstens, obwohl er nicht unbedingt ein Tanzgen in sich trug, konnte er dieses Handicap mit harter Arbeit wettmachen. Und zweitens, wenn Vance einen Liebesroman schreiben konnte, dann konnte er das auch, und er würde ihn ins wahre Leben umsetzen. Mit Lissa.

15. KAPITEL

Am Samstag betrat Adam einen neuen Laden in Icicle Falls' Innenstadt. Als er die Schwelle von Oh, Baby überschritt, kam er sich vor, als würde er fremdes Terrain betreten – einen Ort, wo es keine Männer gab. Frauen in unterschiedlichen Stadien der Schwangerschaft stöberten zwischen den Kleidern in Puppengröße und den winzigen Football- und Basketballtrikots herum. Auf Tischen stapelten sich Handtücher und Sets mit Sachen, die aussahen wie blaue und rosafarbene lange Unterwäsche. Er entdeckte Hüte, Minisommerkleider und Schuhe, die so klein waren, dass sie in seine Handfläche passten. Babys waren so klein. Wie ging man mit so winzigen Wesen um, ohne ihnen wehzutun?

Ein Anflug von Panik stieg in ihm auf und vermischte sich mit der Aufregung, die er sowieso schon verspürte. Das alles geschah wirklich. War er bereit, Vater zu werden? Er hatte es ja nicht mal geschafft, einen passablen Ehemann abzugeben.

Doch daran arbeitete er. Menschen konnten sich ändern. Er würde ein besserer Ehemann werden, und er würde auch ein guter Vater werden, einer der die obligatorische Krawatte zum Vatertag wirklich verdiente.

Es schien angemessen, dass er seine Kampagne, mit der er sich als würdiger Ehemann und Vater erweisen wollte, am Vatertagswochenende beginnen wollte. Morgen würde er, genau wie der Held in dem Buch, das er gelesen hatte, ein Geschenk vor Chelseas Tür legen und daran eine Nachricht befestigen. Am Tag darauf würde ein weiteres Geschenk mit einer neuen Nachricht folgen, und so würde es die ganze Woche bis zum nächsten Samstag weitergehen. Dann würde er persönlich bei ihr erscheinen, um sie zu Zeldas großer Wiedereröffnungsfeier einzuladen. Er hatte bereits für acht Uhr einen Tisch reserviert. Zum Glück hatte er noch rechtzeitig genug angerufen. Charley, der das Restaurant gehörte, hatte ihm gesagt, dass er den letzten verfügbaren Tisch bekommen hatte.

Jetzt hoffte er nur noch, dass sein Plan funktionierte. Wenn nicht, hatte er keine Ideen mehr.

Wo sollte er anfangen? Was sollte er kaufen? Alle starrten ihn an. Es war fast so, als wären sie alle Mitglieder einer Gang, und er war versehentlich in ihr Hoheitsgebiet eingedrungen. Er sah sich um und kämpfte gegen das Bedürfnis an, die Beine in die Hand zu nehmen und schleunigst zu verschwinden.

Eine kleine braunhaarige Frau um die dreißig begrüßte ihn. Sie war die Einzige, abgesehen von ihm, die keinen dicken Bauch hatte, was wohl bedeutete, dass sie die Eigentümerin des Ladens war. „Hallo, kann ich Ihnen irgendwie helfen?"

„Ich bekomme ein Baby", antwortete Adam. Mehrere Frauen lächelten und eine kicherte gehässig, woraufhin er sich noch blöder und noch mehr wie auf dem Präsentierteller vorkam. Er hätte genauso gut in seiner Unterwäsche herumlaufen können. Er räusperte sich. „Ich möchte ein paar Babysachen kaufen."

„Na, da sind Sie hier auf jeden Fall richtig", versicherte ihm die Frau. „Wissen Sie, was Sie bekommen?"

„Ein Baby." Noch mehr Gekicher. „Ich meine, ich weiß nicht, ob es ein Junge oder ein Mädchen wird. Wir haben es gerade erst erfahren."

„Na, dann können Sie vermutlich noch alles gebrauchen", sagte die Frau.

„Ich brauche sieben Geschenke", erklärte Adam. „Ich möchte meiner Frau eine Woche lang jeden Tag eins überreichen."

„Oh, das ist ja süß", sagte eine Frau, die in der Nähe stand und sich Decken anschaute. Sie sah aus, als trüge sie eine Wassermelone unter ihrem Kleid.

Merkwürdigerweise wirkte sie trotzdem irgendwie sexy. Adam stellte sich Chelsea mit einem richtig großen Kugelbauch vor, einem Bauch, in dem ihr Baby wuchs. Er lächelte.

„Vielleicht eine Mischung aus notwendiger Grundausstattung und lustigen Dingen?", schlug die Ladenbesitzerin vor. Sie griff nach einem Teil mit vielen Verschlüssen. „Wie wäre es mit einem Baby-Body? Wenn Sie eine neutrale Farbe wie Grün oder

Gelb nehmen, können Sie nichts falsch machen, egal, ob es ein Junge oder ein Mädchen wird."

Die Frau mit dem Wassermelonenbauch trat zu ihnen und hielt eine hellgrüne Decke hoch, die ihn an Eiscreme erinnerte. „Die wäre doch auch hübsch", schlug sie vor.

„Danke", sagte er. Die Panik ließ langsam nach.

Inzwischen war noch eine weitere Frau zu ihnen gestoßen. „Hier ist was richtig Niedliches."

Es war eine Art Pyjama – orange mit Tigerstreifen.

„Oh, und die hier brauchen Sie auch", sagte eine andere Frau und reichte ihm ein Paket mit Lätzchen.

Ehe er sich versah, hatte Adam eine Armladung voll mit Babysachen zusammen. „Ich glaube, Sie haben Ihr Pensum erreicht", neckte ihn die Ladenbesitzerin.

Alles, bis auf das letzte Geschenk, das eine besondere Aussagekraft haben sollte. Und da stand es, auf einem Regal und lockte ihn an – ein großer blauer Plüschelefant. Ein Elefant vergisst niemals. Und er selbst würde niemals die Lektionen vergessen, die er auf die harte Tour hatte lernen müssen. „Den Elefanten nehme ich auch noch", sagte er und deutete auf das Tier. „Können Sie die Sachen alle einzeln einpacken?"

„Natürlich", sagte die Besitzerin. „Wie wäre es, wenn wir das ein wenig variieren? Ein paar Geschenke in Schachteln, ein paar in hübschen Tüten?"

„Ja, wunderbar." Ihm war es egal, wie sie die Sachen verpackte. Hauptsache, es sah nett aus.

„Ihre Frau kann sich glücklich schätzen", sagte die Wassermelonenfrau und lächelte ihn an.

„Nein, ich kann mich glücklich schätzen", korrigierte er sie. Er konnte sich glücklich schätzen, Chelsea gefunden zu haben. Und jetzt, mit viel Glück, konnte er sie vielleicht auch halten.

Vatertage waren für Jonathan noch immer hart. Und dieser Vatertag war besonders hart. Immer wieder musste er daran denken, wie stolz sein Vater gewesen wäre, wenn er mitbekommen hätte, wie sich tatsächlich Muskeln im schlaksigen Körper seines Sohnes formten. Er hätte mit seinem Dad über Lissa sprechen, hätte ihn um Rat bitten können, wie er vorgehen sollte. Stattdessen ging er – in Erinnerung an Dad – mit seiner Familie zum Spanier.

„Dein Vater hat immer so gern hier gegessen", sagte seine Mom.

Das war nun wahrlich nichts Neues, aber offensichtlich tat es ihr gut, diese Erkenntnis wieder einmal mit ihnen zu teilen, also nickte Jonathan.

„Ich wünschte, Dad wäre hier", sagte Juliet, „denn dies ist ein ganz besonderer Vatertag."

Sie lächelte wie eine Frau, die einen Gratiseinkaufsbummel gewonnen hatte. Glückliche Schwester, ein Kommentar, dass dies ein besonderer Vatertag sei – das konnte nur eins bedeuten. Jonathan stahl ihr jedoch nicht die Schau, indem er ihre Neuigkeiten erriet.

Und richtig. Sie und Neil tauschten ein verliebtes Lächeln aus, bevor sie verkündete: „Wir sind schwanger."

„Oh, Schatz, wie wundervoll!", rief ihre Mutter und umarmte sie.

„Glückwunsch, Mann", sagte Jonathan und schüttelte Neil die Hand.

„Danke." Neil sah aus, als hätte er den Nobelpreis für Naturwissenschaften gewonnen.

Jonathan konnte es ihm nicht verdenken. Seit zwei Jahren versuchten die beiden es schon.

Mom tupfte sich mit der Serviette die Tränen aus den Augen. „Unser erstes Enkelkind. Dein Vater wäre überglücklich gewesen."

„Und ich werde Onkel." Jonathan lächelte. „Onkel Jon. Ich bringe ihm das Schachspielen bei."

„Hey, nichts von diesem Streberkram", erklärte Neil fest, was Jonathan dazu brachte, die Stirn zu runzeln.

„Was ist, wenn es ein Mädchen wird?", fragte seine Frau.

„Mädchen können auch Sport machen", sagte Neil.

„Sie können aber auch clever sein und Schach spielen", wies Juliet ihn zurecht.

„Und sie können kochen lernen", sagte ihre Mutter. Als ihr plötzlich bewusst wurde, dass sie da vielleicht in ein Fettnäpfchen getreten war, griff sie hastig nach ihrem Glas und trank einen Schluck Limonade.

„Da wir gerade beim Thema sind, ich lerne kochen", erzählte Juliet.

Seit wann das denn? Das war ja ganz was Neues für Jonathan.

„Ich habe mich für einen Kochkurs eingeschrieben, den Olivia im Inn anbietet. Der Titel des Kurses lautet ‚Kochen mit Genuss', und sie will mit uns die alten Klassiker mit überraschendem Pfiff zubereiten."

„Ich kann es kaum erwarten, zu sehen, was für Überraschungen du mir dann kredenzt", sagte Neil.

Anscheinend musste Neil auch dringend mal ein paar Liebesromane lesen.

„Oh, alternativ kannst du von jetzt an auch gern das Kochen übernehmen", sagte Juliet zu ihm. „Denn", fügte sie hinzu, „wenn du das nächste Mal meine Kochkünste beleidigst, wird genau das passieren. Ich bin es leid."

Ihre Unterlippe zitterte, und ihre Augen füllten sich mit Tränen. Oh, wie peinlich. Jonathan konzentrierte sich ganz auf seine Enchiladas, und Mom schien auf einmal großes Interesse an etwas zu finden, was draußen vor dem Restaurantfenster passierte.

„Hey, Baby. Es tut mir leid", sagte Neil und legte seine Hand auf die von Juliet.

„Ich weiß, dass ich eine bessere Köchin hätte sein sollen", fuhr sie fort. „Und jetzt, wo wir eine richtige Familie werden, will ich es auch lernen. Ich möchte meiner Tochter ein gutes Beispiel geben. Oder meinem Sohn. Und ich möchte, dass du auch mit gutem Beispiel vorangehst, also, keine Beleidigungen mehr. Mein Daddy hat Mom nie beleidigt."

„Okay, ich hab's verstanden", meinte Neil, bevor auch er sich hastig seinen Enchiladas widmete.

„Habt ihr schon über Namen nachgedacht?", fragte Mom, um das unangenehme Thema zu wechseln.

Juliet lächelte. „Auf einen Mädchennamen konnten wir uns noch nicht einigen, aber als Jungsname dachten wir an Jonathan."

Jonathan ließ fast sein Glas fallen. „Was?"

Juliet strahlte ihn an. „Zu Ehren eines tollen Bruders und eines tollen Mannes."

Sie wollten ihren Sohn nach einem Computerfreak benennen? Was hielt Neil denn davon? „Ist das okay für dich?", fragte er seinen Schwager.

„Ja, ja." Neil deutete mit der Gabel auf Jonathan. „Aber das heißt noch lange nicht, dass du ihm Schach beibringen darfst."

„Es sei denn, er möchte es lernen", korrigierte Juliet ihn.

Die Möglichkeit, dass er einen Namensvetter bekommen könnte, rührte Jonathan derart, dass er kaum ein Dankeschön herausbrachte.

„Und keine Sorge", sagte Juliet zu Mom. „Er bekommt auch Daddys Namen."

„Jonathan Frederick. Das klingt gut", sagte Mom.

Jonathan überlegte, dass der Kleine vermutlich lieber Jon als Fred gerufen würde. Gott sei Dank hatten seine Eltern ihn nicht Fred Junior getauft. Er hatte auf der Highschool schon genug auszustehen gehabt.

„Also", sagte Mom und hob ihr Glas, „dann trinken wir hiermit auf das neue Familienmitglied."

„Auf das neue Familienmitglied", wiederholte Jonathan, bevor sie alle anstießen.

Während des Essens drehte sich die Unterhaltung vor allem um das Baby, und das war für Jonathan völlig okay. Seine Schwester hatte lange darauf warten müssen, und er freute sich riesig für sie.

Ein gehässiger kleiner Kobold hüpfte ihm auf die Schulter und flüsterte ihm ins Ohr: „Näher wirst du wohl nie an ein Kind herankommen. Du bist ein Streber und ein Loser."

Wenn du dich wie ein Held benimmst, dann bekommst du dein Mädchen auch. Vances Worte hallten in seinem Kopf wider, und er benutzte sie wie ein Schwert, mit dem er den Kobold mit einer schnellen Bewegung den Garaus machte. Verdammt, er *würde* sein Mädchen bekommen.

Natürlich war Chelsea nicht zu Hause, als Adam mit dem Auto vorfuhr. Aber Dennis, die Plage, war draußen und mähte Rasen. Machte der Mann eigentlich nie etwas anderes?

Er winkte Adam zu und stellte den Rasenmäher aus. „Sie ist nicht da."

Er brauchte den alten Dennis nicht, um ihm etwas zu sagen, was er längst wusste. Es war Vatertag, und sie war mit ziemlicher Sicherheit bei ihrer Familie in Seattle. Sie hatten immer das Vatertagswochenende dort verbracht. In diesem Moment war sie bestimmt auf dem Windjammer, zusammen mit ihrem Vater und ihren beiden Schwestern und deren Familien und genoss einen Krabbencocktail. Und erzählte allen, was für ein Mistkerl er war.

Aber die Ära des Mistkerls war vorbei. Er war ein neuer Mann. Hoffentlich würden diese Geschenke es beweisen.

Jetzt störte Dennis schon wieder seine Gedanken. „Sie ist in Seattle und besucht ihre Familie."

Ein fieser kleiner Seitenhieb. „Ich weiß", stieß Adam zwischen zusammengebissenen Zähnen hervor. „Vatertag", fügte er hinzu, um sich zu revanchieren. „Wie kommt's, dass Sie gar nicht mit Ihren Kindern zusammen sind?"

„Ich hab' sie gestern gesehen", antwortete Dennis.

Statt wieder zu seinem Rasen und seinen eigenen Angelegenheiten zurückzukehren, stand er da – mit dem Grinsen eines Rivalen – und beäugte das Päckchen in Adams Hand. Hatte Chelsea ihm gegenüber erwähnt, dass sie schwanger war?

Jetzt nickte er zu dem Päckchen. „Chelseas Geburtstag?"

„Nein", sagte Adam. Es ging dieses schleimige kleine Raubtier nichts an, wofür das Geschenk war. Adam marschierte zur Veranda und legte das Geschenk dort ab. Dann ging er den Weg zurück.

„Ich sorge dafür, dass sie es bekommt“, rief Dennis.

So, als wäre er ihr persönlicher Assistent? Oder ihr Freund? Adam musste sich sehr beherrschen, nicht nach drüben zu gehen und dem Kerl das überhebliche Grinsen aus dem Gesicht zu schlagen. „Sie wird’s schon finden“, sagte er knapp.

Dennis zuckte mit den Schultern und warf den Rasenmäher wieder an.

Adam stellte sich vor, wie Dennis sich damit über den Fuß fuhr, und konnte sich ein Grinsen nicht verkneifen.

Doch sein Lächeln schwand schnell wieder. Es war schwierig, zu lächeln, wenn man vor den Trümmern seiner Ehe stand.

Sie ist nicht ruiniert, redete er sich ein. Jedenfalls noch nicht völlig. Er konnte es noch immer schaffen, die Sache geradezubiegen. Bis zum nächsten Vatertag wollte er eine Familie haben und nicht in die Scheidungsstatistiken eingegangen sein.

Vatertag. In seiner Kindheit hatte die ganze Familie an diesem Tag im Garten gegrillt und er hatte mit seinen Cousins spielen können. Nachdem sein Dad die Familie verlassen hatte, war der Tag zu einer seltenen Gelegenheit geworden, mit seinem alten Herrn zusammen zu sein. Dad ging dann mit ihm und seinem älteren Bruder Greg zu einem Spiel der Mariners oder in einen Wildwasserpark. Das waren tolle Erlebnisse, doch sie konnten nicht die übrige Zeit des Jahres wettmachen, die sein Dad nicht in ihrer Nähe war. Und auch die Besuche, die sie ihrem Dad alle zwei Wochenenden in seiner neuen Wohnung abstatteten, verloren bald ihren Reiz. Das Wochenende war immer viel zu schnell vorbei. Und dann, als Dad eine neue Frau gefunden hatte, die selbst zwei Söhne mit in die Beziehung brachte … Adam runzelte die Stirn. Er wollte nicht, dass sein Kind mit irgendeinem Stiefbruder oder einer Stiefschwester konkurrieren musste.

Er fuhr zurück zu Jonathans Haus, sein Heim fern seines eigentlichen Heimes, wo er es sich zusammen mit dem Hund auf der Veranda gemütlich machte, bevor er seinen Dad anrief. Vielleicht hatte der einen guten Ratschlag für ihn. Schließlich hatte er zwei Ehen in den Sand gesetzt. *Irgendetwas* musste er doch daraus gelernt haben.

Der alte Herr antwortete nach dem zweiten Klingeln.

„Hallo, Pops, ich ruf' an, um dir einen schönen Vatertag zu wünschen", sagte Adam. „Wie geht's?"

„Ach, na ja, okay."

„Hast du heute noch was vor?"

„Nee. Greg macht irgendwas mit der Familie seiner Frau."

Und Dad war nicht eingeladen worden. Das war nicht sonderlich überraschend angesichts der Tatsache, dass sein Bruder und Vater sich auseinandergelebt hatten.

„Und Joe und Mark hatten auch etwas anderes vor."

Die Worte klangen bissig und verbittert. Aber was erwartete sein Vater? Er war nicht mehr mit der Mutter der beiden zusammen. Stiefsöhne schuldeten dem Mann, der sich von ihrer Mutter scheiden ließ, keine Loyalität.

„Und wie läuft es bei dir?", fragte sein Dad.

Hier bot sich Adam die Chance zu beichten, dass er ziemliche Probleme hatte und Hilfe brauchte.

Aber ehe er noch etwas antworten konnte, stellte sein alter Herr schon die nächste Frage, die die Unterhaltung in seichtere Gewässer führte. „Gefällt dir das Kleinstadtleben immer noch?"

„Oh, ja, das hier ist wirklich ein toller Ort. Man kann gut angeln."

Sein Vater hatte immer versprochen, mit ihm mal angeln zu gehen, hatte es jedoch nie geschafft. Er war zu beschäftigt gewesen. Er hatte Mom auch versprochen, mit ihr nach Hawaii zu fahren. Doch auch das war nie passiert. Mit seinem Tennisteam war Dad jedoch nach Reno gefahren.

„Na ja", sagte Dad, „eines Tages muss ich wohl mal hochkommen, um zu sehen, ob man bei dir wirklich so gut angeln kann, wie du behauptest."

„Hört sich nach einem guten Plan an."

Noch während Adam das sagte, wusste er, dass das niemals passieren würde. Sein Dad war in Altersteilzeit und hätte genügend Zeit, aber er würde sich nie die Mühe machen. So wie er sich nie die Mühe gemacht hatte, an seinen Ehen zu arbeiten. Und jetzt war er am Vatertag allein.

Adam ging zum dritten Mal unter, aber er erkannte, dass sein Vater kein Lebensretter war. Er war selbst ein Wrack und nicht in der Lage, seinem Sohn sinnvolle Ratschläge zu erteilen.

Also verabschiedete Adam sich und beendete das Telefonat. Jetzt war er noch deprimierter. Hatte er gerade seine eigene Zukunft gesehen?

Am nächsten Morgen fuhr er an seinem Haus vorbei und stellte fest, dass das Geschenk von gestern nicht mehr auf der Veranda lag. Gut. Sie hatte es bekommen. Oder Dennis hatte es geklaut. Zuzutrauen wäre es ihm.

Adam entschloss sich, positiv zu denken. Natürlich hatte Chelsea das Geschenk gefunden. Hatte sie die Nachricht gelesen, die er beigefügt hatte? Sie war kurz und prägnant gewesen. „Ich freue mich auf das Baby. Das wollte ich dir gern sagen."

Das heutige Geschenk war die Decke. Auf der beigefügten Botschaft stand: „Diese Decke hat mich an dich erinnert. Sie ist weich und hübsch. Ich sehe schon das Baby vor mir, wie es darin eingewickelt ist. Ich wünschte, ich könnte meine Arme um dich schlingen wie eine Decke." War das zu schwülstig gewesen? Vermutlich nicht. Nach allem, was er in den Romanen gelesen hatte, konnte ein Mann gar nicht zu schwülstig werden.

Mehr als alles andere wünschte er sich, zu läuten und darauf zu warten, dass sie die Tür öffnete, damit er ihr die Decke persönlich überreichen konnte, doch irgendetwas sagte ihm, dass dies nicht der richtige Zeitpunkt war. So wie der Weihnachtsmann musste er einfach jedes Geschenk für sie still und heimlich bringen. Vielleicht war sie dann am Samstag bereit, mit ihm zu reden.

Wenn ja, würde er alles daran setzen müssen, es nicht zu vermasseln. Tief in seinem Inneren wusste er, dass dies seine letzte

Chance war. Wenn er sie nicht nutzte, würde es keine weitere geben. In diesem Fall galt nicht der Grundsatz, aller guten Dinge sind drei. Bei zwei wäre er draußen.

Aber er würde nicht patzen. Chels liebte ihn noch immer, und er liebte sie. Was hatte Vance am Freitag noch zu Jonathan gesagt? Ach ja. *Am Ende gewinnt immer die Liebe.* Er konnte nur hoffen, dass Vance wusste, wovon er sprach.

Dass Mindy nicht mehr mit Kyle redete, war schon schlimm. Doch dass Mindy mit anderen Männern sprach, war die reinste Tortur.

Und sie redete ja nicht nur mit ihnen. Sie flirtete. Sie flirtete mit Willie, dem Buchhalter, was in Kyles Augen schon ein wenig abartig war, wenn man bedachte, wie alt Willie war. Sie flirtete mit Harold, einem der Schadensregulierer. Und als Kyle ihr nach unten ins Filly's folgte, entdeckte er sie an einem Tisch, wo sie mit Dave, dem Jungen aus der Poststelle flirtete.

Sie blickte auf und sah Kyle, doch statt des warmen Blicks, den sie ihm sonst immer zugeworfen hatte, verhärtete sich ihre Miene. Sofort wandte sie ihre Aufmerksamkeit wieder Dave zu und schenkte dem Jungen ein Hundert-Watt-Lächeln.

Na schön. Wenn sie es so haben wollte, gut. Kyle bestellte sich ein Sandwich zum Mitnehmen und ging zurück ins Büro. Er setzte sich an seinen Schreibtisch und biss wütend in das Brot.

Er bekam mit, als Mindy ins Büro zurückkehrte. Er konnte sie lachen hören, als sie hereinkam. Was hatte Dave zu ihr gesagt, was so lustig war?

Auch andere Kollegen kamen lächelnd und gut gelaunt aus der Mittagspause wieder. Alle lächelten und waren glücklich, nur er nicht.

„Scheint so, als hättest du eine angenehme Mittagspause verbracht", meinte er ungnädig, als Mindy sich an ihren Arbeitsplatz setzte.

„Ja, stimmt, das habe ich wirklich."

Es war das erste Mal, dass sie nach diesem katastrophalen Samstag wieder mit ihm redete, aber das besserte seine Laune auch nicht gerade. „Hat Dave dich eingeladen, mit ihm auszugehen?“

„Weißt du, ich glaube nicht, dass dich das auch nur das Geringste angeht.“

Damit machte sie ihn mundtot. Aber es hielt ihn nicht davon ab, sich weiter zu ärgern. Er wollte nicht, dass Mindy mit anderen Kerlen flirtete. Er wollte, dass sie mit ihm flirtete. Was sollte er bloß tun?

Ihm fiel absolut nichts ein, aber es wäre gut, wenn ihm bald eine Idee käme. Mindy bewegte sich in Lichtgeschwindigkeit weiter, und bald würde sie ganz außer Reichweite sein.

Wieder zu Hause nahm er sich seinen E-Book-Reader, ließ sich auf der Couch nieder und bereitete sich darauf vor, ein paar Stunden im neunzehnten Jahrhundert zu verbringen. Gemeinsam mit einem Helden, der ungefähr genauso blöd war wie er selbst. Oh, Mann, und jetzt hatte Alan Tremaine wirklich alles in den Sand gesetzt. Kyle blätterte zur nächsten Seite und las weiter.

Opal eilte davon, um an ihrem Lieblingsplatz, der kleinen Steinbank im Herzen des Gartenlabyrinths, Zuflucht zu suchen. Wie symbolisch, dass sie nach allem, was sie durchgemacht hatte, gerade hierher floh. Was war sie doch für ein Dummkopf gewesen. Aber damit war jetzt Schluss. Sie konnte ohne Alan Tremaine leben. Sie würde einen anderen Mann finden und sehr glücklich werden.

„Tu's nicht“, stieß Kyle stöhnend hervor. „Gib ihm noch eine Chance.“

Als sie an dem ruhigen Ort ankam, entdeckte sie eine einzelne Rose auf der Bank liegen. Sie eilte darauf zu.

„Ich kann an keinem blühenden Rosenstrauch vorbeigehen, ohne an dich zu denken, Opal“, sagte leise eine Stimme hinter ihrem Rücken.

Sie drehte sich um und sah Alan dort stehen. Eine flammende Röte überzog ihr Gesicht, als sie an die beschämende Szene am Abend zuvor dachte. „Es ist grausam, dass du dich über mich lustig machst", sagte sie und wollte an ihm vorbeieilen.

Er versperrte ihr den Weg. „Ich mache mich nicht über dich lustig, wirklich nicht. Ich hoffe, dass diese Rose ein Neuanfang für uns sein kann. Lange Zeit war ich blind, aber du hast mir die Augen für die wahre Liebe geöffnet."

Ungläubig sah sie ihn an. „Und was, bitte schön, ist das?"

„Zusammen lachen und gemeinsam Herausforderungen bewältigen. Seinem Mann zur Seite zu stehen, auch wenn er sich wie ein Dummkopf verhalten hat. Es bedeutet so viel mehr als das, was ich dachte, als ich einer Frau den Hof gemacht habe, deren Kopf so leer ist wie die Taschen deines Vaters."

Bei der Erwähnung der prekären finanziellen Lage ihrer Familie, senkte Opal betreten den Kopf.

Sanft hob Alan ihr Kinn an. „Ich brauche keine große Mitgift. Was ich brauche, bist du. Was ich brauche, ist eine zweite Chance, wenn du sie mir gewährst."

Wie konnte sie ihm das verwehren? „Oh, Alan", rief sie und warf sich in seine Arme.

„Ach, mein Liebling", sagte er und küsste sie. „Wir waren immer füreinander bestimmt. Ich kann es gar nicht fassen, dass ich das nicht schon früher erkannt habe."

Keck lächelnd strahlte sie ihn an. „Ich auch nicht. Aber ich bin froh, dass du endlich klar sehen kannst."

„Ich auch", sagte Kyle.

Opal und Alan feierten eine opulente Hochzeit und erlebten eine Hochzeitsnacht, die Kyle unter die kalte Dusche trieb.

In diesem neuesten Roman von Vanessa Valentine (besser gesagt von Vance Fish), schien es fast so, als hätte Vance die Situation zwischen Kyle und Mindy aufgegriffen und dem Ganzen einfach einen historischen Hintergrund verpasst. So wie er auch, war Alan Tremaine ein kurzsichtiger Idiot gewesen, der nicht erkannt hatte, dass sich die richtige Frau direkt vor seiner Nase befand. Und so wie Kyle hatte Alan Tremaine es gründlich vermasselt. Aber er hatte das wieder wettgemacht, indem er seiner Liebsten ein altbewährtes Friedensangebot überreicht und sie demütig um eine zweite Chance gebeten hatte.

Natürlich hatte er es wieder gutmachen können, weil Opal Carew, die Heldin, ihn seit ihrer Kindheit geliebt hatte und gewillt war, ihm diese Chance zu gewähren. Mindy kannte Kyle seit einem Jahr, und selbst er war nicht so naiv zu glauben, dass sie ihn liebte. Sie war interessiert, das war aber auch alles. Und diese katastrophale Nicht-Verabredung bei ihr zu Hause hatte sicherlich viel dazu beigetragen, dieses Interesse zum Erliegen zu bringen. Er war sich nicht sicher, ob irgendeine Art von romantischer Geste es wieder neu entfachen konnte.

Aber es war einen Versuch wert. Schließlich hatte er Himmel und Hölle in Bewegung gesetzt, um eine Frau zu erobern, die nur am Bankkonto eines Mannes interessiert war. Mindy hatte ihn so gemocht, wie er war, und dabei war es ihr egal gewesen, ob er groß oder klein, reich oder arm war. Sie hatte ihn einfach gern gehabt. War sie nicht mindestens genauso viel Mühe wert wie Jillian?

Auf jeden Fall. Und wenn es zu spät war, na ja, dann hatte er es wohl verdient.

Am nächsten Tag eilte er vor der Arbeit zu Safeway und kaufte eine Tüte mit Hershey's Kisses.

Mindy saß bereits an ihrem Platz, als er ins Büro kam, und tippte eifrig auf ihrer Tastatur herum, zu beschäftigt, um Hallo zu sagen.

Kyle tat so, als wären sie immer noch gute Freunde und sagte: „Guten Morgen."

Die einzige Antwort, die er darauf erhielt, war das Klick, Klick, Klick ihrer Tastatur.

Er öffnete die Tüte mit den Schokoladenbonbons. „Spielst du noch immer Poker?“, fragte er und warf einen Hershey's Kiss über die Trennwand. Er hörte, wie er auf ihrem Schreibtisch landete.

Das Klackern wurde einen Moment lang unterbrochen, dann aber wieder fortgesetzt.

„Ich wette, ich kann dich vor Ende des Tages zum Lachen bringen“, sagte Kyle und warf einen weiteren Bonbon rüber.

Das Klackern beschleunigte sich.

Er warf noch einen dritten hinüber. „Ich erhöhe um einen weiteren Schokoladenkuss.“

Das Klackern stoppte, und er lächelte.

Bis Mindy ihren Stuhl zurückschob, sich hinüberbeugte und sich die Tüte schnappte. „Einige von uns versuchen zu arbeiten“, fuhr sie ihn an, bevor sie wieder hinter der Trennwand verschwand.

So viel zu der tollen Idee.

Einen Augenblick später kam ein Schokoladenkuss auf seinen Schreibtisch gesegelt. In Ordnung. „Sind wir wieder Freunde?“, fragte er vorsichtig.

Noch ein Schokoladenbonbon stattete ihm einen Besuch ab. „Ich denke mal darüber nach.“

Das war doch schon mal nicht schlecht. Wenn sie darüber nachdachte, hegte er Hoffnung, dass noch nicht alles verloren war. Jetzt war es an der Zeit, alles auf eine Karte zu setzen.

Auf dem Weg von der Arbeit nach Hause fuhr er im Gingerbread-Haus vorbei und bestellte ein Lebkuchenmädchen und einen Lebkuchenjungen. Cass Wilkes stand hinter dem Ladentisch, und auf seine Bitte hin schrieb sie gern seinen Namen auf den Jungen und Mindys auf das Mädchen.

„Das ist ja süß“, sagte sie. „Und pfiffig.“

„Meinen Sie, meiner Freundin wird es gefallen?“ Meinen Sie, sie will danach mehr als nur eine Freundin sein?

Cass reichte ihm die Schachtel mit den Lebkuchen. „Natürlich wird es ihr gefallen. Wem würde ein Mann, der so aufmerksam ist, nicht gefallen?“

Mit der Schokolade hatte er schon mal den Weg geebnet. Nun hoffte er, dass dieses Lebkuchenpärchen keine weiteren Hindernisse überwinden musste.

Am folgenden Morgen war er extra zehn Minuten früher im Büro und stellte das Lebkuchenpärchen auf Mindys Schreibtisch. Danach setzte er sich an seinen Computer und startete seinen Arbeitstag. Als Mindy an ihm vorbeiging, tat er so, als würde er es nicht bemerken, und versuchte, seinen schnellen Herzschlag zu ignorieren. Sie stellte ihre Handtasche ab. Kyle spürte, dass ihm Schweißperlen auf die Stirn traten.

„Was ist das?"

Er linste um die Trennwand herum und sah, dass Mindy die Schachtel geöffnet hatte. „Das sind wir beide, wie wir zur großen Wiedereröffnung von Zeldas Restaurant gehen. Hoffe ich jedenfalls."

Sie starrte geradeaus auf ihren Computer. „Ach, hatte Jillian keine Zeit?"

„Weiß ich nicht, und es ist mir auch egal." Was hatte Alan Tremaine noch zu Opal Carew gesagt? Kyle konnte sich an kein einziges Wort erinnern. Mist. Er war auf sich gestellt. „Pass auf, ich war ein Idiot. Ich will niemanden wie Jillian. Ich möchte jemanden, der ein großes Herz hat, jemanden, mit dem ich lachen kann." Irgendwie klang das alles nicht richtig. Er versuchte es noch einmal. „Ich hatte die Chance, mit einer wirklich coolen Frau zu Abend zu essen, aber ich hab's schlicht und einfach versaut. Daher würde ich es gern noch einmal versuchen, wenn du mir die Chance dazu gibst."

Noch immer sah sie ihn nicht an, aber sie kaute auf ihrer Unterlippe herum, ein sicheres Zeichen dafür, dass sie über sein Angebot nachdachte.

Er gab ihr noch einen kleinen Stups, damit sie Ja sagte. „Hey, immerhin bin ich einen Schritt weiter als diese Loser aus dem Internet, mit denen du dich verabredet hast. Ich habe einen Job. Und ich schreibe auch kein Buch über Pilze."

Das brachte sie zum Lächeln. „Ja, aber kannst du mit Willie mithalten?“

„Das wird schwierig, aber ich werd’s versuchen.“

„Ich könnte es schlechter treffen, oder?“

„Hölle, ja.“ Plötzlich fiel ihm ein, dass eine ihrer Bedingungen für einen perfekten Mann war, dass er zur Kirche ging. „Ich meine, äh, ja. Was meinst du? Ich glaube, ich bin langsam klug geworden, was Frauen angeht. Gib mir noch eine Chance.“

„In Ordnung.“

Er reckte eine Faust in die Höhe. „Ja!“

„Hey, andere Leuten versuchen hier zu arbeiten“, beschwerte sich Eleanor Gumm, die ein paar Schreibtische weiter saß.

Kyle verstummte und machte sich an die Arbeit, doch er strahlte über das ganze Gesicht. Es würde ein toller Tag werden.

16. KAPITEL

Am Freitag musste Adam Kunden in Seattle besuchen, also stand er extra früh auf und war schon im Morgengrauen vor Chelseas Haustür, um den kleinen Body mit den Tigerstreifen abzugeben. Diesmal lautete die Nachricht: „Ich möchte dich morgen etwas fragen und dir ein Versprechen geben. Öffnest du mir die Tür, wenn ich vorbeikomme?" Er wusste, dass sie nicht arbeiten musste. Er hatte sogar extra im Pflanzenzentrum angerufen, um es herauszufinden. Er würde direkt nach dem Frühstück kommen, noch ehe sie sich an die Gartenarbeit machte. Er hoffte inständig, dass die Geschenke genügt hatten, um sie davon zu überzeugen, dass er sich geändert hatte.

Sein Arbeitstag schien kein Ende nehmen zu wollen, und er verlor an diesem Pokerabend zwanzig Piepen und drei Liebesromane an Kyle. „Ich kann mich nicht konzentrieren", sagte er. „Morgen ist der Tag der Entscheidung. Entweder nimmt Chels mich zurück, oder ich muss für immer in Jonathans Gästezimmer bleiben."

Jonathan, der leider nicht gerade über das weltbeste Pokerface verfügte, schaffte es nicht, die heillose Panik zu verbergen, die diese Ankündigung in ihm hervorrief.

„Keine Sorge", versicherte Adam ihm. „Das war ein Scherz. Wenn es wirklich nicht klappen sollte mit mir und Chelsea, dann ziehe ich nach Seattle. Ich will nicht hier herumhängen und zusehen, wie sie sich mit einem anderen Mann einlässt."

„Kann ich dir nicht verdenken", meinte Bernardo. „Das wäre echt zu hart."

„Es wird schon klappen", beruhigte Vance ihn.

Adam sah ihn grimmig an. „Woher willst *du* das denn wissen … Vanessa?"

Vance schüttelte den Kopf, als hätte er es wirklich nicht leicht mit solch einem begriffsstutzigen Schüler. „Sie will doch nur sichergehen, dass sie dich gut konditioniert hat, bevor das Baby kommt, du Blödmann."

„Konditioniert?"

„Ja, konditioniert."

„Was soll das heißen, etwa, dass sie mich manipuliert hat?"

Vance zuckte mit den Schultern.

„Das ist ja echt mies."

„Vielleicht war es aber auch bitter nötig", bemerkte Vance.

Adam dachte an sein Verhalten während der letzten Jahre. „Ja, vielleicht hast du recht."

Am nächsten Morgen um zehn Uhr parkten Adam und der blaue Plüschelefant vor dem Haus. Anders als geplant, war Chelsea bereits im Garten und jätete in den Blumenbeeten Unkraut. Sie trug abgeschnittene Jeans und ein gelbes T-Shirt und hatte ihr Haar zu einem Pferdeschwanz zusammengebunden. Und – das war ja wohl die Höhe! – da marschierte doch tatsächlich Dennis, die Plage, über den Rasen – seinen Rasen! – und schob einen Rasenmäher – seinen Rasenmäher! – vor sich her.

Adam schnappte sich den Elefanten und schritt wütend auf Dennis zu, um neben ihm herzugehen. „Wieso mähen Sie …", brüllte er über das Brummen des Rasenmähers hinweg.

„Was?", brüllte Dennis zurück.

„Wieso mähen Sie …", Dennis schaltete den Rasenmäher aus, sodass Adam seinen Satz so laut beendete, dass ganz Icicle Falls mithören konnte. „… meinen Rasen?"

„Nachbarschaftshilfe", antwortete Dennis. „Sie waren ja nicht da, und Ihr Gras war schon ziemlich hoch, da hab' ich es angeboten."

„Nun, Sie brauchen das nicht anzubieten. Ich kann meinen Rasen selber mähen", stieß Adam wütend aus und versuchte, den Mäher aus Dennis' gierigem Griff zu befreien.

Inzwischen war Chelsea zu ihnen gekommen. „Adam", begann sie.

Adam deutete mit dem Daumen auf sich. „Ich kann den Rasen selber mähen."

„Aber nicht, wenn Sie nie da sind“, konterte Dennis und zerrte an dem Gerät, um es wieder unter seine Kontrolle zu bringen.

„Jetzt bin ich aber hier.“ Adam riss den Rasenmäher an sich.

„Adam, lass doch“, versuchte Chelsea ihn zu beruhigen. „Was hast du denn da?“

„Ein großes blödes Tier?“, vermutete Dennis. „Wie symbolträchtig.“

„Ich zeig Ihnen gleich mal, was symbolträchtig ist“, brauste Adam auf und versetzte ihm mit dem Elefanten einen Schlag, sodass Dennis’ Brille verrutschte.

„Hey, das ist jetzt gar nicht mehr witzig“, grollte Dennis.

„Ach, nein? Genauso wenig, wie wenn Sie versuchen, mir meine Frau auszuspannen und sich meinen Rasen anzueignen.“ Adam holte noch einmal aus.

Das kleine Wiesel duckte sich jedoch, und ehe Adam wusste, was ihn traf, oder besser gesagt, wer, hatte Dennis einen glücklichen Treffer gelandet. Adam ging samt Elefant zu Boden.

Es war helllichter Tag, doch Adam sah Sterne. Sein Kiefer war gebrochen, da war er sich sicher. Irgendein anderer Mann lungerte auf seinem Rasen rum und würde sich als Nächstes über seine Frau hermachen, und er selbst lag hier wie ein gestrandeter Wal. Stöhnend schüttelte er den Kopf

„Sie sollten sich lieber nicht mit mir anlegen, Freundchen. Ich war Collegemeister im Leichtgewicht“, erklärte Dennis.

„Das war gemein“, presste Chelsea hervor, allerdings konnte Adam nicht erkennen, ob sie es zu ihm oder zu Dennis sagte.

„Sie sollten die Finger von meiner Frau lassen“, sagte Adam. Autsch, sein Kiefer tat höllisch weh. Vorsichtig betastete er die schmerzende Stelle.

„Oh, du Ärmster.“ Chelsea kniete jetzt neben ihm und sah ihn besorgt an.

Es war lange her, dass er auch nur das kleinste Anzeichen von Freundlichkeit auf diesem hübschen Gesicht zu sehen bekommen hatte. Adam entschied, dass er die Situation vielleicht ein wenig ausnutzen sollte. „Ich glaube, mein Kiefer ist gebrochen.“

„Jemand sollte Ihnen den Schädel brechen“, informierte Dennis ihn. „Einfach verschwinden und eine so nette Frau wie Chelsea allein lassen, also ehrlich …“

Verschwinden und allein lassen? Verwirrt sah Adam zu Chelsea. „Ich …“

„Komm mit ins Haus“, sagte sie und half ihm auf. „Wir sollten deinen Kiefer ein wenig kühlen.“

Mit ihrer Hilfe kam er samt blauem Elefant auf die Füße.

„Lass den Rasen“, sagte Chelsea zu Dennis. „Adam kann ihn zu Ende mähen.“

Ja! Geht doch.

„Wenn du was brauchst, ruf mich“, sagte Dennis zu Chelsea, während er Adam einen Blick zusandte, der verhieß, dass er zu dem lädierten Kiefer gern noch eine gebrochene Nase hinzubekommen könnte.

In der Küche bedeutete Chelsea ihm, sich an den Tisch zu setzen. Adam kam es vor, als wäre er seit Jahren nicht hier gewesen, daher nahm er jetzt alles umso begeisterter in sich auf – die hübschen Holzschränke, die Vase mit den frischen Blumen auf dem Tisch, den Duft nach Schinken, der noch vom Frühstück in der Luft hing. Aber der schönste Anblick war Chelsea selbst.

Adam beobachtete sie, während sie einen Plastikbeutel mit Eiswürfeln füllte und ihn in ein Geschirrhandtuch wickelte. „Was hat Dennis damit gemeint, dass ich dich verlassen hätte?“

„Er hat mitbekommen, dass du nicht hier wohnst, und hat daraus seine Schlüsse gezogen.“

„Und du hast ihn nicht aufgeklärt?“ Sie hatte ihn wie einen Mistkerl aussehen lassen. Okay, er war ein Mistkerl gewesen – lange bevor Dennis aufgetaucht war –, aber ein so großer Mistkerl nun auch wieder nicht.

„Ich habe gar nicht darüber gesprochen. Er hat einfach nur angenommen, dass du abgehauen bist.“

Das musste Adam erst einmal verdauen. „Irgendwie ist es ja auch ziemlich einfach, etwas anzunehmen, wenn es um andere

Menschen geht. Zum Beispiel, dass sie immer da sein werden, egal, ob man das nun wertschätzt oder nicht."

Chelsea sah ihn an wie eine Mathelehrerin einen begriffsstutzigen Schüler, der endlich eine einfache Gleichung begriffen hatte.

Sie kam zu ihm und presste den Eisbeutel auf sein Kinn.

Er zuckte und drehte den Kopf weg.

„Stell dich nicht wie ein Baby an", schalt sie ihn.

Baby. Das Wort erinnerte ihn an das, was er sagen wollte, als er hier angekommen war. Er hielt ihr den Plüschelefanten hin. „Der ist fürs Baby."

„Wie süß", sagte sie leise. „Du warst auch süß", fügte sie hinzu, und ihr Tonfall schürte in ihm die Hoffnung, dass er, wenn er seine Karten richtig ausspielte, heute Abend wieder hier im Haus schlafen würde.

„Ich werde ein Gedächtnis wie der Elefant haben, Chels. Ich habe meine Lektion gelernt und werde sie auch nicht mehr vergessen."

Mit Tränen in den Augen setzte sie sich ihm gegenüber. „Meinst du das wirklich ernst, Adam?"

„Was kann ich noch tun, um es dir zu beweisen?"

„Ändere dich von jetzt an. Nimm dir Zeit für mich. Nimm dir Zeit für deine Familie."

Er wollte nicht länger der selbstsüchtige Kerl sein, der er in letzter Zeit gewesen war. „Ich kann mich ändern", versicherte er seiner Frau und auch sich selbst.

„Das musst du auch. Wir bekommen ein Baby, da wird es Zeit, Verantwortung zu übernehmen."

„Das werde ich", versprach er.

Sie lächelte. Oh, wie sehr hatte er dieses Lächeln vermisst! Dann beugte sie sich über den Tisch und küsste ihn. Der Kuss fühlte sich genauso weich und köstlich wie ein Schluck Bourbon an. Als sie sich wieder aufrichtete, versprach der Blick, den sie ihm zuwarf, noch weitere Freuden.

„Gehst du heute Abend mit mir aus?", fragte er sie. „Zelda feiert große Wiedereröffnung. Ich habe einen Tisch reserviert."

Sie nickte.

Am liebsten wäre er aufgesprungen und hätte seinen Triumph von allen Dächern geschrien und Dennis McDermott in Grund und Boden gestampft. Stattdessen verhielt er sich ganz cool und meinte: „Gut. Dann gehe ich jetzt mal den Rasen mähen."

Kyle und Mindy genossen den Lachs im Blätterteig genauso sehr, wie sie die Gesellschaft des anderen genossen, als Adam und seine Frau Zeldas Restaurant betraten, um die Gästezahl um weitere zwei Personen anschwellen zu lassen. Es schien fast so, als wären alle Einwohner von Icicle Falls gekommen, um die Wiedereröffnung des beliebten Restaurants zu feiern. Die Bar, in der sie gewartet hatten, bis ihr Tisch frei wurde, war voll gewesen, und hier im Speisesaal war kein einziger Tisch mehr frei, abgesehen von dem einen in der Nähe des Kamins, auf den Adam und seine Frau gerade zusteuerten.

Charley, die Besitzerin, strahlte übers ganze Gesicht, als sie die beiden zu ihrem Tisch führte. Und zu Recht. Sie hatte verdammt hart gearbeitet, um aus ihrem Restaurant etwas ganz Besonderes zu machen, und nach dem Feuer hatte sie sogar noch härter gearbeitet. Das Restaurant war mit dem neuen rustikalen Dekor und der größeren Bar und der angemessen großen Tanzfläche noch schöner geworden. Jake O'Brien, Country-Star aus Icicle Falls, und seine Band Ricochet würden später auch noch auftreten. Jakes erste CD war auf dem Markt, und er tourte zurzeit durchs Land, doch da seine Frau und Charley befreundet waren, hatte er den Auftritt heute ihr zuliebe eingeschoben. Ein weiterer Grund, warum das Restaurant bis zum Bersten voll war. Adam hatte ziemlich spät reserviert; wahrscheinlich hatte er all seine Beziehungen spielen lassen müssen, um noch einen Tisch zu ergattern.

Er hatte einen Arm um die Taille seiner Frau gelegt und lächelte, als würde ihm die ganze Welt gehören. Da er seine Frau zurückhatte, nahm Kyle an, dass sein Pokerkumpel sich wohl auch so fühlte. Er blieb an ihrem Tisch stehen, um Kyle mit einem Handschlag zu begrüßen. „Wie läuft's?"

„Wunderbar“, erwiderte Kyle und stellte Mindy vor.

„Lasst uns doch mal irgendwann etwas zusammen machen“, schlug Chelsea vor, bevor sie weiter an ihren Tisch gingen.

Mit anderen Paaren etwas zusammen machen, ein Paar sein. Die Vorstellung gefiel Kyle außerordentlich gut.

„Ist das einer deiner Pokerfreunde?“, fragte Mindy.

Kyle nickte, obwohl, nach allem, was sie in letzter Zeit durchgemacht hatten, kam es ihm fast so vor, als wären sie Kampfgenossen.

„Er scheint nett zu sein. Seine Frau auch. Es wäre bestimmt lustig, etwas mit ihnen zu unternehmen.“

Das klang vielversprechend. Kyle trank einen Schluck Bier, ehe er betont lässig fragte: „Soll das heißen, dass du mehr Zeit mit mir verbringen möchtest?“

Sie lächelte ihn an. „Was glaubst du wohl?“

Er grinste. „Ich glaube, es war eine gute Idee, dich einzuladen.“

„Ja, das glaube ich auch.“

Und später, als er sie nach Hause brachte, fragte sie: „Möchtest du noch auf einen Drink … oder so hereinkommen?“

Ein Drink klang verlockend. Das *oder so* klang sogar noch verlockender. „Ja“, meinte er. „Gern.“

Er folgte ihr hinein und schaute sich in dem kleinen, aufgeräumten Haus um, wobei er diesmal auch Einzelheiten wahrnahm, die ihm bei seinem ersten Besuch entgangen waren. Blumenbilder hingen an den Wänden, und eine Schale mit Obst stand auf ihrem Küchentisch. Es wirkte alles sehr gemütlich und einladend, und Kyle konnte sich schon vorstellen, wie sie beide es sich an einem winterlichen Abend auf dieser Couch dort vor dem Kamin gemütlich machten. Eine große getigerte Katze musterte ihn von ihrem Sitzplatz auf einem Schaukelstuhl aus misstrauisch, bevor sie hastig die Flucht ergriff und verschwand.

„Du hast eine Katze“, stellte er das Offensichtliche fest.

„Das ist Snookums. Sie ist ein bisschen ängstlich.“ Mindy ging in die Küche. „Was möchtest du trinken?“

Kyle folgte ihr. Sie öffnete den Kühlschrank und beugte sich vor, um den Inhalt zu inspizieren. Der Anblick ihres kleinen runden Pos war ein Augenschmaus, fand Kyle.

„Ich habe Cola, Limonade, Weißwein."

„Was?" Ach ja, er sollte sich lieber auf den Inhalt des Kühlschranks konzentrieren und nicht nur auf die Frau, die davor stand. „Eine Cola wär' nicht schlecht."

Sie nahm zwei Dosen heraus und holte Gläser aus dem Schrank. Ohne Trittleiter kam sie vermutlich gar nicht an die Oberschränke heran. Lächelnd erinnerte er sich an das, was seine Mom jedes Mal gesagt hatte, wenn er sich über seine geringe Größe beklagt hatte. *Die guten Dinge bekommt man immer in kleinen Päckchen.* Mom hatte recht gehabt.

Mindy tat Eis in die Gläser und schenkte anschließend die Cola ein, bevor sie zu Kyle kam, der an der Küchenarbeitsplatte lehnte. Als sie ihn anlächelte, erkannte er, dass er, endlich, seine eigene Liebesgeschichte erlebte.

Da stand sie vor ihm, und in ihren Augen las er die Einladung, sie zu küssen. Ihre Lippen waren bereits erwartungsvoll geöffnet. Also nahm er ihr die Gläser ab und stellte sie auf die Arbeitsplatte, ehe er sagte: „Später." Dann streckte er die Arme aus und zog sie an sich.

Sie folgte seiner Einladung bereitwillig, ein Lächeln auf den vollen Lippen.

Um den Moment auszukosten, fuhr er ihr mit der Hand durch ihr dunkles, seidiges Haar. Sie war wunderhübsch, ein vollkommenes kleines Päckchen.

Sie schloss die Augen und hob ihm erwartungsvoll das Gesicht entgegen, bereit für seinen Kuss.

Kaum hatten seine Lippen ihre berührt, wusste er, dass seine Suche vorbei war und er die Frau seiner Träume gefunden hatte.

Oh, ja. Das ist besser als alles, was Vance je schreiben könnte, dachte Kyle und vertiefte den Kuss.

Es war ein ausgiebiger und sehr leidenschaftlicher Kuss, und als sie sich ein wenig voneinander lösten, fragte Mindy: „Tut es dir leid, dass du nicht mit Jillian ausgegangen bist?"

„Jillian? Wer ist Jillian?", fragte Kyle und küsste sie erneut.

Jonathan und Chica waren auf dem Lost Bride Trail wandern gegangen. Der Legende nach war man kurz davor zu heiraten, wenn man einen Blick auf den Geist der verstorbenen Braut von Joshua Cane erhaschte, die auf mysteriöse Weise verschwunden war, damals, als Icicle Falls nichts weiter als eine winzige Bergarbeitersiedlung gewesen war. Jonathan hatte jedoch keinen Geist entdeckt.

Schlecht gelaunt kehrte er von seiner Wanderung zurück und schob sich eine Pizza in den Ofen. Eigentlich müsste er ja bester Laune sein, schließlich war sein Untermieter endlich ausgezogen. Adam hatte am Nachmittag seine ganzen Sachen abgeholt und war jetzt drüben im Zelda's, um mit seiner Frau die große Wiedereröffnung zu feiern.

Kyle war ebenfalls dort, zusammen mit seiner Kollegin Mindy. Bernardo und Anna waren bei ihrer Familie eingeladen. Sogar Vance hatte Pläne für heute Abend gehabt. Seine Verlegerin war in Seattle auf einer Konferenz, und sie wollten zusammen essen gehen. Juliet und Neil waren zum Tanzen im Red Barn. Alle außer ihm schienen heute Abend auszugehen.

„Wir machen auch etwas. Wir haben hier unseren Spaß, oder?", sagte er zu Chica, als er die Pizza aus dem Ofen holte. Pizza und ein Science-Fiction-Film. Das Leben war gut.

Wenn man das als Leben bezeichnen konnte. Mitten in *Aliens gegen Aliens* hatte er genug. Er würde auch ausgehen. Er zog sich ein sauberes T-Shirt an, auf dem stand *Nerd ist ein Schimpfwort*, überließ das Kommando über das Haus Chica und fuhr los, um zusammen mit den anderen Zelda's Wiedereröffnung zu feiern.

Der Parkplatz war gerammelt voll, und im Foyer standen die Leute Schlange, weil sie auf einen Tisch warteten. Dabei war angesichts all der Blumensträuße und -töpfe sowie der vielen Luftballons mit den guten Wünschen zur Eröffnung kaum noch Platz in der Lobby. Kein Wunder, dass das Ganze so gefeiert wurde. Sowohl das Restaurant als auch die Besitzerin waren sehr beliebt.

Aber es war mehr als das. Die Menschen in Icicle Falls liebten solche echten Rocky-Balboa-Geschichten. Man unterstützte einander, und wenn eine von ihnen sich von einem Tiefschlag wieder zum Erfolg hocharbeitete, feierten alle. Die Stadt selbst war einmal kurz davor gewesen, mehr oder weniger auszusterben, war jedoch sozusagen aus Ruinen auferstanden, als man begonnen hatte, den Häusern und den Straßen das Ambiente eines deutschen Alpendorfes zu verpassen. Rückschläge passierten, und das war auch okay. Sich geschlagen zu geben war jedoch nicht okay.

Jonathan ließ das Restaurant, in dem hauptsächlich Paare und Familien saßen, links liegen und machte sich auf in die Bar. Er war einfach ein weiterer unternehmungslustiger Single, der sich einen netten Abend machen wollte.

Nur leider stellte er in der Bar fest, dass er zwar Single, aber eigentlich alles andere als unternehmungslustig war. In der Bar war die Hölle los. Niemand unter vierzig war heute zu Hause geblieben, und die Luft war schwer von Parfum und Aftershave. Jake O'Briens neuester Hit „Baby, You're Back" ertönte aus den Lautsprechern, sozusagen zum Aufwärmen, bevor die Band später am Abend auftreten würde. Es waren reichlich Singles anwesend, doch die waren schon lange genug hier, um sich zu Paaren und Grüppchen zusammengefunden zu haben.

Jonathan entdeckte Tina Swift an einem Ecktisch, wo sie mit Priscilla Castro, die im Rathaus arbeitete, und ein paar Angestellten aus der Bank zusammensaß. Sie sah ihn und winkte ihm zu, ohne ihn jedoch aufzufordern, zu ihnen zu kommen.

Natürlich tat sie das nicht. Er gehörte nicht zu ihrem Freundeskreis. Wenn dies ein historischer Liebesroman wäre, würden sie zum Adel oder Landadel gehören. Er dagegen wäre der Stallbursche. Er arbeitete für sie, sorgte dafür, dass ihre Arbeitsgeräte funktionierten, doch er war keiner von ihnen.

Billy Williams, ein beliebter Cowboy, der auf einer Gästeranch in der Nähe arbeitete, bildete das Zentrum einer Gruppe von kichernden Frauen und war wie immer in seinem Element. Er war der Hofnarr. Alle liebten den Hofnarren. Den Stallburschen beachtete jedoch niemand. Aber den sollte man ja auch nicht bemerken, nicht einmal, wenn er sich ein paar Muskeln antrainiert hatte.

Mehr als ein paar Minuten hielt Jonathan es nicht aus. Die Menge wirkte auf ihn viel zu einschüchternd, zu glücklich, zu ... zusammengehörig. Er gehörte nicht dazu, also machte er, dass er davonkam.

Fast gegen seinen Willen lenkte er seinen Wagen zum Stadtrand. Schon wenige Minuten später fuhr er auf den mit Schlaglöchern übersäten Parkplatz einer Kneipe, wo mehrere Laster und ein paar schlammverkrustete Jeeps geparkt waren. Das Bild eines Neandertalers in Lederhosen, der eine Keule in der Hand hielt, zierte die Fassade der Kneipe. Das war das Man Cave.

Die Kneipe war dunkler und schmutziger als die Bar bei Zelda's. Sie war nicht so gerammelt voll, vermutlich, weil sich hier nur Männer tummelten, die schwer damit beschäftigt waren, Billard zu spielen und zu trinken. Ein Countrysong dudelte aus der Anlage, während im Hintergrund das Klackern der Billardkugeln zu hören war.

Genauso wie im Zelda's hieß ihn auch hier niemand willkommen, doch Jonathan fühlte sich nicht ganz so fehl am Platze. Lag es vielleicht daran, dass alle, die hier waren, auch zu den Stallburschen gehörten? Er ging zur Bar und setzte sich.

Der Barkeeper war ein fleischiger Kerl, der ein wenig an den Neandertaler von draußen auf der Fassade erinnerte. „Was soll's sein?"

„Ich nehme ein Bud", sagte Jonathan.

Der Barkeeper nickte, und schon kurze Zeit später hatte Jonathan ein Bier, das ihm Gesellschaft leistete. Er hatte es bereits halb ausgetrunken, als eine Stimme neben ihm meinte: „Hallo, Computermann. Was bringt dich in unsere Männerhöhle?"

Er drehte sich um und sah Todd Black neben sich stehen. Todd trug Jeans und ein schlichtes graues T-Shirt. Schlicht grau, ohne auffallenden Nerd-Spruch. Jonathan kam sich wie ein Idiot vor. Er verschränkte die Arme vor seiner Brust, in dem Bemühen, den cleveren Spruch zu verbergen. „Äh, hallo, Todd."

„Willst dich wohl mal unters gemeine Volk mischen, was?"

„Ach, ich wollte einfach nur was trinken."

„Bist du gar nicht drüben bei Zelda's?"

Jonathan zuckte mit den Schultern. „War kurz da. Ist ein bisschen zu voll für meinen Geschmack."

Todd nickte, als würde er genau verstehen, was Jonathan sagen wollte, was er natürlich nicht tat. Konnte er auch gar nicht. Coole Typen wie Todd konnten das nicht nachvollziehen. „Ja, da geht's zu wie im Zoo."

„Warst du auch da?", fragte Jonathan überrascht. Wann? Hatte Todd ihn dort gesehen, verloren in der Menge stehend, ein Computerfreak auf fremdem Territorium?

„Ja, vorhin. Wollte Charley nur schnell gratulieren."

Wahrscheinlich war einer dieser vielen Blumensträuße von Todd gewesen. Der Kerl wusste echt, wie man Frauen glücklich machte.

Todd versetzte ihm einen leichten Schlag auf den Rücken. „Genieß den Abend. Fühl dich wie zu Hause, spiel eine Runde Billard."

Mit den anderen Typen, die hier ohne Frauen aufgekreuzt waren. Vielleicht waren einige von ihnen hier, weil sie vor ihren Frauen geflüchtet waren. Aber als Jonathan sich umschaute, stellte er fest, dass die wenigsten Ringfinger mit Gold geschmückt waren. Samstagabend, und diese Kerle waren hier und spielten Billard. Keiner von ihnen hatte eine Verabredung, keiner von ihnen war drüben bei Zelda's, um eine Frau aufzugabeln. Der Samstagabend im Man Cave gehörte den Losern. Und Jonathan war einer von ihnen.

Nicht mehr lange, versprach er sich. Nicht mehr lange.

17. KAPITEL

Mit der Ausnahme von Bernardo, der sich darüber beschwerte, dass seine Frau ihn in den Hungertod trieb, waren Jonathans Pokerfreunde alle in bester Laune. Vance hatte gerade einen richtig guten Buchvertrag unterzeichnet, und Amor war sowohl Adam als auch Kyle hold gewesen.

„Ich bin mit Chels essen gewesen, bevor ich hergekommen bin." Adam grinste. „Es ist fast so wie damals, als wir angefangen haben, miteinander auszugehen. Wir können nicht genug voneinander bekommen. Ich muss schon sagen, das letzte Buch, das ich gelesen habe, das hat's echt gebracht. Danke, dass du mich dazu überredet hast, Recherchen anzustellen", sagte er zu Jonathan.

„Hey, was ist mit mir? Ich hab' sie geschrieben", beklagte Vance sich.

„Aber nicht das, was mir letztlich geholfen hat, du brauchst dich also gar nicht so aufzuplustern", feuerte Adam zurück.

„Oh, mir haben seine Bücher geholfen", beharrte Kyle. „Genau wie die anderen. Eigentlich habe ich aus jedem Roman etwas gelernt. Außerdem hat's Spaß gemacht. Wer hätte gedacht, dass Frauenromane so cool sein können?"

„Ich", meinte Vance grinsend.

„Ich gehe mit Mindy zum Straßentanz", verkündete Kyle.

Der Feiertag am 4. Juli wurde in Icicle Falls immer groß gefeiert. Man veranstaltete Picknicks, eine Parade und ein Straßenfest, bevor am Abend dann ein großes Feuerwerk am Wenatchee River gezündet wurde. An kleinen Ständen wurde alles Mögliche verkauft, angefangen bei Hamburgern und Maiskolben am Spieß bis hin zu Eis. Sämtliche Geschäfte in der Center Street hatten geschlossen. Für die Kinder gab es immer eine Kletterwand sowie eine Hüpfburg und außerdem einen Platz am einen Ende der Straße, wo die Kleinen mit Kreide malen konnten, sowie eine Tanzfläche für die Großen am anderen Ende. In diesem Jahr würden zwei verschiedene Bands auftreten, die eine spielte Oldies aus den Fünfziger- und Sechzigerjahren, während die andere Band Stücke aus den Achtzigern bis hin zu den neuesten Hits spielte. Alle würden da sein, weshalb Jonathan sich nicht gerade auf diesen Tag freute.

„Gehst du hin?“, fragte Kyle ihn.

„Mal sehen, vielleicht für ’ne Weile.“ Eine kurze Weile.

„Das wäre die perfekte Gelegenheit, um deine Tanzkünste zum ersten Mal unter Beweis zu stellen“, hatte Juliet gesagt. „Da erlangst du dann ein bisschen Selbstvertrauen und gewöhnst dich daran, in der Öffentlichkeit zu tanzen.“

„Ich bin noch nicht so weit“, hatte er protestiert. Er brauchte noch sechs Wochen, brauchte jeden Tag und jede Nacht bis zum Klassentreffen. Dann hätte er das Gesamtpaket – neue Tanzschritte, neue Klamotten und noch mehr neue Muskeln.

Aber Juliet hatte darauf bestanden, dass er aus seinem Schneckenhaus kam und zum Tanzen ging.

„Wird bestimmt nett“, meinte Kyle jetzt.

Ja, für ihn vielleicht, schließlich hatte er ja nun auch eine Freundin. Für Jonathan würde es die reinste Tortur werden.

Juliet sorgte dafür, dass sie alle rechtzeitig da waren. Die Band sollte erst in einer halben Stunde auftreten, aber schon jetzt war die Straße voll – Paare, die sich miteinander unterhielten und Eis aßen, Horden von Teenagern, die sich zu Grüppchen fanden, und Kinder, die zwischen den Erwachsenen hin und her flitzten. Am Ende der Straße wurden die Hüpfburg und die Kletterwand gut frequentiert. Der Duft von gegrillten Zwiebeln und Würstchen lag in der Luft.

„Ich war schon seit Jahren nicht mehr hier“, sagte Mom, als sie, Jonathan, Neil und Juliet sich an einen der Picknicktische setzten und einen Hamburger von Herman’s aßen. „Ich hatte ganz vergessen, wie viel Spaß das macht.“

Wenn man mit einem Partner da war. Wenn man Single ist, dann ist es nur halb so spaßig, dachte Jonathan, als er ein Pärchen beobachtete, das auf dem Weg zur Bühne war und kurz stehen blieb, um sich zu küssen. Was tat er eigentlich hier? Oh, er sollte sein Tanzdebüt geben. Plötzlich bekam er feuchte Hände, die er schnell an seiner Jeans abwischte. Du schaffst das schon, versuchte er sich einzureden. Ha, wem wollte er denn hier etwas vormachen?

Kyle gesellte sich zu ihnen und stellte ihnen glücklich Mindy vor. Sie war niedlich, sogar noch kleiner als Kyle, mit einem hübschen, gut gebauten Körper, der in Jeans und einem Tank-Top steckte. Sie schien nett zu sein und schaute Kyle an, als wäre er zwei Meter groß. Er hatte einen guten Fang gemacht.

Als Nächstes kamen Adam und Chelsea vorbei, die ebenfalls Teller mit Hamburgern in den Händen hielten.

Die Art und Weise, wie Chelseas Augen aufleuchteten, wenn sie Adam ansah, ließ Jonathan an Wunderkerzen denken. Ganz offensichtlich war sie eine glückliche Frau. Das Einzige, was Adam hatte tun müssen, um sie zurückzugewinnen, war, die Kunst der romantischen Geste zu erlernen.

Nicht zum ersten Mal zermarterte Jonathan sich das Gehirn, um sich eine romantische Geste zu überlegen, mit der er Lissa beeindrucken konnte. Na ja, er hatte ja noch ein paar Wochen Zeit.

Der Klang einer Gitarre, die gestimmt wurde, wehte zu ihnen hinüber, und Juliet stieß ihn in die Seite. „Hey, jetzt ist es bald Zeit zum Tanzen."

Na toll.

„Reservierst du mir auch einen Tanz?", neckte seine Mutter ihn.

„Du kannst den ersten haben", antwortete er.

„Oh, ich nehme den zweiten", erwiderte sie. „Deiner Lehrerin steht der erste Tanz zu. Ich kann es kaum erwarten, euch beide in Aktion zu sehen."

„Sie sind nicht schlecht", meinte Neil.

Aus Neils Mund war das schon ein ziemlich großes Lob.

Zehn Minuten später begann die Band „Dancing in the Street" zu spielen. Juliet grinste Jonathan an. „Das ist unser Einsatz. Okay, Leute, lasst uns loslegen."

„Oh, ja!" Mindy sprang auf, und Kyle folgte ihr auf den Fersen.

Jonathan rieb sich noch einmal die Hände an seinen Hosenbeinen, bevor er die Brille hochschob. Er befahl sich aufzustehen. Doch seine Beine verweigerten den Befehl, sodass sein Hintern fest mit der Picknickbank verankert blieb.

„Komm schon", drängte Juliet und zog an seinem Arm. „Irgendwann musst du mal anfangen."

Irgendwann konnte auch ein anderes Mal sein. Irgendwo, wo nicht so viele Leute waren.

Juliet zerrte noch einmal ungeduldig an seinem Arm, und Jonathan stand widerwillig auf. Er hatte das Gefühl, als würde er gleich ein Bad im eisigen Fluss nehmen müssen. Das hast du schon mal gemacht und du hast es überlebt, erinnerte er sich. Und sobald er erst einmal im Wasser war, lief doch alles immer gut. Sobald er diesen ersten Tanz überlebt hatte, würde alles gut werden.

Inzwischen spielte die Band ein schnelleres Stück, was eine noch größere Menge anzog ... an Zuhörern. Nur zwei andere Paare hatten sich auf die Tanzfläche gewagt.

Juliet zog ihn durch die Zuschauermenge bis dorthin, wo die vier anderen Exhibitionisten ihre Künste zur Schau stellten. „Das ist genau die richtige Musik für einen Swing."

Jonathan zuckte zurück. „Lass uns lieber warten, bis ein paar mehr Leute tanzen." Er würde auffallen wie ein Clown auf einer Beerdigung. Clowns. Er dachte an seinen Traum und bekam auf einmal nicht nur kalte Füße, sondern sie schienen festgefroren. „Ich kann das nicht."

Juliet sah ihn drohend an. „Willst du Lissa Castle, oder willst du sie nicht?"

„Das hat doch hiermit nichts zu tun."

„Oh doch. Wenn du hier nicht tanzen kannst, dann wirst du es beim Klassentreffen erst recht nicht können. Also, los jetzt."

Sie riss noch einmal so heftig an seinem Arm, dass sie ihn fast auskugelte. Wer hätte gedacht, dass seine kleine Schwester so stark war?

Jonathan stolperte hinter ihr her, und ehe er sich versah, standen sie mitten auf der Tanzfläche, wo alle sie sehen konnten.

„Du schaffst das“, beharrte sie. „Und jetzt, *los*.“

Es kostete ihn übermenschliche Anstrengung, diesen ersten Schritt zu wagen, doch als er das geschafft hatte, übernahm das motorische Gedächtnis das Kommando, seine Füße vollführten die Schritte, während er Juliet mithilfe der Arme selbstbewusst über die Tanzfläche führte. Er war ein Passagier in seinem eigenen Körper, der erstaunt zusah, wie er die Figuren tanzte, die seine Schwester ihm beigebracht hatte. Die Menge machte Platz, und irgendjemand pfiff sogar aufmunternd.

„Und jetzt den Flip“, befahl Juliet.

„Aber … du bist doch schwanger“, protestierte er.

„Ganz am Anfang, und das Baby ist hier drinnen gut gepolstert. Komm schon, Jonathan.“

Warum nicht? drängte sein neues Selbstbewusstsein. Das Lied war fast vorbei. Da konnten sie auch mit einem großen Knüller den Tanz beenden. Also tat er wie geheißen, und Juliet, die Königin des Tanzes, landete perfekt. Ende.

Die Menge war aus dem Häuschen und stärkte ihn mit ihrem Applaus, und der Leadsänger oben auf der Bühne meinte anerkennend: „Das war ja mal ’ne Show, Leute.“

Kyle klopfte ihm auf den Rücken, und Adam, der mit Chelsea ganz vorne stand, hob den Daumen.

Erfolg! Jonathan fühlte sich, als hätte er den Boston-Marathon erfolgreich hinter sich gebracht. Sein Herz klopfte wie wild, und er schwebte geradezu auf einer Wolke des Glücks, von der er, davon war er überzeugt, nie mehr runterkommen würde.

Neil war zu ihnen getreten. „Jetzt ist aber Schluss mit wilden Überwürfen, Jules“, sagte er zu seiner Frau. „Da wird dem Baby ja schlecht.“

„Ich wusste, dass wir das lieber nicht hätten tun sollen", murmelte Jonathan.

„Oh, seid nicht albern", meinte sie zu den beiden Männern.

„Nein, ich meine es ernst", sagte Neil. „Wir wollen doch nicht, dass etwas passiert."

Das ernüchterte Juliet. „Okay", versprach sie. „Das lassen wir demnächst weg."

Neil sah erleichtert aus. „Gut gemacht, mein Lieber", sagte er zu Jonathan.

„Ich wusste, dass du es kannst. Du wirst auf dem Klassentreffen der Hit sein", fügte Juliet hinzu und gab ihm einen Kuss auf die Wange.

Auf jeden Fall war er beim Straßentanz der Hit. Nach einem spektakulären Nightclub-Twostep mit seiner Mutter fehlte es ihm nicht an Frauen, die sich darum drängten, mit ihm zu tanzen.

Dot war die Nächste, die sich um ein Tänzchen mit ihm bewarb, und sie überraschte ihn damit, wie gut sie sich von ihm führen ließ. „Zu meiner Zeit war ich auch nicht schlecht", informierte sie ihn.

„Sie sind auch jetzt nicht schlecht", erwiderte er, was ihm nicht nur ein Lächeln einbrachte, sondern auch eine Einladung zum Frühstück im Breakfast-Haus.

Die Band hatte gerade ein weiteres schnelles Stück angestimmt, als Daphne Robard zu ihm kam. „Hallo, Jonathan. Erinnerst du dich noch an mich?"

Daphne war im selben Jahrgang wie er gewesen und würde auch zum Klassentreffen kommen. Als Star in allen Highschool-Musicals war sie immer eine herausragende Persönlichkeit gewesen. Und beliebt. Abgesehen von einem Hallo, wenn sie einander im Flur begegnet waren, hatte sie Jonathan keinerlei Beachtung geschenkt, vor allem weil sie zu beschäftigt damit gewesen war, mit dem gesamten Football-Team auszugehen. Schließlich hatte sie ihre Wahl getroffen und Jimmy Miller, einen der Fullbacks, geheiratet und war mit ihm nach Kalifornien gezogen. Erst kürzlich war sie nach Icicle Falls zurückgekehrt. Den Gerüchten zufolge hatte sie eine hässliche Scheidung hinter sich, aus der sie mit einem Haufen Kohle herausgekommen war. Angeblich wollte sie das Geld in einen Laden hier in der Stadt investieren. Seit Jonathan sie das letzte Mal gesehen hatte, besaß sie jedoch nicht nur mehr Geld. Daphne hatte einen Ehemann verloren, dafür aber sechzig Pfund zugenommen.

„Sicher", meinte Jonathan. „Wie geht's?"

„Frei wie ein Vogel. Tanz mit mir." Er hatte nicht Ja gesagt, doch sie zerrte ihn bereits zu einem freien Fleck auf der immer voller werdenden Tanzfläche. „Ich hab' schon seit Jahren nicht mehr getanzt. Der Mistkerl, mit dem ich verheiratet war, war 'ne echte Couch-Potato." Ehe Jonathan noch den richtigen Einsatz finden konnte, hatte Daphne bereits angefangen, zu tanzen und selbst die Führung zu übernehmen. „Es ist so herrlich, frei zu sein! Wie ist es dir ergangen?", rief sie gegen die Musik an.

„Gut." Er spürte die Blicke der Zuschauer wieder auf sich. Daphne erregte immer Aufsehen. Seine Handflächen begannen feucht zu werden.

„Wirbel mich herum, Jonathan", befahl sie, wirbelte dann aber schon selbst herum. „Jippee!"

Ja, jippee. Wann war der Tanz bloß zu Ende?

„Schleuder mich so herum, wie du es vorhin mit der anderen Frau auch gemacht hast."

Oh, nein. Das würde in einer Katastrophe enden. Auch wenn er ein paar Muskeln aufgebaut hatte, war an Daphne einfach zu viel dran.

Ehe er protestieren konnte, versuchte sie sich an einem Flip. Keine der Lektionen, die seine Schwester ihm erteilt hatte, hatte ihn auf eine derartige Situation vorbereitet. Instinktiv und voller Panik versuchte er, einen Arm unter Daphne zu bekommen, in der Hoffnung, dass sie dann wenigstens vernünftig landen würde. Aber sie brachte ihn völlig aus dem Gleichgewicht. Ehe er sich versah, taumelte er mit Daphne auf dem Arm rückwärts und prallte an den anderen Tänzern ab wie die Kugel in einem Flipper. Zwei Paare hatten sie schon ausgeknockt, und die Haut auf seinem Arm war aufgeschürft, als sie schließlich ihre holprige Landung beendeten, bei der Daphne auf ihn drauffiel.

Stöhnend kämpfte sie sich hoch und funkelte ihn böse an. „Ich dachte, du könntest tanzen."

„Äh ..."

Weiter kam er nicht. Daphne stieß sich von ihm ab und stapfte davon, während er hilflos wie ein Käfer auf dem Rücken inmitten einer Menge lachender Leute lag, mit einem wunden Hintern, einem blutenden Arm und krebsrot vor Scham.

Eine Hand wurde ihm entgegengestreckt, um ihn hochzuziehen. Adam. „Was hast du dir denn dabei gedacht, du Blödmann?"

„Sie hat mich gefragt! Was hätte ich tun sollen?"

„Einfach Nein sagen."

Jetzt war auch Juliet an seiner Seite. „Alles in Ordnung?"

„Ja", sagte er und ging davon. Leider wurde aus dem Gehen schnell ein Humpeln. Na toll. Nun war er auch noch zu lädiert, um ins Fitnessstudio zu gehen.

„Wo willst du hin?"

„Nach Hause."

„Du kannst doch nicht einfach gehen! Du hast dich doch toll geschlagen."

„Ich habe genug für heute." Jonathan hatte es noch nie gemocht, im Zentrum der Aufmerksamkeit zu stehen, und dies hier ... Wenn er heute Nacht nicht wieder von Clowns träumte, wäre das schon ein Wunder. „Kannst du Mom nach Hause bringen?"

„Ja." Sie sah ihn stirnrunzelnd an, ganz offensichtlich nicht begeistert über den Lauf der Dinge.

Na, da waren sie schon zu zweit. Er nickte und humpelte davon, während er sich im Gehen das Blut vom Hemd wischte. Er hätte heute Abend was anderes anziehen sollen. Vielleicht ein T-Shirt mit dem Wort *Loser* drauf.

Am nächsten Tag, dem 4. Juli, hielt Jonathan sich im Hintergrund. Er begleitete seine Familie zum Picknick am Fluss, mied aber die Parade und den Rest der Feierlichkeiten in der Stadt. Das Letzte, was er wollte, war, jemandem zu begegnen, der sein entsetzliches Debüt auf der Tanzfläche miterlebt hatte.

„Das war nicht dein Fehler", beharrte Juliet, die den Grund, warum er sich versteckte, schnell erraten hatte.

„Wenn was schiefläuft, ist es immer die Schuld des Mannes."

„Du lernst schnell", sagte Neil, was ihm einen bösen Blick von Juliet eintrug. „Hey, du bist doch diejenige, die sagt, dass der Mann auf der Tanzfläche das Sagen hat."

„Deine Kommentare sind nicht gerade hilfreich", tadelte sie ihn.

Er zuckte mit den Schultern. „Mach dir keinen Kopf, Jon. Nicht einmal Arnold Schwarzenegger hätte die durch die Luft schleudern können. Und vor diesem kleinen Missgeschick waren doch alle ganz heiß darauf, mit dir zu tanzen."

„Wenn du noch geblieben wärst, hättest du auch noch mit anderen Frauen tanzen können", warf Juliet ein.

Er hatte gar nicht mit weiteren Frauen tanzen wollen, und die Einzige, von der er wollte, dass sie heiß darauf war, mit ihm zu tanzen, war Lissa. Und jetzt, nach dem, was gestern passiert war, war er sich nicht einmal mehr sicher, ob er das Tanzen als Teil seines Planes, sie zu erobern, beibehalten wollte.

Juliet gab es auf, ihn in einen Partylöwen verwandeln zu wollen. „Okay, ich lass dich vom Haken. Geh nach Hause und leck deine Wunden. Aber ich erwarte dich am Mittwoch bei uns zu deiner üblichen Tanzstunde."

„Äh."

Sie hob warnend einen Finger. „Keine Ausreden. Wenn du runterfällst, musst du sofort wieder in den Sattel steigen."

Also stieg er in der nächsten Woche wieder in den Sattel und lernte, wie man Salsa tanzte.

„Nicht schlecht", lobte Juliet ihn. „Aber du musst deine Hüften mehr bewegen."

„Kann ich nicht. Da komm ich mir albern vor, wie ein Mädchen."

„Vertrau mir. Du wirst nicht wie ein Mädchen aussehen, wenn du es machst."

Wer sagte denn, dass er es überhaupt jemals tun würde?

„Nächste Woche versuchen wir uns mal an einem Country-Two-Step, und dann gehen wir zusammen ins Red Barn."

„Oh, nein." Jonathan schüttelte vehement den Kopf. „Auf keinen Fall."

„Du musst mal rauskommen und wieder in der Öffentlichkeit tanzen", beharrte Juliet.

Bei der Salsa-Lektion waren ihm noch größere Zweifel gekommen. Männer waren nicht dazu geschaffen, solchen Kram vor den Augen anderer zu vollführen. Eigentlich, entschied er, will ich doch gar nicht wieder in den Sattel steigen. „Wahrscheinlich tanze ich auf dem Klassentreffen sowieso nicht." Das wäre sicherer, sowohl für ihn als auch für alle anderen Tänzer.

„Du bist ein guter Tänzer. Es wäre verrückt von dir, nicht zu tanzen."

Noch verrückter wäre er, wenn er noch einmal solch ein öffentliches Fiasko wie das auf dem Straßentanz riskieren würde. „Pass auf, Jules, ich weiß deinen Unterricht wirklich zu schätzen, aber ich höre besser auf damit. Ich glaube, ich war nicht dazu bestimmt, Tänzer zu werden."

Sie kniff die Augen zusammen. „Du willst kneifen?"

Wieso klang sein Versuch, einer öffentlichen Demütigung aus dem Weg zu gehen, aus ihrem Mund so, als wäre er ein Weichei?

„Eine weitere Stunde", bat sie ihn. „Wenn du dann immer noch aufhören willst, dann tun wir das."

„Okay, eine noch", gab er nach. Im Grunde machte ihm das Tanzen Spaß – jedenfalls in der sicheren Umgebung des Wohnzimmers seiner Schwester. Wenn er doch nur Lissa einfach bitten könnte, zu ihm nach Hause zu kommen, damit er sie dort zum Tanzen auffordern konnte.

Hatte Juliet recht? Wollte er kneifen? Das wirkte nicht gerade heldenhaft.

Andererseits, Frauen beim Tanzen fallen zu lassen war auch nicht heldenhaft. Allein der Gedanke an eine weitere öffentliche Demütigung war mehr als angsteinflößend.

Seine Schwester schien das nicht so recht zu begreifen, denn als er zu ihrer vermeintlich letzten Stunde bei ihr auftauchte, stellte er fest, dass in ihrem Wohnzimmer mehrere Frauen warteten. Was sollte das denn?

„Ich habe ein paar neue Tanzpartnerinnen für dich eingeladen", erklärte Juliet ihm. „Meinen Buch-Club."

Jonathan bekam feuchte Hände. *Schnell, denk dir was aus!* „Äh, ich kann nicht bleiben. Ich bin nur schnell vorbeigekommen, um Bescheid zu sagen, dass ich ..." *Was?* „... noch ein paar Besorgungen machen muss", improvisierte er.

„Die haben auch bis morgen Zeit", sagte seine Schwester. „Jetzt haben die Läden sowieso schon alle zu." Sie packte seinen Arm in einem Griff, der Jonathan an einen Schraubstock denken ließ, und zerrte ihren Bruder ins Wohnzimmer.

„Hallo, Jonathan", sagte Chelsea, Adams Frau. „Ich freue mich schon, das wird bestimmt lustig."

Für mich nicht ...

„Ich hatte es schon bedauert, dass ich beim Straßentanz keine Gelegenheit bekommen habe, mit Ihnen zu tanzen", sagte Cass Wilkes, der das Gingerbread-Haus gehörte. „Ich würde wirklich gern diesen langsamen Tanz lernen, den Sie mit Ihrer Mutter getanzt haben."

„Und ich will noch einmal diesen Swing tanzen", warf Dot ein.

„Oh, ja, den würde ich auch gern lernen", meinte Cecily Sterling.

Ach herrje. Ein Tanz mit Cecily Sterling. Er würde sich bestimmt an keinen einzigen Schritt erinnern können. Charley Albach war genauso einschüchternd.

Es war ihm egal, dass Juliet mit ihm verwandt war. Er würde sie trotzdem umbringen.

„Okay“, sagte sie gerade. „Wer will als Erstes?“

„Ich breche mal das Eis“, erklärte Dot. „Kommen Sie, mein Junge, zeigen wir denen mal, aus welchem Holz wir geschnitzt sind.“

Juliet hatte die Musikstücke gut vorbereitet, und sie begannen mit einem schnellen Vintage-Rock-Stück, „Betty's Lou Got a New Pair of Shoes“.

Jonathan schob seine Brille die Nase hoch und wischte sich die feuchten Hände an der Jeans ab. Der Beat schlug wie eine Urwaldtrommel, doch irgendwie konnte er ihn nicht hören. Wo war der Takt?

„Sie schaffen das, mein Junge“, ermunterte Dot ihn.

Er schluckte, nickte und wischte noch einmal seine Hände an der Jeans ab. Dann wischte er sich über die Stirn.

„Okay, warten Sie hier“, sagte Dot und ging weg.

Jonathan atmete tief aus und sah zu, wie sie die anderen Frauen im Kreis um sich scharte. Kurz darauf löste sich der Kreis auf, und die Frauen wandten ihm alle den Rücken zu. Was war das denn jetzt?

Nun war Dot wieder bei ihm. „So, Junge. Niemand schaut zu. Jetzt sind wir sozusagen allein. Wir sollten loslegen, bevor das Lied zu Ende ist.“

Sie legte ihm eine Hand auf die Schulter und streckte ihm die andere Hand hin, damit sie in der Anfangsposition beginnen konnten. Als er ihre Hand ergriff, lächelte sie ihn aufmunternd an und nickte im Takt der Musik.

Oh, da war er. Jonathan machte den ersten Schritt, und Sekunden später stellte er zu seiner großen Überraschung fest, dass er wie ein Profi tanzte. Jeder Schritt, den Juliet ihm beigebracht hatte, fiel ihm so leicht wie das Atmen. Dot lächelte, und plötzlich klatschten und jubelten die anderen Frauen. Aus dem Augenwinkel sah er, dass sie sich alle wieder umgedreht hatten und ihn beobachteten, aber jetzt, da er seinen Rhythmus gefunden hatte, störte es ihn nicht mehr.

Bis Dot sagte: „So, und jetzt wirbeln Sie mich durch die Luft, Junge."

Sie durch die Luft wirbeln? Hier? Jetzt? Daphnes Gesicht erschien vor Jonathans Augen. Er konnte schon genau sehen, wie sie hier durchs Zimmer flogen und auf dem Couchtisch landeten, der unter ihnen zerbrach.

„Ich wiege nicht so viel", sagte Daphne-Dot. „Sie schaffen das."

„Oh", meinte er schwach.

„Zurück in den Sattel", befahl Juliet.

„Auf geht's!", rief Chelsea.

„Na los", drängte Dot, „zeigen Sie, was Sie draufhaben."

Er hatte nichts drauf. Das wussten alle, er eingeschlossen.

Juliet erschien auf einmal an seiner Seite. „Mach schon", fuhr sie ihn an.

„Ich bringe Sie auch nicht zu Boden, versprochen", meinte Dot.

Dot war kein junger Hüpfer mehr. Was war, wenn sie sich was brach?

„Hey, in meinem Alter erlebt man selten mal einen Nervenkitzel. Also, tun Sie einer alten Dame einen Gefallen."

Oh, na gut, was soll's, dachte Jonathan, wappnete sich und ließ Dot durch die Luft wirbeln.

Ein Paar dürrer Beine segelte an ihm vorbei, und schon landete Dot sicher auf ihren Füßen. Wieder brachen die anderen Frauen in Begeisterungsstürme aus. Er hatte es geschafft! Er war wieder aufs Pferd gestiegen und im Sattel geblieben.

Danach entwickelte sich der Abend zu einem großen Fest für Jonathan. Eine Frau nach der anderen tanzte mit ihm, und sie alle bettelten immer wieder um noch einen Tanz, wann immer er behauptete, er wäre müde. Juliet stellte die Klimaanlage an, doch trotzdem schwitzte er, als sie ihm endlich eine Pause gönnten, und er sich hinsetzen und eine Cola trinken konnte.

„Das war wirklich ein toller Abend", sagte Stacy Thomas, als sie sich über die Lebkuchen hermachten, die Cass mitgebracht hatte.

„Ich wünschte, Adam würde tanzen lernen", meinte Chelsea sehnsüchtig, und Jonathan merkte sich, dass er Adam raten würde, sich besser mal für einen Tanzkurs anzumelden.

„Wenn Sie jemals eine kostenlose Kreuzfahrt machen wollen, mein Junge, dann könnten Sie sich als Tänzer bewerben", meinte Dot zu ihm. „Die suchen immer gut aussehende junge Kerle, die mit all den alleinstehenden Frauen tanzen."

Er war ein gut aussehender Kerl? Entweder wurde Dot schon so langsam senil, oder sie brauchte eine Brille.

„Du", meinte Cecily, als die Gäste sich verabschiedeten, „bist das bestgehütete Geheimnis in Icicle Falls."

Ihre Bemerkung ließ Jonathan lächeln. „Danke", meinte er.

Juliet schloss die Tür hinter den Frauen und drehte sich triumphierend zu Jonathan um. „Ich habe dir doch gesagt, dass du es kannst. Du könntest sofort bei *Dancing with the Stars* mitmachen und gewinnen."

Eigentlich müsste er ja noch sauer auf sie sein. Das fiel ihm jetzt, da er sich wie der König des Tanzes fühlte, jedoch schwer. Trotzdem. „Das war ein ziemlich mieser Trick."

„Das war der einzige Weg, um dir dein Selbstbewusstsein zurückzugeben", entgegnete sie. Sie nahm sich den letzten Lebkuchen vom Teller, der auf dem Couchtisch stand. „Du bist so was von bereit für das Klassentreffen." Daraufhin musterte sie ihn kritisch. „Na ja, was das Tanzen angeht. Jetzt müssen wir nur noch an deinem Aussehen arbeiten."

Sein Erscheinungsbild, die nächste Herausforderung.

„Du hast Muskeln aufgebaut, Brüderchen. Mit einer neuen Brille und einer neuen Frisur, wirst du echt heiß aussehen."

Er verzog das Gesicht. „Ja, sicher."

„Ich meine es ernst", widersprach sie. „Vertrau mir. Wenn wir mit dir fertig sind, kannst du jede Frau haben, die du willst." Sie zwinkerte ihm zu. „Sogar eine, deren Initialen L. C. lauten."

Als er das Haus seiner Schwester verließ, strahlte Jonathan übers ganze Gesicht.

18. KAPITEL

Am ersten Samstag im August war Jonathan schon früh auf und fuhr gemeinsam mit Juliet über den Pass. Warum sie zum Shopping bis nach Seattle fahren mussten, war ihm schleierhaft, und das äußerte er auch, als er den Wagen in das Parkhaus neben Macy's lenkte.

„Weil es in Seattle eine größere Auswahl gibt", erklärte Juliet. „Und solange sich niemand dazu entschließt, in Icicle Falls einen Laden für Männermode aufzumachen, müssen wir uns eben hier umsehen."

„Ich hätte auch einfach etwas im Internet bestellen können", grummelte er.

„Ja, klar, ich habe gesehen, was du dir für Sachen im Internet bestellst. Leider kann ich nicht darauf bauen, dass du dir nicht irgendetwas kaufst, in dem du aussiehst, als wärst du eine wandelnde Reklame für Computerfreaks. Nicht, dass es schlimm ist, ein Computerfreak zu sein", fügte sie schnell hinzu.

„Danke."

„Aber wenn du eine Frau beeindrucken willst, solltest du dich nicht wie ein Nerd anziehen, sondern etwas lässiger."

„Lässige Klamotten, aha."

„Ja, genau. Sachen, in denen du sexy und nicht nach einem Streber aussiehst. Und genau da komme ich ins Spiel. Ich möchte, dass du alles anprobierst, was ich dir raussuche – und ich will dich darin auch sehen."

Was sollte das heißen, *alles*? War er nicht einfach nur auf der Suche nach einer Hose und einem Hemd? „Äh, präzisier mal *alles*."

„Wir brauchen Outfits für jede Veranstaltung während des Klassentreffens und auch darüber hinaus, Brüderchen. Wir werden dich wie einen Tannenbaum herausputzen."

Oh, oh, worauf hatte er sich da nur eingelassen?

„Es wird langsam Zeit, dass du dir von mir helfen lässt, einen gewissen Sinn für Mode zu entwickeln. Mehr habe ich dazu nicht mehr zu sagen."

Gott sei Dank, dachte Jonathan. Seit Jahren nervte sie ihn und versuchte ständig, ihn dazu zu bringen, sein Image zu verändern, indem sie ihm zu Weihnachten Pullover schenkte, die er nie trug, zum Geburtstag Hemden, die im Schrank blieben. Einmal hatte sie ihm sogar Boxershorts geschenkt. Er schüttelte sich innerlich.

So langsam dämmerte ihm jedoch, dass sie vielleicht recht hatte. Er war in Modefragen definitiv nicht bewandert. Aber deshalb brauchte sie es ihm noch lange nicht so unter die Nase zu reiben. Außerdem, wenn er irgendetwas von den Sachen, die sie ihm geschenkt hatte, getragen hätte, wäre er sich verkleidet vorgekommen.

Genauso würde er sich vermutlich heute auch fühlen.

Juliet hatte darauf bestanden, früh loszufahren, weil sie behauptete, sie hätten einen langen Tag vor sich. Da hatte er sich noch nicht vorstellen können, wieso der Einkauf von ein paar Hemden und einem Paar Hosen so lange dauern sollte, doch jetzt bekam er langsam eine Ahnung davon.

„Wir werden bestimmt viel Spaß haben", meinte Juliet.

Spaß. Ja, ungefähr so viel, wie wenn man sich mit dem Hammer auf den Finger schlug.

„Sobald wir dich neu eingekleidet haben, wirst du dich wie ein anderer Mann fühlen", prophezeite Juliet.

Damit konnte er sich anfreunden. Er wollte schließlich anders aussehen. Wie ein Adonis. Okay, das war vielleicht ein wenig übertrieben. Aber besser. Damit könnte er schon gut leben.

Es war nicht schwierig, einen Verkäufer zu finden, der erpicht darauf war, ihnen zu helfen. Sein Übereifer, ihm einen neuen Look zu verpassen, war Jonathan beinahe schon ein wenig unangenehm.

„Er braucht eine komplett neue Garderobe", sagte Juliet zu dem Verkäufer.

„Das sehe ich." Ellis, ein schlanker, trendy gekleideter Mann Anfang zwanzig, musterte Jonathan von Kopf bis Fuß und schüttelte den Kopf, als sein Blick auf das schwarze T-Shirt fiel, auf dem ein markiger Nerd-Spruch prangte. „Aber ich sehe durchaus Potenzial", meinte er aufmunternd lächelnd.

„Also, als Erstes sollten wir mit legerer Kleidung anfangen", entschied Juliet. „Er braucht tief sitzende Jeans und ein tailliertes Hemd."

„Kariert", meinte Ellis. „Und in blau", fügte er hinzu. „Das würde dir gut stehen", meinte er zu Jonathan und bezog ihn endlich auch in die Unterredung ein. „Hosengröße? Ich vermute mal, eine zweiunddreißig, zweiunddreißig?"

Jonathan nickte.

„Und die Hemdgröße?"

„M", antwortete Jonathan. „Kragenweite vierzig."

Ellis musterte Jonathans Oberkörper. „Ich glaube, wir sollten lieber L probieren."

Von M zu L. *Ja!* Da hatte sich all das Schwitzen im Fitnessstudio ja doch gelohnt.

Innerhalb von wenigen Minuten hatten Ellis und Juliet zwei Armladungen voller Kleidung zusammengesucht. Erwarteten sie wirklich von ihm, dass er das alles anprobierte?

Anscheinend ja.

Als Erstes zog er die Jeans und das blaue Hemd an. An Hosen, die so tief auf der Hüfte saßen, war er nicht gewöhnt. Aber nachdem er sein T-Shirt ausgezogen und sein Spiegelbild gesehen hatte, stellte er fest, dass die Hose seinen sich so langsam herauskristallisierenden Waschbrettbauch ziemlich gut betonte. „Wow." Er sah ja wirklich gar nicht so schlecht aus.

„Lass sehen", rief Juliet von draußen.

Er zog das Hemd an, knöpfte es zu und trat dann aus der Umkleidekabine, während er noch die Manschetten zuknöpfte.

„Nein, nein", schimpfte Juliet prompt und gab ihm einen Klaps auf die Hände. Stattdessen rollte sie die Ärmel halb hoch und öffnete den obersten Knopf des Hemdes wieder. Dann trat sie zurück, um ihr Werk zu begutachten. „Oh, ja. Mein Bruder, der Adonis."

Umgehend war Ellis mit einer schwarz-grau gestreiften Kapuzenjacke zur Hand. „Und jetzt zieh die noch über."

Jonathan gehorchte, und Juliet seufzte. Ellis auch.

„Wenn du nicht mein Bruder wärst, würde ich mich augenblicklich in dich verlieben."

„Schon passiert", seufzte Ellis, was Jonathan die Röte in die Wangen trieb. „Okay, ab in die Umkleidekabine. Oh, ich komme mir echt vor wie Clinton in *What Not to Wear.*"

Eine weitere Garnitur. Ein weiterer Blick in den Spiegel, und auf einmal tat Jonathan etwas, was er seit ...na ja ... eigentlich noch nie beim Blick in den Spiegel getan hatte. Er lächelte.

Okay, er trug zwar noch immer eine Brille, aber irgendwie wirkte sie nicht mehr ganz so blöd. Vielleicht konnte er es doch noch schaffen, sich in einen coolen Typen zu verwandeln.

Er führte seiner Schwester ein weiteres Outfit vor, woraufhin die begeistert klatschte.

„Eine totale Wandlung", meinte Ellis verträumt.

„Wir brauchen unbedingt eine passende Filmmusik." Juliet begann, auf ihrem Smartphone herumzusuchen.

Als Jonathan wieder in die Umkleidekabine ging, um ein hellbraunes Poloshirt anzuprobieren, ertönte Jo Doo Messinas „Sharp-Dressed Man" hinter ihm. Er drehte sich zum Spiegel und bewunderte sein neues, verbessertes Ich und nickte zustimmend. Ja, er wurde so langsam wirklich zu einem gut gekleideten Mann.

Vierzig Minuten später hatte er mehr für Klamotten ausgegeben als in den letzten beiden Jahren zusammengenommen, und Ellis steckte ihm seine Visitenkarte zu und bot ihm an, ihm jederzeit hilfreich zur Seite zu stehen, wenn er in Zukunft Hilfe benötigte. Juliet hatte sich jetzt gerade erst warmgelaufen.

„Als Nächstes sind Schuhe und Socken dran", erklärte sie und steuerte mit ihm die Schuhabteilung an.

„Ich bin kein Goldesel, das weißt du, oder?", protestierte er.

„Ach, hör schon auf zu jammern. Du hast einiges gespart, du Geizhals. Es wird Zeit, dass du mal was in dich investierst."

Bei der Investition in der Schuhabteilung blieb es nicht. Sie gingen zu einem Herrenausstatter und kauften ihm einen Anzug, in ein weiteres Kaufhaus, wo sie bei einem Optiker ein neues Brillengestell aussuchten, und im Anschluss daran zu einem angesagten Damen- und Herrenfriseur.

„Ich habe einen Termin für uns beide gemacht", sagte Juliet munter. „Danach darfst du mich zum Essen einladen." Mit diesen Worten überließ sie ihn den fähigen Händen einer Friseurin namens Desiree, die ihm einen teuren Haarschnitt verpasste und ihm ein ebenso teures Haargel verkaufte. Aber das war jeden Cent wert, entschied Jonathan, als er sein neues, verbessertes Ich betrachtete.

Als sie sich eine Stunde später im Empfangsbereich wieder trafen, strahlte Juliet wie Henry Higgins, der Eliza Doolittle anschaute. „Wow! Jetzt bist du wirklich offiziell ein Frauenheld."

„Ja, sicher." Das war jetzt wohl doch ein wenig übertrieben.

Aber als sie die Straße entlang zum Wild Ginger gingen, bemerkte er, wie eine Frau Anfang zwanzig ihm einen interessierten Blick zuwarf. *Ihm. Ernsthaft?* Er spähte über die Schulter, um zu schauen, ob da noch jemand hinter ihm ging. Fehlanzeige.

„Ja, sie hat dich angeschaut", sagte Juliet, die Gedanken lesen konnte. „Du wirst der Überraschungshit auf dem Klassentreffen sein."

Wahrscheinlich reichte es trotzdem noch nicht, um mit Rand, Cam Gordon oder Feron Prince mithalten zu können. Aber das war okay. Er war nicht darauf aus, hinter jeder Frau aus dem Abschlussjahrgang von 1998 her zu sein. Nur hinter einer.

Würden die neuen Klamotten reichen? Lissa hatte schon immer dazu geneigt, sich von Typen mit einer glitzernden Fassade einwickeln zu lassen. Traurigerweise hatte sie häufig genug Schwierigkeiten damit, hinter diese Fassade zu blicken.

„Ich fasse es nicht, dass er mich betrogen hat", hatte Lissa während des Thanksgiving-Wochenendes ihres ersten College-Jahres gejammert.

Sie und Jonathan waren beide über das Wochenende nach Hause gekommen, und ihre Familien hatten sich am Freitagabend getroffen, um die Reste des Festessens gemeinsam zu vertilgen Die Truthahn-Sandwiches waren schnell aufgegessen gewesen. Lissas ältere Schwester hatte versucht, ihren Zweijährigen zur Ruhe zu bringen, damit die Familien Trivial Pursuit spielen konnten. Lissa und Jonathan hatten sich währenddessen nach draußen auf die Veranda verzogen, um über das College zu plaudern, waren irgendwann jedoch bei Lissas Liebesleben gelandet.

„Ehrlich, Liss? Ich hab' schon letztes Jahr, als du ihn mit nach Hause gebracht hast, gemerkt, dass er ein treuloser Hund ist. Er hat mit meiner Schwester geflirtet. Ist dir das nicht aufgefallen?"

Sie riss die Augen auf, und ihre Unterlippe begann zu zittern. „Nein. Oh, Jonathan, warum gerate ich nur immer wieder an solche Loser?"

Weil du nicht erkennst, dass ich der Richtige bin. Wie immer dachte er das nur, sagte es aber nicht laut. Zu groß war die Angst, auf ihrem Gesicht einen Ausdruck zu entdecken, der nichts anderes ausdrückte, als dass sie ihn auch für einen Loser hielt. Nicht diese miese, betrügerische Art von Loser natürlich. Einfach einen unterdurchschnittlichen Typen, ohne eindrucksvolle Präsenz. Er war einfach nicht sexy. Sogar sein Hauptfach am College war nicht sexy. Wer wollte schon mit einem Typen zusammen sein, der Informatik studierte?

Ein Mädchen, das Mathe studierte, natürlich. Caroline Schnook war nicht so hübsch wie Lissa (wer war das schon?), aber sie spielte gern Schach und las gern. Sie hatten also viel gemeinsam. Er könnte mit ihr glücklich werden. Das redete er sich jedenfalls ein. Allerdings konnte er sich das nicht mehr so richtig vorstellen, nachdem er Lissa jetzt wiedergetroffen hatte.

„Wenigstens du hast jemanden Nettes gefunden."

Er zuckte mit den Achseln. „Sie ist okay."

„Okay? Du gibst dich mit jemandem zufrieden, der nur okay ist?"

„Es gibt einfach nicht genügend Lissas.“ Das war das Ehrlichste gewesen, was er ihr je über seine Gefühle gesagt hatte. Allein diese Worte auszusprechen, hatten sein Herz rasen lassen.

„Oh, Jonathan, du bist echt süß. Aber du solltest nicht mit einem Mädchen zusammen sein, in das du nicht schrecklich verliebt bist.“

„Ich denke, es wird wohl auf eine Trennung hinauslaufen.“ Er hatte geglaubt, mit Caroline glücklich werden zu können, aber nachdem er mit Lissa geredet hatte, war ihm klar geworden, dass er keine Lust hatte, sich, so wie sie es genannt hatte, lediglich mit einer Frau zufriedenzugeben, die er nur nett fand. Und auch wenn das für ihn gewissermaßen in Ordnung wäre (da er in Bezug auf Lissa ohnehin nach den Sternen griff), war es Caroline gegenüber nicht fair. Jede Frau verdiente es, dass ihr Mann sie wirklich aus tiefstem Herzen liebte. Wer wollte schon nur für okay erachtet werden?

„Ach, Jonathan“, sagte Lissa, „was machen wir nur falsch? Wieso landen wir immer bei den falschen Leuten?“

Weil wir füreinander bestimmt sind. Sag es einfach! befahl er sich.

Als er den Mund öffnete, um den Sprung ins kalte Wasser zu wagen und sein Herz aufs Spiel zu setzen, wurde die Verandatür geöffnet und Lissas Dad streckte den Kopf heraus. „Hey, ihr beiden, kommt schon. Wir wollen anfangen zu spielen.“

Lissa ging hinein, und Jonathan blieb nichts anderes übrig, als ihr zu folgen. Der Augenblick war vorüber.

Was wäre wohl geschehen, wenn er gesagt hätte: „Einen Moment noch, Mr Castle. Ich muss Ihrer Tochter noch etwas ganz Wichtiges sagen.“ Das Ganze wäre ihm um die Ohren geflogen, das wäre passiert. Er hatte überhaupt nicht so ausgesehen wie die anderen Typen, mit denen sie ausging. Er hatte wie ein Computerfreak ausgesehen.

Aber inzwischen sah er nicht mehr so aus. Er war auch nicht mehr derselbe Mann wie damals, und er würde es ihr beweisen.

Der neue und verbesserte Jonathan war am nächsten Freitag wieder Gastgeber der Pokerrunde.

Adam starrte ihn erstaunt an. „Wow, was ist denn mit dir passiert, Alter?"

Jonathan zuckte lässig mit den Schultern, als wäre es nichts Besonderes, dass er gerade ein kleines Vermögen für neue Kleidung, Brille und Frisur ausgegeben hatte. „Hab' mir ein paar neue Klamotten gekauft."

„An dir scheint alles neu zu sein. Verdammt gut gelungen, deine Umwandlung", meinte Adam und nickte zustimmend.

„Du siehst überhaupt nicht mehr wie du aus", fügte Kyle hinzu, der zusammen mit Adam gekommen war.

Das war gut, denn das Letzte, was Jonathan wollte, war, wie er selbst auszusehen, jedenfalls nicht wie sein altes Ich.

„So, bedeutet das, dass du jetzt doch zum Klassentreffen gehst?", fragte Kyle.

Jonathan tat so, als hätte er noch nicht groß darüber nachgedacht. „Vielleicht."

Kyle nickte ebenfalls zustimmend. „Jetzt, wo du Mr Hot bist, wäre es ja blöd, wenn du es nicht tätest."

Mr Hot. Kyle übertrieb ja genauso wie Juliet.

„Du siehst echt klasse aus", hatte sie ihm gesagt, als er sie nach ihrer Einkaufsexpedition zu Hause abgeliefert hatte.

„Wenn du meinst", hatte er geantwortet.

„Ich meine es ernst. Ja, du hast streberhaft ausgesehen, als wir noch Kinder waren, aber du warst nie hässlich. Und jetzt, wo du ein paar Muskeln hast *und* die auch noch zeigst, wirst du keine Probleme haben, die Aufmerksamkeit der Frauen zu erregen."

Familienloyalität, hatte er gedacht. Und seine Kumpel waren einfach gute Freunde.

Doch Vance machte sich nie die Mühe, dem Ego von irgendjemandem zu schmeicheln, und sogar er hob angesichts des neuen und verbesserten Jonathan den Daumen. „Ich muss dich wohl mal in einem meiner Bücher verarbeiten."

„Verarbeite *mich* in einem Buch", sagte Bernardo und deutete mit dem Daumen auf seine Brust.

„Als was?", spottete Vance.

„Als Latin Lover."

Die anderen lachten und machten sich dann ans Kartenspielen, und damit war das Thema von Jonathans grundlegender Veränderung vom Tisch.

Aber andere Leute redeten weiter darüber. „Na, schau sich das einer an", begrüßte Elena ihn, als er ins Büro von Sweet Dreams kam, um einen der Computer zu reparieren. „*Qué pasó?*"

Die Aufmerksamkeit, die ihm zuteilwurde, war sowohl peinlich als auch erfreulich. „Ich habe mir nur ein paar neue Sachen gekauft."

„Du siehst toll aus", stellte Cecily fest.

Dot war ebenfalls beeindruckt, als er zu ihr kam, um ihr bei einem Computernotfall zu helfen. „Oho, na, da warten Sie mal, bis unsere Mädels hier im Ort einen Blick auf Sie in Ihren neuen Sachen geworfen haben."

Es schien tatsächlich so, als würden die Frauen aus dem Ort jetzt einen Blick riskieren. Jenni, die im Bavarian Brews hinter dem Tresen stand, musterte ihn eingehend und flötete dann: „Die neue Brille gefällt mir."

„Äh, danke", erwiderte Jonathan. Okay, an seiner Schlagfertigkeit musste er noch arbeiten. Äußerlich war er vielleicht ein veränderter Mann, aber innen drin war er noch immer derselbe blöde Computerfreak. Er dachte an Punkt zwei auf seiner Liste mit all den Merkmalen und Eigenschaften, die einen Helden auszeichneten – er musste gut reden und Komplimente machen können. Ja, das würde noch dauern, ehe er diesen Punkt abhaken konnte.

Am Abend, nachdem er mit Chica einen Spaziergang gemacht hatte, holte er die Liste noch einmal hervor und las sie durch. Du machst schon Fortschritte, beruhigte er sich. Er war jetzt immerhin schon ein ganzes Stück muskulöser als vor Beginn dieser Aktion und so gut aussehend, wie es ging. Das Tanzen konnte er auf jeden Fall schon einmal abhaken. Aber das mit dem Reden, das musste er definitiv noch in Angriff nehmen. Wie lernte man, gut zu reden und Komplimente zu machen?

Er entschied sich, die Frage am nächsten Pokerabend in die Runde zu werfen. „Was muss man sagen, damit eine Frau einen mag?“, fragte er.

Kyle, der inzwischen fest mit Mindy zusammen war, hielt sich plötzlich für einen Experten, was Frauen anging. „Du musst dir sicher sein, und du musst ihnen sagen, dass sie hübsch aussehen.“

„Und sag einer Frau nie, dass sie dick aussieht“, fügte Bernardo hinzu. „Selbst dann nicht, wenn sie sagt, sie muss eine Diät machen.“ Er verzog das Gesicht. „Denn jedes Mal, wenn eine Frau auf Diät ist, bist du zwangsläufig auch auf Diät.“

Adam, der neben ihm saß, versetzte ihm einen leichten Schlag auf den Bauch. „Die hast du auch dringend nötig, Mann.“

„Hey, mach das nicht!“ Bernardo rieb sich den Bauch. „So ist Houdini gestorben. Außerdem *bin* ich auf Diät. Schon vergessen?“, meinte er und schnappte sich einen weiteren von den Keksen, die Adam mitgebracht hatte.

„Ja, das sehe ich“, erwiderte Adam und blickte angewidert auf Bernardos dicken Bauch. „Wundert sich deine Frau eigentlich gar nicht, warum du kein Gewicht verlierst?“

„Wieso? Ich nehm’ doch ab“, protestierte Bernardo. „Halt nur ziemlich langsam.“

„Also geht man einfach zu einer hin und sagt: ‚Du siehst hübsch aus.‘?“, fragte Jonathan und lenkte das Thema wieder auf die eigentliche Frage. Klang ziemlich langweilig. Die Zeilen, die er in den Liebesromanen gelesen hatte, gefielen ihm deutlich besser.

„Du solltest es schon ein wenig ausschmücken“, riet Vance ihm. „Sei kreativ. Und konzentriere dich auf eine Sache, wie zum Beispiel ihre Augen.“ Er demonstrierte es, indem er die Stimme senkte. „In deinen Augen könnte ich mich verlieren.“

„Oh, danke", erwiderte Bernardo mit gespielt hoher Stimme und klimperte mit den Wimpern, was Adam und Kyle zum Lachen brachte.

Jonathan schüttelte den Kopf. „Wenn ich so was sagen würde, käme ich mir vor wie ein Idiot."

Vance zuckte nur mit den Schultern. „Frauen gefällt es."

Wenn es Frauen gefiel, sollten Männer es sagen. Jonathan stand später am Abend vor seinem Badezimmerspiegel und übte. „Mir gefällt dein Haar …" Nein, Moment. Das klang langweilig. „Dein Haar sieht aus wie, hm …" Er dachte an Lissa. „Gesponnenes Gold. Wie flüssiger Honig." Okay, das war ganz gut. Außerdem stimmte es. Er versuchte es mit einem weiteren Spruch. „Hat dir schon mal jemand gesagt, dass du mit deinen Augen einen Mann verzaubern kannst?" Oh, ja, das war auch nicht schlecht. Er lächelte in den Spiegel und probierte seinen Lieblingsspruch aus, den er aus einem der Romane geklaut hatte. „Sieh dich an. Das könnte ich die ganze Nacht lang tun." Oh, ja. Das war ein Renner.

Als er das nächste Mal ins Bavarian Brews ging, beschloss er, ein paar Schmeicheleien an Jenni auszuprobieren, nur um zu sehen, ob es funktionierte. „Wenn ich dich sehe, vergesse ich fast, weswegen ich hergekommen bin." Das hatte er sich sogar selbst ausgedacht, und der Spruch war echt gut, da durfte er sich ruhig mal loben.

Ihre Wangen röteten sich, und sie lächelte, als hätte er ihr Schokolade geschenkt. „Ach, Jonathan, das ist ja lieb."

„Mir gefällt dein Haar", fügte er hinzu.

„Ehrlich. Ich habe es gerade schneiden lassen", antwortete sie.

Das war ihm nicht aufgefallen. Er ermahnte sich, in Zukunft mehr auf solche Dinge zu achten. „Äh, ja."

Jetzt musterte Jenni ihn prüfend, so als könnte sie sich vorstellen, ihn bei einer Verabredung näher unter die Lupe zu nehmen. Er wollte ihr keine falschen Hoffnungen machen, das wäre nicht in Ordnung. Also bestellte er und verzog sich. Offenbar wohnte Komplimenten eine mächtige Zauberkraft inne, und sie sollten daher nur vorsichtig und wohl dosiert verwendet werden.

„Nicht schlecht, Computer-Mann", ertönte eine leise Stimme hinter ihm.

Todd Black, König der Schmeichler. Scham ließ Jonathans einstudiertes weltmännisches Gehabe mit einem Schlag verpuffen. Er drehte sich um. „Oh, äh, hallo Todd."

„Mir gefällt dein neuer Look, Mann. Wen willst du damit beeindrucken?" Er nickte in Jennis Richtung. „Soll ich mal raten?"

„Nein, nein. Ich wollte nur …" *Üben.* „Nett sein."

„Ein kleiner Rat", sagte Todd leise. „Sei nicht zu nett. Wenn Frauen das falsch verstehen, steckst du unversehens tief in der Scheiße."

Das war ihm auch gerade klar geworden. Er entschied, seine Sprüche lieber weiter nur vor dem Spiegel zu üben.

Mit dem Gefühl, zehn Zentimeter größer zu sein, marschierte Kyle aus Ted Darrows Büro. Teds Worte hallten in seinem Kopf nach. „Sie sind uns in letzter Zeit wirklich durch außerordentliche Leistung aufgefallen, Kyle. In der Schadensabteilung soll ein neuer Posten eingerichtet werden. Ich möchte, dass Sie sich darauf bewerben."

Das war ziemlich nett von Darrow gewesen. Vielleicht hatte seine Eifersucht Kyle dazu getrieben, ihn falsch einzuschätzen. Vielleicht war Darrow doch kein so schlechter Kerl. So, wie er jetzt seinen Vorgesetzten in neuem Licht sah, schien auch Ted Darrow ihn in einem neuen Licht zu sehen.

Na ja, er sich selbst ja auch. In letzter Zeit fühlte er sich größer (auch ohne die Schuhe, die ihn größer machen sollten – die waren in die hinterste Schrankecke verbannt worden). Er schaute den Chefs in die Augen und lächelte, meldete sich freiwillig für Projekte und machte Vorschläge, wie gewisse Arbeitsabläufe verbessert werden konnten, wie zum Beispiel ein papierloses Ablagesystem. Er nahm an, dass alles auf ein gesundes Selbstvertrauen hinauslief, und er wusste auch, wem er das zu verdanken hatte. Er konnte es kaum erwarten, es ihr zu erzählen.

„Hallo, Kyle", sagte Jillian, als er an ihrem Schreibtisch vorbeikam. „Gute Neuigkeiten?"

Ihre Stimme klang wie reine Seide, und sie schenkte ihm die Art von verführerischem Lächeln, das sie früher für Darrow reserviert hatte. Interessant. „Vielleicht", sagte er und ging weiter.

„Okay, red schon", sagte Mindy, als er sich vor seinen Computer setzen wollte. „Worum ging es?"

„Ich erzähl es dir in der Mittagspause", versprach er.

„Wehe nicht", sagte sie lächelnd.

So ein Lächeln, das war schon spannend. Es konnte die unterschiedlichsten Motive haben. Manchmal bedeutete es, dass eine Frau glücklich war. In anderen Fällen, so wie bei Jillian, bedeutete es, dass sie hinter etwas her war. Oder hinter jemandem. Jemandem, der ihr etwas bieten konnte.

Im Stillen schickte Kyle ein kurzes Gebet gen Himmel. Vielen Dank, dass ich nicht die Frau bekommen habe, die ich wollte.

„Warum überrascht mich das nicht?", sagte Mindy, als er ihr die Neuigkeiten beim Mittagessen erzählte.

„Ich weiß nicht. Warum?"

Sie beugte sich vor und küsste ihn. „Weil du es verdient hast. Du bist großartig, und sie können sich freuen, dass sie dich haben."

„Und ich kann mich glücklich schätzen, dass ich dich habe", sagte er. „Wie wäre es, wenn du mit mir zum Klassentreffen kommst? Ich möchte dich vorzeigen."

„Ach ja? Obwohl ich nicht groß und blond bin?"

„Blondinen werden eindeutig überbewertet. Ich mag lieber kleine Frauen", erwiderte Kyle und erntete damit noch einen Kuss. „Also, kommst du mit?"

„Natürlich. Sonst wirst du mir womöglich noch von einer anderen Frau gestohlen."

Die Chancen waren gleich null, aber Kyle entschied sich, sie nicht zu desillusionieren.

„Mindy geht mit mir zum Klassentreffen“, verkündete Kyle am Pokerabend.

„Was für eine Überraschung“, meinte Jonathan nur und versuchte, nicht allzu eifersüchtig zu sein. Wie sehr wünschte er sich, dass sein Liebesleben, genau wie Kyles, in trockenen Tüchern wäre.

„Du musst auch kommen, Jon“, drängte Kyle. „Ich meine, die neuen Klamotten, die neuen Muskelpakete. Dafür hast du das alles doch gemacht, oder nicht?“

Jonathan zuckte mit den Schultern. Er war froh, dass er kein Wörtchen über Lissa hatte verlauten lassen, froh, dass er noch nicht zugesagt hatte, dieses verdammte Klassentreffen zu besuchen. Er hatte das Geld überwiesen, aber das hieß ja noch lange nicht, dass er auch hingehen würde. Ein Mann durfte ja wohl noch mal seine Meinung ändern – und genau das hatte er getan. Nach dem, was er heute über Rand erfahren hatte, war er nur froh darüber.

„Und wozu hast du all diese Liebesromane gelesen, wenn du den Kram jetzt nicht endlich mal anwendest?“, fuhr Kyle fort.

„Klassentreffen“, meinte Vance. „Die sind so was von überflüssig. Die Leute gehen da doch nicht hin, weil sie ihre alten Freunde wiedersehen wollen. Sie gehen hin, weil sie mit irgendetwas angeben oder etwas beweisen wollen.“

Oder jemanden erobern wollen, dachte Jonathan.

„Das heißt, du bist nie auf einem gewesen?“, wollte Adam wissen.

„Oh, doch, ich war auf unserem zehnjährigen Jubiläum. Da hab’ ich meine alte Freundin wiedergetroffen und sie sechs Monate später geheiratet.“ Vance schüttelte den Kopf. „Das hätte ich lieber lassen sollen.“

Und wenn das nicht die Bestätigung dafür war, dass Jonathan die richtige Entscheidung getroffen hatte, wusste er nicht, was sonst. So viel zu den neuen Klamotten und der neuen Brille. So viel zum Schwitzen im Fitnessstudio. Zur Hölle mit dem verdammten Rand Burwell.

„Ich vermute, er ist jetzt geschieden", hatte Tina gesagt, als sie Jonathan die überarbeitete Liste gab, die er auf die Website stellen sollte. Rands Name hatte jetzt ganz oben gestanden. Der gute alte Rand war so frei wie ein Vogel und würde zum Klassentreffen kommen.

Seitdem war Jonathan schlechter Laune. „Wollen wir nun Karten spielen, oder was?"

Die anderen sahen ihn überrascht an. „Sicher", meinte Adam. „Euer Einsatz, Leute."

Damit war das Thema an diesem Abend erst einmal erledigt, doch Kyle blieb noch, als die anderen gegangen waren. „Okay, was ist los mit dir?"

„Nichts", fuhr Jonathan ihn an.

„Warte mal eine Minute. Du hast die Website auf den neuesten Stand gebracht, oder?"

„Ja, und?"

„Was hat dich also so sauer gemacht? Wer kommt?" An der Miene seines Freundes erkannte Jonathan, dass dieser sich diese Frage soeben selbst beantwortet hatte. Und tatsächlich. „Oh. Rand."

„Ja, Rand."

Kyle runzelte die Stirn. „Na und? Wir sind nicht mehr auf der Highschool, und du bist nicht mehr der Gleiche wie damals. Verdammt, du bist ja nicht einmal mehr der Gleiche wie vor drei Monaten. Willst du dich etwa von Rand einschüchtern lassen?"

Genau genommen, ja.

„Ich wette, der hat inzwischen schon Fett angesetzt. Und kaum noch Haare auf dem Kopf", fügte Kyle hinzu.

„Dem Foto nach zu urteilen, das er geschickt hat, leider nicht."

„Oh, na ja, wen interessiert's? Rand ist doch keine Konkurrenz mehr für dich." Kyles Miene verdüsterte sich. „Moment mal. Es gibt da doch wohl niemanden, auf den du spekuliert hast, oder?“

„Nein.“ Er spürte, dass seine Wangen zu glühen begannen. Wo war nur sein Pokerface, wenn er es brauchte?

Kyle zeigte anklagend mit dem Finger auf ihn. „Lissa.“

Jonathan versuchte, seine Verlegenheit zu kaschieren, indem er lospolterte: „Es gibt niemanden, den ich sehen will. Das sind doch alles Idioten.“

„Mit Ausnahme von Lissa. Du warst schon immer heiß auf sie. Verdammt, Jon, ich dachte, du wärst darüber hinweg.“

„War ich auch“, murmelte Jonathan.

„Ja, das sehe ich. Komm schon, Kumpel, tu dir das nicht an. Du lebst in einer Traumwelt, genau wie ich mit Jillian.“

Nun, ihm gefiel es in seiner Traumwelt. Um sich abzulenken, sammelte er die Spielkarten und Pokerchips zusammen.

„Okay, du bist also immer noch in Lissa verknallt. Ich denke, dass du verrückt bist, aber okay“, meinte Kyle. „Aber wieso läufst du dann auf einmal wie ein aufgeschrecktes Nerd-Huhn davon, nur weil Rand kommt? Ich hab’ gehört, dass er verheiratet ist. Wahrscheinlich bringt er seine Frau mit.“

Jonathan schüttelte den Kopf. „Er ist wohl geschieden. Und demzufolge bestimmt auf der Suche nach jemandem, mit der er sich einlassen kann.“ Und sie wussten beide, was das bedeutete.

„Ich finde trotzdem, dass du hingehen solltest.“

Das war das Letzte, was er wollte – zum Klassentreffen gehen und zusehen, wie Rand und Lissa wieder zueinanderfanden.

„Wenn du nicht gehst, überreichst du sie ihm quasi auf dem Silbertablett“, schimpfte Kyle. „Aber hey, es ist dein Leben“, fügte er hinzu und ging.

Ja, das war es. Und wenn er aufgeben und einsam und unglücklich sein wollte, dann war das ganz allein seine Sache.

Er stellte die Bierflaschen in den Recyclingbehälter und ging ins Bett. Auf seinem Nachtschrank lag ein angefangener Roman von Vanessa Valentine. Statt zu lesen, schaltete er jedoch das Licht aus und drehte sich auf die Seite. Zur Hölle mit Vanessa

Valentine. Zur Hölle mit Rand. Zur Hölle mit dem Klassentreffen. Zur Hölle mit allen und allem. Und mit diesen angenehmen Gedanken driftete er hinüber ins Land der Träume.

Wo er wieder einmal vom Klassentreffen der Icicle Falls Highschool träumte. Dieses Mal saßen sie alle im Speisesaal der Icicle Creek Lodge, doch Jonathan war der Kellner, der alle bedienen musste. Ein Kellner im Clownskostüm. In der Hand hielt er ein Silbertablett mit einer großen silbernen Glocke, als er an einen Tisch kam, wo Rand zusammen mit Feron Prince und Cam Gordon saß. Er beugte sich zu Rand vor und hob den Deckel, um eine Lissa in Miniaturformat zu enthüllen, die wie ein gegrilltes Schwein mit einem Apfel im Mund angerichtet war.

„In Ordnung", sagte Rand und rieb sich die Hände. „Das ist genau das, was ich wollte. Danke, Jonathan."

Er nahm den Apfel aus Lissas Mund, und sie sah Hilfe suchend zu Jonathan auf und rief mit kaum wahrnehmbarer Stimme: „Hilfe, Jonathan! Rette mich!"

Erschrocken wachte er auf, setzte sich hin und blinzelte in die Dunkelheit. Was, verdammt noch mal, sollte das bedeuten?

Das war der letzte Aufruf zum Klassentreffen, ganz eindeutig.

Okay, er würde hingehen.

19. KAPITEL

Klassentreffen des Abschlussjahrgangs 1998
Veranstaltungsplan
(Willkommen, Grizzlies!)

Freitag, 17.00–19.00 Uhr
Cocktailparty in der Icicle Creek Lodge
mit anschließendem Abendessen

Samstag, 9.00 Uhr
Frühstück im Breakfast-Haus für die Grizzly Girls
Anschließend: Shopping!

Samstag, 9.00 Uhr
Grizzly Golfturnier auf dem
Mountain Meadows Golfplatz

Samstag, 12.00–16.00 Uhr
Grizzly Picknick im Riverwalk Park

Samstag, 20.00 Uhr–Mitternacht
Tanz in der Festival Hall

Sonntag, 10.00–12.00 Uhr
Abschiedsbrunch in der Icicle Creek Lodge

Endlich war es so weit, das dritte Wochenende im August stand an. Jetzt ging es los. Jonathan war frisch geduscht und rasiert und hatte sich mächtig herausgeputzt: Neue Schuhe (dunkle Halbschuhe, ohne Socken), Jeans mit einem coolen Hemd, Krawatte und ein weißer Leinenblazer. Er schob seine Brille zurecht, obwohl die bereits perfekt auf seiner Nase saß, und begutachtete sich noch einmal im Spiegel. Sein Brustkorb war deutlich breiter geworden, und unter dem Hemd verbarg sich ein Sixpack. Oder zumindest die Anfänge davon. Vielleicht konnte er das Ganze ja doch überstehen.

Natürlich würde er es überstehen. Er hatte sich einen neuen Look zugelegt und sich darin geübt, Komplimente zu verteilen.

Und er hatte eine rote Rose, die er im Garten seiner Mutter gepflückt hatte, um sie Lissa zu überreichen. Im Vorwege hatte er eine Reihe von romantischen Gesten durchgespielt. Sein erster Gedanke war gewesen, ein Banner über dem Eingang zur Icicle Creek Lodge zu hängen, auf dem stand *Willkommen, Lissa*. Doch dann war ihm eingefallen, dass Tina das bestimmt sofort abnehmen würde, weil sie nicht wollte, dass irgendjemand besonders hervorgehoben wurde (es sei denn, sie selbst). Na ja, und mit anonymen Zuneigungsbekundungen hatte er ja schon damals auf der Highschool eine Pleite erlebt. Wenn er etwas Romantisches veranstalten wollte, dann musste er diesmal auch sichergehen, dass er selbst dafür die Lorbeeren einheimste. Eine weitere Idee war gewesen, die Band zu bitten, ein bestimmtes Lied zu spielen. *Dies hier ist für Lissa von Jonathan.* Von der Idee war er anfangs sehr angetan gewesen, doch je länger er darüber nachgedacht hatte, desto weniger Gefallen hatte er daran gefunden. Es erinnerte ihn an Leute, die abends zu Hause saßen und Radio hörten. *Sadistico – Wunschkonzert für einen Toten.* Diesen alten Film hatte er mal im Fernsehen gesehen, und er wollte nicht unbedingt etwas machen, was ihn womöglich als Psychopathen abstempelte. Sollte er eine Limousine chartern, um sie zur ersten Veranstaltung zu kutschieren? Was war, wenn sie sich schon mit einer Freundin verabredet hatte? Oder mit Rand? (*Das* war ein ziemlich deprimierender Gedanke.) Schlussendlich entschied er sich für die Rose. Die war geschmackvoll und klassisch. So wie sein neues Ich.

Chica, die ihn beobachtet hatte, folgte ihm hinaus aus der Haustür und winselte.

„Tut mir leid“, sagte er zu ihr. „Das ist eine Party nur für Menschen. Du kannst nicht mitkommen.“

Er rieb ihr noch einmal aufmunternd über den Kopf, und im Gegenzug biss sie ihn spielerisch – oder auch nicht – in die Hand.

„Du bleibst hier und bewachst das Haus. Okay?“

Sie legte sich winselnd auf die Veranda.

„Ich komme wieder“, versprach er. Hoffentlich jedoch erst spät.

Mit der Rose in der Hand kletterte Jonathan in seinen Volkswagen Käfer und fuhr die kurze Strecke zur Icicle Creek Lodge. Tina und ihr Deko-Team hatten sich mächtig ins Zeug gelegt. Über dem Eingang prangte ein großes Banner, auf dem stand *Willkommen zu Hause, Abschlussjahrgang 1998*. Im Hotel, stellte Jonathan fest, war alles festlich mit Blumen und Luftballons in den Schulfarben Rot und Gold geschmückt. Ein paar Leute standen in der Lobby und unterhielten sich – er erkannte Bobby Burns, den Basketball-Star, und seinen Freund John Corallo sowie April Anderson, die Präsidentin der Grizzly Girls gewesen war.

Er eilte an ihnen vorbei und folgte dem Lärm, der aus dem Speisesaal drang. Kein Wunder, waren die Tische, die mit weißen Leinentischtüchern und edlem Geschirr gedeckt waren, doch bereits gut belegt, während andere ehemalige Mitschüler noch in Gruppen zusammenstanden, einen Drink genossen und Erinnerungen austauschten. Jonathans Herzschlag beschleunigte sich. Tief durchatmend zwang er sich, wieder in seine Vergangenheit einzutauchen.

Feron Prince schien noch zehn Zentimeter größer geworden zu sein, seitdem Jonathan ihn zuletzt gesehen hatte, und muskulöser war er auch noch. Da war nichts von einem Bierbauch zu sehen. An seiner Seite stand eine Frau, die die kleine Cousine von Beyoncé hätte sein können. Der riesige Stein an ihrem Ringfinger verriet, dass sie zusammengehörten. Neben ihm stand Cam Gordon mit einem Drink in der Hand. An Cam waren die letzten fünfzehn Jahre nicht so spurlos vorübergegangen wie an Feron. Sein Haar lichtete sich bereits, dagegen war sein Bauchumfang gewachsen. Doch die Sachen, die er trug, verrieten, dass auch sein Bankkonto gewachsen war. Zwei weitere Sportskanonen gesellten sich zu ihnen. Jonathan konnte förmlich die Wellen an Testosteron spüren, die von dort herüberdrifteten. Er wandte seinen Blick in eine andere Richtung.

In einer Ecke des Saals hatten sich mehrere Frauen um Daphne Robard geschart und lachten hysterisch. In einer weiteren Gruppe von Frauen befand sich auch Heidi Schwartz, die gerade ein Foto auf ihrem Telefon herumzeigte, vermutlich von ihrem Kind. Er wünschte, er hätte auch etwas, irgendwas, vorzuweisen.

Er ging weiter und kam an der nächsten Frauenrunde vorbei. Eine musterte ihn anerkennend und winkte ihn heran. Es war Tessa Newton. Sie war früher Cheerleaderin gewesen.

„Hallo", begrüßte sie ihn. „Bist du mit jemandem hier?"

„Äh, nein." *Ach herrje. Das war ja sprachlich sehr gewandt.* Er versuchte es noch einmal. „Ich bin ganz auf mich gestellt, auf der Suche nach hübschen Frauen." Das klang blöd.

Blöd oder nicht, Tessa schien es zu gefallen. Sie grinste ihn an, wobei auf ihrer Wange ein Grübchen erschien. „Ich bin Tessa." Sie streckte ihm die Hand entgegen.

Natürlich erkannte sie ihn nicht. Am liebsten hätte er einen flotten Spruch von sich gegeben. *Ich bin Jason Bourne.* Stattdessen entschied er sich für Höflichkeit und ergriff ihre Hand. „Wahrscheinlich erinnerst du dich nicht mehr an mich. Ich bin Jonathan Templar."

„J…Jonathan?", stammelte sie.

Darüber musste er lächeln. Wie es schien, machten Kleider doch Leute.

Sie blinzelte und versuchte augenscheinlich das, was sie gerade sah, mit dem Bild in Einklang zu bringen, das sie in ihren Erinnerungen von ihm abgespeichert hatte.

„Schön, dich zu sehen, Tessa." *Na ja, nicht wirklich.* Er ging weiter.

„Jonathan, hallo."

Er drehte sich um und sah einen Mann mit Stoffhose und Oberhemd, der ihm zuwinkte. Er trug zwar keine Brille mehr, doch er war noch genauso dürr wie früher. Darrell Hornsby, einer seiner alten Schachkumpel. Jonathan lächelte, froh, ein freundliches Gesicht zu entdecken. Und wer stand da neben seinem Freund? Die Brünette mit den fantastischen Kurven, die von einem eng anliegenden schwarzen Kleid bestens zur Geltung gebracht wurden, raubte ihm glatt den Atem. Sie glich einem Filmstar. Oder einer Edelnutte. Was machte *die* neben Darrell?

Jonathan ging zu ihnen hinüber und begrüßte sie.

„Du siehst gut aus", stellte Darrell fest und musterte Jonathans neues Outfit. „Was ist passiert?"

„Darrell!", schalt die Frau leise.

„Oh, entschuldige. Ich meine, na ja, Himmel, du siehst gut aus."

„Danke." All die harte Arbeit hatte sich wohl doch gelohnt. Wenn jetzt nur noch Lissa es bemerken würde. Wo steckte sie nur?"

„Darf ich dir Bridget vorstellen?", sagte Darrell.

„Hallo, Bridget."

„Nett, dich kennenzulernen", erwiderte sie und musterte ihn lächelnd von Kopf bis Fuß. „Darrell hat mir schon viel von dir erzählt."

Was gab es denn da zu erzählen? „Ach, ehrlich?" *Ganz toll.* Jonathan nahm Verbindung zu seinem inneren Todd Black auf. „Na, ich verstehe auf jeden Fall, warum er mir nichts von dir erzählt hat. Ich würde auch nicht teilen wollen, wenn du zu mir gehören würdest." Nicht, dass er Darrell in den letzten fünf Jahren gesehen oder auch nur gesprochen hatte, aber es klang nett.

Das schien Bridget auch zu finden. Sie strahlte ihn an. Oh, ja. Er hatte es doch drauf. Er würde es schaffen.

„Du wirst nie erraten, wo Bridget und ich uns kennengelernt haben", meinte Darrell.

Er würde es nicht einmal versuchen.

„Online. Es gibt da diese Seite für Leute, die zu sehr mit ihren Karrieren beschäftigt sind, um sich zu verabreden."

Jonathan erinnerte sich, dass Darrell eine Softwarefirma besaß. Er kam ganz offensichtlich gut zurecht.

„Die Seite ist spezialisiert …" Jetzt kam Darrell ins Stocken.

Auf Mitgiftjäger? „Darauf, schöne Frauen mit erfolgreichen Männern zusammenzubringen?", mutmaßte Jonathan.

„Genau", erwiderte Darrell grinsend.

Jonathan kannte sich mit Schmuck nicht sonderlich gut aus, aber er erkannte etwas Kostspieliges, wenn er es sah, und die Kette, die Bridget trug, war bestimmt nicht billig gewesen. Steigert Darrells Ansehen, stellte er fest. Der Typ hatte Erfolg. Er hatte eine schöne Frau bestochen, mit ihm zusammen zu sein, und er würde hier auf dem Klassentreffen damit ziemlichen Eindruck schinden.

„Na, auf jeden Fall haben sie das gut hinbekommen", meinte Jonathan und versuchte, nicht auf Bridgets üppigen Busen zu starren. „Hey, ich muss, äh …" Er machte eine vage Handbewegung in Richtung Menge.

„Okay", sagte Darrell. „Wir sehen uns später."

Jonathan nickte und ging weiter.

Da kamen Kyle und Mindy auf ihn zu. „Mann, was für eine Masse an Leuten, was?", stellte Kyle fest.

Erinnere mich nicht, dachte Jonathan. Es gab ein paar Leute, mit denen er gern wieder mal reden wollte – ehemalige Freunde aus der Schach-Gang, ein paar alte Kumpel aus der Band, aber im Großen und Ganzen befand er sich auf feindlichem Gebiet.

„Hallo, Jonathan", sagte Mindy. „Schön, dich wiederzusehen."

„Danke", erwiderte Jonathan und versuchte, möglichst unauffällig die Menschenmenge zu scannen.

„Sollen wir Plätze für das Abendessen reservieren?", bot Kyle an.

Plätze, das war positives Denken. *Ja, denk positiv.* „Gern", antwortete Jonathan und machte sich wieder auf die Suche nach Lissa.

Sie musste doch hier irgendwo sein. Er reckte den Hals und versuchte, über die herausgeputzten Leute hinwegzuschauen. In dem Moment bewegte sich die Menge, und er erhaschte einen Blick auf die Bar, die in einer Ecke des Speisesaals aufgebaut worden war. Dort, ein wenig rechts davon, mit einem Martiniglas in der Hand und in eine Unterhaltung mit Laurie Poznick vertieft, stand Lissa.

Jonathan wollte nicht hinübergehen, solange Lissa mit einer anderen Frau redete, doch wahrscheinlich würde während der gesamten Cocktailparty immer jemand mit ihr reden. Es würde keinen perfekten Moment für seinen ersten Schritt geben. Jetzt sah er – oh, nein! – Rand in all seiner muskulösen Pracht aus einer anderen Ecke des Saals wie ein Tarnkappenbomber Kurs auf Lissa nehmen. Da war kein Bierbauch zu sehen, kein schütteres Haar. Rand sah so genauso gut aus wie auf der Highschool. Nein, sogar noch besser – kräftiger, reifer. Er war ein Mann in den besten Jahren.

Jonathans Hand verkrampfte sich um die Rose. Ein Dorn bohrte sich in seine Haut, und er fluchte leise. Sobald Rand erst einmal Lissa in seinen Klauen hatte, würde er ihr nicht mehr von der Seite weichen. Folglich würde sie mit ihm auch zum Abendessen gehen, und Jonathan hätte keine Chance mehr.

Hastig drängte er sich durch die Menge und wiederholte seinen Spruch immer wieder. Schau dich an. Ich könnte das die ganze Nacht tun. Schau dich an. Ich könnte das die ganze Nacht tun. Schau dich an.

Ja, schau sie dir an. Sie war so schön in ihrem blauen Sommerkleid und mit den Haaren, die wie goldene Wellen auf ihre Schultern fielen.

Schau dich an. Ich könnte es die ganze Nacht tun.

Jetzt stand er fast vor ihr. Sie war von Nahem sogar noch schöner. Er nahm diese hübschen Lippen, so rosa und glänzend, in sich auf und bekam einen trockenen Mund.

Laurie erspähte ihn als Erste und lächelte. Dann drehte Lissa den Kopf herum. Was wollte er noch mal zu ihr sagen? *Schauen.* Irgendwas mit schauen.

„Äh, Lissa“, sagte er und hielt ihr die Blume entgegen.

„Oh, Jonathan, wie süß! Ich hatte gehofft, dass du kommst. Wow. Du könntest ja das Cover einer Zeitschrift zieren."

„Ich könnte dir dabei die ganze Nacht zuschauen", platzte er heraus. Moment mal. Das war doch völlig falsch gewesen.

Lissa zog die Augenbrauen zusammen, und Laurie musterte ihn, als wäre er pervers.

„Ich meine, ich könnte dich die ganze Nacht anschauen", versuchte Jonathan sich zu retten. Sein Gesicht war flammend rot. Er drehte sich zur Bar und griff nach einer Wasserflasche. Stress (oder all das Training) hatte ihm anscheinend übermenschliche Kräfte verliehen, denn er erwürgte die Flasche fast, als er den Deckel abnahm. Wie aus einem Miniaturspringbrunnen spritzte das Wasser heraus und ergoss sich auf sein Hemd und die Hose.

Laurie kicherte, und sogar Lissa musste lächeln.

Jonathan brachte ein nervöses Grinsen zustande. „Äh, billiges Plastik."

„Scheint so", meinte Laurie.

Er musste von hier verschwinden, ehe er noch mehr Blödsinn machte. „Ich sollte wohl lieber, äh …" *Mir eine Kugel durch den Kopf schießen, damit das Thema erledigt ist.*

Er trat einen Schritt zurück, stieß gegen jemanden und fuhr herum, wobei sich der Inhalt seiner Wasserflasche auf Daphne ergoss, die mit Schwung auf die Bar zugesteuert war.

„Was zum Teufel?"

„Oh, äh, tut mir leid, Daphne", stammelte er und streckte die Hand aus, um das Wasser wegzuwischen. Nur … das rann gerade über ihre Brüste. Keine gute Idee. Er riss die Hand zurück.

Grimmig funkelte sie ihn an. „Du solltest dir ein Schild mit der Aufschrift ‚Gefährlich' umbinden", fuhr sie ihn an.

„Entschuldige", murmelte er und trat den Rückzug bis in den hintersten Winkel des Speisesaals an, während er sich bemühte, das Schwitzen seiner Hände und das Hämmern seines Herzschlags wieder unter Kontrolle zu bringen. Wie viele Leute hatten das mitbekommen?

Jetzt war Rand bei Lissa und Laurie angekommen. Er sagte etwas, und Lissa lächelte. War es ein Ich-bin-überglücklich-dich-zu-sehen-Lächeln oder einfach nur ein höfliches? Hatte sie während der vergangenen Jahre an Rand gedacht?

Da stand er, gut frisiert und gut gekleidet. Teuer gekleidet, mit einen protzigen Siegelring an seiner rechten Hand, damit alle Welt sehen konnte, dass er Geld besaß.

Geld war nicht alles.

Und kein Ehering an der anderen Hand, damit alle Welt sehen konnte, dass er auf der Jagd war.

In diesem Moment beugte er sich vor und flüsterte Lissa etwas ins Ohr, woraufhin sich ihre Wangen röteten. Was hatte er wohl zu ihr gesagt? Wahrscheinlich, dass er sie die ganze Nacht anschauen könnte. Rand würde den Spruch, natürlich, richtig rüberbringen.

Jonathan bemerkte, dass sich ihm jemand drohend näherte. Feron Prince.

Oh, nein. Die nächste Folter.

„Freut mich, dich hier zu sehen, Jon“, meinte Feron.

Jonathan konnte sich nicht vorstellen, warum. „Äh, ja, gleichfalls“, brachte er heraus, obwohl es eine glatte Lüge war.

„Das zehnjährige Jubiläum habe ich verpasst.“

Was für ein Pech.

„Es gibt da etwas, was ich dir sagen wollte.“

Jonathan sah ihn misstrauisch an. „Was?“

„Es tut mir leid, dass ich während der Highschoolzeit so ein Tyrann war. Ich hab’ mich echt mies verhalten, als ich dich damals in den Spind eingesperrt habe, das liegt mir schon seit Jahren auf der Seele.“

Jonathan blinzelte. Feron Prince entschuldigte sich bei *ihm*? „Ist schon okay.“

„Ist es nicht. War es auch nie. Aber danke, dass du das sagst.“ Er streckte eine Hand aus, und Jonathan schüttelte sie. Offensichtlich waren Computerfreaks nicht die Einzigen, die sich ändern konnten …

Jonathans Gedanken wurden durch das Kreischen des Mikrofons unterbrochen. Tina hielt eins in der Hand und klopfte jetzt darauf herum. „Ist es an?“

Oh, Mann.

Sie klopfte noch einmal darauf. „Willkommen, alle zusammen, zu unserem fünfzehnjährigen Jubiläum. Ich bin so froh, dass so viele von euch gekommen sind.“

Es wäre schön, wenn ein gewisser Jemand nicht erschienen wäre. Verdammt, wieso hatte Rand nicht verheiratet und zu Hause bleiben können?

„Wie es aussieht, wird gleich das Essen serviert, daher sollten wir uns alle einen Platz suchen.“

Rand legte Lissa eine Hand auf den Rücken und begann, sie in Richtung eines Tisches zu manövrieren.

Gib niemals auf. Sieh zu, dass du den Platz auf ihrer anderen Seite ergatterst, befahl Jonathan sich.

Rand und Lissa nicht aus den Augen lassend, setzte er sich in Richtung ihres Tisches in Bewegung. Er war fast angekommen, als er feststellte, dass Laurie sich den Stuhl neben Lissa herauszog. Was würde Winston Churchill tun?

Jonathan hatte keine Ahnung, aber er wusste, was er tun würde. Er ging an dem Tisch vorbei, den Kyle ausgesucht hatte, und zeigte auf sein Ziel. Kyle nickte und hob den Daumen, als Jonathan sich einen Weg zwischen seinen sich unterhaltenden ehemaligen Klassenkameraden bahnte, um an Lissas Tisch einen Platz zu erobern.

Der Tisch war für acht gedeckt, und sechs Plätze waren bereits belegt. Zum einen von Lissa, Rand und Laurie. Außerdem hatten sich Cam, Tina und Doug Immeressen zu ihnen gesellt. Doug war eine weitere Sportskanone, der damals auch nur allzu gern schlaksige Streber geärgert hatte. Jonathan wäre lieber in einem Haifischbecken geschwommen, als sich zu diesen Leuten zu gesellen.

Wem wollte er denn was vormachen? Das hier *war* ein Haifischbecken. Schluckend zog er sich einen Stuhl heraus, setzte sich und nickte den anderen zu.

„Na, da ist er ja“, meinte Rand leutselig, „der König des Schachbretts.“

„Das bin ich“, erwiderte Jonathan und tat so, als wäre es keine Beleidigung.

Rand musterte ihn einen Moment lang. „Du siehst nicht mehr nach einem typischen Computer-Freak aus.“

Jonathan zuckte mit den Schultern. Vielleicht. Noch besaß er all seine Lieblingsoberhemden und seine Nerd-T-Shirts. Man konnte vielleicht den Jungen aus seinen blöden Klamotten herausholen, aber man konnte den Blödmann nicht aus dem Jungen herausholen. Doch an diesem Wochenende würde diese Seite an ihm schön verborgen bleiben.

Anders als Rand kommentierten Doug und Cam Jonathans Aussehen nicht. Sie machten sich nicht einmal die Mühe, ihn zu begrüßen, sondern unterhielten sich weiter mit Tina. Sie war niedlich und wieder Single, daher war das nicht sonderlich überraschend. Aber sie hätten sowieso nichts gesagt.

„Ich finde, er sieht fantastisch aus“, erklärte Lissa.

„Danke.“ Jonathan fand, das war ermutigend. Genauso wie die Tatsache, dass sie noch ihre Rose hatte. Sie legte sie sorgfältig vor ihren Teller.

Okay, vielleicht würde er das ja doch überleben. Vielleicht würde er es ja sogar mehr als nur überleben. Vielleicht konnte er einen Weg finden, um geistreich und unterhaltsam zu sein. „Meinen Glückwunsch zu deiner Karriere. Ich habe dich jeden Tag gesehen“, sagte er zu Lissa.

„Wie, durchs Fernglas?“ Rand lachte über seinen eigenen Witz.

„Im Fernsehen. Du bist großartig.“

„Lissa war schon immer großartig“, stellte Rand fest. Er senkte die Stimme, und Jonathan spitzte die Ohren, um zu lauschen. „Ich war ein Idiot, dass ich dich habe gehen lassen.“

Rand war ein Idiot. Punkt.

Lissa errötete und trank einen Schluck von ihrem Martini.

Der Stuhl neben Jonathan wurde herausgezogen, und mit einem Plumps ließ sich – oh, nein – Daphne darauf nieder. „Wehe du bekleckerst mich wieder mit irgendwas", warnte sie ihn.

„Würde mir nicht im Traum einfallen", versicherte Jonathan ihr.

Aber er tat es trotzdem. In seiner Eile, Lissa das Mohndressing zu reichen, nachdem der Salat serviert worden war, rutschte ihm das kleine Kännchen vom Tablett. Es fiel direkt auf Daphnes Teller und verspritzte Salatdressing in ihren Schoß.

Laut aufschreiend zuckte sie zurück.

Jonathan spürte, dass er knallrot wurde. „Tut mir leid, Daphne", entschuldigte er sich. Das konnte doch nicht wirklich passieren, oder? Er war jetzt so panisch, dass er, als er nach seiner Serviette griff, auch noch sein Wasserglas umstieß. Während Rand höhnisch lachte, floss das Wasser über den Tisch bis hin zu Tina, die auf der anderen Seite saß.

Benommen hörte Jonathan jemanden fragen: „Wer hat denn diesen Clown an unseren Tisch eingeladen?" Er meinte, es wäre Cam, aber es konnte genauso gut Rand oder Doug gewesen sein. Er wusste es nicht. Alles verschwamm zu einer grässlichen Szene. Sein schlimmster Albtraum wurde gerade wahr.

Daphne stand auf und hielt den Rock ihres schwarzen Kleides hoch. „Ich muss mich umziehen gehen. Dieses Kleid ist ruiniert."

„Ich bezahle dir ein neues", bot Jonathan an.

„Darauf kannst du wetten", fuhr sie ihn an und stürmte zum Ausgang.

„Du warst schon immer ein unbeholfener Tölpel", rief Rand sich in Erinnerung.

Erwachsene Männer weinen nicht. Jonathan wünschte, er könnte davonlaufen, in eine andere Stadt, in einen anderen Bundesstaat, ein anderes Land. Indien vielleicht.

„Es war sowieso ein hässliches Kleid", meinte Lissa in einem offensichtlichen Versuch, ihn zu trösten.

Das war typisch Lissa, nett zu allem und jedem – verloren gegangenen Hündchen, kleinen Kindern, Clowns. Jonathan brachte lediglich ein Nicken zustande.

Der Abend zog sich endlos hin. Daphne kam umgezogen zurück in den Speisesaal, suchte sich aber einen Platz an einem anderen Tisch. „Na, die bist du ja geschickt losgeworden“, scherzte Rand.

Das war aber auch alles, was er zu Jonathan sagte. Es war kaum zu glauben, dass sie in ihrer Kindheit einmal Freunde gewesen waren. Rand hatte sich in einen egoistischen Angeber verwandelt. Alle am Tisch hörten von seiner Filmagentur in Hollywood und seinem Haus in den „Hills“. Lissa erfuhr, dass seine Frau ihn nie verstanden hatte und dass er sich nächstes Mal eine Frau mit Herz aussuchen würde. „Eine Frau mit blonden Haaren und hübschen blauen Augen“, fügte er hinzu und zupfte spielerisch an einer ihrer Locken.

Jonathan stach wutentbrannt mit dem Messer auf die panierte Hähnchenbrust ein, was dazu führte, dass sie von seinem Teller segelte. Er schaute gar nicht erst auf, um zu sehen, wer das jetzt wieder mitbekommen hatte, sondern hielt den Kopf gesenkt, während er das Fleisch mit der Gabel aufspießte und wieder auf seinen Teller beförderte. Danach rührte er es nicht mehr an. Sein Appetit war verflogen, genauso wie seine Chancen, Lissa zu beeindrucken.

Verstohlen blickte er zu dem Tisch, an dem Kyle zusammen mit Mindy, Darrell und Bridget sowie zwei weiteren alten Freunden aus der Band saß. Sie unterhielten sich alle angeregt, lächelten und schienen Spaß zu haben. Er hätte sich dorthin setzen sollen, zusammen mit Leuten, die ihn mochten.

Das Dessert wurde aufgetragen, eine Schokoladenmousse mit frischen Himbeeren, von der die Frauen alle schwärmten. Für Jonathan war das Beste am Dessert, dass es bedeutete, dass das Abendessen sich endlich dem Ende zuneigte.

„Es wird Zeit für ein bisschen Unterhaltung“, sagte Tina und stand von ihrem Platz auf.

Unterhaltung? Oh, nein. Was sollte das heißen?

Sie nahm das Mikro und fragte: „Habt ihr alle Spaß?“

Nein.

Jubel und Geklatsche versicherten ihr, dass alle anderen sich tatsächlich amüsierten.

„Okay, jetzt wollen wir doch mal sehen, wie gut euer Gedächtnis ist. Melody verteilt jetzt Zettel mit einem unangekündigten Test. Wehe einer von euch dreht die Zettel um, ehe ich es euch erlaube."

„Oh, Mann, das ist ja wie früher in Ms Crows Geschichtsunterricht", beschwerte sich Cam.

Cam war nie gut in Geschichte gewesen. Genau genommen war Cam in keinem Fach wirklich gut gewesen. Das Einzige, worin er hatte brillieren können, waren Football und das Sichflachlegen-lassen.

Jonathan wünschte, er selbst wäre nicht so ein guter Schüler gewesen. Man konnte ja sehen, wohin ihn das gebracht hatte. Melody reichte ihm einen Zettel, und pflichtbewusst legte er ihn umgedreht auf den Tisch.

Im Gegensatz zu Rand und Doug. Sie verglichen bereits Antworten. Ein Haufen Schummler, typisch.

„Okay, ihr dürft die Zettel jetzt umdrehen", verkündete Tina fröhlich.

Die Fragen waren angemessen und voraussehbar albern. *Welcher Lehrer hatte den Spitznamen Smurf? Wer war berühmt für ihre schlechten Tage? (Kleiner Tipp: Ihre Initialen lauten L. P.)* Lissa entdeckte diese Frage und stieß Laurie spielerisch den Ellenbogen in die Seite. *Wer wurde beim Rauchen von Hasch auf der Jungentoilette erwischt?* Jonathan hatte keine Ahnung. Von dem Zeug hatte er immer die Finger gelassen. *Gegen wen haben wir die Football-Meisterschaft verloren?* Wen interessierte das schon? *Wohin ging man am besten, wenn man mit einer heißen Verabredung allein sein wollte?* Ha! Das wusste er. Sogar er hatte hin und wieder am Eingang zum Lost Bride Trail herumgeknutscht. *Wer hat in unserer Aufführung von The Music Man 1998 die Hauptrolle gespielt?* Daphne natürlich.

Plötzlich begann Jonathan zu schwitzen, und das Bisschen, was er an Hähnchen gegessen hatte, lag ihm auf einmal schwer im Magen. *Welches Superhirn wurde als Erstsemester in seinem Spind „gefangen"?*

Das war ja wohl nicht wahr. Da ließ er sich von Tina als Techniksklave für das Klassentreffen missbrauchen, und das war der Dank dafür? Er knüllte seine Serviette zu einem festen Ball zusammen. Okay, das reichte. Er hatte genug, genug von diesem sogenannten Spiel und genug von diesen Leuten. Fast alle verhielten sich noch genauso wie auf der Highschool mit ihrer albernen snobistischen Hackordnung. Das musste er sich nicht länger antun.

Entschlossen schob er seinen Stuhl zurück und stand auf.

„Was ist los, Templar?", rief Cam ihm hinterher.

Jonathan machte sich nicht die Mühe zu antworten, verabschiedete sich lediglich mit dem erhobenen Mittelfinger.

Er hatte bereits die Hälfte der Lobby durchschritten, als Kyle ihn einholte. „Hey, wo willst du hin?"

„Nach Hause. Ich muss hier nicht länger rumsitzen und mir diesen Mist antun."

Kyle sah ihn ernst an. „Geh nicht, Jon. Wenn du das tust, dann gewinnen sie."

„Das sagt sich für dich so leicht", brummte Jonathan. „Du hast es ja auch nicht in den Test geschafft."

„Ach, vergiss das. Komm zurück und setz dich zu uns. Du kannst diese Typen nicht gewinnen lassen."

Doch, das konnte er. Er schüttelte die Hand seines Freundes ab und ging weiter.

„Wenn du jetzt gehst, dann siehst du echt aus wie ein Loser", rief Kyle ihm hinterher.

Die Worte ließen ihn abrupt innehalten.

„Außerdem bist du doch gar nicht mehr dieser Typ. Oder?"

Verdammt, nein. Jonathan drehte sich um und marschierte zurück in den Saal.

20. KAPITEL

Jonathan kam gerade rechtzeitig zurück, um seine ehemaligen Klassenkameraden lachen zu hören. Natürlich. Sie lachten über ihn. Er ballte seine verschwitzten Hände zu Fäusten und bahnte sich einen Weg zurück zu seinem Tisch.

„Wir haben gerade über dich geredet", begrüßte Rand ihn.

Das mochte stimmen, doch wie sich herausstellte, kicherten sie gerade über eine weitere Frage, eine, die er gar nicht mehr gelesen hatte. *Wer ist in den Müllcontainer gefallen, um seine lose Spange wieder herauszuangeln?* Das war jemandem passiert? Warum erinnerte er sich nicht daran?

„Jetzt kann ich auch darüber lachen", sagte Tina, „aber damals war das alles andere als lustig."

„Dabei hast du uns aber einen tollen Blick auf deinen Hintern gewährt", rief Cam, und sie schüttelte nur den Kopf.

„All diese peinlichen Dinge, die uns auf der Highschool passiert sind", meinte sie. „Damals kam uns das doch immer wie das Ende der Welt vor, oder?"

Ja.

„Aber eigentlich bedeuteten diese Sachen längst nicht so viel, wie wir gedacht haben."

Na, da war er sich nicht so sicher.

„Denn schaut euch doch an, was für ein super Haufen wir geworden sind", erklärte Tina und blickte mit ihrem Cheerleader-Lächeln in die Runde. „Ich hoffe, ihr habt alle genauso viel Spaß wie ich, beim Austauschen von all dem, was in den letzten Jahren passiert ist. Wir werden hier jetzt bald aufbrechen müssen, aber ich weiß, dass ihr alle im Zelda's oder Man Cave weiterfeiern werdet."

Jonathan warf einen Blick auf die Leute an seinem Tisch. Und richtig, Rand flüsterte Lissa etwas ins Ohr. Sie schenkte ihm ein nachdenkliches Lächeln und nickte dann. Für sie kam vermutlich nur Zelda's infrage, und das bedeutete, dass er selbst heute Abend keine Chance mehr hatte, sie unter vier Augen zu sprechen.

„Bevor wir gehen, möchte ich meinem Klassentreffenkomitee für all die harte Arbeit danken. Laura und Heidi, steht doch mal auf."

Laura und Heidi erhoben sich und wurden mit gebührendem Applaus belohnt.

„Und ein großes Dankeschön an Jonathan Templar, meinem Lieblings-Nerd, dafür, dass er die Website für uns eingerichtet hat und auch auf Facebook immer alles auf den neuesten Stand gebracht hat."

Der Applaus fiel bei ihm weniger herzlich aus, abgesehen von Kyles Tisch, wo laut Beifall gespendet wurde. Jonathan spürte, dass er bis an die Haarwurzeln errötete.

„Okay, Leute, jetzt noch schnell einmal unsere Termine für morgen. Grizzly Girls, vergesst nicht unser Frühstück im Breakfast-Haus und unseren Einkaufsbummel. Lasst uns die Wirtschaft in unserer Heimatstadt ankurbeln!"

Auf geht's, Grizzly Girls, dachte Jonathan bitter. Lissa würde dabei sein, also hatte es keinen Sinn, sie zum Frühstück einzuladen.

„Für alle Golfer gibt es das Golfturnier, und am Nachmittag das Picknick, wo wir alle die Chance bekommen, zu sehen, wie groß die Familien geworden sind."

Da wusste Jonathan schon, wie das laufen würde. Lissa würde von Freundinnen umringt sein; sie wäre damit beschäftigt, deren Babys auf dem Arm zu halten und mit deren Kindern zu spielen. Einen Moment lang stellte er sich vor, wie sie als Paar aussehen würden, sie würde ein kleines Mädchen mit blonden Locken im Arm halten, während er mit einem dunkelhaarigen Jungen herumtobte.

„Und ich hoffe, ihr habt alle eure Tanzschuhe eingepackt, damit ihr morgen Abend die Tanzfläche rocken könnt", beendete Tina ihre kleine Ansprache. „Das war's für heute Abend. Bis morgen!"

„Sehen wir uns beim Picknick?“, fragte Jonathan Lissa.

„Zum Picknick bin ich nicht da, aber abends zum Tanzen, also vergiss nicht, mir einen Tanz zu reservieren“, sagte sie, bevor Rand sie entführte.

Jonathan stand da, die Hände zu Fäusten geballt. Warum versuchte er es überhaupt? Zur Hölle mit Rand Burwell. Es kam ihm vor, als würde sich ein Messer in sein Herz bohren, als er sah, wie Lissa Rand anlächelte. Neue Klamotten, neue Muskeln, geistreiche Kommentare – was nützte es?

Plötzlich tat Lissa etwas, was Hoffnung in ihm schürte. Sie roch an der Rose und lächelte Jonathan über die Schulter hinweg noch einmal an. Ein kleines Lächeln, doch es genügte, dass er seine Fäuste löste und fröhlich pfeifend nach Hause fuhr. Es genügte, um ihm zu versichern, dass seine Story noch nicht zu Ende war.

„Du musst mit zum Picknick kommen“, beharrte Kyle, als er Jonathan am nächsten Morgen anrief.

Jonathan zog es vor, seine Energie für den Tanzabend aufzusparen, sowohl physisch als auch mental. „Da sind doch sowieso nur Familien.“

„Nein, ich gehe hin und Darrell auch. Und erinnerst du dich an Simon Jacobs?“

„Ja, sicher.“ Simon war auch Mitglied im Schachclub gewesen. „Den habe ich gestern Abend gar nicht gesehen.“ Nicht, dass er nach ihm Ausschau gehalten hätte. Der einzige Mensch, nach dem er Ausschau gehalten hatte, war Lissa gewesen.

„Er ist er gestern Abend erst spät eingetrudelt. Aber er will zum Picknick kommen. Er hat inzwischen Frau und Kind.“

Simon Jacobs war noch schlaksiger und streberhafter als Jonathan gewesen. Und er hatte ein großes Pickelproblem gehabt. Und trotzdem war er verheiratet. Jonathan war jetzt offiziell der Letzte aus dem Schachclub – verdammt, auf dem gesamten Planeten –, der keine Frau hatte.

„Er will dich bestimmt gern wiedersehen“, drängte Kyle ihn.

„Ja, ich würde ihn auch gern treffen. Aber er ist doch bestimmt heute Abend beim Tanz, oder?"

„Als ich mit ihm gesprochen habe, war er sich nicht sicher. Seine Frau ist schwanger und kurz vor dem Stichtag."

„Oh, na ja." Jonathan wollte trotzdem nicht zum Picknick gehen. „Grüß ihn schön von mir."

„Grüß ihn selber. Komm schon, kneif nicht. Wir brauchen ein bisschen Schachclub-Solidarität."

„Du und Simon, ihr könnt zusammenhalten."

„Sei nicht so ein Weichei", meinte Kyle angewidert.

„Hey, ich bin kein Weichei", protestierte Jonathan.

„Oh, doch, das bist du. Du musst an diesen Sachen teilnehmen, Jon. Die Leute wollen dich sehen."

Von wegen. Das hatte er ja gestern mitbekommen, wie erpicht die Leute darauf waren, ihn zu sehen.

„Komm schon, wenigstens für eine Weile", versuchte Kyle ihn zu locken.

Jonathan seufzte. „Okay, okay." Er würde hingehen, aber nur lange genug, um Simon Hallo zu sagen.

Kurz nach Mittag kam er mit seiner Portion Hähnchenkeulen aus dem Safeway am Riverwalk Park an und stellte fest, dass der Picknickplatz bereits voller junger Familien war. Juan Fernandez, der Klassensprecher der Abschlussklasse, stand am Grill, und der Duft von brutzelnden Burgern hing in der Luft. Frauen breiteten das Essen auf einem der Tische aus, während die Männer in Gruppen zusammenstanden, Limo tranken und sich unterhielten. Kinder hatten den nahe gelegenen Spielplatz erobert und jagten einander, während sie zwischen den herumstehenden Erwachsenen hindurchflitzten. Jeder hier hatte jemanden. Jonathan kam sich wie ein Idiot vor, wie er, einzig mit seinen Hähnchenkeulen als Gesellschaft, herumlief.

Du bist jetzt hier, ermahnte er sich, also mach das Beste draus.

Aber mit wem sollte er das Beste draus machen? Das war die große Frage. So, wie es aussah, waren hier nur all die Cheerleader, die Sportskanonen und die Klassensprecher versammelt. Die

Schüchternen waren zu Hause geblieben. Das hätte ich auch tun sollen, ärgerte Jonathan sich.

Oh, halt. Da, am Rande der Menge, stand Kyle und hatte einen Tisch reserviert. Und bei ihm? Das mussten Simon und seine Frau sein. Doch der Mann sah überhaupt nicht aus wie der Simon, an den Jonathan sich erinnerte. Simon hatte das zehnjährige Jubiläum versäumt, daher hatte Jonathan ihn seit fünfzehn Jahren nicht mehr gesehen. Das Aussehen eines Mannes konnte sich innerhalb von fünfzehn Jahren erheblich verändern.

Er dachte daran, wie anders *er* jetzt aussah. Verdammt, das Aussehen eines Mannes konnte sich innerhalb von ein paar Monaten drastisch verändern.

Nachdem er seinen Beitrag zum Buffet abgestellt hatte, bahnte er sich einen Weg zum Tisch seiner Freunde.

Auf dem Weg dorthin kam ein wilder kleiner Junge in Shorts und einem roten T-Shirt aus dem Nichts angestürmt und kollidierte mit Jonathan. Er prallte von Jonathans Bein ab und landete mit einem geschockten Gesichtsausdruck auf seinem Hinterteil.

„Na, du bist ja ein ziemlich schneller Läufer", meinte Jonathan zu ihm und zog ihn wieder auf die Füße. „Wie heißt du?"

„Mikey", sagte der Junge. „Ich bin sechs."

Inzwischen war Tina zu ihnen gekommen. „Mikey, entschuldige dich bei Jonathan, dass du in ihn hineingelaufen bist."

Das war also Tinas Kind. Jetzt, da sie neben ihm stand, konnte er die Ähnlichkeit sehen. Es war ein gut aussehender Junge. Wahrscheinlich würde er problemlos in die Gruppe von Leuten hineinwachsen, die immer und überall den Ton angaben.

„'tschuldigung", murmelte Mikey.

„Ist schon okay", erwiderte Jonathan.

Mikey hörte ihn schon gar nicht mehr, sondern war schon wieder auf und davon.

Tina sah ihm liebevoll lächelnd hinterher. „Dieser Junge hat keinen Aus-Schalter."

Tina dagegen schon, vor allem, wenn es darum ging, sich mit unwichtigen Leuten wie Jonathan abzugeben. „Janelle", rief sie und eilte davon, um eine ehemalige Mitstreiterin aus dem Cheerleaderteam, die ein Kleinkind auf der Hüfte trug, zu begrüßen.

Jonathan setzte seinen Weg fort, umschiffte eine Gruppe von lachenden Müttern mit ihren Kindern und landete schließlich an dem Tisch von Kyle und Simon und seiner Familie.

„Hey, du bist ja doch gekommen", sagte Kyle erfreut. „Das hier war der letzte Tisch, den wir finden konnten", fügte er hinzu.

Am Rand, genau wie in der Highschool. Aber was soll's, dachte Jonathan. Sie würden sich alle zusammen am Rand aufhalten, und das war besser, als allein zu sein.

„Jon!", begrüßte Simon ihn. „Schön, dich zu sehen."

„Ich freu mich auch", entgegnete Jonathan und musterte das neue und deutlich verbesserte Erscheinungsbild seines alten Kumpels. Die Pickel waren genauso verschwunden wie die Brille. „Was ist mit deiner Brille passiert?"

„Laserbehandlung."

Simon konnte sich glücklich schätzen. Damit war er eins der typischen Computer-Freak-Accessoires losgeworden. Jonathan unterdrückte einen Anflug von Neid, der ihm diesen Moment des Wiedersehens mit seinem Freund zu verleiden drohte. *Was macht es schon, dass du immer noch eine Brille trägst? Brillen sind heutzutage cool.*

Nur leider fühlte er sich nicht sonderlich cool. Er besaß einen neuen Körper, neue Kleidung, ja, und sogar eine neue Brille, aber trotzdem war er immer noch uncool. Das hatte er gestern Abend beim Essen mehr als deutlich bewiesen.

„Das ist meine Frau Beth", sagte Simon und legte einen Arm um eine sehr schwangere Frau mit unscheinbarem Gesicht. „Und das ...", er hob einen kleinen Jungen von der Picknickbank, „... ist Bobby."

„Benannt nach Bobby Fisher?", mutmaßte Jonathan.

„Warum nicht? Das verhilft ihm zu gutem Schachkarma."

Eine Lachsalve ertönte von einem der anderen Picknicktische und erregte ihre Aufmerksamkeit. Doug Immeressen war es gerade gelungen, Tina einen Eiswürfel ins T-Shirt zu stecken.

Tja, für immer in der Highschool gefangen, dachte Jonathan nicht zum ersten Mal. Er beobachtete die Gruppe. Da waren sie, die Superstars der Icicle Falls Highschool. War einer von ihnen jetzt noch ein Superstar? Na ja, Tina besaß einen Laden in der Stadt, und er hatte gehört, dass Doug einen Autohandel in Yakima leitete. Was Cam Gordon oder Feron Prince trieben, wusste er nicht, aber er hatte Cam nicht im Fernsehen beim Super Bowl gesehen. Was war also an ihnen besser als an einem Mann, dem ein eigener Computer-Reparatur-Service gehörte?

„Okay, alle mal herhören, das Buffet ist eröffnet", verkündete Tina. „Bringt eure Teller mit und holt euch euren Grizzly-Fraß."

Jonathan stellte fest, dass der alte Doug der Erste in der Schlange war. Doug hatte als Fullback beim Football gekämpft und war wahrscheinlich mit der Hälfte der Mädchen in der Schule ausgegangen. Schon damals war er für seine ungeheure Größe und dementsprechenden Appetit verschrien gewesen. Jetzt nahm das Füllen seines Tellers höhere Priorität ein als ein Flirt mit Tina oder die Aufmerksamkeit, die er ihrem kleinen Jungen schenken könnte.

Wollte Jonathan so werden wie die Doug Immeressens der Welt? Nein, danke. Früher mochte der Typ ja mal jemand Besonderes gewesen sein, aber heute war er, genau wie Jonathan, nichts weiter als ein Kerl, der allein in einem Meer von Familien dahinschwamm. Auf den alten Doug brauchte man nun wirklich nicht neidisch zu sein.

„So, und wie ist es dir ergangen?", fragte Simon. Er musterte Jonathans hippe Jeans und das Hemd sowie die legeren Flip-Flops. „Kyle hat erzählt, dass du eine eigene Firma hast. Und du hast dir sogar ein Haus gebaut", fuhr Simon fort. „Sieht so aus, als würde das Leben es gut mit dir meinen." In seiner Stimme klang ein wenig Neid mit.

Jonathan nickte. Seltsam, dachte er. Worauf war *er* denn neidisch?

„Deine Firma scheint ja gut zu laufen."

„Ganz okay, ja", meinte Jonathan achselzuckend. Er verdiente sich seinen Lebensunterhalt, aber reich wurde er deshalb noch lange nicht.

„Im Leben geht es um mehr als nur um Geld", hatte sein Vater immer gesagt. „Such dir eine nette Frau, und dann bist du der reichste Mann auf Erden."

Er hatte die Frau zwar gefunden, aber leider war er aus Fort Knox noch immer ausgesperrt.

„Kommt, lasst uns was zu essen holen, ehe alles weg ist", schlug Kyle vor und schnappte sich einen Pappteller.

Die Schlange vor dem Buffet war lang, und nachdem der Großteil sich erst einmal bedient hatte, war die Auswahl nicht mehr groß, doch Jonathan ergatterte noch eine Portion Nudelsalat und den letzten Burger vom Grill.

„Jonathan, du kommst gerade rechtzeitig", sagte Juan ihm zu.

Auch Juan hatte zu den elitären Kreisen in der Highschool gehört, doch er war dabei immer nett geblieben, zufrieden damit, mit allen befreundet zu sein. Sogar jetzt beeindruckte er Jonathan damit, dass er sich an seinen Namen erinnerte. Allerdings bewarb Juan sich auch um das Amt des Repräsentanten für den vierten Kongressbezirk. Als Politiker gehörte es zu seiner Aufgabe, sich an Namen zu erinnern.

„Schön, dich zu sehen", fügte er hinzu, und obwohl er Politiker war, vermutete Jonathan, dass Juan es ernst meinte.

„Wie üblich haben die Sportskanonen all die guten Sachen abgeräumt", beklagte Kyle sich.

„Du warst derjenige, der unbedingt herkommen wollte", erinnerte Jonathan ihn, als sie zurück zu ihrem Tisch gingen.

Kurz darauf tauchte einer der Jungs aus Jonathans Band zusammen mit seiner Frau und den Zwillingssöhnen auf, und an Jonathans Tisch rückten alle zusammen, um den Neuankömmlingen Platz zu machen. Während Jonathan mit seinen alten Freunden plauderte, entschied er, dass es doch gut gewesen war, zum Picknick zu kommen. Er brachte die Kinder mit seinen

Grimassen zum Lachen und demonstrierte sein Talent, einen Löffel an seine Nase zu hängen. Ziemlich uncool, aber die Kinder fanden es toll.

Nach dem Essen flitzten die Zwillinge los, um zu spielen, wobei Jonathan bemerkte, dass sein Freund ein wachsames Auge auf sie hielt.

Das war mehr, als man von einigen anderen Eltern sagen konnte. Viele von ihnen waren zu sehr damit beschäftigt, in Erinnerungen an die guten alten Zeiten zu schwelgen, als sich darum zu kümmern, was ihre Sprösslinge trieben. So wie Tina zum Beispiel, sie und die anderen Cheerleader hatten kichernd die Köpfe zusammengesteckt.

Währenddessen rannte Mikey in immer weiteren Kreisen über den Platz und jagte die größeren Kinder. Wahrscheinlich würde er mal Langstreckenläufer werden. Tina hatte recht, der kleine Mikey besaß wirklich keinen Aus-Schalter.

Simons Zweijähriger dagegen schon. „Ich glaube, wir sollten zurück zu deiner Mom fahren, damit er seinen Mittagsschlaf halten kann", sagte Simons Frau.

„Kommt ihr heute Abend zum Tanz?", fragte Kyle.

„Das hängt davon ab, ob *ich* zu meinem Mittagsschlaf komme oder nicht", erwidert Beth.

Simon tätschelte ihren runden Bauch. „Sie schläft für zwei."

Und Simon war stolz darauf. Eine Frau, einen Sohn und ein zweites Kind unterwegs. Wieder musste Jonathan den Anflug von Neid unterdrücken.

„Tja, ich denke, es lohnt sich nicht, noch länger hierzubleiben", meinte Kyle und sah ihnen hinterher. „Ich wünschte, ich hätte Mindy mitgebracht."

Und Jonathan wünschte, Lissa wäre hier. Er hoffte, sie unternahm etwas mit ihrer Mom und war nicht irgendwo mit Rand unterwegs, der ebenfalls nicht zum Picknick erschienen war. Er ließ seinen Blick über die Menge gleiten. Da gab es niemanden, mit dem er noch plaudern wollte. Keine Babybilder, über die er in Verzückung geraten musste.

Als sein Blick über die Teilnehmer des Picknicks wanderte, stellte er fest, dass jemand in diesem Bild fehlte. Der kleine Mikey. Wo war der Junge? Jedenfalls nicht bei seiner Mom, die schwer damit beschäftigt war, mit Doug zu flirten.

Auf einmal schwante Jonathan Böses, als er zum Fluss schaute und eine kleine Gestalt in Shorts und rotem T-Shirt an der Böschung zum Flussufer herumstrolchen sah.

„Mist!“, murmelte er nur und rannte los.

„Was ist?“, rief Kyle hinter ihm her, bekam aber keine Antwort.

Vage nahm er Tinas Stimme wahr, die beiläufig „Mikey“ rief.

Dieser Abschnitt des Wenatchee Rivers war kein träge dahinfließendes Bächlein. Die Strömung war zu stark für einen kleinen Jungen, der Lust verspürte, schwimmen zu gehen.

Jetzt rief Tina nach ihrem Sohn, und in ihrer Stimme schwang Panik mit. „Mikey? Mikey!“

Jonathan lief weiter und kam gerade noch rechtzeitig zum Flussufer, um zu sehen, wie der Junge seinen zweiten Schuh auszog.

„Hallo, Mikey“, sagte Jonathan mit möglichst entspannter Stimme. „Was machst du denn da?“

„Ich will im Fluss baden“, erwiderte Mikey und zog sich die Socken aus.

„Das hört sich toll an, aber das sollten wir vielleicht lieber erst einmal mit deiner Mom besprechen. Ich bring’ dich zurück. Du darfst auch auf meinem Rücken reiten.“

Mikey schüttelte den Kopf und stand auf, eindeutig mehr am Baden als am Reiten interessiert.

Jonathan stellte sich zwischen den Jungen und den Fluss. „Bist du schon mal auf einem bockenden Bronco geritten?“

„Was ist das?“

„Das ist ein großes Pferd, so wie sie die Cowboys beim Rodeo reiten. Das macht echt Spaß.“ Jonathan hockte sich vor ihn hin. „Hüpf rauf. Ich zeig’s dir.“

Der Fluss wurde zugunsten des bockenden Broncos aufgegeben, und Mikey kletterte auf Jonathans Rücken und umklammerte mit den Armen seinen Hals. Erleichtert atmete Jonathan aus. Hier unten am Wasser konnten sie nur noch schwach das Rufen nach Mikey hören, das ein Chor von Leuten angestimmt hatte. Bis jemand auf die Idee gekommen wäre, hier unten nachzuschauen, wäre es zu spät gewesen.

Er sammelte Mikeys Schuhe und Socken ein und richtete sich auf. „Okay, bist du bereit?“

„Jaaa.“

Jonathan produzierte ein passables Wiehern und vollführte ein paar Sprünge, sodass der Junge auf und ab hüpfte und fröhlich auflachte. „Jetzt reiten wir zu deiner Mom. Halt dich fest.“ Er setzte sich in Trab, legte zwischendurch immer mal wieder einen kleinen Hüpfer ein und hielt den Kleinen so bei Laune.

Sie waren noch nicht weit gekommen, als Doug durch die Blaubeerbüsche stürmte und Jonathan mitten im Sprung erwischte. „Was zum Teufel ist hier los?“

„Er wollte gerade im Fluss baden“, sagte Jonathan.

„Verdammt. Komm her, Junge“, fuhr Doug ihn an und riss Mikey von Jonathans Rücken. Dann schnappte er sich die Schuhe aus Jonathans Hand. „Himmel, Junge, ist dir denn nicht klar, wie gefährlich es da am Fluss ist?“

Dougs Tonfall war scharf genug, um Mikey zum Weinen zu bringen, doch Doug verschwendete keine Zeit damit, ihn zu trösten. Stattdessen marschierte er davon, und vergaß – oder fand es nicht der Mühe wert –, etwas zu Jonathan zu sagen.

„Ist nichts Besonderes“, murmelte Jonathan und folgte ihnen. Doug würde jetzt als Held dastehen. Doug würde vermutlich heute Nacht flachgelegt werden. „Gern geschehen. Freut mich, wenn ich helfen konnte.“

Jetzt kam Kyle zu Jonathan gelaufen. Er war an Doug vorbeigekommen, doch Doug hatte auch an ihn kein Wort verschwendet.

„Hast du gerade das getan, was ich denke, dass du es getan hast?“, fragte Kyle und ging mit ihm zurück.

„Hm. Eine weitere zukünftige Sportskanone gerettet.“

„Damit er groß werden und dann irgendeinen hilflosen Nerd auf der Highschool piesacken kann“, fügte Kyle hinzu. „Sieh dir das an“, meinte er, als sie den Picknickbereich erreichten.

Jonathan sah es genau. Es brauchte ihn niemand darauf zu stoßen, dass Tina jetzt ihren Sohn umarmte und so dankbar zu Doug aufschaute, als wenn er ein Held direkt aus einem Vanessa-Valentine-Romane wäre.

Kyle versetzte Jonathan einen freundschaftlichen Klaps auf den Rücken. „Wir wissen, wer der wahre Held ist.“

„Ja, der unsichtbare Mann.“

„Heute Abend auf der Tanzfläche wirst du bestimmt nicht unsichtbar sein.“

Da hatte sein Freund verdammt recht. Er hatte so einiges drauf, was er vorzeigen konnte.

Jonathan konnte die Musik schon zwei Blocks entfernt hören, als er vom Parkplatz hinüber zur Festival Hall ging. Die Veranstaltung war bereits in vollem Gange. Er betrat den mit Luftballons und roten und goldenen Krepppapierstreifen geschmückten Saal gerade, als der DJ „Raise the Roof“ auflegte, und sah, dass schon viele Tänzer sich dort tummelten.

Simon und seine Frau entdeckte er am Rande der Tanzfläche. Beth sah aus, als hätte sie einen der Luftballons verschluckt. Simon strahlte sie an, und als sie sein Lächeln erwiderte, stellte Jonathan fest, dass sie gar nicht so unscheinbar aussah, sondern sogar ziemlich niedlich war.

Vielleicht war die Liebe der Grund dafür. Wenn ja, dann war es wohl die weltbeste Schönheitskur.

Jonathan zwang sich, weiter in den Saal hineinzugehen, obwohl er es schwierig fand, sich so ganz allein ins Schlachtgetümmel zu wagen. Er wusste, auch andere Leute waren allein – aber die waren zuversichtlich, dass sie die Party nicht allein verlassen würden. Ach, wenn er doch auch so viel Selbstbewusstsein hätte. Er wünschte, er wäre ein stärkerer Typ, einer, der die Dinge in die Hand nahm. Wie schaffte ein Mann es, sich so viel Selbstvertrauen anzueignen, dass er einen Raum mit stolz geschwellter Brust betrat? Vielleicht hätte er weniger Liebesromane lesen und dafür mehr Actionfilme anschauen sollen?

Hör schon auf, ermahnte er sich. *Sei nicht so ein Weichei!*

Seine eigene Schelte bescherte ihm nur noch mehr Herzklopfen. Was würde der Held in einem Liebesroman jetzt tun?

Er würde jedenfalls nicht aufgeben, das wusste Jonathan mit Sicherheit. Jeder Held, der sein Geld wert war, musste für die Frau, die er wollte, kämpfen. Helden gaben nicht auf.

Als er sich umschaute, entdeckte er Kyle und Mindy auf der anderen Seite der Tanzfläche, wo sie sich gut gelaunt dem Rhythmus der Musik hingaben. Kyle sah aus wie ein Mann, der die Weltmeisterschaft im Pokern gewonnen hatte. Wer konnte es ihm verübeln? Er hatte eine Frau gefunden, die ihn für großartig hielt.

Jonathan wünschte sich auch solch ein Happy End. *Heute ist der Abend, um es wahr werden zu lassen. Du schaffst es. Mach dich groß, wirke cool.*

Noch einmal ließ er den Blick über die Menge gleiten, auf der Suche nach Lissa, doch er konnte sie nirgends entdecken. Langsam ging er am Rand entlang. Das erinnerte ihn an seinen Albtraum und brachte ihn ins Schwitzen. Mist. Der Abend hatte kaum begonnen, und schon ging sein Selbstbewusstsein den Bach runter. Er arbeitete sich bis zur Bar vor und schnappte sich eine Flasche Wasser. *Denk dran, diese Leute sind nichts Besonderes.*

Das Lied endete, und der DJ legte die nächste schnelle Nummer auf. Jonathan versuchte, nonchalant zu wirken, als ob es ihm nichts ausmachen würde, alleine hier herumzustehen.

„Hallo, Jonathan", ertönte eine leise Stimme neben ihm. „Erinnerst du dich an mich?"

Er drehte sich um und sah eine kleine, schlanke Frau mit herzförmigem Gesicht und kurzen, dunklen Haaren. Amanda

Adams. Sie hatte in seiner Band mitgespielt. „Sicher", erwiderte er. „Wie geht es dir?"

„Gut." Amanda war noch nie eine große Rednerin gewesen. Genauso wenig wie Jonathan, und seine cleveren Einzeiler würden ihn auch nicht allzu weit bringen. Er brachte ein nervöses Lächeln zustande.

Was sie genauso nervös erwiderte.

„Äh, hast du Lust zu tanzen?"

Dankbar sah sie ihn an. „Okay."

So hatte er sich sein Tanzdebüt nicht vorgestellt. Aber Lissa war nirgends in Sicht, und Amanda hatte ganz offensichtlich genauso wenig Spaß daran, am Rand zu stehen, wie er. Also was soll's, dachte er. In seiner Fantasie hatte er immer Lissa seine Hand hingestreckt, so wie der Held in dem Buch, das er gelesen hatte. Stattdessen griff er nach Amandas Hand, die ein wenig feucht war.

Das konnte er gut nachvollziehen. Er lächelte sie an. „Das macht bestimmt Spaß", versprach er.

Sobald er sie zur Tanzfläche geführt hatte, begann er, all die gelernten Schritte einzusetzen, und schon begannen Amandas Augen aufzuleuchten. Sie war ein wenig vorsichtig und unbeholfen, doch da sie nicht viel wog, konnte er sie problemlos durch die meisten Figuren lotsen. Vage bekam er mit, dass ein paar Leute ihnen zusahen, also wurde er mutiger. Er wirbelte sie von sich fort und zog sie wieder zu sich heran, bevor er eine gewagte Drehung mit ihr hinlegte. Das Lied war fast zu Ende, also vollführte er noch ein paar ausgefallene Schritte. Und dann wurde er richtig mutig und wirbelte sie durch die Luft. *Ja!*

Das wurde von den Leuten, die in ihrer Nähe getanzt hatten, mit Applaus quittiert, als das Lied endete.

„Wow", sagte Amanda. „Jonathan, du bist ja ein unglaublich guter Tänzer."

„Wie kommt es, dass das bei mir nicht geklappt hat?", wollte Daphne wissen, die zur gleichen Zeit von der Tanzfläche herunterkam.

„Ich … äh, ich weiß nicht“, meinte er lahm.

„Na, wenn du Glück hast, gebe ich dir noch eine zweite Chance“, drohte sie.

„Äh, danke“, murmelte er und machte, dass er, so schnell es ging, von ihr fortkam.

Weit kam er jedoch nicht. Ein anderes Mädchen aus der Band hielt ihn am Arm fest. „Jonathan, wie wäre es mit einem Tanz?“

„Sicher“, antwortete er.

„Kannst du mich auch so durch die Luft wirbeln wie Amanda?“

„Oh, ja“, erwiderte er mit neuem Selbstbewusstsein.

Nach diesem Tanz warteten bereits zwei weitere Frauen auf ihn.

Und so ging es während der nächsten Stunde munter weiter, Jonathan wirbelte seine Tanzpartnerinnen wie ein Jongleur durch die Luft. Schließlich erklärte er jedoch, er hätte Durst, und machte sich auf, um sich einen Drink zu holen.

Und dort, an der Bar, so, als würde sie nur auf ihn warten, stand Lissa in einem schwarzen Kleid, das jede ihrer herrlichen Kurven betonte. Allein ihr Anblick raubte ihm den Atem, und selbst die Tatsache, dass Rand neben ihr stand, wurde irrelevant. „Du bist ja heiß begehrt heute Abend“, begrüßte sie ihn.

„Scheint so“, murmelte er.

„Das ist ja mal eine Abwechslung“, meinte Rand spöttisch.

Jonathan ignorierte ihn und konzentrierte sich stattdessen auf etwas viel Wichtigeres – darauf, Lissa anzulächeln.

„Ich wusste ja gar nicht, dass du so gut tanzen kannst“, sagte sie.

„Ich habe eine Reihe von verborgenen Talenten“, erklärte Jonathan ihr und bat den Barkeeper um ein Bier.

„Und, hast du mir einen Tanz reserviert?“

„Wann immer du willst.“

„Nach diesem vielleicht“, mischte Rand sich ein und begann, sie vor sich herzuschieben.

Jonathan dachte an die Liste, die er aufgestellt hatte. Ein Held war energisch und schritt zur Tat. Dieser Moment, beschloss er, erforderte, dass er Stärke zeigte.

Also stellte er sich den beiden in den Weg. „Wie wäre es mit jetzt?“, fragte er und griff auch schon nach Lissas Hand.

„Oh, na ja, gern“, meinte Lissa und folgte ihm lammfromm auf die Tanzfläche.

Der DJ hatte gerade ein langsames Stück aufgelegt, U2s „Sweetest Thing“. Es hatte einen unkonventionellen Rhythmus, doch Jonathan überlegte, dass er mit einem Nightclub-Twostep wohl zurechtkommen würde. Wenn er nicht vorher vor lauter Aufregung einen Infarkt bekam. Sein Herz schlug ihm auf einmal bis zum Hals.

Hier war er, der Moment, auf den er seit der Mittelstufe gewartet hatte. Endlich bekam er die Chance, mit Lissa zu tanzen. Ein echter Liebesromanheld würde den Tanz mit einem beeindruckenden Spruch beginnen. Das Einzige, was Jonathan einfiel, war: „Du siehst heute Abend wieder einmal bezaubernd aus.“

„Danke“, murmelte sie und fügte dann hinzu: „Ich fürchte, ich kann gar nicht mit dir mithalten.“

„Ich wette, das kannst du“, erwiderte er lächelnd. „Ich wette, du kennst den Nightclub-Twostep.“

„Oh, ja, den kriege ich wohl hin.“

Und das tat sie auch wirklich. Sie passte sich ihm unglaublich leichtfüßig an und tanzte mit ihm durch sämtliche ausgefallenen Schrittfolgen, die er mit ihr wagte. Es war so, als hätten sie schon seit Jahren zusammen getanzt.

In seinen Träumen hatten sie das ja auch.

Das Lied war schon halb vorbei, er musste das meiste daraus machen. Er zog sie an sich, sodass sie Brust an Brust, Herz an Herz tanzten. Von Nahem war ihr Gesicht vollkommen, ihre Haut wirkte samtweich. Und diese Wimpern, wie lang die waren. Sie duftete wie ein Blumenbeet in voller Blüte. Und das Beste von allem, sie fühlte sich so an, wie er sich es immer vorgestellt hatte – weich, feminin, perfekt zu ihm passend, so, als wären sie füreinander geschaffen.

Er verschränkte seine Hand mit ihrer. „Weißt du, dass dies das erste Mal ist, dass ich die Chance habe, mit dir zu tanzen?" Und er würde es sein Lebtag nicht mehr vergessen.

Das Lächeln, das sie ihm schenkte, zauberte Grübchen auf ihre Wangen. „Wenn du das so sagst, hört es sich an, als wäre das etwas Besonderes."

„Das ist es auch."

„Ach, Jonathan, du bist so süß."

Er wollte nicht süß sein, sondern sexy. Er wollte jemand sein, den sie begehrte, nicht nur ihr Freund aus Kindertagen, ihr Lieblingsmathenachhilfelehrer oder Computer-Freak.

Gerade, als er das laut aussprechen wollte, verstummte die Musik, und schon erschien Rand auf der Tanzfläche und rauschte mit Lissa davon. „Komm schon, Liss, du hast schon einen langsamen Tanz vergeudet. Betrüg mich nicht um noch einen."

Sie verzog das Gesicht und schüttelte den Kopf, doch sie ließ zu, dass er sie fortzog. Was sollte sie auch tun. Rand war wie eine Dampfwalze, doppelt so stark wie Jonathan.

Mit grimmiger Miene ging Jonathan zurück, um sich sein Bier zu holen. An der Bar begegnete er Kyle, der ebenfalls Drinks holen wollte.

„Du sahst gut aus, da auf der Tanzfläche", sagte Kyle. „Bis du dir von diesem Affen dein Mädchen hast klauen lassen."

„Sie ist nicht mein Mädchen", presste Jonathan hervor. Er nahm das Bier und trank einen großen Schluck.

„Ja, und so, wie du dich benimmst, wird sie es auch nie werden." Kyle stupste ihn freundschaftlich an. „Mensch, komm schon. Du bist heute Abend hier der Tanzkönig. Lissa ist bestimmt froh, wenn sie noch eine flotte Sohle mit dir aufs Parkett legen kann. Ehrlich, sämtliche Frauen auf der Tanzfläche haben ein Auge auf dich geworfen. Sogar Mindy will wissen, ob du mit ihr tanzt." Beide entdeckten in diesem Moment, dass Daphne mit entschlossenem Gesichtsausdruck auf sie zukam. „Wenn du nicht mit Lissa tanzt, solltest du dich lieber verstecken, bevor Daphne dich eingekesselt hat."

„Sag ihr, dass ich zum Klo musste. Dahin wird sie mich wohl nicht verfolgen."

„Zuzutrauen wär's ihr."

Verdammt, er wollte sich nicht den ganzen Abend im Klo verstecken müssen. Stattdessen würde er in der Menge verschwinden, das hatte er schließlich sein Leben lang getan.

Zielstrebig marschierte er ans andere Ende des Saals, doch Daphne folgte ihm wie eine wärmesuchende Rakete. Nachdem er ihr zwei Musikstücke lang ausgewichen war, beschloss er, die Flucht auf die Toilette anzutreten und sich in eine Kabine einzuschließen, um nachzudenken. Irgendwie musste er einen Weg finden, unabhängig zu bleiben, um Lissa von Rand wegzulocken. Dieser Mistkerl verdiente sie einfach nicht.

Aber du, was?

Okay, um ehrlich zu sein, er auch nicht. Sie könnte einen weitaus besseren Mann als ihn finden. Aber mit Rand konnte er allemal mithalten.

Doch vielleicht *wollte* sie ja mit Rand zusammen sein. Vielleicht wollte sie die alte Flamme wieder neu entzünden. Wenn es so war, dann hatte Jonathan kaum das Recht, ihr zu sagen, dass sie es nicht tun sollte. Er lehnte den Kopf gegen die Kabinentür und gab sich geschlagen. Warum zum Teufel war Rand nicht verheiratet und in Kalifornien geblieben? Jonathan fluchte und schlug mit der Faust gegen die Tür.

Stimmen verrieten ihm, dass er nicht mehr allein in der Toilette war. Eine dieser Stimmen, da war er sich ziemlich sicher, gehörte Cam Gordon. Die andere – Rand. Jonathan ballte die Hände zu Fäusten.

„Ich hab' echt noch nie jemanden gesehen, der eine Frau so schnell klarmachen kann", sagte Cam. „Willst du Lissa heute Nacht noch flachlegen?"

Wenn das keine deprimierende Vorstellung war.

„Warum nicht? Sie will es doch."

Cam schnaubte. „Um der alten Zeiten willen?"

„So was in der Art."

„Na ja, ich will ja niemandem den Spaß verderben, aber meinst du nicht, dass das ein bisschen fies ist?", fragte Cam. „In Anbetracht der Tatsache, dass du noch immer verheiratet bist."

„Getrennt", korrigierte Rand ihn.

„Ach ja? Ich hab' dich heute Morgen sagen hören, dass ihr zwei wieder zusammen seid."

„Kann sein, dass ich das gesagt habe. Aber sie ist nicht hier, was soll's also?"

Dieser Mistkerl! Jonathan stürmte aus der Kabine, gerade als Rand seinen Reißverschluss hochzog. „Du elender Mistkerl", brüllte er und packte ihn am Hals.

„Hey, was soll das?" Rand wirbelte herum.

Fast wäre es Jonathan gelungen, die Hände um den Hals seines Rivalen zu legen, aber Rand hatte sehr viel mehr Übung darin, ein Rüpel zu sein, als Jonathan darin, ein Held zu sein. Es war nur ein kurzer Kampf. Jonathan musste einen Schlag gegen sein Kinn einstecken und wurde niedergestreckt. Er war noch immer dabei, mit dem sich drehenden Raum und den Sternen, die vor seinen Augen aufleuchteten, fertig zu werden, als Rand meinte: „Hilf mir mal, ihm die Hosen auszuziehen."

Das Nächste, dessen Jonathan gewahr wurde, war, dass sie ihm die Hose runterzerrten und zur Krönung noch einen kurzen Tritt in den Bauch verpassten.

„Du bleibst jetzt schön hier, du Waschlappen, und kümmerst dich um deinen eigenen Kram", knurrte Rand. Und mit diesem Ratschlag verließen er und Cam zusammen mit Jonathans Hose die Toilette.

21. KAPITEL

Jonathan lag auf dem Boden der Herrentoilette und versuchte, nicht nur den körperlichen, sondern auch den seelischen Schmerz zu verkraften. Das Pochen in seinem Kiefer und der dumpfe Schmerz in seinem Bauch forderten seine ganze Aufmerksamkeit, daher fiel es ihm schwer, die Kraft aufzubringen, sich aufzusetzen. Schließlich schaffte er es, sich hinzuknien, hatte aber dabei ständig das Gefühl, gleich ohnmächtig zu werden.

Die Helden in den Romanen, die er gelesen hatte, schienen immer selbst die brutalsten Attacken locker zu überstehen, sie rappelten sich wieder auf und rasten los, um die Heldin zu retten. Oder zumindest halfen sie ihr, sich selbst zu helfen. Und dabei brauchte Lissa gerade jetzt Hilfe. Sie musste erfahren, dass Rand sie nur benutzen wollte.

Allerdings war an Losrasen nicht zu denken. Er konnte ja kaum Luft holen. Warum verrieten einem diese Romane nicht, was man tun sollte, wenn man zusammengeschlagen wurde? Jetzt saß er hier, zusammengekrümmt vor Schmerzen, und versuchte, zu Atem zu kommen. *Steh auf. Such Lissa. Du schaffst das.* Sein Körper schien da leider anderer Meinung zu sein.

Nach gefühlten Stunden kam er endlich auf die Füße und bis zum Waschbecken, wo er sich kaltes Wasser ins Gesicht spritzte. Danach konnte er nicht viel mehr machen, als sich dagegenzulehnen und sich auf das Allerwichtigste überhaupt zu konzentrieren, das Atmen.

Die Tür zur Toilette würde geöffnet, und Jonathan wurde sich eines neuen Schmerzes bewusst – der schmerzlichen Verlegenheit. Jetzt befand er sich ganz offiziell in seinem Albtraum, bis auf die Boxershorts entblößt auf dem fünfzehnjährigen Jubiläum seiner Highschool-Abschlussklasse. Was hatte er nur getan, um solch eine Schmach zu verdienen?

„Was zum Teufel – Jonathan?“

Er drehte seinen schmerzenden Kopf und sah, dass Darrell Hornsby ihn anstarrte.

„Ich wurde ausgeraubt." Ein heftiger Schmerz durchzuckte seinen Kiefer, und er legte schnell eine Hand darauf. Ein Blick in den Spiegel verriet ihm, dass die Stelle bereits anschwoll.

„Das ist nicht dein Ernst, oder? Hier?"

Überfall in Icicle Falls. Na, wenn das keine tolle Story für das Polizeiprotokoll war. *Einheimischer bei Highschool-Klassentreffen überfallen. Verbrecher rauben die Hose des Opfers.* Er wollte kein Opfer sein, und er wollte seine Hose wiederhaben!

„Die haben dir deine Hose geklaut", stellte Darrell fest, für den Fall, dass Jonathan es noch nicht bemerkt haben sollte.

Und darin befanden sich sein Smartphone und seine Brieftasche. Weiß der Himmel, was sie damit gemacht haben, dachte Jonathan. Er musste unbedingt zu Lissa. Wie sollte er das ohne Hose bewerkstelligen? Er brauchte eine Hose.

Er brauchte seinen Freund. „Hol Kyle."

Darrell nickte und stürmte davon.

Ein paar Minuten später kam er mit Kyle zusammen zurück. „Mein Gott, ich glaub' es nicht!" Kyle eilte zu ihm.

„Wer war das? Rand?"

Jonathan nickte. „Und Cam."

„Alles in Ordnung?"

Es war schwierig mit dem schmerzenden Kiefer zu sprechen. „Ich brauche … eine Hose."

„Du brauchst einen Arzt!"

Jonathan schüttelte den Kopf. „Keine Zeit. Such meine Hose. Die ist bestimmt irgendwo in einem Mülleimer."

„Das wär' zu offensichtlich", argumentierte Darrell. „Du könntest die ganze Nacht suchen und sie trotzdem nicht finden."

„Wart' mal. Hat Adam nicht gesagt, dass er mit Chelsea zum Essen ins Schwangau wollte?" Kyle zog sein Handy aus der Tasche. „Er kann schnell zu dir nach Hause fahren und eine Hose holen. In zehn Minuten könnte er hier sein. Und ich besorg dir

Eis für dein Kinn. In null Komma nichts bist du wieder fit", versprach er.

„Ich habe keine zehn Minuten Zeit! Autsch, das tut weh." Jonathan hielt sich den schmerzenden Kiefer.

„Okay, ich schau mich hier mal um und versuche herauszufinden, wo sie deine Hose gelassen haben, aber in der Zwischenzeit sichere ich mir weitere Unterstützung. Und dann werden diese Mistkerle büßen."

Kyle reichte ihnen gerade mal bis zur Schulter. Das Letzte, was Jonathan brauchte, war, dass auch noch sein Freund seinetwegen zusammengeschlagen wurde. „Das ist nicht deine Sache", meinte er. „Finde mir einfach eine Hose."

Kyle nickte und marschierte hinaus, während er noch im Gehen eine Nummer in sein Telefon eingab. „Geh nach draußen und halte Wache", befahl er Darrell. „Wir wollen ja nicht, dass irgendjemand unseren Freund so sieht."

Darrell bezog vor der Toilettentür Posten und ignorierte mannhaft das Bedürfnis, das ihn eigentlich hierhergeführt hatte.

Adam saß mit Chelsea eng beieinander in einer der ruhigen Nischen im Schwangau, als das Handy in seiner Hosentasche zu vibrieren begann. Er hatte Chelsea versprochen, dass er es ausschalten würde, hatte aber entschieden, dass es ein guter Kompromiss wäre, wenn er es auf Vibrieren einstellte. Jetzt, wo sie sich an ihn kuschelte, stellte er fest, dass es Dinge gab, bei denen ein Mann keine Kompromisse eingehen sollte. Also überhörte er das vibrierende Telefon.

Schließlich hatte er seine Lektion gelernt. Lächelnd hob er sein Weinglas und prostete ihr zu. „Auf die schönste Mom in ganz Icicle Falls."

„Ich bin doch noch gar keine Mom", meinte sie, doch sie lächelte und stieß mit ihrem Wasserglas mit ihm an.

„Okay, dann auf die schönste werdende Mutter." Er legte eine Hand auf ihr Bein. Es war so herrlich, das wieder tun zu können.

Herrlich, wieder mit ihr zusammen, an ihrer Seite zu sein, denn da gehörte er schließlich hin.

Das Telefon begann schon wieder zu vibrieren. Verdammt. Wer war das, und warum, zum Teufel, nervte ihn jemand an einem Samstagabend?

Der Kellner kam, und sie gaben ihre Bestellung auf.

„Ich liebe dieses Restaurant", erklärte Chelsea glücklich, nachdem sie wieder allein waren.

„Und ich liebe dich", sagte Adam. Er beugte sich hinüber und küsste seine Frau.

„Du hast dich wirklich verändert", sagte sie.

In seiner Tasche vibrierte es schon wieder.

Eine winzige Falte erschien auf ihrer Stirn. „Was ist das für ein Geräusch?"

„Blähungen", improvisierte Adam. „Ich habe Blähungen."

„Einen Moment lang dachte ich, es wäre dein Telefon, das da vibriert."

„Ich habe doch gesagt, dass ich es ausschalten würde."

Glücklicherweise fragte sie nicht: „Und hast du es getan?"

Das Ding ging schon wieder los. Okay, wer auch immer das war, Adam würde ihn umbringen. „Ich muss mal kurz zum Klo. Bin gleich zurück", versicherte er und gab ihr noch einen Kuss.

Kaum auf der Toilette angekommen, zog er sein Telefon heraus und sah, dass sämtliche Anrufe von Kyle gewesen waren. Er war zusammen mit Mindy auf dem Highschool-Klassentreffen. Warum, verdammt noch mal, ruft er mich an? überlegte Adam. Um ihm einen minutiösen Bericht zu erstatten?

Hastig rief Adam ihn zurück. „Ich sitze mitten in einem romantischen Abendessen. Was willst du?"

„Eine Hose", antwortete Kyle. „Jemand hat Jonathan zusammengeschlagen und ihm seine Hose geklaut. Er braucht eine neue."

„Was?"

„Hol ihm eine von zu Hause und bring sie rüber in die Festival Hall. Er ist auf der Toilette."

Kyle beendete das Gespräch, ehe Adam noch fragen konnte, wieso zum Teufel Kyle nicht selbst die Hose besorgen konnte.

Na toll. Hier war seine Frau, die an ihrem Tisch auf ihn wartete, während sein Freund in der Festival Hall auf eine Hose wartete. Chels hatte recht, er hätte das Telefon abstellen sollen. Aber er schuldete Jonathan einen Riesengefallen, und er konnte den armen Kerl doch nicht in seinem Unterhöschen zitternd auf der Toilette sitzen lassen. Dummerweise hatte er Jon schon seinen Schlüssel wiedergegeben. Wie stellte Kyle sich denn vor, dass er in das Haus kommen sollte? Sollte er etwa durch ein Fenster klettern? Durch Chicas Hundetür kriechen? Sein eigenes Haus war näher dran. Er und Jon waren ungefähr gleich groß. Er könnte ihm eine Hose von sich bringen.

Könnte er es schaffen, zurück zu sein, ehe Chels ahnte, dass er sich davongemacht hatte? Wenn er schnell fuhr ... Ja, das könnte klappen. Er würde zu seinem Haus rasen, dann rüber zur Festival Hall, Jonathan eine Hose zuwerfen und dann zum ... na ja, wenn nicht zum Salat, dann zumindest zur Vorspeise zurück sein.

Er schlüpfte aus der Toilette, die mondän schummrige Eingangshalle entlang und nach draußen. In weniger als einer Minute saß er in seiner Corvette und brauste die Straße entlang. Es wäre doch gelacht, wenn er das nicht schaffen würde.

Die Hälfte der Strecke hatte er bereits zurückgelegt, als eine aufheulende Sirene samt Blaulicht ihn zum Anhalten zwang.

„Das müsste helfen", sagte Kyle und hielt Jonathan eine Serviette mit Eis entgegen.

Jonathan zuckte zusammen, als der Kontakt mit dem Eis den Schmerz zunächst einmal verstärkte.

Kyle reichte ihm eine Flasche mit Wasser und ein paar Aspirin. „Nimm die."

„Wo hast du die denn her?" Wer wusste jetzt schon von der Sache hier?

„Mindy."

Er hatte ihr die Sache erzählt?

Als könnte er seine Gedanken lesen, versicherte Kyle ihm: „Keine Angst. Sie weiß nicht, was los ist. Niemand weiß das. Ich konnte deine Hose nicht finden, aber Adam ist losgefahren, um dir eine zu holen. Und Darrell steht draußen Wache. Wenn jemand reinkommt, müssen wir dich schnell in eine Kabine verfrachten."

„Wo ist Lissa?"

Kyle verzog das Gesicht. „Das ist jetzt nicht der richtige Zeitpunkt, um dir Gedanken über Lissa zu machen."

„Doch, ist es. Rand ist noch immer verheiratet. Er ist auf einen One-Night-Stand aus und will sie verführen. Ich habe gehört, wie er das Cam erzählt hat."

„Dieses Arschloch."

„Jemand muss sie warnen." Aber die Zeit lief ihnen davon. Womöglich war Rand schon dabei, sie von hier wegzulotsen. Jonathan hatte keine Zeit, um hier auf eine neue Hose zu warten. „Du musst sie finden."

Kyle nickte und verschwand.

Jonathan lehnte sich erschöpft gegen das Waschbecken. Er hatte sich so viele Szenarien für heute Abend ausgemalt, die alle damit endeten, dass Lissa schließlich in seinen Armen landete. So, wie es jetzt aussah, würde sie jedoch in den Armen eines Mistkerls landen, der sie nur benutzen wollte, um sein Ego aufzupolieren. Und er selbst steckte hier, im wahrsten Sinne des Wortes bloßgestellt, auf der Herrentoilette fest. Toller Held.

„Wissen Sie, wie schnell Sie gefahren sind?", wollte Tilda, die Polizistin, von Adam wissen.

„Ja", gab er zu. „Es handelt sich um einen Notfall."

„Führerschein und Ausweispapiere, bitte. Ein Feuer?"

Ach herrje. Jetzt saß er wirklich in der Tinte. Wenn er ihr erzählte, dass er sich auf einer Mission befand, um eine Hose für einen Freund zu besorgen, würde sie wissen wollen, warum. Wenn er ihr erzählte, dass Jonathan überfallen worden war, würde sie zum Tatort fahren wollen. Jeder würde mitbekommen, wie Tilda in die Herrentoilette marschierte. Jeder würde herausbekommen, dass Jonathan zusammengeschlagen worden war und dass man ihm die Hosen geklaut hatte. Das war nicht der wahre Weg, um einem Freund zu helfen. Aber was sollte er jetzt sagen?

Nichts, das war am besten. „Wissen Sie was, ich denke, so groß war der Notfall doch nicht", sagte er. „Ich akzeptiere das Strafmandat."

„Kluge Entscheidung", erwiderte sie und ließ sich reichlich Zeit, als sie zum Streifenwagen zurückging, um das Ticket auszuschreiben.

So viel zum Thema, Jonathan schnellstens eine Hose bringen zu wollen. Und so viel zum Thema, ganz schnell wieder bei seiner Frau sein zu wollen. Adam knirschte mit den Zähnen.

Kyle kam zurück in die Toilette. „Lissa ist weg."

Rand hatte sie schon entführt. Unter anderen Umständen hätte Jonathan sich jetzt geschlagen gegeben und Rand mit der Frau seiner Träume abhauen lassen. Wenn es das war, was sie wollte, dann war es eben das, was sie wollte. Das hier war schließlich kein historischer Liebesroman, wo er die Unschuld einer Frau retten musste. Heutzutage legten Frauen keinen Wert mehr darauf, diesbezüglich gerettet zu werden.

Aber sie wollten auch nicht ausgenutzt werden. Jonathan fühlte sich jetzt noch elender als vorhin, als Rand ihn getreten hatte. Rand war ein moderner Bösewicht, der sich um niemandem anderen als um sich selbst scherte. Er würde Lissa verführen, und es würde damit enden, dass sie hinterher tief verletzt war. Das hatte sie nicht verdient. Und Rand hatte Lissa nicht verdient. Wo blieb denn bloß Adam mit der Hose?

„Fahren Sie vorsichtig!", befahl Tilda und überreichte Adam das Geschenk der Icicle Falls Polizeistation.

Jetzt vibrierte schon wieder das Telefon in seiner Hose. Er zog es raus und stellte fest, dass der Anruf dieses Mal nicht von

Kyle kam, sondern von Chelsea. Entweder war sie auf der Suche nach ihm, oder sie wollte prüfen, ob er es wirklich ausgestellt hatte. Er steckte das Telefon wieder ein und fuhr davon. Langsam …

Tilda folgte ihm noch drei Blocks, um sicherzustellen, dass er sich weiterhin wie ein ordentlicher Bürger verhielt. Er hätte sich lieber kein rotes Auto kaufen sollen. Bullen hassen Rot.

Schließlich bog sie ab. Eine kurzen Moment lang fuhr Adam weiter wie ein alter Knacker, bevor er aufs Gas trat. Doch obwohl er das Pedal bis zum Anschlag durchtrat, kam es ihm vor, als würde er durch Sirup schwimmen. Mit quietschenden Bremsen kam er vor seinem Haus zum Stehen, ließ den Motor laufen und raste den Weg zur Haustür hoch.

„Alles in Ordnung?“, rief Dennis, die Plage.

Sie hatten mehr oder weniger Waffenstillstand geschlossen, aber Dennis war immer noch eine Plage.

„Ja, alles gut“, rief Adam zurück. Er schloss die Haustür auf, sprintete zwei Stufen auf einmal nehmend die Treppe zum Schlafzimmer empor und rannte den Flur entlang. Nachdem er ins Zimmer gestürzt war, riss er die Schranktür auf und zerrte eine Hose vom Bügel. Außerdem schnappte er sich noch einen Gürtel. Auch wenn Jon sich ein paar Muskeln antrainiert hatte, war Adam immer noch um einiges kräftiger. Schon raste er wieder den Flur entlang, während die Hose wie eine Flagge hinter ihm her wehte. Raus aus dem Haus, den Weg entlang, ohne auf den gaffenden Nachbarn zu achten, ab ins Auto und los.

Als er ins Stadtzentrum gelangte, verlangsamte er sein Tempo wieder. Noch ein Strafticket würde ihn nur noch mehr aufhalten.

Nach einer gefühlten Ewigkeit kam er endlich an der Festival Hall an. Er wickelte die Hose zusammen und schlenderte hinein, direkt auf die Herrentoilette zu.

Ein dürrer Typ mit einem schlaksigen Hals stand vor der Tür. Jetzt streckte er den Kopf hinein und sagte etwas.

„'tschuldigung", meinte Adam und drängte sich an ihm vorbei. Gerade als er eintrat, wurde eine Kabinentür geschlossen. Kyle stand lässig am Waschbecken und wusch sich die Hände.

Er drehte sich um, und als er Adam entdeckte, verzog er das Gesicht. „Wieso hast du so lange gebraucht?"

„Tilda hat mich wegen Geschwindigkeitsüberschreitung erwischt. Wo ist Jon?"

Die Kabinentür wurde geöffnet, und Jonathan trat in seiner schwarzseidenen Boxershorts heraus. „Nettes Höschen", stellte Adam fest und reichte ihm Hose und Gürtel.

Jonathan riss sie ihm aus der Hand und zog sie hastig an. Sie war nur ein wenig zu weit, doch er zog einfach den Gürtel ein Stück enger. „Tut mir leid wegen des Strafmandats. Ich zahl es. Kann ich mir dein Auto ausleihen?"

„Was? Wie soll ich denn zurück ins Restaurant kommen? Und was soll ich Chelsea erzählen, wenn wir gehen wollen und das Auto ist nicht da?"

„Ich bring es dir sofort zurück, sobald ich meinen Ersatzschlüssel geholt habe", versprach Jonathan.

„Aber …"

„Gib mir den Schlüssel", fuhr Jonathan ihn an.

Dieser neue, wütende Jonathan überraschte Adam derart, dass er reflexartig seinen Schlüssel aushändigte.

„Danke", meinte Jonathan und war schon aus der Tür.

„Bring den Wagen zum Schwangau", rief Adam hinter ihm her und hoffte, dass Jonathan ihn noch gehört hatte. Er drehte sich zu Kyle herum und fragte: „Was zum Teufel geht hier vor?"

„Jon muss Lissa retten", erwiderte Kyle.

„Mit meinem Auto."

„Keine Sorge. Er bringt es dir wieder."

„Na, ich hoffe, dass er es zurückbringt, ehe wir mit dem Essen fertig sind. Sonst werde ich echt Schwierigkeiten haben, das Chelsea zu erklären. Ich hätte nicht einmal mein Handy anhaben dürfen."

Kyle gab ihm einen leichten Schlag auf die Schulter. „Du bist in einer Krise gut zu gebrauchen. Komm, ich fahre dich zurück zum Restaurant."

Adam runzelte die Stirn. „Chels glaubt, ich bin auf der Toilette."

„Na, dann bist du doch sauber."

„Ich bin jetzt seit …" Er holte sein Handy heraus und schaute auf die Uhr, „zwanzig Minuten auf der Toilette."

„Du hattest Durchfall."

„Ich hatte Durchfall", erklärte Adam seiner Frau, als er zurückkam und sah, dass sie ihn nicht sonderlich begeistert ansah. „Tut mir leid." Der Salat war inzwischen gebracht worden. Genauso wie der Hauptgang. Er setzte sich und blickte auf das Steak, bereit, sich darüber herzumachen.

„Geht es dir denn jetzt wieder gut?" Chelsea legte eine Hand auf seinen Arm. „Vielleicht solltest du nicht so etwas Schweres essen."

„Nein, nein, es ist alles wieder in Ordnung", beharrte er. Es wäre allerdings nichts in Ordnung, wenn Jonathan seinen Wagen nicht rechtzeitig zurückbrachte.

22. KAPITEL

Jonathan hatte eine Hose und er hatte sogar einen Wagen, alles, was ein Held brauchte, um eine Jungfrau in Nöten zu retten. Jetzt musste er nur noch Rand und Lissa ausfindig machen. In Icicle Falls gab es ein paar gute Frühstückspensionen und Hotels. Sie könnten überall sein.

Er begann seine Suche im Icicle Creek Lodge. „Ich habe einen Freund von mir verpasst", erzählte er Oliva, der Besitzerin, die am Empfang stand. „Er ist zu unserem Klassentreffen in der Stadt, und ich glaube, dass er hier abgestiegen ist."

„Wie heißt er?"

„Rand Burwell." *Das Stinktier.*

Olivia schüttelte den Kopf. „Kommt mir nicht bekannt vor." Sie sah im Computer nach. „Tut mir leid, Jonathan. Bei uns gibt es niemanden mit dem Namen."

„Hm, dann habe ich mich wohl verhört", sagte Jonathan. „Vielen Dank." Erster Versuch fehlgeschlagen.

Weil er merkte, dass ihm die Zeit weglief, rannte Jonathan zurück zu Adams Wagen, stieg ein und trat das Gaspedal durch. Das war ein Fehler. Aus dem Nichts erschien plötzlich ein Streifenwagen mit Blaulicht. Na toll. Einfach großartig.

Er fuhr an den Straßenrand und beobachtete, wie Tilda Morrison aus dem Polizeiwagen stieg. Sie war groß, muskulös und sehr einschüchternd. Dabei hatte Jonathan jetzt so gar keine Zeit, um sich einschüchtern zu lassen.

„Jonathan", begrüßte sie ihn. „Wieso die Eile?"

„Tut mir leid, Tilda. Ich weiß, dass ich zu schnell war, aber es handelt sich um einen Notfall."

„Es scheint heute Abend ja reichlich viele Notfälle zu geben. Vor allem in diesem Auto", fügte sie stirnrunzelnd hinzu. „Steht Ihr Haus in Flammen?"

Sehr witzig. „Nein."

„Haben Sie einen Herzinfarkt erlitten?"

Er hatte definitiv Probleme mit dem Herzen, aber das konnte man nicht in einer Minute erklären. „Nein."

„Dann würde ich sagen, handelt es sich nicht um einen Notfall. Führerschein und Wagenpapiere, bitte."

Er fand Adams Fahrzeugschein hinter der Sonnenblende und reichte ihn Tilda. „Meinen Führerschein kann ich Ihnen leider nicht geben."

Sie sah ihn grimmig an.

„Den habe ich verloren. Er steckte in meiner Hose." Das hätte er nicht sagen sollen. Er war durcheinander, und das behinderte offenbar seine Fähigkeit, klar zu denken.

„Und wo ist Ihre Hose?"

„Äh, na ja, die ist weg."

Sie spähte durchs Fenster, die Stirn noch immer in Falten gelegt. „Und was haben Sie da an, einen Rock?"

„Das ist nicht meine ... Vergessen Sie es. Können Sie mir nicht einfach ein Strafmandat ausschreiben?"

Sie verschränkte die Arme. „Nein. Ich will jetzt erst einmal wissen, was zum Teufel hier heute Abend los ist."

Also erzählte er es ihr.

„Was dieser Mistkerl tut, ist nicht illegal, aber es ist verdammt mies. Steigen Sie in den Streifenwagen ein", sagte Tilda und ließ ihn in ihren Wagen steigen.

In Rekordgeschwindigkeit waren sie bei Gerhardt's Gasthaus, wo Jonathan erneut vergeblich sein Glück versuchte.

„Das bedeutet, dass sie im Bavarian Inn sind", vermutete Tilda.

Klang vernünftig. So wie das Icicle Falls Lodge war es teuer, und sämtliche Räume verfügten über einen Balkon mit einem herrlichen Blick auf die Berge. Perfekt für eine Verführung. Tilda chauffierte Jonathan zum Bavarian Inn. In Spitzengeschwindigkeit.

„Ich versuche, einen Freund zu finden", erklärte er der jungen Frau an der Rezeption. Er hatte sie schon einige Male im Bavarian Brews gesehen, kannte sie jedoch leider nicht näher. Das hätte die Sache einfacher gemacht. „Könnten Sie mir sagen, welche Zimmernummer Rand Burwell hat?“

„Oh, tut mir leid, das dürfen wir nicht sagen“, antwortete sie.

„Das ist eine Art Notfall“, drängte Jonathan sie.

„Wir rufen gern für Sie auf seinem Zimmer an.“

Um ihn zu warnen, dass Jonathan da war? Auf keinen Fall. „Äh, nein, das ist schon okay.“ Hm, was sollte er jetzt machen? Er versuchte es noch einmal. „Ich wollte ihn gern überraschen. Können Sie nicht nur dies eine Mal eine Ausnahme machen?“

Sie zog die Brauen zusammen. „Ich dachte, Sie sagten, es wäre eine Art Notfall.“

„Es ist, äh …“ Wenn er so Schach spielen würde, hätte man ihn im Schachclub ausgelacht. „Seine Frau hat gerade ein Baby bekommen.“ Das war ein positiver Notfall. Einmal davon abgesehen, dass er, wenn seine Frau ein Baby bekäme, bestimmt bei ihr wäre. Oder jemand hätte ihn übers Handy angerufen. „Er hat sein Handy verloren.“

Das kaufte ihm die Frau an der Rezeption nicht ab. Genau genommen ging ihr Jonathans Anwesenheit insgesamt gegen den Strich. „Es tut mir leid, Sir. Ich kann Ihnen nicht helfen“, sagte sie, wobei der freundliche Gesichtsausdruck einer weit weniger freundlichen Miene wich. „Gibt es sonst noch irgendetwas?“

Jonathan verstand die Botschaft hinter der Frage. Wenn nicht, verschwinde. „Äh, nein.“ Aber … Er fuhr sich mit der Hand durchs Haar. „Ich muss ihn wirklich dringend finden. Ist er da?“

„Ich kann gern für Sie auf seinem Zimmer anrufen“, wiederholte sie ihre Standardaussage.

Er schüttelte den Kopf. In dem Moment klingelte das Telefon, und sie drehte Jonathan den Rücken zu. Für sie war das Thema erledigt. Was sollte er jetzt machen?

Beruhige dich. Denk wie Rand. Was würde Rand tun?

Es war noch relativ früh am Abend. Rand hatte immer viel Charme versprüht. Würde er Lissa mit sich aufs Zimmer nehmen und ihr sofort an die Wäsche gehen? Nein. Er würde Champagner bestellen, mit ihr auf dem Balkon sitzen und Süßholz raspeln.

Jonathan verließ die Lobby und ging um das Gebäude herum nach hinten, wo die Zimmerbalkone waren. Mehrere Leute saßen noch draußen und genossen den warmen Sommerabend und die letzten rosafarbenen Strahlen eines Sommersonnenuntergangs. Und tatsächlich, auf einem Balkon am Ende des Hotels saßen Rand und Lissa an einem kleinen Tisch. Als Jonathan näher kam, stellte er fest, dass Rand tatsächlich Champagner bestellt hatte. Die beiden sahen aus wie das perfekte Paar – Rand, groß und kräftig und dunkelhaarig, Lissa schlank und geschmeidig und außerordentlich hübsch in ihrem engen Kleid und mit dem goldenen Haar, das von einer leichten Sommerbrise zerzaust wurde.

Jonathan marschierte den Weg entlang zu ihnen hin. Rand erblickte ihn als Erster, woraufhin sich sein freundliches Lächeln in ein Funkeln von unterdrückter Wut verwandelte. Seine Stimme drang bis zu Jonathan. „Es wird langsam kühl hier draußen, Liss. Lass uns nach drinnen gehen."

„Nein!", rief Jonathan.

Lissa sah ihn lächelnd an. „Jonathan?"

Jetzt stand er direkt unter ihrem Balkon. „Er versucht, dich zu verführen." *Sehr geistreich.*

Lissas Lächeln verlor an Glanz. Kein Wunder, hatte er doch schließlich gerade vor allen anderen Hotelgästen etwas sehr Intimes herausposaunt.

„Ihr zwei seid einmal ein Paar gewesen, und ihr könnt tun und lassen, was ihr wollt. Aber du solltest zumindest wissen, dass er verheiratet ist."

Jetzt war das Lächeln völlig verschwunden. Lissa drehte sich zu Rand herum. „Stimmt das? Du hast mir gesagt, du wärst geschieden."

„Ist er nicht. Nur getrennt."

„Das ist dasselbe", sagte Rand und rief zu Jonathan hinunter: „Verschwinde." Dann legte er Lissa eine Hand auf den Rücken.

„Er ist nur eifersüchtig, Liss. War er schon immer. Ich würde doch bei einer so wichtigen Sache nicht lügen“, fuhr er fort und drängte sie wieder Richtung Tür.

„Das würde er wohl, wenn er damit das bekommt, was er haben will. Und ja, ich bin eifersüchtig, und es ärgert mich, dass so ein verdammter Lügner wie Rand eine so nette Frau wie dich in sein Zimmer locken kann. Aber *ich* lüge nicht.“ Inzwischen waren sie im Zimmer, und die Schiebetür zum Balkon wurde geschlossen. „Er hat Cam Gordon erst heute Morgen erzählt, dass er zu seiner Frau zurückkehren will“, brüllte Jonathan. „Aber vorher will er mit dir noch ’ne flotte Nummer schieben. Er will dich nur benutzen.“

Im Hintergrund war während dieses Austausches Stimmengewirr zu hören gewesen, und noch mehr Leute waren auf den Balkon gekommen, um zu lauschen. Aber jetzt tauchte noch jemand Neues auf der Party auf, ein großer, massiger Kerl, der ein Poloshirt trug, das ihn als Angestellten des Bavarian Inns auswies.

„Es tut mir leid, Sir“, sagte er, „aber Sie müssen jetzt gehen.“

„Gleich“, erwiderte Jonathan.

„Nein. Sofort.“

Der Mann griff nach seinem Arm, und Jonathan versuchte, sich wieder zu befreien. Leider glich der Griff des Mannes einem Schraubstock, und der Schraubstock wurde lediglich ein Stück weiter angezogen. Er begann, Jonathan fortzuziehen.

„Er ist ein Betrüger und Lügner, Liss. Das wenigstens solltest du wissen“, schrie Jonathan aus vollem Hals. „Frag ihn, wer wirklich all die Herzen damals am Valentinstag an deinen Spind geklebt hat“, fügte er hinzu. Als wäre das noch von Bedeutung. Als wenn sie ihn überhaupt noch hören konnte.

Mehr konnte er nicht mehr sagen, denn der freundliche Aufseher brachte ihn mit schnellen Schritten weg. „Er benutzt sie“, erklärte Jonathan.

„Dies hier ist ein freies Land“, meinte der Mann nur. „Und Sie belästigen unsere Gäste.“

Das bezweifelte Jonathan. Im Gegenteil, er vermutete ganz stark, dass die die Show genossen.

Aber die Show war vorüber. Es blieb ihm nichts anderes übrig, als aufzugeben und zu verschwinden. Immerhin hatte er es versucht.

Und war gescheitert. Lissa und Rand waren jetzt sicher in ihrem Liebesnest eingeschlossen. Und in diesem Augenblick überzeugte er sie sicherlich davon, dass Jonathan ein eifersüchtiger, lügnerischer Nerd war.

Es war eine schweigsame Fahrt, als Tilda ihn nach Hause fuhr, damit er seinen Ersatzschlüssel holen konnte. Dann brachte sie ihn dorthin zurück, wo er Adams Wagen geparkt hatte.

„Soll ich hinterherfahren und Sie dann zu Ihrem Wagen bringen?“, bot sie an.

Er schüttelte den Kopf. „Nein, aber vielen Dank. Und herzlichen Dank auch für Ihre Hilfe.“

Sie gab ihm keine kitschigen Ratschläge und äußerte auch keine peinlichen Mitleidsbekundungen, sondern nickte lediglich und fuhr davon.

Jonathan brachte Adams Wagen zurück und parkte ihn direkt vor dem Schwangau. Den Schlüssel übergab er dem Oberkellner, mit der Bitte, ihn Adam auszuhändigen und zu fragen, ob er die versehentlich fallen gelassen hätte. Anschließend trottete er zurück zu seinem Auto und fuhr nach Hause.

Chica freute sich, ihn zu sehen, sprang aufgeregt an ihm hoch und lief neben ihm her, als er zum Haus ging. Als Erstes zog er eine alte Trainingshose und sein Einstein-T-Shirt an. Damit war er wieder am Anfang angelangt, war wieder das, was er gewesen war, bevor er dieses blöde Unterfangen begonnen hatte. Das, was er immer gewesen war.

Er hatte die Schnauze voll. Voll von der Liebe, von der Hoffnung, von Lissa. Und vor allem hatte er die Schnauze voll von diesen idiotischen Liebesromanen. Nachdem er seinen E-Book-Reader gefunden hatte, löschte er sämtliche Geschichten, die einem vorgaukelten, ein Happy End wäre jederzeit möglich. Als

Nächstes knüllte er seine Liste zusammen und warf sie in den Papierkorb. Alles, aber auch wirklich alles auf dieser Liste hatte er abgearbeitet. Hatte es mit geistreichem Gerede und mit romantischen Gesten versucht. Er hatte sich Muskeln antrainiert, war härter geworden und hatte sich Blasen an den Füßen getanzt. Er hatte getan, was richtig war, und sich zum Narren gemacht, während er versucht hatte, Lissa davor zu bewahren, verletzt und beschämt zu werden. Und was war dabei herausgekommen? Nichts, es war alles nur die reine Zeitverschwendung gewesen.

Aus sämtlichen Ecken seines Hauses sammelte er die Taschenbücher zusammen und stopfte sie in eine Plastiktüte. Die Tycoons, die Viscounts und die Earls, sie alle wanderten hinein. *Eine Tüte voll Glück*, hatte seine Schwester gesagt, als sie zum Bücherflohmarkt in der Bibliothek gegangen waren. Jules war eindeutig einer Illusion erlegen.

Kein Fleckchen seines Hauses entging ihm. Er holte Bücher aus dem Badezimmer, zog sie unter dem Bett hervor, nahm sie vom Couchtisch und steckte sie alle in die Tüte. Hinein wanderten die Barone und die Cowboys. Hinein wanderten die Playboys und auch die Vampire und Spione. Und alle verdammten Vanessa-Valentine-Bücher kamen auch hinein, sogar die signierte Erstausgabe eines gebundenen Romans, für den er auf eBay ein Vermögen ausgegeben hatte. Er hätte jeden einzelnen verbrennen sollen, nachdem er erfahren hatte, dass Vanessa Valentine niemand anderes als Vance war. Was für ein Blödmann war er doch gewesen.

Doch er hatte genug davon, ein Blödmann zu sein. Er nahm die Tüte mit den Büchern und ging nach draußen zu der Feuerstelle hinter seinem Haus. Chica trottete neben ihm her. Grollend zerriss Jonathan die idiotische Geschichte eines Scheichs und warf sie in die Asche und die verkohlten Reste eines Holzscheites. Mit einem kräftigen Ruck machte er einem historischen Roman von Vanessa Valentine den Garaus, wobei er die Muskeln, die er sich mit viel Schweiß im Fitnessstudio antrainiert hatte, endlich einmal sinnvoll einsetzte. Auch dieser Roman landete im Feuerkorb. Noch zwei weitere Bücher kamen auf den Haufen, ehe er einen Anzünder dazulegte und ein Streichholz darauf warf. Mit einem äußerst befriedigenden Zischen gingen sie in Flammen auf.

„Sehr gute Symbolik“, sagte er zu Chica.

Die Hündin wedelte mit dem Schwanz, als würde sie genau verstehen, was er sagen wollte.

Schon flog das nächste Buch auf den Scheiterhaufen. Gestorben. Alle seine Träume waren gestorben. Frauen waren flatterhaft, und so etwas wie ein Happy End gab es nur im Märchen.

Das Feuer loderte immer stärker. Das Tanzen der Flammen in der Dunkelheit wirkte fast hypnotisch. Niedergeschlagen ließ Jonathan sich auf einen seiner Campingstühle fallen und starrte ins Feuer.

Plötzlich begann Chica zu bellen und riss Jonathan damit aus seiner Trance. Als er aufschaute, sah er Lissa auf sich zukommen. Doch nein, das musste eine Illusion sein; er hatte vermutlich zu lange in die Flammen gestarrt. Langsam drehte er sich wieder zum Feuer und hoffte, dass die Illusion verschwinden und ihn in Ruhe lassen würde.

Das tat sie aber nicht. Stattdessen kraulte sie Chica hinter den Ohren und machte es sich auf dem anderen Stuhl gemütlich.

Okay, er träumte. Er blinzelte und schüttelte den Kopf, doch als er die Augen wieder öffnete, war Lissa immer noch da. „Warum bist du nicht bei Rand?“, fragte er.

„Warum sollte ich?“, konterte sie, während sie noch immer den Hund kraulte. „Er ist eine Ratte.“

„Er war schon immer eine Ratte.“

„Na ja, das war mir leider nie bewusst.“ Sie lehnte sich auf dem Stuhl zurück. „Oder sagen wir mal so, ich habe es mir nie bewusst gemacht. Ich meine, wenn ich es getan hätte, was hätte das über mich ausgesagt?“

Ein Held würde das, was Jonathan gerade dachte, nicht laut sagen. Tja, er war aber kein Held. Davon hatte er die Nase voll.

Er schaute sie eindringlich an. „Dass du dumm bist, Liss. Das hätte es ausgesagt."

Sie biss sich auf die Lippen und nickte.

„Doppelt dumm, weil du dich von ihm in der Highschool hast benutzen lassen und weil du jetzt wieder auf ihn hereingefallen bist."

„Wenn es um Männer geht, war ich nie sonderlich klug, das muss ich wohl leider zugeben", sagte sie.

Das war ja nichts Neues. Jonathan schwieg. Stattdessen schnappte er sich noch einen Vanessa-Valentine-Roman und warf ihn ins Feuer.

„Was machst du da?", fragte Lissa.

„Wonach sieht es denn aus?" Er klang ziemlich griesgrämig, aber es war ihm egal.

Sie zog ein Buch aus der Tüte. „Du verbrennst Liebesromane." Sie sagte das so, als würde er ein Verbrechen begehen.

„Das ist alles Mist."

„Wem gehören die?"

„Mir."

„Du hast Liebesromane gelesen?"

Ihre geschockte Miene irritierte ihn. „Auch Männer können Liebesromane lesen."

„Oh, na ja, sicher können sie das."

Jetzt versuchte sie, ihn zu beruhigen. Nun, er wollte aber nicht beruhigt werden. „Liss, warum bist du hier?" *Warum bist du nicht auf dem Klassentreffen, spielst den Klassenliebling und suchst dir einen neuen Typen?*

„Ich wollte mich bei dir bedanken. Dafür, dass du mich davor bewahrt hast, einen sehr großen Fehler zu begehen."

Etwas milder gestimmt, entgegnete er: „Gern geschehen." Er griff nach der signierten gebundenen Erstausgabe.

Lissa legte ihm eine Hand auf den Arm. „Oh, nein. Ich liebe dieses Buch."

„Du hast es gelesen?"

„Ich habe alle ihre Bücher gelesen."

Er reichte es ihr. „Na, dann, hier nimm. Du kannst es haben. Es ist signiert."

„Ehrlich?" Sie schlug das Buch auf, um es sich anzuschauen, und lächelte. „Da kannst du dich ja glücklich schätzen", neckte sie ihn.

„Ja, sehr glücklich. Ich habe ein Vermögen für all diese Bücher ausgegeben ... alles umsonst."

„Jonathan, warum sitzt du allein hier und verbrennst Bücher? Warum bist *du* nicht mehr auf dem Klassentreffen?"

„Weil der einzige Mensch, den ich dort treffen wollte, vorzeitig mit Rand verschwunden ist. Und diese Bücher verbrenne ich, weil sie nutzlos sind." Er nahm das nächste Taschenbuch, riss es auseinander und warf es ins Feuer.

„Oh, nein, nicht noch eins von Vanessa Valentine", brachte sie stöhnend hervor.

„Sie ist nicht mal eine Frau, wusstest du das? Vanessa Valentine ist ein Mann."

„Ist sie nicht! Ich habe sie getroffen."

„Ist sie wohl. Ich spiele Poker mit ihr. Mit ihm."

„Ehrlich?" Lissa drehte das Buch um, das er ihr gegeben hatte, und schaute auf das Bild auf dem Einband. „Und wer ist dann das hier?"

„Das ist seine Schwester. Sie ist seine Tarnung. Und diese Bücher sind genauso ein Schwindel, wie er es ist."

„Warum liest du sie denn dann?"

Jetzt reichte es ihm. Seit er sie kannte, war Lissa ahnungslos gewesen. So langsam wurde es Zeit, dass sie mal etwas begriff. „Weil ich dachte, sie würden mir ein paar Anhaltspunkte liefern, wie ich deine Aufmerksamkeit erringen kann", fuhr er sie an.

„Was?"

„Verdammt, Lissa, ich bin in dich verliebt, seit wir Kinder waren. Ich dachte, wenn ich mich bis zu unserem Klassentreffen in einen knackigen Kerl, in einen romantischen Helden verwandele, würdest du mich ausnahmsweise einmal wahrnehmen. Mich wirklich wahrnehmen." Am liebsten hätte er jetzt geheult oder auf irgendetwas eingeschlagen, seinen Stuhl genommen und durchs Fenster geschleudert. Stattdessen stand er auf und schmiss den Rest der Bücher aus der Tüte ins Feuer, sodass Funken in alle Richtungen sprühten. „Die erzählen doch nichts als Mist. Zum Schluss bekommt der Typ immer die Frau, die er liebt. Aber im wahren Leben bekommt der Mann nicht immer die Frau seiner Träume, weil die Frau seiner Träume einfach nicht das sieht, was direkt vor ihrer Nase ist, nicht einmal dann, wenn er ihr Mathenachhilfe gibt, nicht einmal dann, wenn er ihren Spind mit Herzen beklebt. Und nicht einmal dann, wenn er zwei verdammte Monate lang Tanzunterricht nimmt – damit er sie auf dem Klassentreffen beeindrucken kann."

Hatte er das alles eben wirklich gesagt? Jetzt hatte er sich wirklich zum Affen gemacht. Er ließ sich wieder auf seinen Stuhl fallen und starrte wütend ins Feuer.

„Oh, Jonathan", sagte sie leise.

Jetzt tat er ihr auch noch leid. Das war die größte Demütigung überhaupt. „Fahr wieder in die Festhalle, Lissa. Da sind viele Leute, die dich gern sehen möchten."

„Aber es gibt im Moment nur einen einzigen Menschen, den *ich* gern sehen möchte, und das ist mein alter Freund Jonathan."

„Ich will nicht länger dein verdammter Freund sein."

Sie kniete sich vor ihn und legte eine Hand auf seinen Arm.

Ruckartig zog er ihn weg.

„Du bist wirklich ein ausgezeichneter Tänzer."

„Das bin ich, verdammt noch mal, ja."

„Wie wäre es mit einem Tanz?"

„Keine Lust." Er klang kindisch und wusste es. Helden benahmen sich nicht so.

„Bitte."

Er verhielt sich echt unmöglich, und das hatte sie nicht verdient. Es war ja nicht ihr Fehler, dass sie ihn nie als etwas anderes als einen guten Freund angesehen hatte. Es war nicht ihr Fehler, dass er ein Idiot war.

Seufzend meinte er: „Liss, es tut mir leid. Vergiss alles, was ich eben gesagt habe, okay? Fahr zurück zur Party. Da ist bestimmt noch ordentlich was los."

Sie schüttelte den Kopf. „Ich will nicht wieder dorthin zurück. Ich würde gern bei dir bleiben."

Ja, klar doch, das glaubte er ihr aufs Wort, genauso wie er an den Weihnachtsmann glaubte.

„Erinnerst du dich noch an das eine Mal, als unsere Familien zusammen dieses große Lagerfeuer unten am Fluss gemacht haben?"

Er erinnerte sich an alles, was sie jemals gemeinsam unternommen hatten. Er nickte.

„Wie alt waren wir damals? Sechste Klasse?"

Er nickte wieder.

„Rand hat ständig seine Marshmallows in Brand gesetzt. Er wollte nie lernen, wie man sie goldbraun röstet. Er meinte, er hätte keine Lust zu warten."

Rand hatte sich immer für den leichten Weg entschieden – sei es beim Rösten der Marshmallows, beim Einheimsen von Lorbeeren für romantische Gesten in der Highschool oder wenn es darum ging, sich auf ein kleines Abenteuer einzulassen, während seine Frau in Kalifornien auf ihn wartete. Jonathan runzelte die Stirn.

„Du hast einen für mich geröstet."

Die Erinnerung entlockte ihm jetzt doch ein Lächeln. „Der perfekte Marshmallow."

„Wir haben ein Foto davon gemacht. Das habe ich immer noch in einem meiner Fotoalben."

Ihr Dad hatte es geschossen. Sie hatten Seite an Seite vor dem Lagerfeuer gesessen – Jonathan hatte den Marshmallow hochgehalten, und Lissa hatte gekichert.

„Du hast immer so nette Sachen für mich gemacht."

„Es war ja auch nicht schwer, nette Sachen für dich zu machen."

„Also, wie wäre es dann, wenn du jetzt etwas Nettes tust und mit mir tanzt? Bitte."

Sie wollte ihm nur einen Gefallen tun. Aber okay, na und? Er würde sie nie bekommen, jedenfalls nicht so, wie er es sich wünschte, aber hier im Schein des Feuers könnte er sie ein letztes Mal in den Armen halten. Auch wenn er Lissa nie für sich gewinnen konnte, diese Erinnerung würde ihm für immer bleiben. Er stand auf und trat ein paar Schritte vom Feuer weg, ehe er die Hand ausstreckte.

Lissa ergriff sie und ließ sich von Jonathan heranziehen.

„Wir haben keine Musik", sagte er.

„Wir brauchen keine verdammte Musik", meinte sie scherzhaft.

Als er ihr ein paar seiner Swing-Schritte zeigte, folgte sie ihm zögernd, aber lachend. Dann entschied er sich für einen langsameren Rhythmus.

Lissa passte sich seinen Schritten an, und schon kurz darauf bewegten sie sich in vollkommener Harmonie. Er drehte sie und zog sie an sich, schlang seine Arme um sie und wiegte sich sacht mit ihr hin und her, während er sich ganz dem köstlichen Gefühl hingab, ihren Körper an seinem zu spüren. Sanft legte er seinen Kopf an ihren und genoss ihre seidigen Haare, die seine Haut berührten.

„Danke für die Herzen an meinem Spind", flüsterte sie.

Ehre, wem Ehre gebührt. Es hatte ja nur sechzehn Jahre gedauert. Er lächelte. „Gern geschehen."

„Du bist wirklich ein fantastischer Tänzer."

„Ich könnte eine Menge fantastischer Sachen machen ... wenn du mir nur eine Chance geben würdest."

„Vielleicht gebe ich dir ja gerade eine Chance."

Vielleicht tat sie das. Vielleicht würde er niemals eine zweite bekommen. Er wirbelte sie noch einmal herum, bis sie wieder in seinen Armen landete und ihn direkt ansah. Im Schein des heruntergebrannten Feuers war es schwierig, den Ausdruck in ihren Augen zu deuten. War das ein Anflug von Begehren, den er da sah, oder bildete er sich das nur ein?

Es gab nur einen Weg, das herauszufinden. An all die romantischen Helden denkend, über die er gelesen hatte, senkte er den

Mund auf ihren und küsste Lissa. Es war ein sanfter Kuss, in den seine lebenslange Liebe hineinfloss, ein Kuss, der einer Vanessa Valentine würdig gewesen wäre, der Kuss seines Lebens. Und er würde sein Leben lang daran denken, dass Lissa in diesem einen Moment ganz ihm gehört hatte. Nach einer Weile löste er schließlich – sehr widerstrebend – die Lippen von ihren.

Lissa legte den Kopf ein wenig in den Nacken, damit sie Jonathan anschauen konnte. Und jetzt bestand kein Zweifel mehr an dem, was er in ihren Augen sah. Trotzdem konnte er noch immer nicht daran glauben. „Jonathan, bist du wirklich immer da gewesen, direkt hier vor meiner Nase?"

Es kam ihm vor, als würde ein Feuerwerk in seinem Inneren gezündet. Er lächelte sie an. „Ich bin immer für dich da gewesen, Liss, und ich werde immer für dich da sein."

„Oh, Jonathan." Sie nahm sein Gesicht in beide Hände und küsste ihn erneut. Und dieser Kuss war sogar noch besser als der vorherige.

Nur vage nahm Jonathan das Geräusch von Autoreifen wahr, die auf dem Kies auf seiner Einfahrt knirschten, von einer Autotür, die zugeschlagen wurde, von Chica, die bellte, und von jemandem, der seinen Namen rief.

„Hey, Jon!" Kyle kam mit Jonathans Hose in der Hand um das Haus herumgerannt. „Wir haben deine …" Beim Anblick von Jonathan, der Lissa im Arm hielt, klappte ihm die Kinnlade herunter. Schnell versteckte er die Hose hinter dem Rücken. „Ich wollte dir nur schnell was bringen." Er trat den Rückzug an und stolperte dabei. „Ich lass sie auf der Veranda. Schön, dich zu sehen, Lissa." Dann grinste er. „Schön, dich mit Jon zu sehen." Mit diesen Worten verschwand er wieder in der Dunkelheit.

Lissa sah Jonathan fragend an. „Was war das?"

„Nichts Wichtiges", erwiderte er.

Das Feuer war inzwischen ziemlich heruntergebrannt. Lissa fröstelte und rieb sich die Arme.

„Komm, lass uns ins Haus gehen", schlug Jonathan vor.

Sie lächelte ihn an und nickte. Hand in Hand, mit Chica als Anstandswauwau, gingen sie hinein und machten es sich auf Jonathans Couch gemütlich, wo sie stundenlang redeten. Das Reden führte zum Küssen, und als die Sonne schließlich wieder aufging, hatte Jonathan eine letzte Lektion gelernt – was Frauen sich am meisten wünschten, war ein Mann, der immer für sie da war.

WAS ER SCHON IMMER WOLLTE

Juni, zehn Monate nach dem Klassentreffen

Jonathan stand am Altar der Gemeindekirche von Icicle Falls, gekleidet in einen weißen Smoking – mit einer rosafarbenen Rose im Knopfloch – und wartete darauf, dass die schönste Frau auf Erden den Gang entlang auf ihn zukam. Kyle und Adam standen neben ihm, und Chica, der man die Ringe anvertraut hatte, saß zu seinen Füßen. Vorn, in der ersten Reihe, saßen seine Mutter, Neil und Juliet, die das Baby Jonathan auf dem Schoß hielt, sowie seine Großmutter, die extra für dieses Ereignis aus Arizona angereist war. Alle drei Frauen betupften sich bereits die Augen.

Tina Swift kam als Brautjungfer den Gang entlang, gefolgt von Laurie Poznick. Und nach Laurie wurde es Zeit für die Braut.

Endlich trat sie am Arm ihres stolzen Vaters durch die Tür. Jonathan wäre selbst fast vor Stolz geplatzt, als Lissa ihm erzählt hatte, wie ihr Vater auf ihre Verlobung reagiert hatte. „Gott sei Dank hast du endlich alles richtig gemacht, Liss."

Ihr Vater war nicht der Einzige, der dankbar war. Der Anblick von Lissa in ihrem weißen Traum von einem Kleid mit einem Strauß Sommerblumen in der Hand raubte Jonathan den Atem. So lange hatte er davon geträumt, doch nicht einmal seine wildesten Träume konnten mit der Realität mithalten. Diese Frau, die nicht nur äußerlich so bezaubernd war, sondern auch ein bezauberndes Wesen besaß, würde gleich seine Frau werden.

Für den Rest seines Lebens, da war er sich sicher, würde er nicht einen einzigen Moment dieses Tages vergessen. Er würde sich stets an jedes Wort ihres Gelübdes erinnern, auch wenn es ihn schrecklich nervös machte, diese Worte vor all den Gästen hier laut auszusprechen, genauso nervös wie der Gedanke an den ersten Tanz auf dem Hochzeitsempfang.

Aber es war nicht schwierig „Ja, ich will“, zu sagen. Und es war auch nicht schwierig, den Applaus und das Gejohle von Freunden und Familie zu ignorieren, als es so weit war, die Braut zu küssen. Er war so sehr auf Lissa fixiert, dass alles andere in den Hintergrund trat und ausgeblendet wurde.

„Ich liebe dich, Lissa“, flüsterte er, nachdem sie sich geküsst hatten. „Ich habe dich immer geliebt und ich werde dich immer lieben.“ Er konnte es sich nicht verkneifen, die unsterblichen Worte des Liebesromanhelden Sir James Noble hinzuzufügen: „Eher verglüht die Sonne, als dass ich aufhöre, dich zu lieben.“

„Oh, Jonathan“, sagte sie. „Ich liebe dich auch, und ich glaube, ich habe dich schon immer geliebt.“ Dann küsste sie ihn erneut, was ihnen noch mehr Applaus und Gelächter einbrachte.

Der Empfang sollte in der Icicle Creek Lodge abgehalten werden. Jonathan war endlich auch die perfekte romantische Geste eingefallen, und so wartete vor der Kirche eine weiße Pferdekutsche, um sie dorthinzubringen.

In der Lobby bildete sich eine Schlange, weil alle Braut und Bräutigam gratulieren wollten, bevor sie weitergingen, um sich mit Häppchen und Drinks zu stärken.

„Ich wusste, dass irgendwann ein Mädchen auftauchen und Sie wegschnappen würde“, neckte Dot ihn. „Es sei denn … bleibt ihr zwei hier wohnen?“

Jonathan schüttelte den Kopf. „Wir ziehen nach Portland. Lissa hat da ja ihre TV-Show.“

Lissa strahlte. „Er gibt sein Leben hier für mich auf.“

Das war eine harte Entscheidung gewesen. Jonathan mochte sein Haus sehr, und er mochte auch das Leben in Icicle Falls. Aber für die Frau, die man liebte, gab man gern alles auf, dadurch zeichnete sich schließlich ein echter Held aus, und er war glücklich, Lissas Held zu sein.

„Aber an langen Wochenende und während der Feiertage kommen wir immer wieder her“, fuhr Lissa fort. „Wir wollen ja nicht, dass das tolle Haus, das Jonathan gebaut hat, leer steht“, fügte sie hinzu und lächelte ihn an.

„Na, *amigo*, nun bist du ein verheirateter Mann“, sagte Bernardo und schüttelte Jonathan die Hand. „Jetzt beginnt das Abenteuer erst richtig.“

Jonathan war mehr als bereit.

Das Abendessen – perfekt bei Zelda's zubereitet – war eines Königs würdig. Es gab Lachs in Blätterteig, Cesar's Salad und gegrilltes Gemüse. Alle Gäste erhielten ein besonderes Partygeschenk – signierte Vanessa-Valentine-Taschenbücher (Vances Hochzeitsgeschenk für Jonathan). Während die Gäste aßen, wurden sie mit einer Fotoshow auf dem großen Bildschirm unterhalten. Bilder von Lissa auf dem Lost Bride Trail, dann an den Wasserfällen, wo sie, wie sie behauptete, den Geist der verlorenen Braut gesehen hatte, ein Omen, das bedeutete, dass eine Hochzeit bevorstand. Außerdem gab es Fotos von Lissas Brautparty und von Jonathans Junggesellenabschied in Vegas. (Vance hatte die Pokerrunde über das Wochenende dorthin geflogen.) Es wurde laut und vernehmlich geseufzt, als ein Bild von Jonathan, Lissa und Chica aufleuchtete, das die drei auf Jonathans Veranda zeigte. Das letzte Foto ließ seine Freunde besonders laut klatschen. Es zeigte Jonathan und Lissa, wie sie gemeinsam einen Vanessa-Valentine-Roman lasen.

Der große Hit des Abends war die Hochzeitstorte, die vom Gingerbread-Haus gebacken worden war – in Form eines riesigen Liebesromans, aufgeschlagen, damit alle darin lesen konnten. Auf einer Seite stand: „Jonathan und Lissa fanden einander und lebten glücklich bis an ihr Lebensende.“ Auf der folgenden Seite stand: „Der Anfang.“

„Wir werden glücklich bis an unser Lebensende leben“, sagte Lissa, als sie die Torte anschnitt. „Was auch sonst, schließlich habe ich meinen Helden geheiratet.“ Jonathan schwoll das Herz an.

Viel Wirbel wurde um Lissas Strumpfband gemacht. Unter lauten Anfeuerungsrufen zog Jonathan es von ihrem Bein. Später am Abend würde er jeden einzelnen Zentimeter dieses wunderhübschen Beines küssen – und auch den Rest von ihr. Er nahm das Strumpfband und ließ es durch die Luft sausen. Sein alter Freund Darrell Hornsby fing es auf. Darrell hatte diesmal eine neue Freundin namens Angelica dabei, wieder eine Internetbekanntschaft. Er grinste sie an, und sie grinste zurück. Auf geht's, Darrell.

Eine ganze Reihe von kichernden Frauen versammelte sich, um den Brautstrauß zu fangen, doch zur Überraschung aller ging der Wurf daneben und landete in den widerstrebenden Händen von Vance Fish. Jonathan konnte sich ein Lachen nicht verkneifen.

Adam grinste Vance an. „Na … Vanessa. Du weißt ja, was das bedeutet. Du solltest lieber schnell deine Reizwäsche aufstocken, denn so, wie es aussieht, tritt bald eine neue Liebe in dein Leben."

„Sehr witzig", meinte Vance grimmig.

Als Nächstes war es Zeit für den ersten Tanz von Braut und Bräutigam. Mit all den Leuten als Zuschauern … Was soll's? dachte Jonathan, als Lissa in seine Arme kam. Sie tanzten einen Walzer, mit dem sie locker bei *Dancing with the Stars* hätten auftreten können, und Jonathan endete den Tanz, indem er sie hochhob und sich mit ihr drehte, was mehreren umstehenden Frauen einen Seufzer entlockte.

„Sie hat so ein Glück", hörte er eine ihrer Freundinnen sagen, als die anderen Paare ebenfalls auf die Tanzfläche strömten.

Na, das war etwas, was er sich niemals erträumt hätte. Aber er wusste, wer der Glückliche von ihnen war. Endlich hatte er die Frau seiner Träume bekommen. Vance hatte recht gehabt, am Ende gewann immer die Liebe.

„Es stimmt", sagte Lissa und lächelte Jonathan an. „Ich habe wirklich den weltbesten Mann bekommen."

„Na ja, zumindest den besten aus Icicle Falls", scherzte er.

Sie verzog das Gesicht. „Ich meine es ernst, Jonathan, danke, dass du uns nie aufgegeben hast."

„Tja", meinte Adam später, als Jonathan und seine Freunde zusammenstanden und zusahen, wie Lissa und ihre Freundinnen einen Line Dance tanzten. „Du hast es tatsächlich geschafft. Du hast sie bekommen." Er nahm seine kleine Tochter auf den Arm und küsste sie.

„Dank dir haben wir alle unsere Frauen bekommen", fügte Kyle hinzu. Er und Mindy würden im August heiraten.

„Du hättest es auch ohne mich hinbekommen", meinte Jonathan zuversichtlich.

„Nicht, wenn du uns nicht darauf gebracht hättest, all diese Bücher zu lesen." Kyle lächelte Mindy zu, die gerade Dot Morrison ihren Verlobungsring zeigte. „Allerdings muss ich sagen, obwohl ich all die Bücher gelesen habe, weiß ich manchmal immer noch nicht, was sie will."

Die Musik verstummte, und Lissa kam zu Jonathan und strahlte ihn an, als wäre er ihr Märchenprinz.

„Ich glaube, dafür muss man ein Leben lang recherchieren", meinte er und grinste. Und was für ein wunderbares Leben würde er damit zubringen, genau das zu tun.

– ENDE –

DANKSAGUNG

Das Schreiben dieses Buches hat mir sehr viel Spaß bereitet. Und es gibt ein paar wichtige Männer, denen ich unbedingt danken muss. Ein herzliches Dankeschön an Clay Moyle dafür, dass er mir geduldig alle meine Fragen zum Pokern beantwortet hat. Und mit mir Poker gespielt hat! Eines Tages werde ich dieses Kartenspiel bestimmt auch meistern. Danke auch an Rob Rabe für die Ratschläge in Bekleidungsfragen und dafür, dass er mir in allen Belangen, die zum Berufsalltag in einer großen Versicherung gehören, geholfen hat. Und auch bei meinen Freund Eric Schneider möchte ich mich dafür bedanken, dass er mir über sein Leben als Pharmavertreter berichtet hat. Ein ganz großes Danke und einen dicken Kuss an meinen Lieblingsehemann Gerhardt, der ein großartiger Redakteur ist. (Und natürlich auch ein verdammt guter Ehemann!)

Und nun zu den Mädels. Ruth Ross, ich bin dir zu ewigem Dank verpflichtet, denn du hast diese Geschichte gelesen, als sie noch nichts weiter war als ein großes Durcheinander. Und du hast mir mit vielen wertvollen Ideen weitergeholfen. Wie immer geht mein Dank auch an meine treue Beratergruppe: Susan Wiggs, Lois Dyer, Anjali Banerjee, Kate Breslin und Elsa Watson. Ihr seid wirklich spitze! Herzlichen Dank auch an meine tolle Redakteurin Paula Eykelhof, für ihre unschätzbare Einsicht und Hilfestellung, und an all die großartigen Menschen bei MIRA, die mir stets das Gefühl geben, willkommen und ein Mitglied der Harlequin-Familie zu sein. Und zu guter Letzt noch ein großes Dankeschön an meine wunderbare Agentin und Freundin Paige Wheeler. Du bist die Beste.

Lesen Sie auch von Sheila Roberts:

Deutsche Erstveröffentlichung

Sheila Roberts
Merry Ex-Mas – Schöne Bescherung!

Weihnachten ist die schönste Zeit des Jahres – auch wenn drei Freundinnen in Icicle Falls das ganz anders sehen. Doch dieses Jahr wird die Liebe wiedergefunden und Raum für neue Träume eröffnet …

Band-Nr. 25706
8,99 € (D)
ISBN: 978-3-86278-836-1
eBook: 978-3-86278-897-2
304 Seiten

Sheila Roberts
Schokolade für dich

Mit einem spektakulären Schokoladen-Festival will Samantha ihre Firma vor der Pleite retten – und entdeckt, dass Liebe viel süßer verführt als Schokolade …

Band-Nr. 25653
8,99 € (D)
ISBN: 978-3-86278-509-4
eBook: 978-3-86278-594-0
400 Seiten

Deutsche Erstveröffentlichung

Deutsche Erstveröffentlichung

Molly O'Keefe
Liebe, Yoga und andere Katastrophen

Eli hat sein ganzes Leben auf der Ranch verbracht. Da sieht er nicht tatenlos zu, wie Städterin Victoria ein albernes Beauty-spa daraus macht. Wenn er nur nicht immer dieses seltsame Herzklopfen verspüren würde, wenn sie in seiner Nähe ist …

Band-Nr. 25799
8,99 € (D)
ISBN: 978-3-95649-086-6
384 Seiten

Christie Ridgway
Strandhaus Nr.9: Ein Sommer wie ein Leben

Diese sexy Schönheit soll Layla Parker sein? Als der Sanitäter Vance Smith seinem sterbenden Patienten verspricht, sich im Sommer um seine Tochter zu kümmern, hat er ein kleines Mädchen im Sinn – keine erwachsene Frau …

Band-Nr. 25800
8,99 € (D)
ISBN: 978-3-95649-087-3
eBook: 978-3-95649-377-5
432 Seiten

Deutsche Erstveröffentlichung

Kristan Higgins
Lieber für immer als lebenslänglich

Band-Nr. 25808
9,99 € (D)
ISBN: 978-3-95649-097-2
eBook: 978-3-95649-376-8
448 Seiten

Was kann demütigender sein, als vor dem Traualtar stehen gelassen zu werden? Zum Beispiel, nur mit Push-up-BH und Bauch-weg-Unterhose bekleidet durchs Toilettenfenster einer Bar fliehen zu müssen und dabei von der Polizei überrascht zu werden. Faith würde vor Scham am liebsten im Boden versinken. Denn der Cop, der sie erwischt hat, ist ausgerechnet Levi Cooper. Der beste Freund ihres Ex, der dabei geholfen hat, ihre Hochzeit zu ruinieren. Allein dafür verdient Levi lebenslänglich, findet Faith. Da braucht er jetzt auch gar nicht den ritterlichen Freund und Helfer zu spielen. Allerdings sind seine grünen Augen geradezu kriminell sexy und seine Küsse verführerischer, als die Polizei erlaubt …

„Der Weg zum Altar ist holprig und durchsetzt mit Landminen in dieser überraschenden Liebesgeschichte von Romantic-Comedy-Queen Kristan Higgins. Eine starke, absolut realistische Story voller gefühlvoller und gleichzeitig irrsinnig komischer Szenen."

Publishers Weekly